Buch

Während des Dritten Reichs und des Zweiten Weltkriegs wächst Frieda auf einem Bauernhof im Nordschwarzwald auf. Sie lebt mit ihren Eltern, ihrem nichtsnutzigen Bruder und ihrer bigotten Großmutter in einem für die Waldhufenbesiedlung typischen Bauernhaus.

Zum Leidwesen der Großmutter stellt sich schon früh heraus, dass Frieda sich nicht allen strengen Vorstellungen von Religion und gesellschaftlichen Konventionen beugen will.

Frieda erfährt die Einschränkungen eines totalitären Systems und muss mit den Entbehrungen durch den Zweiten Weltkrieg zurechtkommen. Nach Beendigung der Volksschule und einer Schneiderlehre wird Frieda zum Arbeitsdienst in der Küche eines Kriegsgefangenenlagers abgestellt.

Als Friedas Bruder eingezogen wird, bekommt die Familie einen polnischen Kriegsgefangenen zugeteilt als Hilfe in der Landwirtschaft. Zum Kriegsende zieht eine junge Flüchtlingsfrau aus Siebenbürgen mit zwei kleinen Töchtern bei den Breitenbergs ein. Als die französische Besatzung das Regime im Nordschwarzwald übernimmt, werden zwei Zimmer für marokkanische Soldaten requiriert. Es wird eng im Haus.

Autorin

Elke Viergutz studierte Anglistik und Romanistik und arbeitete am Gymnasium. Sie hat vier Kinder und sieben Enkel. Sie lebt seit ihrer Pensionierung mit ihrem Mann im Winterhalbjahr im Nordschwarzwald und im Sommer im Landkreis Lüchow-Dannenberg.

Danksagung

Ich danke meinem Sohn Malte für das Layout, die Bearbeitung des Covers und die Einreichung beim Verlag. Ich danke meiner Tochter Signe für das Korrekturlesen. Ich danke meinem Freund Per Gernhardt für die künstlerische Gestaltung des Titelbilds. Ich möchte auch Frau Hedwig Fischer dankbar erwähnen, die mir als Zeitzeugin die Verhältnisse nach dem Zweiten Weltkrieg während der französischen Besatzung im Gespräch geschildert hat.

Elke Viergutz

Harte Zeiten

Roman

ISBN: 9783734794001
Herstellung ud Verlag
BoD- Books on Demand, Norderstedt
Copyright: © 2019 by Elke Viergutz

1. Kapitel

Ein eisiger Ostwind fegte über das Dorf auf der Hochfläche des Calwer Waldes. Heftiges Schneetreiben hatte vor Tagen eingesetzt und die Landschaft in einen dicken, weißen Teppich verwandelt, der immer höher wuchs. Durch Verwirbelungen türmten sich meterhohe Wechten in den Wegen und Hofauffahrten auf, dazwischen gab es kahle, vereiste Flächen.

Das Leben im Dorf war praktisch zum Erliegen gekommen. Die Bauern schafften es mit Mühe, am Morgen den Weg vom Stall zur Scheune frei zu schaufeln, um Futter für die Tiere zu holen. Es war gänzlich unmöglich, den zweirädrigen Karren zu benutzen, auf dem normalerweise das Heu in die Stallungen transportiert wurde. Die Bauern mussten entweder große Tücher aus Leinen mit Heu vollpacken, die sie an den vier Enden zusammen knoteten, oder sie stopften das Heu in Säcke. Sie waren so gezwungen, mehrfach hin und her zu laufen. Der mühsame Vorgang wiederholte sich am Abend.

Tagelang verließ niemand freiwillig das Haus. Die Schule war ausgesetzt, wie die Bauern einfach annahmen, denn man konnte den Kindern nicht zumuten, sich durch die nicht geräumten Straßen und Wege zu kämpfen, dabei die Orientierung zu verlieren und schließlich nass und verfroren in einem schlecht geheizten Klassenzimmer zu sitzen.

Da das Thermometer im Januar immer weiter fiel, hatten viele Familien für den schlimmen Wintereinbruch vorgesorgt. An den Wänden im Gang und in der Küche war Holz gestapelt, ebenso neben dem Kachelofen im Wohnzimmer. An Holz herrschte kein Mangel, da zu jedem Hof ein Stück Wald gehörte. Der Holzhandel hatte den Bauern in den vergangenen Jahren einen bescheidenen Wohlstand gebracht, vor allem durch den Verkauf von mächtigen Stämmen zu Zeiten der Segelschifffahrt. Die Stämme wurden zu Flößen zusammen gebunden und von Flößern nach Holland befördert. Dort verwendete man sie als Schiffsmasten oder zum Bau von Häusern, die auf Pfählen standen, um gegen das Meerwasser geschützt zu sein.

Auch mit Wasservorräten hatten die Bauern vorgesorgt. Das große Wasserschiff im Herd war wohlgefüllt, ebenso Eimer und Bottiche. Notfalls tauten die Frauen Schnee auf, so dass die Familien nicht verdursten mussten.

Die Breitenbergs, die mit neun Kühen einen relativ stattlichen Hof bewirtschafteten, waren gut aufgestellt, da der Familienvater Walter ein fürsorglicher und gewissenhafter Bauer war. Die einzige Sorge bei dem eisigen Wetter bereitete Gertrud, die Bäuerin. Sie war hochschwanger, wollte sich aber nicht schonen und ließ keine Hilfe bei schweren Arbeiten zu. Am Morgen hatte sie einen Bottich mit Wasser aufgehoben, um das Wasser in das Schiff im Herd zu kippen, strauchelte dabei und machte einen ungeschickten Schritt, um sich abzufangen.

Sie verspürte einen starken Schmerz im Bauch und hatte das Gefühl, dass innerlich etwas in Unordnung geraten war. Der Schmerz ging aber schnell vorbei, und außer einer leichten Blutung bemerkte sie nichts Ungewöhnliches mehr.

Sie wollte nicht darüber sprechen, weder mit ihrem Mann, denn das gehörte sich nicht, noch mit ihrer Mutter Margarete, die sicherlich zu zetern und zu schimpfen anfangen würde.

Gertrud konnte sich nicht erinnern, dass ihre Mutter jemals locker und fröhlich gewesen war. Lustige Geschichten fand Margarete unpassend, und sie verachtete Leute, die über ungewöhnliche Ereignisse lachten. Zärtlichkeiten waren ihr vollkommen fremd, und so hatte Gertrud auch nicht gelernt, vertraut und zärtlich mit ihrem Mann oder ihrem kleinen Sohn Walter umzugehen. Der kleine Walter bekam höchstens mal einen Löffel Sirup, wenn er hingefallen war und weinte, aber er durfte nie auf dem Schoß seiner Mutter sitzen, um von ihr tröstend umarmt zu werden. Walters Vater war da anders, aber gegen seine Schwiegermutter und seine Frau kam er nicht an.

Gegen Mittag bekam Gertrud Schmerzen und musste sich hinlegen. Im Schlafzimmer war es vollkommen dunkel, weil die

Läden geschlossen waren. Wenigstens ein kleiner Teil der Kälte konnte so abgehalten werden, durch die einfach verglasten Fenster ins Zimmer zu dringen.

Es war nicht eisig kalt im Schlafzimmer, nicht nur durch die geschlossenen Läden, sondern vor allem, weil man beim Wiederaufbau des Hauses auf dem vorhandenen, mittelalterlichen Sandsteinsockel vor etwa hundert Jahren, vorgesorgt hatte. Das obere Viertel der Wand zwischen Wohnraum und Schlafzimmer war offen gelassen worden und nur durch gedrechselte Holzzapfen, die auf der Mauer saßen, verziert. Im Sommer blieben die Klappen zu, um das nach Osten gelegene Schlafzimmer nicht aufzuheizen. Bei Kälte blieben die Klappen natürlich offen, damit über den mit einem Kachelofen beheizten Wohnraum ein wenig Wärme ins Schlafzimmer gelangen konnte.

Normalerweise wurde die gute Stube wochentags nicht geheizt, denn die Bauern benutzten sie nur zu besonderen Anlässen. Bei den Breitenbergs kam das noch seltener als woanders vor, weil die Altbäuerin Margarete nicht gerade gesellig war und zudem geizig. „Das Sach muss beieinander bleiben," war ihr ständiger Spruch, und Besuch bedeutete etwas anzubieten, zumindest einen Kaffee.

Gertrud fühlte sich im Bett ein wenig wohler. Die Schmerzen hatten nachgelassen, und da sie am Morgen sehr früh aufgestanden war um zu melken, döste sie ein. Sie wusste nicht, wie viel Zeit vergangen war, als sie in einer warmen Wasserlache aufwachte, die sich auf dem Laken ausbreitete.

In dem Augenblick kam ihre Mutter herein. „Ich habe dich im ganzen Haus gesucht. Hast du heute nichts zu tun?"

„Meine Fruchtblase ist gesprungen," antwortete Gertrud. „Das Kind wird wohl bald kommen."

Ihre Mutter zeterte ohne jedes Mitleid los. „Konntest du dir keinen besseren Tag aussuchen? Die Hebamme können wir nicht holen wegen dem Schneetreiben, und den Arzt aus dem Tal schon gar nicht. Es muss also ohne gehen."

„Du lässt mich doch nicht allein? Ich kann mir ja den Zeitpunkt nicht aussuchen."

„Ich helfe dir. Warmes Wasser ist im Schiff, und Tücher werde ich über dem Herd anwärmen. Brauchst du sonst noch was?"

Das waren immerhin ganz freundliche Worte. Margarete verließ das Zimmer, nicht ohne die Läden ein wenig zu öffnen, damit man kein elektrisches Licht verschwenden musste.

Erst nach geraumer Zeit, in der Gertrud bereits von den ersten Wehen geschüttelt wurde, kam Margarete wieder herein und breitete eine Gummiunterlage unter Gertrud aus. Außerdem hatte sie einen Kräutertee gemacht, bei dessen Geruch allein Gertrud schon schlecht wurde. Auch die kupferne Wärmflasche, die ihre Mutter ihr unter die Füße legen wollte, wehrte sie ab.

Walter war unterdessen nichts ahnend beim Misten und stand nun mit der voll beladenen Schubkarre an der Stalltür des Mittelgangs und überlegte, ob er den Weg zum Misthaufen frei schaufeln sollte. Es würde zeitaufwändige Schwerstarbeit werden, und so stellte er die volle Karre erst einmal an der Tür ab, tauschte unten an der Treppe die schmutzigen Stiefel gegen Filzpantoffeln aus und ging hinauf in den Wohnteil über dem Stall.

Als er die Tür zum Gang öffnete, hörte er ein ersticktes Stöhnen aus dem Schlafzimmer. Er wusste sofort Bescheid und ging eiligen Schrittes zu Gertrud.

Seine Schwiegermutter verstellte ihm in der Tür den Weg und sagte scharf: „Hier haben Männer nichts zu suchen. Das ist nicht anständig."

Walter schob sie einfach beiseite und trat ans Bett. Er nahm Gertruds Hand – eine ungewöhnlich zärtliche Geste – und fragte leise: „Ist alles in Ordnung? Wie weit bist du?"

„Das Fruchtwasser ist abgegangen, und zwischen den Wehen habe ich auch starke Schmerzen. Es ist anders als bei Walter, ich habe keine Erholungspausen."

„Vielleicht solltest du aufstehen und ein bisschen herumlaufen," schlug Walter vor. „Mit Pferden und Kühen geht man ja auch zu Beginn der Geburtswehen spazieren, damit das Fohlen oder Kalb in die richtige Lage kommt, und die Sache voran geht."

8

Margarete schlug entsetzt die Hände vor den Mund. „Wie kannst du es wagen, deine Frau mit einem Gaul oder einer Kuh zu vergleichen? Der Mensch ist von der Schöpfung als höheres Wesen ausersehen, und deswegen solltest du nicht solche abwegigen Gedanken haben."

Walter wusste, dass gleich auch noch ein Bibelzitat folgen würde und beugte dem vor, indem er Gertrud aufhalf und mit ihr in die warme Küche ging. Er lief mit ihr auf und ab, wobei er sie unterstützen musste, weil sie sich immer wieder zusammenkrümmte.

Margarete stand schimpfend am Herd. Sie sei die Altbäuerin mit viel Erfahrung, sie habe schließlich Kinder geboren und nicht Walter, aber niemand hörte auf sie. Als Gertrud und Walter dazu nichts sagten, ging sie in ihr Altenteilzimmer neben der Küche und schlug die Tür zu.

Sobald sie allein waren, sagte Gertrud leise: „Ich muss dir etwas gestehen. Ich habe heute Morgen einen Bottich mit Wasser vom Boden aufgehoben, um das Schiff aufzufüllen, und da ist wohl etwas schief gegangen. Ich wäre froh, wenn die Hebamme kommen könnte, oder noch besser der Arzt, aber das ist wohl nicht möglich."

Walter überlegte, ob es irgendeinen Weg gab, wenigstens die Hebamme zu holen. Aber das würde für ihn bedeuten, sich im Tiefschnee bis zum anderen Dorfende durchzukämpfen, um dann von der nicht mehr ganz jungen Hebamme Annemarie einen abschlägigen Bescheid zu bekommen. Sie war sicher nicht gewillt, sich bei dem heftigen Schneetreiben auf irgendwelche Abenteuer einzulassen.

Als Gertrud unvermittelt sagte, sie müsse sich wieder hinlegen, weil die erste Presswehe gekommen war, war die Sache entschieden. Walter konnte sie jetzt nicht mit seiner Schwiegermutter allein lassen, die vermutlich beten würde, wenn es unvorhergesehene Schwierigkeiten gab, statt etwas zu unternehmen.

Trotz seines Widerwillens klopfte Walter bei Margarete an und bat sie, ihrer Tochter beizustehen. Margarete eilte ins Schlafzimmer, immer noch mit einem verkniffenen Zug um den Mund, und drückte bei jeder Wehe auf Gertruds Bauch, um dem kleinen Lebewesen auf den Weg zu helfen. Sie legte auch ihr Ohr auf den Bauch und erklärte ganz erleichtert, man könne die Herztöne hören.

Die Wehen kamen in kurzen Abständen, aber es ging nichts voran. Schließlich beschloss Walter, selbst nachzusehen, ob er die Lage des Kindes verbessern könnte. Irgend etwas musste sich verhakt haben, so dass ein Hindernis entstanden war.

Margarete schlug wieder die Hände vor den Mund vor Entsetzen, aber sie musste es geschehen lassen. Walter schob zwei Finger in den Geburtskanal seiner Frau, machte eine Drehbewegung, und im nächsten Moment erschien ein mit dunklem Flaum besetztes Köpfchen. Dann ging es schnell. Margarete nahm das kräftig schreiende kleine Mädchen in Empfang, wickelte es in vorgewärmte Tücher und bereitete in der Küche eine kleine Zinkwanne für ein Bad vor.

Gertrud drückte Walters Hand und quälte sich ein kleines Lächeln ab. „Jetzt ist es doch gut gegangen," sagte sie. „Danke."

Walter ging in die Küche, um seiner kleinen Tochter beim Baden zuzusehen. Margarete wusch ihre Enkelin mit verbissenem Gesichtsausdruck, aber einigermaßen behutsam und sehr gründlich. Dabei forderte sie Walter auf, niemals irgend jemandem zu erzählen, dass er bei der Geburt eingegriffen hatte wie bei einem Stück Vieh.

„Du würdest deine Tochter und Enkelin lieber zu Grunde gehen lassen, als einmal deine absurden Vorstellungen von Anstand aus deinem Gehirn zu verbannen. Deine Ansichten über Moral und Glaube sind in keiner Weise lebensbejahend, und das kann niemand nachvollziehen. Zum Glück gibt es im Dorf auch Menschen, die Gutes tun und für andere da sind. Und das nenne ich christlich. Du bist mit deinen Vorstellungen vom richtigen Lebensweg einem Wahn verfallen, der dich selbstgerecht und böse macht. Darüber redet man im Dorf."

Walter verließ die Küche. Er war froh, dass er endlich seiner Schwiegermutter, die ihnen täglich das Leben vergällte, die Wahrheit gesagt hatte.

Er sah noch einmal bei Gertrud vorbei, die vor Erschöpfung eingeschlafen war, und ging dann entschlossen hinaus, um den Weg zum Misthaufen frei zu schaufeln, obwohl es mittlerweile stockdunkel war. Die körperliche Anstrengung würde ihn beruhigen.

Wenn Walter gehofft hatte, durch seine harten Worte bei seiner Schwiegermutter etwas zu erreichen, sah er sich getäuscht. Das Zusammenleben wurde nicht besser, und Walter konnte nur mit Freundlichkeit und Hilfsbereitschaft versuchen, die von der Großmutter unter dem Deckmantel der Moral und des christlichen Glaubens veranstalteten Zankereien ein wenig auszugleichen.

2. Kapitel

In den Tagen nach der Geburt der Kleinen wurde ausführlich über einen Namen diskutiert. Als der Sohn Walter geboren wurde, war das kein Problem gewesen, denn dem erstgeborenen Sohn gab man fast immer den Namen des Vaters. Bei einem Mädchen war das anders. Margarete schlug natürlich lauter biblische Namen vor. Über Maria, Lea, Rahel kam sie zu Tabea und schließlich Marie, die abgewandelte Form von Maria, denn einen katholischen Namen wollte sie denn doch nicht vorschlagen. Walter und Gertrud machten sich ihre eigenen Gedanken und einigten sich auf Frieda, die Frieden Bringende. Den Namen seiner Mutter, nämlich Emilie, wollte Walter gern anfügen. Mit Margarete hatte er so seine Probleme, aber Gertrud meinte, das könne man ihrer Mutter nicht antun, ihren Namen wegzulassen, während man den der Großmutter von der anderen Seite verwendete. In diesem Fall pochte Gertrud auch auf Anstand, und Walter gab schweren Herzens nach. Also hieß die Kleine Frieda Emilie Margarete. Walter hoffte, dass die „Margarete" sich nicht allzu schädlich auf das Kind auswirken würde.

Gertrud brauchte lange, um sich richtig zu erholen, und deswegen wurde die Taufe auf das Frühjahr verschoben. Das hatte auch den Vorteil, dass die Kirche nicht mehr ganz so klamm war wie im Winter.

Im April blühten im Tal die Osterglocken, auf der Hochfläche lagen noch an den Nordhängen Schneefetzen, und nur einige Schneeglöckchen wagten sich hervor. Es dauerte auf der Höhe jedes Jahr einige Wochen länger als im Tal, bis der Frühling sich richtig durchsetzen konnte.

Die Taufe wurde für Anfang Mai angesetzt. Es war ein warmer Tag mit viel Sonnenschein, und das schien ein gutes Zeichen für den kleinen Täufling zu sein. Als Taufpaten wurden Richard und Erika ausgewählt. Richard war Walters jüngerer Bruder, der am

Ort wohnte und häufig zu Besuch kam, da er Junggeselle war und sich oft einsam fühlte.

Erika, Gertruds Schwester, sollte die Taufpatin sein. Sie war in Pforzheim verheiratet und hatte zwei kleine Söhne. Erikas Mann Paul machte in seinem Brief mit der Zusage zur Taufe ein Geheimnis daraus, auf welche Weise sie die Strecke von Pforzheim nach Wahlberg bewältigen würden. Er liebte es, auch die einfachsten Dinge spannend zu gestalten, und es gelang ihm, die Familie Breitenberg zum Raten anzuregen.

In der Woche vor dem Taufsonntag gab es viel zu tun. Das Haus musste blitzsauber sein, und das Essen musste geplant werden. Gertrud freute sich auf den festlichen Tag. Die Breitenbergs hatten schon längere Zeit nicht mehr eingeladen, und da Margarete prinzipiell Überraschungsbesuche ablehnte, kamen bis auf Richard selten Nachbarn vorbei. Wenn es etwas zu besprechen gab, fertigte Margarete den Bauern von nebenan am liebsten an der Haustür ab. Wenn allerdings Gertrud die Tür öffnete, wurde der Nachbar hereingebeten, und Walter trank schon mal einen Obstler mit ihm, sehr zu Margaretes Missfallen.

Der große Tag kam, und die Überraschung von Paul und Erika war gelungen. Sie fuhren mit einem Opel 10, der immerhin 40 PS aufzuweisen hatte, bis vor die Kirche. Alle vor der Kirche Wartenden drängten in Richtung Auto und staunten. Vor allem die Kinder waren ganz aufgeregt, und ein vorwitziger Junge kletterte gleich auf das Trittbrett auf der Beifahrerseite. Paul stieg als erster aus und stellte den Fahrer vor: Es war ein freundlicher Mitbewohner des Mietshauses, in dem Pauls und Erikas Familie in Pforzheim wohnten. Er hatte sich gern bereit erklärt, die Familie nach Wahlbach zu fahren und wurde natürlich zu der Feier eingeladen.

Nachdem einige Fragen bezüglich des Autos beantwortet waren, betrat man die Kirche. Die Glocken läuteten, und pünktlich um zehn Uhr fing die Orgel an zu spielen. Der kleine Walter und seine beiden Vettern aus Pforzheim saßen in der ersten Reihe und fingen sehr bald an, sich zu langweilen. Walter trat seinem Nachbarn auf den Fuß, der trat natürlich zurück, und Paul musste eingreifen, um eine schlimmere Rangelei zu verhindern.

Endlich war der Gottesdienst vorbei, und der Pfarrer lud die Gemeinde ein, der Taufe der kleinen Frieda beizuwohnen. Die Taufpaten Richard und Erika traten vor. Erika hielt die Kleine auf dem Arm, die durch den Wechsel vom Arm ihrer Mutter zu einer anderen Person wach geworden war, aber zurücklächelte, als Erika sich freundlich über sie beugte. Sie ließ sich das Taufwasser ungerührt auf die Stirn gießen, was einige Kinder zu einer unterdrückten Unmutsäußerung veranlasste. Sie hätten es viel lieber gesehen, wenn Frieda den Taufvorgang protestierend durch lautes Geschrei gestört hätte, aber den Gefallen tat Frieda ihnen nicht.

Frieda war überhaupt ein sonniges Kind. Wenn sie schrie, was selten vorkam, hatte sie einen Grund: Entweder sie hatte Hunger, oder sie war nass und fühlte sich unwohl. Die Stillzeiten waren ein ständiges Thema zwischen Gertrud und ihrer Mutter. Margarete war der Ansicht, dass schon die kleinsten Kinder von Anfang an zur Ordnung erzogen werden mussten, indem man sie regelmäßig im Abstand von vier Stunden fütterte. Da Gertrud aber nicht genug Milch produzierte für eine ausreichende Mahlzeit, musste sie die vor Hunger schreiende Frieda zwischendurch anlegen und provozierte damit jedes Mal die Kritik ihrer Mutter.

Nach dem Gottesdienst blieben alle noch vor der Kirche stehen, um den Eltern der kleinen Frieda die Hand zu schütteln und gutes Gedeihen zu wünschen. Einige überreichten zusätzlich hübsch verpackte Geschenke. Es herrschte richtige Feiertagsstimmung, auch weil die Sonne schien, und die Luft frühlingshaft lau war.

Erikas fünfjähriger Sohn sagte plötzlich laut und fordernd: „Wann gehen wir endlich? Mir ist langweilig, und ich habe Hunger." Es wurde gelacht, aber sein Ausspruch wurde zum Anlass genommen, die Versammlung aufzulösen. Erika stieg mit ihren Kindern in das bewunderte Auto und ließ sich stolz bis zum nahe gelegenen Hof kutschieren. Ihre beiden Söhne kurbelten die Fenster herunter und winkten johlend den Dorfkindern zu, die ein bisschen neidisch hinterher sahen, weil sie auch mal gerne Auto fahren wollten.

Schon vor dem Aufbruch zur Kirche hatten Margarete und Gertrud den Tisch im Wohnzimmer hübsch gedeckt für das Mittagessen. Da der örtliche Metzger kurz vor dem feierlichen Anlass eines ihrer Schweine geschlachtet hatte, gab es einen hervorragenden Braten, der bereits am frühen Morgen zubereitet worden war.

Während die Gäste sich im Wohnzimmer angeregt unterhielten, schabte Margarete die Spätzle und richtete den Salat an. Wie es sich für einen ordentlichen Haushalt gehört, fing Margarete um Punkt zwölf an zu servieren. Es gab ein bisschen Gerangel, weil Erikas Kinder nicht mit ihrem Platz am sogenannten Katzentischchen zufrieden waren. Sie wollten bei den Erwachsenen dabei sein. Es half auch nichts, dass ihr Vater ihnen erklärte, dass sie froh sein müssten, mit ihrem Vetter Walter an einem Extratisch zu essen, wo sie ununterbrochen reden durften, ohne von einem Erwachsenen eine Kopfnuss oder wenigstens eine Ermahnung zu bekommen. Auch wenn der vorlaute Sohn von Erika brüllte, gab es keine Möglichkeit, die Kinder am großen Tisch mit den Erwachsenen unterzubringen. Es würde einfach zu eng werden, und man wollte schließlich in Ruhe essen, ohne die Ellbogen einzuziehen und ständig vom Nachbarn angestoßen zu werden.

Erikas Mann sprach schließlich ein Machtwort, und seine Söhne wussten sehr wohl, was folgen würde, wenn sie immer noch nicht gehorchten. Ihr Vater würde sie gnadenlos rauswerfen, und das Essen, auf das sie sich sehr freuten, würden die anderen allein vertilgen.

Schon bei der Hirnsuppe, die es traditionsgemäß zu Anfang eines Festessens gab – vor allem bei Hochzeiten – hellte sich die Stimmung am Katzentischchen auf. Es wurde geredet und gekichert, und nur hin und wieder, wenn die Lautstärke anschwoll, kam vom Erwachsenentisch ein mahnendes Wort.

Walter hatte zur Feier des Tages einen guten Weißwein besorgt, was wiederum Anlass zu Kritik von Margarete gab. „Wir wollen doch nicht anfangen, uns zu betrinken? Das ist unchristlich.“

„Von Betrinken kann bei uns keine Rede sein," korrigierte Walter scharf. „Du kannst ja in der Bibel nachlesen, wie Jesus bei einer Hochzeitsfeier in Kana, als der Wein ausgegangen war, Wasser in köstlichen Wein umwandelte, damit das Fest weiterhin gelingen würde, und die fröhliche Stimmung nicht verloren ginge."

Das musste Margarete eingestehen, aber sie gab sich nicht gleich geschlagen. „Das Johannes Evangelium lese ich nicht so oft. Du aber suchst dir immer die passenden Stellen aus, es gibt auch andere."

„Ja," erwiderte Walter ungehalten, „und du suchst nur die Stellen aus, die in deine freudlosen Vorstellungen von christlichem Leben passen."

Es war still geworden. Walter ging um den Tisch und schenkte Wein ein. Gertrud deckte mit der Hand ihr Glas ab. „Ich mache das nicht Mutter zuliebe," sagte sie leise, „sondern dem Kind. Ich darf doch keinen Alkohol trinken, während ich noch stille."

Daran hatte Walter nicht gedacht. Margarete schenkte er gar nichts ein, und sie musste sich selbst mit Apfelsaft bedienen, was sie mit verkniffenem Gesichtsausdruck tat.

Die Stimmung hatte etwas gelitten, und Margarete nahm sich Zeit mit dem nächsten Gang. Die ungezogenen Buben am Extratischchen in ihrer Ungeduld fingen an zu skandieren, „Braten her, Braten her, oder ich fall um." Das passte gut, denn Rudolph, der kleine Tunichtgut, kippte plötzlich mit seinem Stuhl um und riss das Tischtuch samt dem Geschirr mit. Sofort riefen die beiden anderen „Zappelphilip, Zappelphilip," aber das Auslachen verging ihnen ganz schnell, als der Vater des kleinen Rudolph zornig aufsprang, seinen unter dem Tischtuch begrabenen Sohn hervorzog und ihm links und rechts eine kräftige Ohrfeige verpasste. Er zerrte ihn am Arm aus dem Wohnzimmer, schubste ihn noch ein Stück in den Gang und knallte die Tür zu. Sofort ertönte lautes Gebrüll, aber das beeindruckte Rudolphs Eltern überhaupt nicht.

Gertrud stand auf und las die Scherben zusammen. Zum Glück war nicht allzu viel kaputt gegangen, und die Kinder hatten sowieso nicht das Feiertagsgeschirr vorgesetzt bekommen.

Walter und sein Vetter waren betreten, und man merkte ihnen an, dass Rudolph ihnen leid tat, denn er würde nun mit Sicherheit weder den Braten mit Spätzle noch den Nachtisch genießen dürfen. Eigentlich war es doch ganz lustig gewesen, und Gertrud, die mit der Kehrschaufel am Boden kniete, sah, dass der eine oder andere von den Gästen sich ein Schmunzeln verkniff. Also wagte sie es, ein gutes Wort für ihren Neffen einzulegen. Erika zögerte nicht lange, holte den total verheulten Rudolph wieder herein und beschwor ihn, still zu sitzen und den Mund zu halten. Da die allgemeine Unterhaltung wieder einsetzte, kam Margarete mit ihrem Tadel über die Inkonsequenz der modernen Erziehungsmethoden nicht zum Zug.

Zum Nachtisch gab es Schokoladenpudding, und dann gingen einige der Männer hinaus, setzten sich auf die Sandsteintreppe vor die Haustür und rauchten genüsslich eine Zigarre.

Vor dem Kaffee wurden die Taufgeschenke ausgepackt. Alle versammelten sich um den Tisch und warteten gespannt, was zum Vorschein kam: Mit Spitzen umhäkelte Taschentücher, kleine Münzen, handgestrickte Socken, ein Jäckchen. Große Freude machte ein aus Holz gebasteltes Schiffchen mit einem bunten Stoffsegel, das über Friedas Wiege gehängt werden konnte. Das Schiffchen hatten Erikas Kinder ganz allein geschnitzt und zusammengesteckt. Jetzt waren alle gerührt, und dem kleinen Rudolph wurden seine Ausfälle verziehen. Was waren die beiden doch für herzensgute Buben!

Ein richtig kostbares Geschenk hatten sich die Pforzheimer ausgedacht. Aus einer mit Samt verkleideten Schatulle kamen sechs vergoldete Teelöffel zum Vorschein, eine passende Gabe aus der Goldstadt. Erika sagte, man müsse schließlich bei kleinen Mädchen immer die Aussteuer im Auge haben, um sie einmal gut zu verheiraten. Sie selbst habe zu ihrer Konfirmation Besteck, Handtücher und Bettwäsche bekommen, und wie froh sei sie darüber bei der Gründung ihres Hausstands gewesen.

Alle pflichteten bei, und sogar Margarete zeigte den Anflug eines Lächelns, da das Sammeln von Aussteuer ganz in ihrem Sinne war, und man nicht früh genug damit anfangen konnte. Sie hatte auch Gertrud gezwungen, Spitzeneinsätze für Kopfkissenbezüge zu häkeln, als Gertrud noch so klein war, dass sie mit ihren winzigen Fingerchen kaum die Häkelnadel halten konnte. Die ersten Versuche, das Häkeln zu erzwingen, endeten in einem Bad von Tränen, aber wie alle kleinen Mädchen ergab sich Gertrud schließlich in ihr Schicksal. Es war das erste Mal, dass Gertrud die Buben beneidete, die so etwas Grässliches nicht machen mussten. Der Spaß an Handarbeiten war ihr jedenfalls für alle Zeiten vergällt.

Schließlich blieb noch das Geschenk des Patenonkels Richard auszupacken. Es war sehr groß, und man konnte durch Fühlen nicht erahnen, was unter dem Geschenkpapier steckte. Weil der kleine Walter ganz besonders neugierig war, und sein Schwesterchen an noch gar nichts Anteil nahm, durfte er das Geschenk auspacken. Es kam eine große Puppe zum Vorschein, die so schön war, dass alle sie nur staunend bewundern konnten. Sie hatte einen Kopf aus Porzellan mit einer goldenen Lockenpracht, die man sogar vorsichtig mit einem Puppenbürstchen kämmen konnte. Das Gesicht hatte sehr feine Züge und wunderschön strahlende blaue Augen. Die Puppe trug eine Art rosa Ballkleid mit Spitzenbesätzen, weiße, sehr fein gehäkelte Söckchen und schwarze Lackschühchen mit einem kleinen Absatz.

Walter war genauso hingerissen, wie alle anderen. Aber er durfte die Puppe gar nicht halten, weil Gertrud Angst hatte, er könnte sie vor lauter Begeisterung zerquetschen. Die Puppe wurde malerisch auf einem Bord zwischen zwei Fenstern drapiert, wo die Kinder sie nicht erreichen konnten.

Die Puppe musste ein Vermögen gekostet haben, und Walter fragte sich, woher sein Bruder das Geld genommen hatte. Richard war Schreinergeselle und arbeitete in einer örtlichen Werkstatt bei einem für seine saubere Arbeit bekannten Schreinermeister. Leider machte dessen Frau allen das Leben schwer durch ihren Geiz. Sie fand immer Gründe, nicht den vollen Preis zu bezahlen, wenn Holz oder sonstiges Material für das Fertigen von Fenstern, Türen oder Möbel geliefert wurde. Auch bei Richard, der sehr gewissenhaft und gut arbeitete, fand sie ständig irgendeinen Makel und zog deshalb einen Teil vom Lohn ab, der sowieso an der unteren Grenze lag. Sie berechnete eine völlig überzogene Miete für das Zimmerchen, das Richard im Haus bewohnte, und am Essen, das Richard mit der Familie des Schreiners einnahm, knauserte sie sowieso.

Deshalb blieb Richard kaum Geld für den eigenen Bedarf übrig. Umso mehr wurde er gelobt für das üppige Geschenk.

Nach Kaffee und Kuchen gab es noch einen kleinen Birnenschnaps, den der Schnapsbrenner aus dem Ort, der auch die Obstmosterei betrieb, selbst herstellte, und dann machten sich die Gäste auf den Weg.

Alle waren sich einig, dass es ein vergnüglicher Tag gewesen sei, und die jungen Frauen wurden aufgefordert, bald mal wieder ein Kind in die Welt zu setzen, damit es einen Anlass zu einer schönen Feier gab. Erika setzte ein wissendes Lächeln auf, und Gertrud nahm sie in den Arm.

„Bist du wieder?" Schwanger wollte sie nicht sagen, weil das nicht anständig war, und gesegneten Leibes kam ihr doch sehr gestelzt vor.

Erika nickte, und dann stiegen die Pforzheimer in das schöne Auto und fuhren davon.

3. Kapitel

Frieda gedieh prächtig. Mit einem Jahr lernte sie laufen, und bald darauf fing sie zu plappern an. Der Winter war im Jahr nach Friedas Geburt nicht so kalt, und häufig schien die Sonne. Frieda hatte von einer Nachbarin, deren Kinder aus dem Kleinkindalter herausgewachsen waren, ein Mäntelchen aus Schaffell geerbt, das hervorragend gegen die Kälte und den Wind schützte. Mit der Anschaffung von Winterstiefeln sah es allerdings nicht so gut aus, denn die waren teuer, und Gertrud fand, es lohne die Ausgabe nicht, weil die Kleinen so schnell aus allem herauswuchsen. Von Walter gab es auch keine warmen Schuhe zu erben, denn der spielte ständig mit Eisstücken Fußball, und seine Stiefel wurden so oft nass, dass sie völlig verschlissen waren, wenn sie ihm nicht mehr passten.

Friedas Vater mochte die Kleine gerne um sich haben, und er nahm sie überall hin mit, wenn es möglich war. Frieda verbrachte viel Zeit im Kuhstall, während ihr Vater mistete oder die Tiere fütterte. Frieda liebte es, wenn die Kühe den Kopf durch das Gitter zu ihr herüberstreckten und sie anpusteten. Noch lieber war es ihr, wenn sie ihr mit ihrer langen Zunge übers Gesicht leckten. Dann kicherte sie, zum einen, weil es kitzelte, zum anderen, weil sie dadurch das leicht gruselige Gefühl der Angst vor den mächtigen Tieren überspielen konnte.

Sie zögerte auch nicht, zu den Kühen in den Ständer zu gehen und sich an das warme Fell zu lehnen. Ihr Vater sah das nicht gern, denn er fürchtete, die Kühe könnten sich ungeschickt bewegen und Frieda treten oder an die Wand drücken. Aber Frieda wollte sich nichts sagen lassen, und da Walter zu weich war, um sich durchzusetzen, ließ er sie letztendlich gewähren.

Wenn Frieda mit ihrem Vater zum Abendessen in die Küche kam, rochen beide gewaltig nach Kuhstall, was Margarete zum Anlass nahm, an Frieda herumzunörgeln. Ihren Schwiegersohn konnte sie natürlich nicht kritisieren, da die Stallarbeit schließlich gemacht werden musste, und sie selbst duftete morgens nach dem Melken auch nicht nach Rosen. Sie fand es aber überflüssig, dass Gertrud neben aller anderen Arbeit auch noch das kleine Mädchen gründlich waschen musste oder gar baden, was eigentlich nur für den Samstag vorgesehen war. Zum Baden wurde samstags eine Zinkwanne aus dem Keller geholt, die man aus dem Warmwasserschiff im Herd befüllte, eine umständliche Angelegenheit.

Trotz Margaretes Nörgeleien ging Frieda weiterhin mit in den Stall und folgte ihrem Vater bei allen Arbeiten: aus dem Stall zum Misthaufen, aus der Scheune in den Stall, über den Hof zu dem Schuppen, in dem der riesige Kessel stand, der angeheizt wurde für das Kochen der Schweinekartoffeln. Nach gründlicher Reinigung diente der Kessel einmal in der Woche auch als Waschkessel, in dem die schmutzige Wäsche gekocht wurde. Den Waschtag liebte Frieda besonders, wenn die Waschküche heiß war, und der Dampf der kochenden Wäsche den Raum völlig einnebelte. Auch den Geruch nach Seife genoss sie, schnuppernd und schniefend.

Manchmal wurde sie zum Baden in das noch warme Wasser gesetzt, wenn die Wäsche herausgenommen worden war. Das war ein besonderes Vergnügen, denn sie konnte plantschen, wie sie wollte, ohne dass sie ermahnt wurde, den Fußboden nicht nass zu machen, und sie hatte so viel Platz, dass sie sich in jeder Richtung ausstrecken konnte und dabei immer bis zum Hals im warmen Wasser steckte.

Einmal, als sie richtig wild mit den Ärmchen und Beinchen um sich schlug, rutschte sie im Seifenwasser aus und verschwand in der warmen Lauge mit dem Kopf voran. Gertrud, die neben dem Kessel stand, um auf sie aufzupassen, packte blitzschnell zu und zog sie aus dem Wasser. Gertrud hatte schlimmste Befürchtungen, dass Frieda völlig panisch sein könnte und für alle Zeiten vor Wasser zurückschrecken. Nichts dergleichen. Frieda hustete einige Male, lächelte und plantschte ungerührt weiter.

Walter war immer eifersüchtig, wenn Frieda im Waschkessel baden durfte. Allein traute er sich nicht ins Wasser, weil er wasserscheu war und auch nicht dazu neigte, sich sauber schrubben zu lassen. Mit Frieda zusammen hätte er das Bad genießen können, indem er Blödsinn machte, um seine kleine Schwester zu ärgern, aber Margarete ließ ein gemeinsames Bad ihrer Enkel nicht zu, weil sie das unmoralisch fand.

Der Vater Walter war deswegen sehr ungehalten und sagte abends, als sie endlich allein im Schlafzimmer waren, zu Gertrud, Margarete würde dafür sorgen, dass die Kinder sich zu völlig verklemmten Erwachsenen entwickelten. Außerdem könne er nicht nachvollziehen, dass seine Schwiegermutter ständig schmutzige Hintergedanken hatte, und das wollte er ihr deutlich sagen.

Gertrud bat ihn, das zu unterlassen, um sich nicht wieder fromme Sprüche und Nörgeleien anhören zu müssen. Walter murrte, weil er Gertrud viel zu unterwürfig fand.

„Es sind doch unsere Kinder, und wir sollten bestimmen können, wie wir mit ihnen umgehen. Ich werde mir künftig jede Einmischung seitens deiner Mutter verbitten, und du solltest mich unterstützen."

„Denke daran, dass der Hof nicht überschrieben ist und seit dem Tod meines Vaters meiner Mutter allein gehört. Wir sind also völlig abhängig, und es wäre schlimm, wenn es zu einem Zerwürfnis käme."

„Du kannst doch nicht im Ernst glauben, dass deine Mutter uns den Stuhl vor die Tür setzt? Was würde sie denn allein mit dem Hof anfangen? Abgesehen von der Arbeit, die sie nicht allein bewältigen kann, wäre sie auch völlig einsam, denn sie hat es gut verstanden, sich bei allen unbeliebt zu machen, außer vielleicht beim HERRN, aber das weiß man auch nicht so genau."

Er nahm Gertrud tröstend in den Arm und gab ihr einen herzlichen Gutenachtkuss auf den Scheitel.

Gertrud trug tagsüber einen strengen Knoten, wie es üblich war, aber abends löste sie die Haarnadeln, damit ihre Kopfhaut sich erholen konnte. Walter fand ihr offenes Haar besonders schön, denn es fiel ihr in dunkelblonden Locken über den Rücken, und er streichelte es noch ein paar Augenblicke, bevor sie einschliefen. Leider hielt man es nicht für anständig, im Alltag oder gar am Sonntag den Leuten die offene Haarpracht zu zeigen. Sonntags wurden sowieso die Haare unter einer Haube versteckt. Das gehörte unabdingbar zur Schwarzwälder Tracht, die Gertrud allerdings am Werktag nicht mehr trug im Gegensatz zu ihrer Mutter, die sich strikt weigerte, etwas anderes als die Tracht anzuziehen. Margarete behauptete, sich in den schweren Wollröcken und den steifen, aus Leinen gewebten Unterkleidern, den engen Leibchen und den anliegenden Blusen oder Jacken, die jede weibliche Rundung plattdrückten, sehr wohlzufühlen.

Gertrud hatte einmal in einer Zeitung ein Foto von einer Schauspielerin gesehen, die eine lange Hose trug. Sie wünschte sich, so ein gewagtes Kleidungsstück auch anziehen zu dürfen, und wenn es nur aus praktischen Gründen zum Arbeiten wäre. Daran war natürlich nicht zu denken, und nicht nur, wegen der strengen Ansichten ihrer Mutter, sondern auch wegen der Leute im Dorf. Es hätte ein furchtbares Gerede gegeben, wenn man eine junge Frau mit einer Hose bekleidet erwischt hätte.

Gertrud probierte an einem stillen Vormittag eine lange Hose von ihrem Mann an und drehte sich vor dem Spiegel, der allerdings nicht groß genug war, um richtig wiederzugeben, wie sie aussah. Die Hose war aus grobem Cord und nicht gerade für Damen geschneidert, aber Gertrud konnte sich trotzdem vorstellen, modern darin auszusehen.

4. Kapitel

Frieda fragte ständig ihre Mutter, wann sie ein Schwesterchen bekommen würde. Sie hoffte auf eine echte Spielgefährtin, und sie versprach ihrer Mutter, das Baby zu versorgen und nachts immer aufzustehen, wenn es schrie. Sie wurde mit dem Hinweis auf den Klapperstorch abgespeist, und Walter lachte sich über die Dummheit der Mädchen kaputt, die so etwas glaubten.

Walter war als Spielkamerad immer darauf aus, seine kleine Schwester zu ärgern und Sachen anzustellen, für die sie beide bestraft wurden. Mit Vorliebe plagte Walter Tiere, und die Katzen, die auf dem Hof herumliefen, suchten so schnell sie konnten das Weite, wenn Walter sich blicken ließ. Frieda hingegen liebte Tiere und behandelte sie mit Vorsicht, aber wegen Walters Verhalten waren die Katzen jedem gegenüber misstrauisch und ließen sich nicht streicheln.

Im Sommer, als Frieda fünf Jahre alt war, lächelte ihre Mutter versonnen auf die Frage nach einem Schwesterchen, was Frieda nicht richtig interpretieren konnte.

Im dritten Monat hatte Gertrud eine Fehlgeburt. Ein paar Tage lang ging es ihr sehr schlecht, denn sie war nicht sofort zum Arzt gegangen, sondern hatte sich mit der Hebamme Annemarie als Hilfe begnügen müssen. Sie fieberte ständig, musste häufig erbrechen und fühlte sich so matt, dass sie meistens im Bett liegen blieb. Schließlich kam man nicht umhin, sie ins Krankenhaus zu einem Gynäkologen zu bringen, und es musste eine Ausschabung gemacht werden. Der Arzt sagte ihr, dass ihr Zustand höchst gefährlich gewesen sei, und wenn sie länger gezögert hätte, wäre sie gestorben.

Frieda wurde natürlich über den wahren Grund für die Krankheit ihrer Mutter angelogen, denn mit Frauenleiden durften Mädchen sich nicht zu beschäftigen. Ihr Bruder Walter dagegen hatte – wie er es oft tat – an der Tür gehorcht und prahlte nun mit seinem Wissen seiner Schwester gegenüber. Walter war mehrfach bei der Geburt von Ferkeln oder Kälbern dabei gewesen und meinte sich auszukennen. Frieda wollte davon nichts hören und fand seine Vermutungen, wie Kinder entstehen und auf die Welt kommen, einfach abstoßend und unglaubwürdig.

Die Zeit, in der Gertrud im Krankenhaus lag, war schrecklich für Frieda. Sie wurde den ganzen Tag von ihrer Großmutter drangsaliert, und nichts konnte sie richtig machen. Sie versuchte, artig zu sein und zu helfen, aber es gelang ihr nicht, Margaretes sauertöpfische Laune aufzubessern.

Richtig zornig wurde Margarete, als Frieda nach ihrem Opa fragte. „Der ist im Krieg geblieben," sagte sie kurz angebunden, „und er sieht vom Himmel aus, was du für ein unartiges Mädchen bist."

Frieda fand das ungerecht und fing zu weinen an. Sie flüchtete in die Arme ihres Vaters, der gerade aus dem Stall nach oben kam, und beklagte sich.

Walter tröstete sie und sagte, dass er sie überhaupt nicht unartig fände, und schimpfte mit seiner Schwiegermutter. „Wie soll denn die Kleine jemals Selbstbewusstsein entwickeln und sich in der Welt behaupten, wenn du nur an ihr herumnörgelst?"

„Wozu braucht eine Frau Selbstbewusstsein? Sie soll ihrem Mann und dem Herrn gehorchen, und dazu muss man sie rechtzeitig erziehen."

Das einzige, was Margarete etwas versöhnlicher stimmte, war Friedas Willen, häkeln und stricken zu lernen. Sie stellte sich sehr geschickt an und verbrachte viel Zeit damit, letztendlich nutzlose Vierecke zu häkeln und lange Wolllappen zu stricken, um zu üben.

Als Gertrud wieder zu Hause war und sich einigermaßen erholt hatte, kam Frieda mit einer Bitte zu ihr. „Darf ich Veronika aus dem Regal holen und ihr etwas zum Anziehen häkeln?"

Frieda hatte mit der Puppe von Onkel Richard bis dahin nicht spielen dürfen, weil sie viel zu kostbar sei und eigentlich nur zum Ansehen bestimmt. Weil Frieda mit allen Gegenständen vorsichtig umging, nahm Gertrud die Puppe aus dem Regal und reichte sie Frieda.

„Da bin ich aber gespannt, was du ihr Schönes fabrizierst," sagte sie.

Frieda trug die Puppe vorsichtig in ihr Zimmer, holte sich ein Maßband aus dem Nähkörbchen und legte es an den Beinen, den Armen und der Taille an. Sogar der Kopfumfang wurde gemessen, um ein Mützchen zu häkeln. Natürlich konnte Frieda die Zahlen auf dem Maßband nicht lesen, hielt es verkehrt herum und schrieb etwas auf einen Zettel, das nur aus Strichen und Kringeln bestand, aber auf Anhieb richtigen Zahlen sehr ähnelte. Frieda war sehr zufrieden mit sich wegen der fachmännischen Planung ihrer Handarbeiten.

Als nächstes musste Wolle besorgt werden. In einem kleinen Weidenkorb gab es kleine Knäuel mit Wollresten, und Frieda legte verschiedene Farben zurecht und probierte, wie sie zusammen passten. Schließlich fing sie an, ein Band aus Luftmaschen zu häkeln, das Gertrud zusammenfügen musste zu einem Kreis.

Das Wetter war regnerisch, und da deswegen die Kinder nicht im Freien spielen konnten, mühte sich Frieda den ganzen Nachmittag mit ihrem Machwerk ab. Sie brachte auch ein paar ungleichmäßige Reihen zustande und erntete großes Lob von ihrer Mutter.

Am Nachmittag rief ihre Großmutter sie in die Küche und trug ihr auf, in den kleinen Kolonialwarenladen zu gehen und ein paar Sachen zu besorgen. Das machte Frieda sehr gern. Sie bekam einen Zettel mit, auf dem die benötigten Einkäufe notiert waren. Frieda bat Margarete, ihr die kleine Liste vorzulesen, weil sie sie auswendig lernen wollte, um sich nicht mit einem Zettel zu blamieren. Sie konnte die Dinge gut behalten und war sehr stolz, wenn sie nichts vergessen hatte.

Die Ladeninhaberin Lisbeth führte den Laden nebenher, so wie es damals auf dem Land üblich war. Sie und ihr Mann hatten eine bescheidene Landwirtschaft, und sie betreute vor allem das Haus und die Küche. Da sie sowieso immer im Haus zugange war, kam sie in den Laden, wenn sie die Türglocke hörte. Das Sortiment der angebotenen Waren beschränkte sich auf eine kleine Auswahl an Konserven, Mehl, Zucker, Salz, Süßigkeiten, Waschmittel, Nähnadeln und Garn. Obst und Gemüse erübrigte sich, weil praktisch jeder im Dorf einen Garten bewirtschaftete und eigenes Obst hatte.

Ein nicht übliches Angebot machte ihren Laden zu etwas Besonderem: Lisbeth verkaufte selbst hergestellte Kräutermixturen gegen Erkältungen, Blutergüsse und kleinere Wunden. Als sie damit anfing, waren die Dorfbewohner äußerst skeptisch gewesen, und die größten Klatschmäuler munkelten etwas von Hexerei und Kurpfuscherei, aber man stellte bald fest, dass ihre Essenzen ungiftig und häufig effektiv waren.

Während Lisbeth die gewünschten Artikel in den kleinen Korb packte, den Gertrud ihrer kleinen Tochter mitgegeben hatte, sah Frieda sich um. Sie atmete tief ein, um den Seifengeruch und den Duft nach Gewürzen aufzunehmen. Sie betrachtete aufmerksam die Töpfchen und Fläschchen mit den Heilkräuterextrakten und fragte zu jedem, was darin sei und wofür man es verwenden konnte.

„Ich werde auch mal Kräuterfrau," erklärte sie im Brustton der Überzeugung.

Lisbeth lächelte. „Dann musst du viel lernen," sagte sie. „Du kannst mit mir in den Wald kommen, und dann zeige ich dir, welche Pflanzen man nehmen muss, und wie man sie anmischt."

Vorsichtshalber las Lisbeth den Einkaufszettel, bevor sie Frieda losschickte. Nichts war vergessen worden, und Frieda erntete großes Lob für ihr gutes Gedächtnis. Sie bekam ein Himbeerbonbon für den Heimweg und hüpfte fröhlich das Gässchen zu ihrem Haus hoch.

Nachdem sie ihre Einkäufe abgeliefert und der Großmutter das Wechselgeld gegeben hatte, lief sie wieder in ihr Zimmer, um sich weiter mit ihrer Puppe zu beschäftigen. Als sie die Tür öffnete, blieb ihr vor Schreck fast das Herz stehen. Veronika saß nach wie vor auf dem Bett, genauso wie sie sie verlassen hatte, aber die blonde Lockenpracht war nicht mehr da. Einzelne hässliche Büschel standen ihr kreuz und quer vom Kopf ab, so dass sie entsetzlich entstellt war. Ein paar Locken lagen auf dem Bett und dem Fußboden, aber niemand war weit und breit zu sehen.

Frieda fing zu schreien an, sie wurde jedoch von Walters Stimme übertönt, der hinter seiner Tür gelauert hatte und nun mit einem triumphierenden Grinsen den Flur entlang gerannt kam und mehrfach lauthals verkündete, dass Veronika beim Frisör gewesen sei.

Frieda stürzte auf ihn los und fing an, mit Fäusten auf ihn einzuschlagen. Sie war völlig außer sich und versuchte, ihm richtig wehzutun. Da er viel stärker war als sie, konnte er ihre Fäustchen abwehren. Schließlich biss sie ihn in die Schulter, und er schrie auf vor Wut und Schmerz.

Margarete kam aus der Küche gerannt, sah nur, dass Frieda sich regelrecht in ihren Bruder verbissen hatte, schrie sie an, loszulassen, und als das nichts half, schlug sie mit Fäusten auf Friedas Kopf ein. Frieda lockerte den Biss und sank schluchzend auf die Knie. Margarete hielt Walter, der ebenfalls laut heulte, tröstend im Arm und sprach begütigend auf ihn ein.

In diesem Augenblick kam der Vater in den Flur, versuchte kurz, die Szene einzuschätzen und fragte barsch: „Was ist hier los?"

Margarete berichtete, dass sie Frieda dabei erwischt habe, wie sie sich wie ein tollwütiger Hund in ihren Bruder verbissen hatte. Nur durch Schläge sei es ihr gelungen, die Kleine zur Besinnung zu bringen. Bevor sie weiter über ihre ungezogene Enkelin lamentieren konnte und den kleinen Walter in Schutz nehmen, wollte Walter wissen, was eigentlich vorausgegangen war, denn er konnte sich nicht vorstellen, dass Frieda ohne Grund ihrem Bruder ernsthaft wehtat.

Schluchzend stand Frieda auf, fasste ihren Vater an der Hand und zog ihn ohne ein Wort in ihr Zimmer. Sie zeigte stumm auf ihre verschandelte Puppe, und erneut rannen die Tränen.

Voller Wut ging Walter zurück in den Flur. Sein Sohn war mit seiner Großmutter in der Küche verschwunden, wo er einen Keks bekam, nachdem die Bisswunde begutachtet worden war und als sehr schlimm empfunden.

„Wieso fragst du nicht, was vorgefallen ist, bevor du auf Frieda einschlägst? Walter hat der Puppe Veronika die schönen Locken abgeschnitten, und dafür hat er wohl einen Biss verdient und Prügel von mir dazu."

Walter heulte auf, als sein Vater ihn packte und in den Hof zerrte. Walter stieß hervor, er habe doch Frisör gespielt, aber es half nichts. Eine Haselrute wurde abgeschnitten, und sein Vater ließ sie ein paarmal tüchtig auf seinen Rücken niedersausen. „Eine Woche Hausarrest, damit du darüber nachdenken kannst, dass man kostbare Dinge nicht beschädigt. Und wehe dir, wenn du dich noch einmal an den Spielsachen deiner kleinen Schwester vergreifst oder sonst zu ihr boshaft bist, was ich schon öfter beobachtet habe."

Mit hängendem Kopf ging Walter ins Haus, überlegte aber bereits unterwegs, in welcher Weise er sich an Frieda rächen könnte, ohne dass es bemerkt wurde. Eine Petze war Frieda schließlich nicht, da konnte er sicher sein.

Die Schläge waren schnell vergessen, aber die Woche im Haus bedeutete eine schlimme Strafe für Walter. Es war herrlichstes Wetter, doch er kam nicht vor die Tür außer zur Schule. Sein Vater sorgte dafür, dass er auf dem Heimweg nicht trödelte, und zudem musste er im Haus helfen, wenn er seine Hausaufgaben erledigt hatte. Hausaufgaben hasste er sowieso, aber abwaschen oder putzen war noch viel schlimmer.

Als am nächsten Tag Onkel Richard vorbeikam, brachte Frieda ihm sofort die Puppe, um sich zu beklagen. Onkel Richard nahm Frieda auf den Schoß, strich ihr liebevoll über die Haare und versprach eine neue Lockenpracht für die Puppe. In der Kreisstadt Calw gab es einen Puppendoktor, der geschickt beschädigte Beine und Arme oder gar den Kopf einer Puppe und abgerissene Haare ersetzen konnte.

Frieda strahlte, als er ihr in Aussicht stellte, sehr bald den Schaden beheben zu lassen. Sie kuschelte sich vertraulich an seine Schulter, aber plötzlich sah sie auf und fragte: „Was hast du in der Hosentasche? Mich drückt etwas Hartes ganz fürchterlich."

Onkel Richard lächelte auf eine merkwürdige Weise und antwortete: „Da trage ich einen kleinen Prügel mit mir rum, falls ich mal kleine Mädchen bestrafen muss, die nicht lieb zu mir sind."

Frieda hatte plötzlich ein unerklärlich komisches Gefühl, bekam Angst und sprang von seinem Schoß. Er stieß nur noch auf Ablehnung bei seinem Versuch, sie wieder an sich zu ziehen, und auch seine Beteuerung, er habe nur einen dummen Scherz gemacht, kam bei Frieda nicht gut an.

Onkel Richard blieb zum Abendessen und trank mit Walter anschließend noch ein Bier. Als er gehen wollte, bat er Frieda, ihm die Puppe zu bringen, aber Frieda schüttelte den Kopf. „Veronika braucht keine neuen Haare, sie will nicht zum Puppendoktor."

Alle sahen sie erstaunt an, aber ihr verschlossener Gesichtsausdruck signalisierte, dass sie es ernst meinte. Also blieb die Struwwelpuppe mit ihren nach allen Seiten abstehenden Haarbüscheln unverändert auf Friedas Bett sitzen. Als Frieda älter war und schon richtig häkeln und stricken konnte, versorgte sie die Puppe mit verschiedenen entzückenden Mützchen und Häubchen und zeigte damit, dass sie eine begnadete Handarbeiterin war.

5. Kapitel

Kurz vor Ostern, als Frieda sechs Jahre alt geworden war und bald eingeschult werden sollte, hatte ihr Vater eine Überraschung für sie. Sie durfte mitkommen auf den Krämermarkt in Calw, der seit Mitte des 15.Jahrhunderts eine wichtige Rolle spielt. Frieda war schon ein paar Tage vorher furchtbar aufgeregt, weil ihre Mutter ihr erzählt hatte, was es da für herrliche Sachen zu sehen und zu kaufen gab.

Sie waren von ihrem Nachbarn Oskar, der ein Pferd und einen Leiterwagen besaß, eingeladen worden, mit ihm auf den Markt zu fahren. Den Wagen hatte er fürsorglich für die Gäste mit Stroh ausgepolstert, damit sie – wie er ein wenig deftig sagte – nicht mit Blasen am Arsch wieder nach Hause kommen würden.

Frieda war bis dahin noch nie weiter als ins Nachbardorf gekommen. Sie kniete auf dem Stroh und sah zwischen den Gitterstäben voller Neugier auf die Straße und die Landschaft. Zunächst ging es, wie ihr schien, endlos durch den Wald, dann gab es eine Lichtung, und man konnte den Nachbarort sehen. Schließlich kreuzten sie eine andere Straße, auf der gerade ein Fuhrwerk mit einem Kuhgespann in gemächlichem Schritt daherkam und hinter ihnen in Richtung Calw einscherte. Die beiden Fahrer begrüßten sich, und Friedas Vater wechselte ein paar Worte mit dem anderen Fahrer. Er musste laut reden, um das Klappern der Hufeisen und das Knarren des Wagens zu übertönen.

„Wer ist das?" wollte Frieda wissen. „Der kommt von einem kleinen Hof im Nachbardorf," antwortete ihr Vater. „Er hat sechs Kinder, und bestimmt muss er Kleidung einkaufen."

Frieda staunte über die sechs Kinder, wunderte sich aber, dass keins der Kinder auf dem Wagen saß, um mit auf den Markt zu fahren. Ihr Vater erklärte ihr, dass die Kinder schon groß waren und bestimmt schon oft in Calw den Krämermarkt besucht hatten bis auf das jüngste Mädchen, das Kinderlähmung hatte und deshalb nicht laufen konnte.

Frieda wusste bereits, was Kinderlähmung bedeutete, denn Margarete hatte sie schon oft davor gewarnt. Sie sollte nicht mit nassen Füßen herumlaufen, sich immer warm anziehen und vor allem die täglichen Gebete nicht vergessen, damit der Herrgott sie nicht bestrafte. Frieda wollte natürlich wissen, was das kleine Mädchen angestellt hatte, aber ihr Vater erklärte ihr, dass man nicht wissen konnte, woher die Krankheit kam, und alles, was die Großmutter dazu sagte, Unfug sei.

Frieda beschloss, das arme Mädchen zu besuchen, wenn sie groß genug war, um ins Nachbardorf zu gehen, und ihr Vater fand das sehr nett von ihr.

Der Abstand zwischen den Fahrzeugen wurde schnell größer, denn die Kühe konnten mit dem Pferd nicht mithalten. In der steilsten Kurve, bevor die Stadt begann, musste Oskar kräftig die Micke, wie er die Holzklötze am Rad nannte, die als Bremse dienten, herunterkurbeln, weil das Pferd den Wagen kaum halten konnte. Oskar schimpfte auf das unerfahrene Tier, das sich seiner Meinung nach dumm anstellte, aber Walter meinte begütigend, es sei doch willig und würde schon noch Erfahrungen sammeln.

Gleich hinter der Kurve bog Oskar in ein Gässchen ein, an dessen Ende ein Mietstall stand, in dem man die Pferde abgeben und versorgen lassen konnte. Nachdem das Pferd abgeschirrt, aus einem Eimer getränkt und in eine mit Stroh ausgelegte Box geführt worden war, zog Oskar ihm einen Sack mit Hafer über das Maul, der mit einem Lederriemen hinter den Ohren befestigt wurde. Das Pferd fing sofort zu mahlen an, aber Frieda hatte das Gefühl, es könnte an dem staubigen Hafer ersticken. Oskar lachte dröhnend, als sie ihre Bedenken vortrug. „Das macht man schon immer so bei längeren Fahrten. Ich habe noch nie gehört, dass der Hafer die Pferde umbringt, im Gegenteil, er macht sie wieder munter."

Sie stiegen über eine Sandsteintreppe durch eine kleine Anlage zwischen Büschen und Bäumen den steilen Hang hinunter und landeten auf dem Marktplatz. Hier trennten sie sich, weil jeder seine eigenen Besorgungen zu machen hatte, und verabredeten Treffpunkt und Uhrzeit für die Rückfahrt.

Frieda stand vor Staunen der Mund offen. Sie hatte noch nie ein solches Menschengewühl erlebt und drückte sich eng an ihren Vater. Walter blieb stehen und ließ ihr Zeit, sich umzusehen. Frieda wusste gar nicht, was sie mehr bestaunen sollte: Den wunderschönen Marktplatz mit den altehrwürdigen Fachwerkhäusern, das gewaltige Rathaus und die Kirche, die eine sehr dominante Stellung einnahm, oder die Verkaufsbuden, die dicht gedrängt rund um den Marktplatz aufgebaut worden waren.

„Komm, wir gehen jetzt langsam an den Ständen vorbei," sagte Walter. „Wir haben genügend Zeit, um alles zu bewundern."

Walter hatte große Freude daran, wie seine Tochter alles in sich aufsog und anfing, Fragen zu stellen.

„Wo kommen die wunderschönen Kleider her? Die Stoffe sehen gar nicht wie unsere aus, so zart und fein wie für Prinzessinnen aus dem Märchen."

Nicht nur die Kleider schienen Frieda märchenhaft, sondern auch die Süßigkeiten. Sie kannte solche Leckereien nur von einem Bild aus ihrem Märchenbuch, in dem das Hexenhaus von Hänsel und Gretel liebevoll dargestellt war. Walter fiel auf, dass Frieda nicht nur völlig entrückt bei den Kleidern stehen blieb und die Stoffe vorsichtig durch die Finger gleiten ließ, nachdem sie artig gefragt hatte, ob man sie anfassen dürfe, sondern auch bei den Ständen mit Wollsträngen in verschiedenster Qualität und Farbe.

Walter hatte eine ganze Liste von Dingen, die er für die Landwirtschaft brauchte, und Gertrud hatte ihm auch einen Zettel mitgegeben, auf dem sie alles notiert hatte, was ihr im Haushalt fehlte. Er erklärte Frieda, dass sie anfangen müssten, ihre Besorgungen zu machen. Frieda hatte überhaupt nichts dagegen, denn sie sah alle ausgestellten Dinge mit Interesse an: Die Töpfe und Pfannen, die Pferdegeschirre und Halfter, die Ketten und Schnüre, die Bettwäsche und die Tischdecken.

Nach zwei Stunden war sie völlig erschöpft, und Walter bekam den Eindruck, dass sie nichts mehr aufnehmen konnte. Deshalb schlug er vor, eine Wurst mit Brötchen zu holen mit einem Glas Limonade. Er hob Frieda auf den Brunnenrand in der Mitte des Marktplatzes, da es kaum andere Sitzmöglichkeiten gab, ermahnte sie, still zu sitzen, damit sie nicht ins Wasser fiele, und ging zu einem Stand, um das Essen zu besorgen.

Während Frieda wartete, entdeckte sie einige Leute, die sie aus Wahlberg kannte. Sie freute sich, als eine Nachbarin zu ihr kam, ihr über die Haare strich und ein paar freundliche Worte zu ihr sagte. Auch Oskar kam vorbei und rief ihr zu: „Na, hast du Spaß?" Frieda lächelte und nickte „Es ist wie im Märchen," sagte sie. Oskar lachte und meinte, sie würde schon noch lernen, dass alles Geld kostete, und die Händler ihre Ware nur anboten, um daran zu verdienen, und nicht, um etwas Gutes zu tun. Frieda verstand das überhaupt nicht, aber als sie älter und verständiger wurde, fiel es ihr bei vielen Gelegenheiten wieder ein.

Ihr Vater kam beladen mit Würstchen und Limonade und setzte sich zu ihr. „Hast du auch tüchtig Hunger?" fragte er. „Nachher holen wir uns noch ein Stück Kuchen, denn es soll ja ein Festtag für dich sein."

Am Nachmittag trafen sie sich wie verabredet mit Oskar und stiegen die Treppen wieder hoch zum Mietstall. Frieda war so müde, dass sie kaum noch laufen konnte. Im Arm hielt sie mit seligem Lächeln eine Tüte mit einem wunderschönen, leichten Stoff für ein Sommerkleid. Sie hatte sich etwas aussuchen dürfen, und es war ihr sehr schwergefallen, sich zu entscheiden.

Während sie es sich wieder auf dem Stroh des Wagens gemütlich machte, stellte sie sich vor, was für ein schönes Kleid ihre Mutter oder gar die Dorfschneiderin ihr nähen würde. Frieda hatte normalerweise Kleider und Röcke an, die aus alten Sachen umgearbeitet worden waren und meistens aus handgewebten, oft kratzigen Stoffen bestanden.

Vor allem hasste sie die gestrickten Strümpfe aus Schafwolle, die die Haut am Bein reizten und zudem durch das Färben mit Walnüssen auch noch hässlich dunkelbraun waren. Ihr Vater hatte ihr großzügig auch noch ein Paar Baumwollsocken gekauft, die sie die ganze Zeit mit dem Stoff an sich gedrückt hielt. Sie öffnete nur hin und wieder das Paket aus Papier ein wenig, um ihre Schätze zum hundertsten Mal anzusehen.

Ihr Vater hatte einiges besorgt, was sie nicht sehen durfte, und sehr geheimnisvoll getan. Hinten im Wagen lagen eine Menge Einkäufe, natürlich auch die von Oskar.

Die Steige hoch ging es sehr langsam, weil das Pferd sich schwertat und noch nicht so richtig begriffen hatte, was es tun konnte, um sich die Arbeit ein bisschen zu erleichtern. Schließlich stiegen Walter und Oskar an der steilsten Stelle ab und gingen neben dem Wagen her.

Sie kletterten wieder auf den Bock, als die schlimmste Kurve bewältigt war und tauschten sich über alle Marktneuigkeiten aus. Frieda war im Sitzen halb eingeschlafen, und schließlich rutschte sie ganz zurück und lag auf ihrem Strohlager. Da Wolken aufgezogen waren, und es empfindlich kühl wurde, zog Oskar die Decke heraus, die eigentlich als Polsterung für den Bock diente, und breitete sie über Frieda.

Als sie oberhalb von Altburg die freie Fläche erreicht hatten, und es einigermaßen eben wurde, ließ Oskar sein Pferd antraben, um ihm eine Abwechslung vom ermüdenden Schritt zu gönnen. Oskar pfiff vergnügt vor sich hin, und Walter drehte sich immer wieder zu Frieda um mit einem Lächeln im Gesicht.

Als sie kurz vorm Waldrand die Kreuzung überquert hatten, brach die Katastrophe über sie herein. Ein Lastwagen setzte von hinten mit Getöse zum Überholen an. Das unerfahrene Pferd stieg voller Panik, fiel in Galopp und scherte nach rechts aus, um dem Ungeheuer zu entfliehen. Neben der Straße war ein kleiner Abflussgraben ausgehoben, das Pferd übersprang ihn, aber der Wagen blieb mit einem Vorderrad im Graben hängen und kippte auf die Seite. Oskar flog in hohem Bogen vom Bock, Frieda kullerte ins feuchte Gras und schlug mit dem Kopf auf, aber Walter lag eingeklemmt unter dem Wagen und rührte sich nicht. Das Pferd war zwangsweise zitternd stehen geblieben und wandte den

Kopf nach hinten, um zu sehen, warum es plötzlich nicht weiter ging.

Der Lastwagenfahrer hatte im Rückspiegel gesehen, dass der Pferdewagen von der Straße abgekommen war und kam zurückgerannt.

Oskar stemmte sich gerade wieder hoch, taumelte zunächst zu Frieda und schüttelte sie am Arm. „Bist du bei dir? Dann sag etwas." Es blieb einen Augenblick still, aber dann richtete Frieda sich auf und sah sich um. Sie entdeckte ihren Vater, der immer noch reglos unter dem Wagen lag, und fing zu schreien an.

„Mädle, sei still," sagte der Lastwagenfahrer. „Geschrei nutzt nichts, du machst bloß das Pferd wieder scheu."

Frieda hörte sofort zu schreien auf. Oskar und der Lastwagenfahrer versuchten, den Wagen aufzustellen, um Walter frei zu bekommen. „Kannst du das Pferd beruhigen?" fragte Oskar: „Stell dich daneben, ja nicht davor, und sprich mit ihm."

Frieda stellte sich ohne jede Angst neben das Pferd, packte vorsichtig den Zügel und sprach beruhigende Worte. Nach mehreren Versuchen konnten die beiden Männer den Wagen aufrichten, und Walter war frei. Aber er rührte sich immer noch nicht, lag einfach mit geschlossenen Augen auf dem Waldboden. Oskar entdeckte als erster, dass Walters linkes Bein, das unter den Wagen gekommen war, merkwürdig verdreht aussah.

Oskar war unfähig, vernünftig zu denken, und stand einfach mit hängenden Schultern da. „Das Bein ist gebrochen," sagte der Lastwagenfahrer. „Ich werde so schnell wie möglich in den Ort fahren und von der Post aus das Krankenhaus anrufen. Schirren Sie das Pferd ab und binden es an, damit dem Kind nicht auch noch etwas passiert."

Er nahm die Decke, mit der zuvor die schlafende Frieda zugedeckt gewesen war, und warf sie über Walter, der inzwischen ein Stöhnen von sich gab und offenbar dabei war, wieder zu sich zu kommen.

Der Lastwagenfahrer rannte zu seinem Fahrzeug zurück, fuhr mit knallenden Fehlzündungen an und verschwand Richtung Dorf, eine stinkende Dieselwolke hinterlassend.

Frieda kniete sich neben ihren Vater und streichelte ihm über den Arm. Ohne jede Vorwarnung musste sie sich übergeben. Oskar wischte ihr den Mund mit seinem Taschentuch sauber und murmelte: „Ich glaube, das Kind hat eine Gehirnerschütterung. Frieda, ich denke, du musst mit ins Krankenhaus gehen und dich untersuchen lassen. Du bist ja ganz blass. Hast du Kopfschmerzen?"

Frieda nickte und kämpfte tapfer gegen die Tränen an.

Nach einer halben Ewigkeit, wie es Oskar schien, kam der Lastwagenfahrer zurück und brachte den Schmied mit, den er unterwegs aufgelesen und unterrichtet hatte.

„Du brauchst jemand, der mit dir nach Hause fährt. Der Gaul ist zu aufgeregt und unzuverlässig, um allein zu gehen. Ich werde ihn am Kopf führen," sagte Oskar.

Sie hörten endlich von Weitem die Sirene des Krankenwagens. Walter war inzwischen zu sich gekommen und kämpfte mit sich, um nicht laut vor Schmerzen zu schreien. Das wollte er Frieda nicht zumuten, denn er hatte Angst, sie könnte von dem unerfreulichen Erlebnis nicht mehr loskommen. Als die Sanitäter ihn vorsichtig anhoben, konnte er allerdings ein Stöhnen nicht unterdrücken.

Einer der Sanitäter tastete vorsichtig Frieda ab, fragte nach Schmerzen und meinte dann, sie könne wohl mit nach Hause fahren. Allerdings verordnete er ein paar Tage Bettruhe und leichtes Essen. Ihre Mutter solle sie nochmal gründlich untersuchen, damit man nichts versäumte.

Der Krankenwagen verschwand mit heulender Sirene Richtung Calw, der Lastwagenfahrer schrieb seine Adresse auf und machte sich auf den Weg. Frieda stieg wieder auf den Pferdewagen, und der Dorfschmied schirrte zusammen mit Oskar das Pferd erneut an und lief neben ihm her, bis sie den Hof von Friedas Eltern erreicht hatten.

Der Unfall hatte sich bereits herumgesprochen. Gertrud und Margarete waren schon aus dem Haus getreten und nahmen Frieda im Hof in Empfang. Gertrud umarmte ihre Tochter vorsichtig und fragte Oskar, ob ihr nichts fehle. Oskar berichtete von dem Verdacht auf Gehirnerschütterung und gab die Empfehlung des Sanitäters weiter, sie noch einmal gründlich abzutasten und sofort ins Bett zu stecken.

Gertrud war einigermaßen erleichtert, als sie hörte, dass Walter aufgewacht war und vermutlich mit einem Beinbruch davonkommen würde, was ja schlimm genug war. Der kleine Walter war vor kurzem nach Hause gerannt gekommen und hatte vor Aufregung kaum atmen können, weil er ganz schnell loswerden musste, was er von der Tochter der Frau, die die Post betrieb, gehört hatte: Sein Vater regte sich nicht mehr, und wahrscheinlich war er tot.

Gertrud versuchte ruhig zu bleiben, um Frieda nicht noch mehr aufzuregen, und sie scheuchte Margarete aus dem Zimmer, die völlig kopflos Gebete sprach. Sie zog Frieda aus und stellte fest, dass ihre kleine Tochter eine ordentliche Prellung an der rechten Schulter und Hüfte hatte. „Na, das wird wohl noch ein Weilchen wehtun, aber richtig schlimm ist es nicht," sagte sie tröstend, zog Frieda das Nachthemd über und deckte sie zu. Frieda schlief fast sofort ein.

Während der Schmied das Pferd hielt, lud Oskar die Einkäufe aus, die Walter gemacht hatte, und legte sie auf die Eingangstreppe. Der Schmied hob grüßend die Hand und ging davon. Auch Oskar machte sich auf den Heimweg, vorsichtshalber das Pferd am Kopf führend.

Gertrud machte sich nun auch eilig auf in Richtung Post, um im Krankenhaus anzurufen und Näheres zu erfahren. Bevor sie den Hof verließ, bat sie noch ihre Mutter, die untätig herum stand, die Einkäufe ins Haus zu bringen und ermahnte Walter, ja nicht auf den Gedanken zu verfallen, etwas auszupacken. Sie kannte ihren Sohn und wusste, wie es aussehen würde, wenn er anfing, sich die neu gekauften Sachen anzusehen Sie würde ein Chaos vorfinden, und möglicherweise würde auch etwas zu Bruch gehen, was Walter häufig passierte. Es war keine böse Absicht, aber er neigte zur Unachtsamkeit.

Am Telefon erfuhr Gertrud, dass ihr Mann operiert werden musste und man gerade dabei war, ihn vorzubereiten. Die Schwester, mit der sie sprach, riet ihr ab, ins Krankenhaus zu kommen, denn man würde einige Zeit nach der Narkose mit ihrem Mann nichts anfangen. Sie solle am nächsten Tag kommen, und dann könne sie auch mit dem Arzt reden.

Gertrud ging in ungute Gedanken versunken nach Hause. Der Chirurg des Calwer Krankenhauses, Professor Heuer, hatte den Gerüchten nach keine glückliche Hand mit Knochenbrüchen. Da er angeblich grob mit Patienten umging, nannte man ihn den Knochenhauer, nicht Heuer. Aber Gertrud wollte nichts auf die Gerüchte geben, denn sie kannte niemanden, bei dem eine Operation verpfuscht worden war. Das eigene Krankenhaus mit seinen Ärzten wurde sowieso schlecht gemacht, woanders war alles viel besser.

Was ihr allerdings eine schlaflose Nacht bereitete, war der Gedanke an die Narkose. Es kam immer wieder vor, dass jemand den Äther nicht vertrug oder dank einer zu starken Dosis nicht mehr aufwachte.

Aber es ging alles gut. Sie konnte am nächsten Tag zur offiziellen Besuchszeit am Nachmittag mit Walter sprechen. Er lag in einem Saal mit acht Betten, die alle belegt waren. Anscheinend handelte es sich bei den Patienten nicht um Todkranke, denn es ging ganz munter zu.

Walters Bein war bis oben hin eingegipst und hing an einer Art Flaschenzug. Da Walter eine ordentliche Dosis Schmerzmittel bekommen hatte, war er ganz guter Dinge, betonte aber, wie unbequem das Liegen auf dem Rücken war mit einem Bein in der Luft. Er würde wohl bedauerlicherweise eine Weile im Krankenhaus bleiben müssen, würde sich aber die Zeit mit Lesen, Gesprächen und Besuchen vertreiben können.

Gertrud versprach, am Sonntag wiederzukommen und den kleinen Walter mitzubringen. Frieda würde wohl noch im Bett bleiben müssen, zumindest noch ein paar ruhige Tage zu Hause verbringen. Sonntags war ein Bus extra für den Krankenhausbesuch eingerichtet, der über die Dörfer des Calwer Waldes fuhr und die Verwandten und Bekannten einsammelte, die einen Krankenbesuch machen wollten. Am späten Nachmittag fuhr der Bus zurück.

6. Kapitel

Zu Ostern durfte Frieda kurz aufstehen und mit Walter Ostereier suchen. Da schlechtes Wetter war, hatte der Osterhase die Eier im Haus versteckt. Walter polterte von einem Zimmer ins andere, riss Schranktüren auf und jubelte vor Freude, als er einen Schokoladenhasen entdeckte.

Frieda hatte immer noch Kopfschmerzen und lief etwas matt durchs Haus, ohne große Freude an den versteckten Leckereien zu zeigen, auf die sie im Augenblick überhaupt keinen Appetit hatte. Aber ihre Augen leuchteten auf, als sie ihr Ostergeschenk unter ihrer Bettdecke fand: Ein Wunderknäuel. In ein rotes Wollknäuel waren kleine Überraschungen eingewickelt, die mit Abstricken der Wolle nach und nach zum Vorschein kamen. Frieda hatte bei Berta, einem Mädchen aus der Nachbarschaft, das etwas älter war als sie, gesehen, wie es funktionierte. Berta strickte, und irgendwann zeichnete sich im Wollknäuel eine kleine Beule ab. Das sollte die Mädchen motivieren, die Handarbeit flott voranzutreiben, um an die kleine Überraschung zu kommen. Aber Berta konnte es nicht abwarten. Sie wickelte flugs die Wolle ab, bis ein Sahnebonbon zum Vorschein kam, und steckte es schnell in den Mund.

Das wollte Frieda nicht machen, sondern sie beschloss sofort, noch mehr zu üben, um schnell an die spannenden Geschenkchen zu kommen.

Nach Ostern kam der große Tag der Einschulung, auf den sich Frieda schon lange gefreut hatte. Walter versuchte jeden Tag mehrfach, ihr die Freude am Schulbesuch zu vergällen durch die Schilderung von den Leiden, denen die Schüler ausgesetzt waren: Man wurde häufig verhauen, man musste länger bleiben wegen irgendwelcher Unachtsamkeiten, man wurde zu Tafel - und Putzdienst verdonnert, und manchmal bekam man eine extra Hausaufgabe, die besonders schwierig war und viel Zeit kostete.

Frieda ließ sich nicht beunruhigen. Sie wollte unbedingt schnell lesen und schreiben lernen, vor allem, um die Märchenbücher, aus denen ihr gelegentlich vorgelesen wurde, allein zu bewältigen.

Am Abend vor dem großen Tag hatte Gertrud Frieda gebadet, und morgens durfte Frieda die neuen Strümpfe, die Margarete aus etwas feinerer Wolle gestrickt hatte, anziehen und ihren Sonntagsrock mit einer weißen Bluse.

Als Frieda fertig angezogen war, ging Gertrud ins Schlafzimmer und kam mit einem ledernen Schulranzen und einer bunt beklebten Papptüte wieder. Mit seligem Lächeln setzte Frieda den Ranzen auf und nahm die Tüte ungeöffnet auf den Arm.

„Wer hat den schönen Ranzen gekauft?", fragte sie tief beeindruckt.

„Der ist von Onkel Richard," sagte Gertrud. „Die Tüte haben wir befüllt, aber du darfst sie erst in der Schule aufmachen."

Überpünktlich ging Frieda los, begleitet von ihrer Mutter. Die Großmutter stand winkend in der Tür, und Frieda spürte, dass sie eine ganz wichtige Person war. Zudem war es ein lauer Frühlingstag, die Sonne schien, und die Vögel zwitscherten aus Leibeskräften, als wollten sie Frieda auch gratulieren.

Die Schule war nur ein paar hundert Meter entfernt an der Dorfstraße. Frieda wartete mit ihrer Mutter auf den Stufen vor der doppelflügeligen Eingangstür, bis auch die anderen vier gleichaltrigen Kinder mit ihren Ranzen und Schultüten eintrafen. In der Schule war es ganz still, obwohl der Unterricht für die älteren Schüler schon begonnen hatte.

Plötzlich flog die Tür auf, der Lehrer, Herr Bechtele, erschien oben auf der Treppe, und hinter ihm quollen die Schüler und Schülerinnen aller Klassenstufen unter lautem Geschnatter heraus. Mit einer Handbewegung bedeutete der Lehrer ihnen, dass sie den Mund halten sollten. Sofort kehrte Ruhe ein, und die Kinder stellten sich wohlgeordnet nach Größe auf den Treppenstufen auf und stimmten einen Willkommenskanon für die Neulinge an. Der Gesang klappte ganz gut, obwohl einige der älteren

Jungs bereits im Stimmbruch waren und immer mal dazwischen quietschten.

Nach dem Ende des Lieds wurden die Mütter freundlich verabschiedet. Ein kleines Mädchen klammerte sich an den Rock seiner Mutter und weinte, aber es wurde unerbittlich von den anderen Kindern ins Klassenzimmer geschoben.

Frieda bestaunte die vielen Bänke und die große Tafel, die vorne neben dem hölzernen Podest mit dem Lehrerpult hing. Herr Bechtele wies die Erstklässler in die ersten Bankreihen ein, zeigte ihnen, wo sie ihre Ranzen seitlich an einen Haken hängen konnten, und als alle saßen, erlaubte er ihnen, endlich die Schultüten zu öffnen.

Frieda machte mit vor Aufregung ungeschickten Fingern die kleine gelbe Seidenschleife auf, mit der das Krepppapier, das den Abschluss der Schultüte bildete, zugebunden war. Sie holte nacheinander die Gegenstände, die in der Tüte verborgen waren, heraus: ein Schwämmchen zum Tafel abwischen, zwei Läppchen zum Nachtrocknen, zwei mit Mausezähnchen umhäkelte Taschentücher, eine Vesperdose aus Blech und eine Orange. Frieda legte alles sorgfältig vor sich auf den Tisch. Das kostbarste war natürlich die Orange, denn Südfrüchte hatte Frieda bis dahin kaum gekannt.

Sie sah zu ihrer Nachbarin, die Schokolade, Bonbons und ein Tütchen mit Brausepulver auf ihren Platz legte. Frieda griff noch einmal in ihre Tüte, um ganz sicher zu gehen, dass in der Spitze nichts hängen geblieben war. Es kam nichts mehr zum Vorschein, und Frieda musste mit den Tränen wegen ihrer Enttäuschung kämpfen. Sie hatte doch ein paar Süßigkeiten erwartet, und sie verspürte ein leichtes Neidgefühl, wenn sie auf die Schätze ihrer Nachbarin sah. Ihr Vater hatte auf dem Krämermarkt so vielversprechend gelächelt, dass sie im Stillen angenommen hatte, er hätte ein paar Leckereien für sie ausgewählt.

Als sie an ihren Vater dachte, der nicht mal an ihrem großen Tag zu Hause sein konnte, wurde sie richtig traurig. Aber sie wurde schnell von ihren unguten Gedanken abgelenkt, als ihre Nachbarin sie unsanft in die Seite stieß und zischte: „Du sollst deine Tafel und den Griffel herausholen, hat der Lehrer gesagt."

Frieda legte beides vor sich auf den Tisch. Herr Bechtele erklärte ihnen, dass sie ein Bild von ihrem Haus malen sollten, während er mit den Großen ein Diktat schrieb. „Was ist ein Diktat?" rief einer der neu Eingeschulten vorlaut. Die größeren Kinder lachten, aber Herr Bechtele erklärte geduldig, was er in den nächsten Minuten machen würde. Er ermahnte noch die Kleinen, den Griffel nicht zu sehr aufzudrücken, damit er nicht abbrach, aber das wussten die meisten Kinder schon, weil sie bereits auf irgendeiner Tafel ausprobiert hatten, wie Schreiben und Zeichnen ging. Frieda hatte sich schon oft die Tafel von Walter vorgenommen, während Walter draußen war zum Spielen. Wenn er sie mit seiner Tafel erwischte, wurde er immer fuchsteufelswild und vermittelte den Eindruck, als sei die Tafel ein wahres Heiligtum. Dabei hatte er schon zweimal eine Tafel zerbrochen durch seine stürmische und unachtsame Art, und einmal hatte er versucht, das Frieda anzuhängen, allerdings erfolglos.

Frieda bemühte sich, ihr Haus schön hinzukriegen, aber sehr zufrieden war sie mit dem Ergebnis nicht. Alles war ein bisschen schief und krakelig, und überhaupt fand sie, dass ein Griffelbild nicht so wunderbar aussah.

Nach Ende des Diktats und des Häusermalens durften alle Kinder in den Hof und essen, was man ihnen als Schulfrühstück eingepackt hatte. Frieda fand in ihrer Dose ein dick mit Wurst bestrichenes Brot. Sie setzte sich auf das Mäuerchen, das den Schulhof umschloss, und biss hinein.

Nach ein paar Minuten kam Herr Bechtele heraus, scharte die neuen Kinder um sich und erklärte ihnen, wo sich die Toiletten für Buben und Mädchen befanden, nämlich nebeneinander in einem Holzhäuschen im Schulhof. Es waren natürlich sogenannte Plumpsklos ohne Wasserspülung, aber eines fand Frieda hochmodern: außen am Häuschen war ein emailliertes Arbeitsbecken angebracht, das, wie der Lehrer erklärte, zweierlei Funktionen erfüllte. Man konnte zum einen eine Gießkanne unter den Wasserhahn stellen, um den kleinen Schulgarten zu bewässern, zum anderen gab es eine Seifenschale und ein Handtuch, damit die Schüler nach dem Benutzen des Klos sich die Hände waschen konnten. Das war für Frieda neu, denn zu Hause gab es nur einen einzigen Wasserhahn in der Küche, der für alles herhalten musste und nach dem Gang aufs Klo selten benutzt wurde.

Nach der Pause wurde noch einmal gesungen, dann erzählte Herr Bechtele eine lustige Geschichte von einem Fuchs und einem Jäger, und danach wurden die Erstklässler mit allen guten Wünschen für die häusliche Feier entlassen.

Frieda war von ihrem ersten Schultag sehr angetan. Niemand hatte Haue bekommen, nicht einmal Walter, und den Lehrer fand sie sehr nett.

Als sie nach Hause kam, erwartete ihre Mutter sie in der Küche. „Wie war's?" fragte Gertrud. „Hast du deine Süßigkeiten gleich aufgegessen? Papa hat dir richtig lieb etwas auf dem Markt eingekauft, von dem wir wissen, dass du es magst."

Frieda senkte den Kopf um die Tränen zu verbergen. „In meiner Tüte waren keine Süßigkeiten, nur eine Orange, die ich mir für später aufhebe."

Gertrud wunderte sich, aber nach kurzem Nachdenken fiel ihr ein, wo die Süßigkeiten geblieben sein könnten: In Walters Bauch. Sie war richtig zornig und nahm sich vor, Walter eine tüchtige Tracht Prügel zu verpassen. Sie dachte darüber nach, warum ihr Sohn immer etwas anstellte und nie an die anderen dachte, die dabei zu Schaden kamen. Vielleicht war es nur eine Entwicklungsstufe? Das musste sie ausschließen, denn Walter war schon als Kleinkind bockig und schwer lenkbar gewesen.

Walter leugnete heftigst, dass er die Süßigkeiten seiner Schwester aus der Schultüte genommen hatte, aber schließlich musste er es zugeben. Er bekam ordentlich Haue für den Diebstahl und noch mehr fürs Lügen. Aber eigentlich war Gertrud bewusst, dass die Strafen nichts Grundlegendes ändern würden.

Walter tat Frieda ein bisschen leid, aber sie war auch böse auf ihn, weil er sie ständig ärgerte.

7. Kapitel

Frieda ging die nächsten Jahre gern zur Schule, schwärmte ein bisschen für Herrn Bechtele, der den Unterricht spannend gestaltete. Er machte zum Beispiel öfter mit den Schülern einen Ausflug in den Wald, erklärte ihnen, woran man giftige Pilze erkennen und von essbaren unterscheiden konnte, und hielt sie zum Sammeln von Beeren an.

Als Frieda ins vierte Schuljahr ging, konnte sie auch einen wertvollen Beitrag leisten und war sehr stolz auf sich. Sie war nämlich einige Male mit Lisbeth, der Kräutersammlerin aus dem Kolonialwarenladen, im Wald gewesen und hatte einiges über Heilkräuter gelernt. Sie gab ihr Wissen weiter und wurde prompt vom Großteil der Buben verlacht und als Hexe abgestempelt. Aber die Mädchen hörten aufmerksam zu und waren beeindruckt, wenn Frieda nicht nur die deutschen Namen der Kräuter wusste, sondern auch die lateinischen Bezeichnungen kannte. Allerdings ermüdeten die Mädchen, weil sie bei jedem Kraut ausführlich erklärte, wofür es gut war und wie man es zubereiten musste.

Herr Bechtele machte auch einen spannenden Erdkundeunterricht. Zunächst war natürlich Heimatkunde sehr wichtig, aber die älteren Schüler sollten auch die Gegebenheiten außerhalb von ihrer engeren Heimat und Deutschland kennen lernen. Da sowieso alle Jahrgänge in einem gemeinsamen Klassenzimmer unterrichtet wurden, versuchte Herr Bechtele die geografischen Verhältnisse so anschaulich zu erklären, dass auch die jüngeren Schüler etwas verstanden und wenigstens teilweise Interesse zeigten.

Es gab in der Schule eine kleine Sammlung von Landkarten und Bildmaterial, das zum großen Teil aus Kolonialzeiten stammte, also veraltet und tendenziös war. Herr Bechtele kommentierte die Bilder – vor allem von Afrika – und versuchte, die Sichtweise zurechtzurücken. Er wollte die einfache Unterscheidung von „Waldneger" und „Steppenneger" nicht gelten lassen, wobei der eine wulstige Lippen und eine niedrige Stirn hatte, der andere feinere Gesichtszüge und einen weniger stämmigen Körperbau.

Es wurde auch durchgesetzt, dass die Mädchen regulär Handarbeitsunterricht erhielten, allerdings nicht bei Herrn Bechtele, sondern bei einem etwas verwachsenen, unverheirateten Fräulein., Frieda war vom Handarbeitsunterricht begeistert, aber nicht vom Fräulein. Wenn sie mit großer Sorgfalt lange gestrickt, gehäkelt oder genäht hatte, musste sie meistens alles wieder auftrennen mit der Begründung, es sei unordentlich gearbeitet.

Einmal passierte es, dass das Fräulein selbst ein paar Reihen an Friedas Strickzeug anfügte, um zu zeigen, wie man es perfekt machte. Frieda saß den Rest der Stunde tatenlos da und ging am Schluss der Stunde zum Pult, um ihre Handarbeiten vorzuzeigen und das Fräulein zu fragen, wie sie die letzten Reihen hinbekommen hatte.

„Das ist Mist," sagte das Fräulein scharf. „Trenne es wieder auf!"

Wenn es irgend ging, vermied Frieda von da an, ihre Arbeiten zu präsentieren. Das gelang nicht immer. Einmal bekam Frieda den Rohrstock auf der Handinnenfläche zu spüren, weil sie angeblich vorlaut gewesen war. Sie hatte nämlich vorgeschlagen, dass man vielleicht einmal ein Kleidungsstück wie einen Rock oder ein Kleid zuschneiden könnte oder einen Pullover stricken, statt immer Taschentücher zu umhäkeln, ein Loch in einem Geschirrtuch mit einem feinen Faden oder sogar einem Haar zu flicken, ein Loch, das man zuvor selbst in den Stoff geschnitten hatte. Man durfte nicht sehen, dass das Tuch ausgebessert worden war. Endlos mussten komplizierte Strickmuster gelernt werden, die zu keinem praktischen Ergebnis führten.

Die Lehrerin empfand Friedas Vorschlag, dem Unterricht einen nützlichen Sinn zu geben, als Einmischung in ihren Lehrplan und bestrafte Frieda mit ein paar schmerzhaften Tatzen. Frieda war zutiefst beschämt, fand sich aber ungerecht behandelt. Sie war sehr froh, dass Walter an dem Tag krank war, denn der hätte bestimmt wochenlang seine Schadenfreude gezeigt.

Leider verpetzte eine Mitschülerin Frieda bei ihrem Bruder, und es kam, wie Frieda befürchtet hatte: Walter lachte sich kaputt und erzählte beim Mittagessen brühwarm die Geschichte, leider etwas zu Friedas Ungunsten verzerrt. Gertrud wunderte sich, dass Frieda frech gewesen sein sollte, aber Margarete konnte sich ein schadenfrohes Lächeln nicht verkneifen.

Frieda war bei ihren Mitschülern nicht besonders beliebt und hatte keine Freundin. Das war wohl auf Neid zurückzuführen, weil Frieda sehr leicht lernte. und sich an vielem interessiert zeigte, was die anderen langweilte. Frieda konnte das natürlich nicht verstehen. Sie war von Natur aus freundlich und hilfsbereit und bemühte sich sehr um ihre Mitschüler. Sie half gern bei schwierigen Aufgaben und übernahm freiwillig unbeliebte, kleine Arbeiten im Klassenzimmer. Das wurde ihr als Einschmeicheln beim Lehrer ausgelegt oder als Hochmut, weil sie sich durch ihre Opferbereitschaft als etwas Besseres fühlen konnte. Herr Bechtele war sehr überzeugt von Friedas Fähigkeiten. Er bestellte ihre Eltern ein und schlug vor, Frieda nach Calw aufs Gymnasium zu schicken. Frieda wollte das sehr gern, aber als die Schwierigkeiten diskutiert wurden, musste sie einsehen, dass sie kaum eine Chance auf den Besuch einer höheren Schule hatte. Wie sollte sie zum Unterricht kommen ohne öffentliche Verkehrsmittel? Frieda erklärte sofort, sie sei bereit, den Schulweg von etwa zehn Kilometern zu Fuß zu machen. Aber das fanden ihre Eltern natürlich nicht praktikabel. Man konnte doch das Kind nicht allein frühmorgens im Dunkeln losschicken! Vielleicht könnte sie mit dem Fahrrad des Vaters – dem einzigen in der Familie – fahren, wagte Frieda vorzuschlagen. Das kam überhaupt nicht in Frage, vor allem im Winter nicht. Für Walter war das Fahrrad unentbehrlich, und außerdem hielten Friedas Eltern den Weg nach Calw mit abschüssigen Strecken und Steigungen auf dem Heimweg für viel zu gefährlich und anstrengend für ein kleines Mädchen.

Die Diskussion ging zu Hause weiter, und Frieda kam mit immer neuen Ideen, wie man den Schulbesuch möglich machen könnte. Walter dachte ernsthaft über die wenigen Lösungen nach,

Gertrud war eher unentschieden, ob eine höhere Schulausbildung für eine Bauerntochter wünschenswert sei, und Margarete, die leider das Problem mitbekommen hatte, war natürlich ganz entschieden dagegen. Was würde wohl im Dorf geredet werden, dass ein Mädchen aufs Gymnasium geschickt wurde, wenn in Wahlbach nicht einmal einer der Buben in Calw zur Schule ging? Wozu sollte Frieda Fremdsprachen lernen, die sie nie anwenden würde? Für eine künftige Ehefrau gab es andere Fähigkeiten, die erworben werden mussten, und Hochmut gehörte nicht dazu. Eigentlich ging es Margarete gar nicht um ihre Enkelin, sondern im Vordergrund stand die Furcht vor dem Gerede der Leute.

Frieda gab den hartnäckigen Kampf um den Schulbesuch in Calw nach ein paar Tagen auf. Der Traum war ausgeträumt, und das Thema wurde nicht wieder erwähnt.

Sie bekam allerdings wieder ein klein bisschen Hoffnung, als ihr Vater nach einem guten Holzverkauf ein Motorrad erwarb, eine „Wanderer". Damit war das Fahrrad frei geworden, aber Frieda wagte es nicht mehr, noch einmal anzufangen zu betteln.

Friedas Vater hatte lange mit seinem Beinbruch zu tun gehabt. Monatelang hatte er Mühe beim Laufen, und längere Wege konnte er nur unter großen Schmerzen zurücklegen.

Er behielt ein leichtes Hinken zurück, da das verletzte Bein ein bisschen kürzer geblieben war als das andere. Man konnte natürlich nicht feststellen, ob der Knochenhauer gepfuscht hatte. Im Dorf hielt sich aber hartnäckig das Gerücht vom schlechten Chirurgen, und die Empfehlung wurde ausgegeben, lieber nicht zur Behandlung ins Calwer Krankenhaus zu gehen.

An einem Sonntag im Sommer bot Walter seiner Tochter an, mit ihr in den Nachbarort zu fahren, um die gelähmte Annemie kennen zu lernen. Er hatte Friedas Wunsch am Tag des Unfalls, sich um das arme Mädchen zu kümmern, nicht vergessen.

Frieda war selig. Sie stieg hinten auf die „Wanderer". Das Haus von Annemies Eltern war ärmlich und etwas heruntergekommen, vermutlich nicht aus Nachlässigkeit, wie Walter erklärte, sondern weil das Geld für Reparaturen fehlte.

Die Familie saß um den Kaffeetisch. Für Walter und Frieda wurde sofort ein Stuhl herangerückt, ihnen wurde ein Stück Kuchen aufgetan und Kaffee beziehungsweise Apfelsaft eingeschenkt. Frieda war beeindruckt von der friedlichen Atmosphäre und der Freundlichkeit der Familie Brücker. Am Tisch saßen außer den Eltern ein fast erwachsenes Mädchen und ein großer Junge. Das jüngere Mädchen, das seinen Stuhl etwas ins Abseits gerückt hatte, musste wohl Annemie sein. Frieda staunte über Annemies Haare, die sie weder durch Zöpfe noch eine Aufsteckfrisur gebändigt hatte. Sie trug sie einfach offen, eine gewagte Frisur für ein Mädchen vom Land. Ihr wilder, schwarzer Lockenkopf mit einer roten Schleife an der Seite umrahmte ihr hübsches Gesicht mit den großen, dunklen Augen und der leicht bräunlichen Haut. Frieda dachte an das Bild von einem Zigeunermädchen, das sie in einem Buch gesehen hatte, und fragte sich, ob Annemie vielleicht einer Gruppe von durchziehenden Zigeunern abhanden gekommen war. Natürlich ein unsinniger Gedanke, denn Annemies Vater war ebenfalls ein dunkler Typ, wie sie im Schwarzwald oft vorkamen. Annemie glich ihm sehr.

Da Annemie an den Tisch herangerückt war, sah man ihr nichts von ihrem Gebrechen an. Sie lachte viel und freute sich offensichtlich über den Besuch. Erst als die Tafel aufgehoben wurde, sah Frieda, dass Annemie in einem Stuhl mit kleinen Metallrädern saß, den man im Raum herumschieben konnte.

„Willst du meine Beine sehen?" fragte Annemie ganz unbefangen, nachdem man sie ans Fenster geschoben hatte, und Frieda sich zu ihr auf eine der beiden grün gestrichenen Bänke gesetzt hatte, die an zwei Seiten der Wohnstube aufgestellt waren, wie in jedem Bauernhaus üblich.

Frieda nickte, obwohl ihr eigentlich das Thema Kinderlähmung peinlich war. Annemie hob ihren langen Rock an, und Frieda sah die extrem dünnen Beine, die eher an Streichhölzer erinnerten als an Gliedmaßen, mit deren Hilfe man gehen, rennen und hüpfen konnte.

„Das ist traurig," sagte Frieda. „Gibt es denn nichts, was man machen kann?"

„Doch," antwortete Annemie. „Ich mache jeden Tag Turnübungen, die mir der Arzt gezeigt hat. Das soll die Muskeln aufbauen. Ich merke aber nichts, es wird nicht besser. Ich kann mich gerade mal hochziehen, irgendwo festhalten und deshalb Gott sei Dank ohne Hilfe aufs Klo gehen, wenn man mich da hinschiebt. Weißt du, die Schwierigkeit mit dem Umherrollen liegt an unserem Haus, weil ich nicht über die Schwellen an allen unseren Türen komme. Mein Papa will mir schon längst einen Rollstuhl bauen, mit dem ich selbst fahren kann, aber er weiß noch nicht, wie er das machen soll. Einen richtigen Rollstuhl können wir leider nicht kaufen, der ist viel zu teuer."

„Kannst du denn in die Schule gehen"? fragte Frieda.

„An manchen Tagen schon, wenn mein Papa Zeit hat. Er trägt mich in eine Schubkarre und fährt mich hin."

Frieda musste bei dem Gedanken an Annemie in der Schubkarre lächeln.

„Weißt du," sagte sie, „ich habe eine Großmutter, die immer daran denkt, was die Leute sagen. Sie würde nie erlauben, dass ich mit der Schubkarre zur Schule gefahren würde, wenn ich an deiner Stelle wäre. Lieber sollte ich nicht lesen und schreiben lernen, sofern ich nicht zur Schule laufen könnte."

Annemie lächelte auch. „Hier in Hochdorf hat man sich anfangs auch das Maul zerrissen. Aber inzwischen haben sich alle an mich gewöhnt, und in der Schule hilft mir der Lehrer, und die Großen tragen mich sogar in der Pause in den Hof und setzen mich auf eine Bank, damit ich mit den anderen die frische Luft genießen kann. Ich komme so wenig raus, weil mir immer jemand die Eingangstreppe hinunter helfen muss, und meine Eltern haben so viel auf dem Hof zu tun."

„Ich werde nachdenken," sagte Frieda in so optimistischem Ton, als sei ihr schon etwas eingefallen, um Annemies Problem zu lösen.

Frieda musste sich regelrecht losreißen, als ihr Vater aufstand und erklärte, dass er pünktlich zum Melken zuhause sein müsse. Während Frieda und Annemie über Bücher sprachen, die sie beide gelesen hatten, über ihre jeweiligen Lehrer, wobei Herr Bechtele hervorragend abschnitt mit seinen eher fortschrittlichen Ideen und seiner Großherzigkeit, über die Tiere auf dem Hof und die Möglichkeiten, die Haltung zu verbessern, hatten Walter und Georg sich über ihre Sorgen um die Landwirtschaft und vor allem über die politischen Veränderungen ausgetauscht. Noch war es möglich, offen über den Nationalsozialismus zu diskutieren und im vertrauten Kreis Bedenken anzumelden. Aber beide sahen es kommen, dass Misstrauen um sich griff, und es bald Anzeigen geben würde, wenn jeder immer stärker in das System gepresst wurde, und Auflehnung und Individualismus vollständiger Unterdrückung anheimfielen.

Sie sprachen schließlich von den Schweine-und - Rindfleischpreisen, und Walter erzählte von seinem Vorhaben, zwei Pferde anzuschaffen, um das langsame Arbeiten mit den Kühen zu beenden.

Georg konnte nicht an irgendwelche Modernisierungen denken wegen des Geldmangels der Familie, und er äußerte die Befürchtung, dass er vielleicht die Landwirtschaft aufgeben müsse und sich von seinen älteren Kindern unterstützen lassen, die einen Beruf erlernt hatten. Das fand Walter erschreckend. Er wusste, dass Georg einen Großteil des ererbten Waldes bei der Erbteilung hatte abtreten müssen, und damit die Haupteinnahmequelle der Bauern des Calwer Waldes für ihn verloren war.

Frieda hatte noch nie einen Menschen außerhalb ihrer Familie getroffen, zu dem sie sofort eine so tiefe Zuneigung empfunden hatte wie zu Annemie. Die beiden redeten ohne Pause und waren sich in allem einig. Sie umarmten sich sogar zum Abschied, was völlig unüblich war, und Frieda versprach, sobald wie möglich wieder zu Besuch zu kommen. Sie wollte gern den Weg zu Fuß auf sich nehmen oder noch besser, um das väterliche Fahrrad bitten.

8. Kapitel

Der Nationalsozialismus begann immer mehr Raum im täglichen Leben der Einwohner Wahlbachs einzunehmen. Am Sonntag gab es Versammlungen, die mit dem Kirchgang kollidierten. Der Ortsgruppenleiter der NSDAP sah es nicht gern, wenn man den Aufmärschen fernblieb, und so wagte manch einer nicht mehr, stattdessen zum Gottesdienst zu gehen. Margarete geriet in einen schweren Gewissenskonflikt. Einerseits war der sonntägliche Kirchgang der Höhepunkt der Woche für sie aus verschiedenen Gründen: Sie konnte ihren Glauben mit Gesang und Gebeten ausleben, sie beobachtete die Nachbarn, urteilte über ihre Kleidung und ihr Verhalten, und sie genoss die Worte des Pfarrers, der viel über die Sünde predigte und ihr damit aus dem Herzen sprach.

Andererseits war sie obrigkeitshörig und duldete keinerlei Kritik am Regime. Sie trat sehr früh in die Partei ein und löste den Konflikt zwischen Versammlung und Gottesdienst, indem sie im Wechsel der Kirche oder der Partei diente.

Walter und Gertrud waren zu Anfang pflichtgemäß zu Aufmärschen gegangen und hatten sich die politischen Reden geduldig angehört. Meistens sprach Karl Schierle, der Ortsgruppenleiter, und er verbreitete heftig die Parolen der Partei. Karl Schierle war mit Gertrud zur Schule gegangen, und Gertrud hatte ihn nie geschätzt. Er war schon immer sehr von sich überzeugt gewesen, und Gertrud hatte früh bemerkt, dass nicht viel dahinter steckte. Am Tag der Schulentlassung hatte er einen plumpen Annäherungsversuch gemacht, indem er Gertrud im Schulhof in eine Ecke drängte und ihr einen Kuss auf dem Mund drückte, der ekelhaft nach seinem in der Pause verzehrten Zwiebelbrot schmeckte. Daran erinnerte sich Gertrud jedes Mal, wenn sie ihn sah und reden hörte.

Mit seiner neuen Position als Ortsgruppenleiter hatte er natürlich sehr an Wichtigkeit gewonnen, und das ließ er die Einwohner von Wahlbach spüren. Walter und Gertrud besprachen sich wegen der sonntäglichen Versammlungen und beschlossen, nur noch hinzugehen, wenn sich ein Parteimitglied von außerhalb angesagt hatte und über ein wichtiges Thema sprechen wollte. Noch war es möglich, sich den Zwängen zu entziehen.

Der glühendste Verehrer von Hitler war der junge Walter. Er trat mit Begeisterung den Pimpfen bei, stolzierte wie ein eitler Pfau mit seiner neuen Uniform durchs Haus, hob zackig den rechten Arm zum Hitlergruß und pfiff die Lieder, die er bei der Hitler-Jugend gelernt hatte. Sobald jemand wagte, auch nur ansatzweise ein Wort der Kritik zu äußern, fuhr er dazwischen.

Die Familie bemerkte bald, dass sie einen Spion im Haus hatten, und jede Art von politischem Gespräch wurde vermieden. Wenn der junge Walter über die Juden sprach, die alles an sich gerissen hatten und das deutsche Volk kaputt machten, wie er aus den Reden und Schriften wusste, sagte niemand etwas dazu. Walter kannte eigentlich nur einen einzigen Juden, und das war der Viehhändler aus Wildbad. Der Viehhändler war ein netter Mann und hatte nie einen Bauern betrogen, aber das zählte nun nicht mehr. Der Viehhändler wurde 1936 zum letzten Mal in Wahlbach gesehen, und es hieß, er sei nach Amerika ausgewandert. Einige fanden das in Anbetracht der Lage, die sich immer mehr zuspitzte, richtig, andere sprachen verächtlich von einem Feigling. Nach Ende des Dritten Reichs gab es immerhin ein paar Leute, die froh waren, dass er die Lage rechtzeitig erkannt und sich und seine Familie gerettet hatte.

Frieda musste natürlich auch zu den Jungmädels. Das hieß zweimal in der Woche Theorie in Rassenkunde, Vorbereitung auf die Rolle der deutschen Frau im Nationalsozialismus, Vermittlung der Ideologien. Damit fing Frieda nichts an, aber dem konnte sie sich nicht entziehen, da seit 1936 der Beitritt in den Bund deutscher Mädchen Pflicht war.

Einen Aspekt schätzte sie allerdings, und das war die sogenannte körperliche Ertüchtigung und Abhärtung. In der Schule hatte es für die Mädchen keinen Sport als Fach gegeben. Herr Bechtele bemühte sich zwar, immer mal mit den Mädchen ein bisschen Gymnastik und einen kurzen Waldlauf zu machen, aber richtiger Sport war schon mangels passender Bekleidung nicht möglich.

Das änderte sich mit der Ideologie des Nationalsozialismus. Eine deutsche Frau war körperlich tüchtig und nicht zimperlich, und das wollte gelernt sein. Frieda machte es nichts aus, bei Freizeiten früh aufzustehen, sich am kalten Bach zu waschen und vor dem Frühstück eine ordentliche Strecke zu laufen. Vielen der Mädchen waren durch diesen harten Tagesbeginn die Zeltlager verdorben, die eigentlich als Köder gedacht waren, um die Mädchen für das Regime einzunehmen.

Es gab bei den häufigen Freizeiten auch positive Seiten: Man besuchte einen Zoo, ein Museum oder eine mittelalterliche Stadt, alles Dinge, die die Mädchen aus Wahlberg nicht kannten. Sehr gut kamen auch die Lagerfeuer an mit Gesang und Geschichten erzählen, und das gemeinsame Übernachten in Schlafsälen oder Zelten, wo man Unfug machte, sich über Jungs austauschte und pausenlos ohne Grund kicherte.

Leider hatte die Leiterin von Friedas Gruppe, Fräulein Kling, dafür wenig Verständnis, und es gab harte Strafen, wenn sie eins der Mädchen nachts außerhalb ihres Betts erwischte oder beim Lauschen an der Tür einen unanständigen Witz hörte. Fräulein Klings Lieblingsthema war die Rassenkunde, und sie verfiel leider auf die für Frieda unselige und peinliche Idee, Frieda als Ideal der edlen Germanin heranzuziehen. Frieda musste nach vorn kommen, und ihr Körperbau, das Gesicht und die Haare wurden kommentiert, außerdem ihre sportlichen Fähigkeiten und ihre Ausdauer bei hartem Training.

„Seht, wie stolz Frieda sich hält! Sie wird sicher noch wachsen, denn sie ist jetzt schon sehr groß, und ihre rotblonden Haare sind perfekt. Sie flicht sie zu so einem dicken Zopf, wie ich noch nie einen gesehen habe. Nehmt sie als Beispiel."

Frieda hätte vor Scham im Erdboden versinken können. Sie kam sich vor wie ein Stück Vieh auf einer Versteigerung. Es fiel ihr schwer zu begreifen, dass eine erwachsene Person so taktlos sein konnte.

Und was sollte es heißen, sie sich zum Beispiel zu nehmen? Man konnte sich doch seine Größe und seine Haarfarbe nicht aussuchen?

Frieda war sehr froh, dass Annemie nicht zum BdM gehen musste auf Grund ihrer Behinderung. Fräulein Kling hätte sie vermutlich nicht in Ruhe gelassen wegen ihres dunklen Teints und den schwarzen Haaren. Sie hätte sicher versucht, irgendwelche jüdischen Vorfahren nachzuweisen, und die Kinderlähmung hätte sie ihr auch als ungeheuren Mangel ausgelegt.

Frieda fühlte sich allmählich unglücklich über ihr Aussehen, denn die Art und Weise, wie Fräulein Kling damit umging, machte Frieda sehr unbeliebt. Sie wurde häufig an ihrem schönen langen Zopf gezogen, so dass sie anfing, ihn aufzustecken, und es flogen hässliche Bemerkungen hin und her. Die Mädchen munkelten, dass Fräulein Kling in Frieda verliebt sei. Schließlich hatte sie keinen Mann. Und genau wie in der Volksschule unterstellten die anderen Mädchen Frieda Überheblichkeit und Anbiederung.

Frieda konnte sehr gut schneidern auf der Nähmaschine ihrer Großmutter, die noch mit einer Handkurbel betrieben wurde, was das Nähen besonders schwierig machte. Ihre Nähte waren akkurat, und sie setzte perfekte Flicken auf eingerissene Bettbezüge, Laken und Geschirrtücher. Am liebsten beschäftigte sie sich mit Entwürfen für Kleidung. Da sie einigermaßen zeichnen konnte, verfertigte sie Modelle für Kleider, Röcke und Blusen, und heimlich auch für lange Damenhosen, mit Vorliebe Marlene-Dietrich-Hosen. Das durfte ihre Großmutter nicht sehen. Margarete trug eisern immer noch Tracht, und das passte neuerdings wieder in die politische Ideologie. Sie befand sich mittlerweile mit ihrer Kleidung in guter Gesellschaft, vor allem sonntags.

Frieda entwarf einen Turnanzug für ihre sportlichen Aktivitäten beim BdM. Als Stoff hatte Frieda dunkelblaues Leinen gewählt, das noch aus eigenem Anbau stammte und von Margarete gewebt worden war. Viel Auswahl gab es sowieso nicht, aber das intensive Blau stand ihr gut. Der Anzug bestand aus einem Stück, hatte kleine Puffärmel und eine kurze Pluderhose.

Als sie zum ersten Mal damit zum Sport erschien, waren alle begeistert und wollten auch so einen gefälligen und bequemen Anzug haben. Frieda versprach, ein Schnittmuster mitzubringen, und den anderen Mädchen beim Zuschneiden und Nähen zu helfen. Bei den meisten gab es zu Hause allerdings noch keine Nähmaschine. Die Kleidung für die Bauern wurde im Allgemeinen von der Dorfschneiderin gefertigt, die mit ihrer Nähmaschine von Hof zu Hof zog und oft mehrere Tage lang bei einer Familie blieb, um neue Kleidung anzufertigen, oder ältere Sachen zu ändern.

Mit Friedas Hilfe konnten aber einige Mädchen ihre Sportbekleidung selbst fertigen, und Frieda gewann an Ansehen.

Sooft Frieda trotz Schule und BdM Zeit erübrigen konnte, fuhr sie mit dem Fahrrad zu Annemie oder ging zu Fuß. Annemie wollte über alles unterrichtet werden, was sich außerhalb ihres Hauses zutrug. Frieda leitete Annemie geduldig zu Übungen mit ihren Beinen an und packte kräftig zu, um zu helfen. Nach ein paar Wochen meinte sie, man könne eine kleine Verbesserung sehen. Annemie glaubte nicht daran. Sie wollte nicht in Optimismus verfallen, um später nicht enttäuscht zu werden.

Frieda hatte immer große Freude daran, Annemie beim Klavierspielen zuzuhören. Annemie hatte natürlich kein eigenes Klavier im Haus, das konnten ihre Eltern sich nicht leisten. Aber die Frau des Pfarrers, die sonntags und bei Beerdigungen und Konfirmationen die Orgel spielte, hatte Annemie eingeladen, jederzeit ins Pfarrhaus zu kommen und auf dem dort vorhandenen Klavier zu spielen. Sie hatte Annemie selbst das Notenlesen und die Grundzüge des Klavierspielens beigebracht, als Annemie noch klein war. Annemie hatte sich so gut angestellt und so viel Spaß an der Musik gezeigt, dass die Frau Pfarrer sehr beeindruckt war und fand, das sei förderungswürdig, zumal das arme Mädchen sonst in allem so benachteiligt war.

Das Problem bestand natürlich darin, wie Annemie den Weg ins Pfarrhaus bewältigen sollte. Es fand sich aber immer wieder eine Möglichkeit, sie zu transportieren, denn die Nachbarn der Brückers erwiesen sich als mitleidig und hilfsbereit.

Frieda hatte die Idee, die zweirädrige Karre, die benutzt wurde, um morgens und abends die große Milchkanne an die Straße zu fahren, an ihrem Fahrrad zu befestigen und als Transportmittel zu benutzen. Sie musste allerdings das Fahrrad schieben, weil es vom Hof der Brückers zum Pfarrhaus ziemlich steil bergan ging. Hinzu kam noch das Problem, die lange Treppe bis zur Haustür zu bewältigen.

Wenn Frieda an der Haustür stand und den schweren Klopfer betätigte, kamen entweder der Pfarrer oder seine Frau heraus, und gemeinsam trugen sie Annemie in das Arbeitszimmer der Frau Pfarrer, wo das Klavier stand.

Frieda setzte sich in den Sessel neben dem Fenster und durfte Wünsche anmelden. Annemie spielte mühelos schwierige Sonaten, aber ihr Spiel hatte einen Nachteil: Sie konnte die Pedale nicht bedienen, weil ihre Beine zu kurz und kraftlos waren. Frieda, die wenig Sachverstand hatte, was klassische Musik anbelangte, bemerkte das gar nicht. Sie genoss die Musik und hätte stundenlang zuhören können.

Eines Tages kam Annemie auf die Idee, dass Frieda sich neben sie setzen sollte und auf Kommando das Pedal treten. Das klappte überhaupt nicht, aber sie hatten viel Spaß bei den wiederholten, misslungenen Versuchen und lachten Tränen.

Manchmal kam Frau Pfarrer dazu, brachte ein Stück selbstgebackenen Kuchen mit, und kommentierte immer wieder Annemies Musikalität. Jedenfalls waren es immer Stunden voller Freude, wenn Annemie spielen konnte.

Frieda überlegte natürlich, wie man das Problem mit dem Klavier lösen könnte. Sie wusste, dass ein Klavier sehr viel Geld kostete, und gebrauchte Instrumente wurden praktisch nicht angeboten. Es gab auf dem Land sowieso, außer beim Lehrer vielleicht, niemanden, der ein Klavier besaß. Wenn ein Klavier in den bürgerlichen Haushalten in der Stadt nicht mehr genutzt wurde, behielt man es für kommende Generationen. Meist war es irgendwann fürchterlich verstimmt und eingestaubt, aber man trennte sich nicht.

Frieda fiel nichts ein, wie sie Geld für ein Klavier beschaffen konnte. Es gab öffentliche Sammlungen für wohltätige Zwecke, aber nicht für das Vergnügen von Privatpersonen. Sie konnte sich ja schlecht an die Straße stellen und mit einer Sammeldose klappern, auf der stand: Für Annemies Klavier. Man würde ihr den Vogel zeigen, und womöglich bekäme sie Ärger mit den Oberen der Partei, die alles überwachten und alles wussten. Sie selbst hatte nur ein paar Mark Taschengeld im Monat, damit ließ sich trotz Sparens nichts Größeres anfangen.

Walter fing an, seinen Vater zu plagen mit dem Wunsch, einen Volksempfänger anzuschaffen, und er trug einen triftigen Grund vor: Er wollte die wichtigen Reden hören, die vom Propagandaministerium verbreitet wurden. Darauf konnten die anderen verzichten, wagten aber nicht, das vor Walter laut zu sagen. Tagelang wurde beim Essen diskutiert. Gertrud wollte gern mal bei der Hausarbeit Musik hören, und Margarete hielt das natürlich für überflüssigen Luxus. Als jedoch der Preis für einen Volksempfänger gesenkt wurde und schließlich bei fünfunddreißig Reichsmark lag, gab Walter nach. Das Radio wurde angeschafft, und wenn Friedas Bruder zu Hause war, donnerten die Reden durchs ganze Haus.

Frieda versuchte dem auszuweichen, indem sie nach draußen ging und dort irgendwelche Arbeiten erledigte. Das war natürlich nicht immer möglich. Als Frieda das nächste Mal zu Annemie fuhr kurz nach dem Erwerb des Volksempfängers, schüttete sie ihr Herz aus. Selbst im Haus der Brückers flüsterte sie oft, denn man traute sich nicht mehr, ein lautes Wort der Kritik zu äußern.

„Wir haben eine Goebbelsschnauze erworben," vertraute sie ihrer Freundin leise an. Annemie kicherte, denn den respektlosen Volksmundnamen für das Radio hatte sie noch nicht gehört.

„Walter ist unerträglich. Er beschäftigt sich nur noch mit nationalsozialistischen Ideologien, wartet sehnsüchtig darauf, dass er alt genug ist für die richtige HJ, warnt uns alle vor negativen Äußerungen und droht, uns anzuzeigen, wenn er den Eindruck hat, wir seien nicht linientreu. Aber was das Allerschlimmste ist, das ist sein ständiges Gerede vom Krieg. „Wir Deutschen werden es allen zeigen, die Welt überrennen und die Herrenrasse ganz groß machen," trompetete er ständig durchs Haus.

„Das ist widerlich," sagte Annemie ebenfalls ganz leise. „Was meint denn deine Großmutter dazu? Schließlich ist doch dein Opa im Ersten Weltkrieg gefallen. Was sagt sie darüber?"

„Ich darf das Thema nicht erwähnen. Sie wird immer gleich zornig. Meine Mutter hat nur gesagt, dass er in Frankreich gefallen ist, an der Somme. Man hat ihn bisher nicht gefunden, aber auf dem Kriegerdenkmal in Wahlberg ist er aufgeführt als Held fürs Vaterland. Wieso ist man ein Held, wenn man in den Krieg gezwungen wird und erschossen oder von einer Granate zerfetzt? Ich hoffe, Walter hat nicht recht mit seinem Kriegsgetöse."

„Wenn uns jemand hören könnte! Wir würden ja als Volksverhetzer im Gefängnis landen," sagte Annemie.

9. Kapitel

Als im September 1939 die Meldung kam „Seit 5:45 wird zurückgeschossen," war niemand überrascht. Der Jubel wie bei Ausbruch des Ersten Weltkriegs blieb aus. Es wurde eher geweint, aber man sprach mit ernster Miene von der Schande des Polnischen Korridors, der einen militärischen Eingriff notwendig gemacht hatte.

Frieda wusste nichts über den Polnischen Korridor und fragte in der Schule nach. Der Lehrer erklärte den Sachverhalt, aber man merkte ihm an, dass ihm der persönliche Bezug fehlte, weil er nie über seine engere Heimat hinausgekommen war. Danzig als freie Stadt war unvorstellbar, und das Zusammenleben von Polen und Deutschen zwischen Hinterpommern und Ostpreußen konnte man sich nicht vorstellen. In Wahlbach hatte man noch nie einen Polen gesehen, und das Bild, das man landläufig vom Nachbarn im Osten hatte, war durch und durch negativ: Der Pole war unordentlich und faul, ungebildet und rückständig. Die „polnische Wirtschaft" wurde zum geflügelten Wort, wenn es auf einem Hof oder in einem Haushalt nicht so lief, wie man es von einem ordentlichen Schwaben erwarten konnte.

Frieda bat den Lehrer um eine Landkarte, um sich ein Bild zu machen von den östlichen Landesteilen, zu denen sie keine Beziehung hatte, und von denen sie nichts wusste. Er hängte eine große Karte von Deutschland auf, aber über Detailkarten verfügte die Schule nicht. Frieda bat ihn auch, ihr ein Buch von einem polnischen Schriftsteller zu geben, falls es so etwas gab. Sie konnte sich eigentlich nicht vorstellen, dass ein ganzes Volk dumm und ungebildet sein sollte, das zwischen Deutschen im Reich und Baltendeutschen im Osten lebte. Ihr Weltbild war trotz Ablehnung vieler Gesichtspunkte der Ideologie des Dritten Reichs doch allmählich so geprägt, dass sie glaubte, die Deutschen müssten einen positiven Einfluss auf ihre Nachbarn haben.

Herr Bechtele konnte ihr tatsächlich nach einigen Tagen den berühmten Roman „Quo vadis" von Henryk Sienkiewicz geben, den ein Kollege von ihm besaß.

Frieda freute sich sehr, dass sie tatsächlich ein von einem Polen geschriebenes Werk in Händen hielt. Sie bedauerte zunächst nur, dass der Roman nicht im modernen Polen spielte und ihr so ein Bild vermittelt hätte, sondern zur Zeit Neros im alten Rom. Aber sie war trotzdem so gefesselt von ihrer Lektüre, dass sie das Buch gleich zweimal hintereinander las und Herrn Bechtele bat, es auch Annemie ausleihen zu dürfen.

Zu Anfang merkte man in Wahlberg nicht viel vom Krieg. Alles ging seinen Gang, und man erfuhr aus dem Radio, dass Polen im Handstreich genommen worden war und alles bestens für Deutschland lief. Ein paar junge Männer aus Wahlberg wurden eingezogen, zu denen allerdings Walter nicht gehörte, weil er noch nicht das richtige Alter erreicht hatte.

Walter sollte nach der Schule eine Lehre machen als Absicherung, falls in der Landwirtschaft etwas schieflaufen sollte. Das war von seinen Eltern sehr weitsichtig gedacht, fand aber bei Walter keinerlei Anklang. Er wollte weder Zimmermann, Schreiner, Hufschmied oder Wagner werden – alles Berufe, die auf dem Land immer gebraucht wurden - sondern vorzugsweise gar nichts machen. Gertrud entschuldigte ihn mit einer gewissen Unreife, aber sein Vater hatte eigentlich keine Hoffnung auf ein späteres Einsehen.

Walter nahm seinen Sohn bei allen schweren Arbeiten auf dem Hof hart ran. Der junge Walter musste Mist aufladen, ihn mit einem Kratzer vom Wagen holen und mit der Gabel auf dem Feld ausbringen, Heu auf den Wagen laden und mit anfassen, um es in der Scheune auf den Heuboden zu bringen. Immerhin gab es in der Scheune einen Greifer an einer Art Flaschenzug, mit dessen Hilfe man das Heu hochziehen konnte, aber trotzdem blieb die Heuernte Schwerstarbeit. In jeder freien Minute musste Walter mit in den Wald zum Holzmachen gehen, und er wurde immer misslauniger.

Man merkte ihm an, dass er der bäuerlichen Arbeit nichts abgewinnen konnte. Er ließ seinen Unmut an den Tieren aus. Wenn die Kühe beim Misten nicht ruhig stehen wollten, schlug er sie mit dem Stiel der Mistgabel, den Hofhund traktierte er mit Tritten, wenn er ihm über den Weg lief, und nach den Katzen und Hühnern warf er Steine.

Das einzige, was ihm auf dem Hof Spaß machte, war das Fahren mit dem Pferdewagen. Sein Vater hatte zwei tüchtige Zugpferde angeschafft, und hin und wieder durfte sein Sohn kutschieren. Es ging immer gut, wenn sie zu zweit waren, aber wenn der junge Walter allein auf dem Kutschbock saß, trieb er die Pferde mit der Peitsche zum Galopp an und jagte in jugendlicher Selbstüberschätzung über die Feldwege. Bis zu dem Tag, an dem das Gespann bergab nicht mehr zu halten war und im Bach landete. Der Wagen ging dabei zu Bruch, beide Pferde wurden durch die Schwengel an den Hinterbeinen verletzt, und Walter brach sich den Arm.

Das war natürlich eine gute Entschuldigung, um nichts mehr auf dem Hof machen zu müssen. Mit eingegipstem Arm trieb Walter sich mit seinen Kameraden in den Wirtschaften des Dorfs herum, trank Unmengen Bier und versuchte bei jedem halbwegs ansehnlichen Mädchen zu landen.

Nach Ostern im ersten Kriegsjahr kam Frieda in die achte Klasse, und mit der Konfirmation im darauffolgenden Frühjahr würde ihre Karriere als Schülerin beendet sein. Frieda lernte nach wie vor leicht und willig, und ihre Interessen wurden immer vielseitiger. Sie wollte alles lesen, was sie in die Finger bekam, und sogar Herr Bechtele fing an, das etwas bedenklich zu finden. Sie wollte gern Thomas Mann lesen, von dem sie von Annemie gehört hatte, und Erich Maria Remarque, der, wie jemand ihr erzählt haben musste, einen Antikriegsroman über den Ersten Weltkrieg geschrieben hatte. Beide Autoren waren auf der Liste der verbotenen Bücher.

Herr Bechtele fand sie zu jung für derlei Bücher, aber er sah auch, dass es gefährlich sein konnte, wenn er ihr half, sie zu beschaffen. Er redete ihr zu, Gustav Freytag zu lesen, der zu den von den Nazis empfohlenen Schriftstellern gehörte. Er besorgte ihr die „Ahnen", und Frieda verschlang die fünf Bände, die die Familiensaga eines ursprünglich germanischen Königssohns bis ins neunzehnte Jahrhundert verfolgte, mit Spannung und Freude. Sie konnte sich dem Glauben nicht entziehen, dass die Germanen und später die Deutschen ein herausragendes Volk waren. Der Einfluss des nationalsozialistischen Gedankenguts ging an keiner Jugendlichen vorbei.

In der achten Klasse hatte Frieda ihre ersten Erlebnisse mit Buben, die sie nicht herausgefordert hatte und auch nicht verstand.

Als sie eines Tages einen Aufsatz schreiben mussten, wurde ihr ein Päckchen unter der Bank zugeschoben, das offenbar nicht von ihrer Nachbarin stammte. Sie steckte es in ihren Ranzen und dachte nicht weiter darüber nach.

Es kam öfter vor, dass irgendwelche Zettel bei ihr landeten mit plumpen Liebeserklärungen oder dem Vorschlag zu einem nächtlichen Treffen. Sie ignorierte diese Annäherungsversuche vollkommen und hoffte, dass damit die Zudringlichkeiten von Klassenkameraden ein Ende finden würden.

Das Päckchen hatte sie vollkommen vergessen, nachdem sie ihren Aufsatz zum Thema „Was tut der BdM für die Allgemeinheit?" abgeliefert hatte. Das war das Thema für die Mädchen gewesen, die Buben schrieben entsprechend über die HJ. Frieda, die Herrn Bechtele nun schon einige Jahre als Lehrer kannte, glaubte zu spüren, dass ihm das Thema wohl aufgezwungen worden war. Sie hatte den Eindruck, dass er sich viel lieber mit seinen Schülern mit der Natur, Geschichte oder Erdkunde beschäftigt hätte als mit Politik, aber das war ihm nicht mehr freigestellt.

Nach dem Unterricht legte Frieda den Ranzen in ihrem Zimmer ab und sah nach, ob sie keine Bücher in der Schule vergessen hatte. Dabei fiel ihr das Päckchen wieder in die Hand. Es war eingewickelt in ein beschriebenes Blatt aus einem Schulheft, und der unbeholfenen Schrift und den Fehlern nach, die sie sofort entdeckte, konnte es nur von einem der nicht so begabten Mitschüler stammen.

Aus dem Papier kam ein Tütchen zum Vorschein, das mit „Blausiegel" beschriftet war. Das sagte Frieda gar nichts. Neugierig geworden machte sie das Tütchen auf und fand darin so etwas wie einen Luftballon aus Gummi.

Sie wusch sich die Hände in der Küche und setzte sich mit ihrer Familie an den Tisch. Margarete sprach das obligatorische Tischgebet, wobei der junge Walter eine Art Hustenanfall bekam, den man durchaus auch für imitiertes Brechen halten konnte. Sein Vater sah ihn strafend an, aber Margarete fuhr unbeirrt mit ihrem Gebet fort und schloss am Ende ganz besonders ihren Enkel ein mit der Bitte, Gott möge ihm das Soldatendasein ersparen.

Frieda erzählte ganz unbefangen von ihrem Päckchen um nachzufragen, ob ihre Eltern eine Erklärung hatten. Walter bekam einen solchen Lachanfall, dass er das Essen über den Tisch prustete, Margarete saß versteinert da, und Friedas Eltern waren beide rot geworden und sahen peinlich berührt aus.

„Gertrud, ich glaube, du musst mit Frieda reden," sagte Friedas Vater. „Sie muss gewappnet sein gegen solch schmutzige Anspielungen. Und du, Walter, verhältst dich wie ein Vollidiot. Es gibt hier nichts zu lachen, denn für Frieda ist diese Anspielung sogar gefährlich."

Da Walter nicht aufhören konnte zu lachen und sogar anbot, Frieda über den Sachverhalt aufzuklären, wurde er vom Tisch geschickt. Sein Vater hätte ihm am liebsten eine Ohrfeige erteilt, aber das konnte er nicht mehr machen, nicht nur, weil Walter über das Kindesalter hinaus war, sondern weil er vermutlich zurückschlagen würde, und das Risiko wollte sein Vater nicht eingehen.

Frieda war natürlich neugierig geworden, aber sie wollte abwarten, bis ihre Mutter auf sie zukam. Sie half beim Abwaschen, machte ihre Hausaufgaben und ging in den Stall um zu sehen, ob sie ihrem Vater helfen konnte. Er hatte bereits gemistet und war dabei einzuspannen, um mit dem inzwischen reparierten Wagen in den Wald zu fahren und Holz auf den Hof zu bringen.

Gertrud kam aus dem Haus in Strickjacke und Mütze und fragte Frieda, ob sie mitkommen wolle, Preiselbeeren sammeln, was Frieda besonders gerne tat. Sie kannte alle Stellen, wo es üppig Preiselbeeren gab. Merkwürdigerweise sammelten praktisch alle Einwohner Wahlbergs eimerweise Heidelbeeren, aber die Preiselbeeren wurden nicht geschätzt. Gertrud kochte die Preiselbeeren ein, und sie wurden als Marmelade und Beilage zu Fleisch verwendet.

Walter ließ seine beiden Mädel, wie er sie nannte, an der Stelle aussteigen, wo es Preiselbeeren gab und fuhr weiter zu seinem bereits aufgesägten Holz. Frieda ahnte, dass ihre Mutter die Gelegenheit ergreifen würde, um mit ihr über das Päckchen zu reden.

Zunächst schwieg ihre Mutter, und Frieda konnte erkennen, dass sie sich mit dem Gesprächsanfang schwertat. Frieda sagte nach einer Weile forsch: „Es muss dir nicht peinlich sein. Ich denke, es geht um Fortpflanzung. Den Akt habe ich bei Tieren schon beobachtet, und ich denke, beim Menschen ist es nicht sehr anders. Ich finde den Gedanken daran zwar widerlich, aber es muss wohl sein. Was hat es jetzt mit dem Blausiegel auf sich?"

Ihre Mutter gab sich einen Stoß und erklärte den Gebrauch des Gummis und die Bedeutung der Verhütung. Frieda konnte nicht nachvollziehen, warum man so etwas brauchte. Es würde doch ausreichen, zusammen zu kommen, wenn man meinte, ein Kind in die Welt setzen zu müssen.

Jetzt musste ihre Mutter lachen trotz aller Peinlichkeit. „Du wirst noch erfahren, dass man sich auch ohne Kinderwunsch vereinigen möchte und das sehr schön und liebevoll ist. Ich werde dir jetzt noch andere Dinge über deinen Körper erklären, die du allmählich wissen solltest. Sprich aber nicht mit deiner Großmutter darüber, denn sie fände jede Art von Aufklärung sündig und verwerflich."

Frieda schüttelte heftig den Kopf. „Ich weiß schon, was ich der Großmutter nicht sagen darf. Wie ist sie denn zu Kindern gekommen? Wie die Jungfrau Maria?"

Gertrud musste wieder lachen. Das gefürchtete Gespräch entwickelte sich locker und erfreulich, und als Walter mit dem vollgeladenen Wagen wieder vorbeikam, um seine Mädels einzusammeln, waren sie in bester Stimmung und hatten zudem noch große Mengen Preiselbeeren gesammelt.

Als Frieda abends im Bett lag, dachte sie noch einmal über das Gehörte nach und beschloss, niemals einen Mann an sich heran zu lassen, trotz der Beteuerungen ihrer Mutter, dass die Vereinigung etwas Schönes und Ehrenwertes sei, sofern beide es wollten.

Ihr wurde auch einiges klar über Onkel Richard: Damals, als sie noch klein war, hatte sie etwas Hartes gespürt, als sie auf seinem Schoß saß. Sie hatte seitdem nie mehr die vertraute Nähe des Onkels gesucht, weil irgend etwas ihr unheimlich gewesen war. Jetzt wusste sie, warum sie nie mehr auf Onkel Richards Knien gesessen hatte. Als sie zehn Jahre alt war, hatte Onkel Richard ihr scherzend unter die Bluse gegriffen und gemeint, es sei ja noch nichts an Veränderungen zu bemerken. Auch das hatte sie nicht verstanden, aber es war ihr äußerst unangenehm gewesen. Sie grübelte darüber nach, ob es Männer gab, die nicht verheiratet waren und sich an kleinen Mädchen zu schaffen machten. Das hielt sie für völlig abwegig, aber sie wollte mit Annemie darüber sprechen. Annemie wusste oft über alle möglichen Dinge Bescheid, und Frieda fragte sich, woher sie ihre Kenntnisse hatte, obwohl sie doch kaum vor die Tür kam.

Bei ihrem nächsten Besuch sprach sie Annemie auf die Dinge an, die sie von ihrer Mutter gehört hatte. Annemie zeigte sich völlig aufgeklärt und wunderte sich über Friedas Naivität, da sie ja bald konfirmiert werden sollte.

„Ich verstehe nicht, woher du von diesen geheimnisvollen Dingen weißt," sagte Frieda. „Die Buben geben zwar gewaltig an, aber ich glaube nicht, dass sie wirklich wissen, wovon sie reden, und Erfahrungen haben sie bestimmt nicht. Sie können mit vulgären Ausdrücken angeben, die ich nicht wiederholen möchte, aber es steckt nichts als Aufschneiderei dahinter."

„Die sind halt in der sogenannten Pubertät, überschätzen sich, sind laut und wissen nicht, wo sie hingehören. Die Mädchen sind in der Zeit albern, kichern ohne Grund, brechen in Tränen aus und wissen auch nicht, wohin es gehen soll. Das habe ich gelesen, aber ich darf nicht sagen, woher ich das Buch habe.

Ich sage dir im Vertrauen, woher meine anderen Kenntnisse stammen. Meine Schwester hat einen Freund, und sie erzählt mir freimütig, was sie mit ihm anstellt, wenn niemand sie sieht, und es dunkel ist. Sie weiß, wie man es macht, damit man kein Kind bekommt, denn das wäre eine Katastrophe. Ihr Freund lernt Schlosser und verdient noch nichts, und sie selbst macht ja ihre Ausbildung zur Floristin. Sie könnten also nicht heiraten, und für meine Schwester wäre es eine Schande, ein Kind ohne Vater zu bekommen. Ich verstehe übrigens nicht, warum die Schande immer auf die Frau fällt, sie ist doch mit der Sünde nicht allein? Meine Schwester spricht aber nicht von Sünde, sondern von gottgewollter Liebe."

„Das sagt meine Mutter auch. Liebe gehört dazu, und dann kann es keine Sünde sein."

Annemie beendete das Gespräch durch die Überlegung, dass sie nie in die Verlegenheit kommen würde zu entscheiden, ob das Zusammensein von Mann und Frau nun Sünde war oder nicht. Es würde keinen Mann geben, der einen zweiten Blick auf sie warf, wenn er ihre Behinderung gesehen hatte. Das war traurig, aber Annemie hatte beschlossen, sich mit anderen Dingen zu beschäftigen, und Frieda versprach hoch und heilig, es ihr nachzutun.

10. Kapitel

Als Frieda sich einige Tage später die Zeit nahm, Annemie erneut zu besuchen, fand sie ihre Freundin völlig aufgelöst vor. Annemie erzählte ihr, dass ein Vetter von ihr, der als Rekrut in Reutlingen zur Ausbildung stationiert war, am Wochenende mit einem Jeep zu Besuch gekommen war. Der Major, für den er fuhr, hatte in dringenden Angelegenheiten in Calw zu tun und erlaubte ihm, am Samstag seine Familie in Hochdorf zu besuchen. Im Verlauf des Gesprächs hatte sich herausgestellt, dass Annemie noch nie im Kino gewesen war, und ihr Vetter, der wirklich nett und hilfsbereit war, erklärte sich sofort bereit, mit ihr nach Pforzheim zu fahren, um einen amerikanischen Film anzusehen, der im dortigen Filmpalast lief.

Annemie erzählte begeistert von ihrem Erlebnis: Der Film handelte von einem Ehepaar, das meinte, nicht mehr zusammen leben zu können. Während eines heftigen Streits lief ihre kleine Tochter weg, versteckte sich unter einem Busch im an das elterliche Haus angrenzenden Park und wurde schrecklich nass bei einem heftigen Regenguss. Sie erkrankte daraufhin schwer, und man stellte schließlich spinale Kinderlähmung fest.

Frieda war unheimlich gespannt auf das Ende der Geschichte, weil Annemie strahlte und es kaum erwarten konnte, in ihrer Erzählung fortzufahren. Nach einer ausführlichen Schilderung der Krankengeschichte der Kleinen kam sie endlich zum Happy End des Films: Ein Arzt passte dem kleinen Mädchen mit Leder ummantelte Metallschienen an, und es konnte wieder laufen. Darüber versöhnten sich die Eltern, vor Freude weinend.

Frieda war fassungslos. „Glaubst du, dass es so etwas gibt? Ist das nicht phantastisch?"

Annemie nickte. Ihre Eltern hatten sich sofort bei ihrem Hausarzt erkundigt, und er hatte nach einigen Recherchen herausgefunden, dass es tatsächlich in manchen Fällen von Kinderlähmung Hilfe geben könnte. Allerdings war er sehr skeptisch, was

Annemie betraf, denn ihre Beine waren extrem unterentwickelt und würden den normal wachsenden Körper auch mit Stützen kaum tragen können.

Natürlich gab es auch die Frage des Preises für individuell angefertigte Gehhilfen, die man in Deutschland kaum kannte. Aber der Gedanke war geboren, und Annemie fieberte dem Augenblick entgegen, an dem eine Eingebung ihr den Weg zeigen würde zu einem normaleren Leben.

Frieda beriet sich wieder mit ihr, aber inzwischen war sie realistischer geworden und stellte sich nicht mehr vor, sie könnte durch Ansparen ihres Taschengelds oder öffentliches Sammeln eine Summe Geld zusammen bekommen, die eine Behandlung durch einen Fachmann auf dem Gebiet der orthopädischen Heilkunde möglich machen würde.

Sie waren beide traurig, weil vermutlich die Schienen ein Traum bleiben würden.

Aber der Traum blieb hängen und beschäftigte sie immer wieder. Ebenso sahen Annemies Eltern einen winzig kleinen Hoffnungsschimmer am Horizont.

Der zweite Kriegswinter fiel durch lang anhaltende Kälte extrem schwierig aus. Es war Friedas letztes Schuljahr. Da bereits einige Männer aus Wahlbach eingezogen worden waren, gab es nicht mehr genügend Arbeitskräfte, um den hohen Holzbedarf für das Heizen der Schule zu decken. Einige Bauern, die Kinder in der Schule hatten, lieferten freiwillig von ihrem eigenen Vorrat Holz ab, und die älteren Buben und Mädchen wurden abgestellt, die Meterstücke zu sägen und zu hacken. Frieda machte das gern, denn wie man sagte, wärmte das Holz mehrfach: beim Sägen, beim Hacken und schließlich im Ofen.

Walter hatte auf Empfehlung des Ortsbauernführers im Herbst ein Stück Wiese umgepflügt, damit Gertrud einen größeren Gemüsegarten anlegen konnte für das kommende Jahr. Es war bereits abzusehen, dass der Krieg nicht so schnell vorbei sein würde, wie man nach Eroberung des polnischen Korridors zunächst geglaubt hatte. Es war also vernünftig, für den Eigenbedarf vorzusorgen.

Mit dem Ende des strengen Winters näherten sich die Termine der Konfirmationen in den Dörfern des Calwer Waldes. Für Frieda wurde ein großes Fest geplant. Vor allem sollten die jüngeren Vettern eingeladen werden, da man nicht wusste, wie lange sie noch zu Hause sein würden. Gertrud hatte ihre Schwester Erika ein bisschen aus den Augen verloren, nicht, weil sie sich gezankt hätten, sondern weil sie beide sehr beschäftigt waren: Gertrud mit Familie und Landwirtschaft, Erika mit ihren beiden fast erwachsenen Söhnen und der Tochter, die bald nach Friedas Taufe geboren worden war.

Natürlich gab es einige Überlegungen, was man zu essen anbieten sollte, und welche Sorten Kuchen man backen wollte. Da es üblich war, nach dem Konfirmationssonntag Torten – und -Kuchenstücke bei den Nachbarn auszutragen, musste gut vorgesorgt werden. Noch war bei den Breitenbergs kein Mangel an Lebensmitteln. Es gab genügend eingemachte Zwetschgen und Heidelbeeren für Obstkuchen, Sahne und Butter von den eigenen Kühen. Auch ein Schwein konnte geopfert werden, um ein reichhaltiges Mittagessen mit Braten anzurichten und am Abend verschiedene Wurstsorten und Schinken anzubieten.

Frieda freute sich darauf, ihre Verwandten wieder einmal alle beisammen zu haben und dabei im Mittelpunkt zu stehen. Aus dem religiösen Teil machte sie sich nicht viel, aber sie wollte nicht dem Beispiel einiger anderer Familien folgen, die aus der Kirche ausgetreten waren und den Eintritt ihrer Kinder ins Erwachsenenalter durch feierliche Riten bei der Aufnahme in den BdM oder die HJ begingen. Sie fand, dass die Konfirmation zumindest von der Tradition her ein schöner Abschluss der Schulzeit war und ein feierlicher Neubeginn, an den man sich zeitlebens erinnern würde.

Ganz wichtig war auch die Frage der Kleidung, über die sich Frieda lange mit Annemie beriet. Sollte man so aussehen wie alle anderen, oder durfte man wenigstens ein bisschen aus dem Rahmen fallen?

Margarete versuchte auch bei der Auswahl des Konfirmationskleides mit allen Mitteln ihren Kopf durchzusetzen. Sie holte nämlich ihr eigenes Konfirmationskleid vom Dachboden, das auch Gertrud hatte tragen müssen. Es war ein schwarzes Trachtenkleid aus feinem Stoff, aber es wirkte nach zwei Generationen äußerst altmodisch, roch muffig und hatte starke Knitterfalten durch langes Lagern in einer Truhe.

Frieda schüttelte sich und erklärte entschieden, das würde sie nicht anziehen, auch wenn ihre Großmutter beteuerte, es würde nach Auslüften und Bügeln wie neu aussehen. Frieda führte außerdem an, dass ihr das Kleid viel zu kurz sein würde, weil sie deutlich größer als ihre Großmutter war. Auch dieses Argument verfing nicht. Man könne ja ein Stück ansetzen, meinte Margarete, zum Beispiel aus schwarzer Spitze.

„Dann sehe ich aus wie eine alte Vogelscheuche im Unterrock," sagte Frieda heftig. „Entweder ich gehe mit einem schönen Kleid oder gar nicht." Es kamen die üblichen Vorhaltungen wegen maßloser Verschwendung, Unbescheidenheit und Ungehorsam.

Der Streit mit Margarete wurde so heftig, dass Friedas Vater sich einmischte. „Mutter, du bist diesmal im Unrecht," sagte er. „Für Frieda ist der Tag wichtig, und da sie sonst nie Tracht trägt, wäre es eine Zumutung für sie, ihr zu dem feierlichen Anlass etwas aufzuzwingen, das sie hasst."

Margarete warf das verschmähte Kleidungsstück auf den Boden und verschwand laut vor sich hin schimpfend in ihrem Zimmer.

Frieda gab ihrem Vater einen Kuss auf die Backe und dankte ihm für seine Hilfe. Allerdings war damit die Frage des Konfirmationskleides nicht gelöst. Frieda hatte bereits einige Modelle entworfen, die ihren Eltern zusagten, auch wenn sie etwas aus dem Rahmen fielen.

Margarete war einige Tage lang noch unangenehmer als sonst, weil sie sich so beleidigt fühlte. Sie betonte immer wieder, dass sie es doch so gut meine und in ihrem Alter und mit ihrer Erfahrung besser beurteilen könne, wie man sparsam mit dem Geld umgeht und Bescheidenheit an oberste Stelle setzt.

Es nutzte aber nichts. Frieda hatte sich für ein Kleidermodell entschieden, das sie nähen wollte, und ihr Vater fuhr mit ihr mit dem Motorrad nach Calw zur Stoff-Hilda, wie das für Stoffe und Nähmaterial einschlägige Geschäft hieß.

Frieda begutachtete lange die Stoffballen und entschied sich schließlich für Taft mit breiten dunkel – und - hellgrauen Streifen. Aus diesem Stoff wollte sie ein Kleid ohne Ärmel nähen, das sie später auch als festliches Sommerkleid benutzen konnte. Natürlich war es undenkbar, zur Konfirmation in einem ärmellosen Kleid in der Kirche zu erscheinen, zumal die Jahreszeit ein solches Kleidungsstück gar nicht zugelassen hätte. Deshalb kaufte Frieda noch zwei Meter schwarzen Baumwollstoff, aus dem sie eine hochgeschlossene Jacke mit langen Ärmeln schneidern wollte. Sie war ein wenig unsicher wegen des Preises, aber ihr Vater beruhigte sie lächelnd. „Wenn du dir so etwas Schönes ausgedacht hast, sollst du es auch haben. Wer weiß, wie es weitergeht mit dem Krieg, vielleicht müssen wir uns bald einschränken." Den letzten Satz hatte er ganz leise gesagt, denn man wurde schnell als Defätist angezeigt.

Frieda wollte ihr Paket mit den Stoffen nicht aus der Hand geben, auch wenn das Sitzen auf dem Sozius mit dem dicken Packen nicht wirklich bequem war.

Mit Feuereifer machte sie sich zu Hause an das Anfertigen eines Papiermodells und holte die alte Nähmaschine aus dem Schlafzimmer ihrer Eltern in ihr eigenes Zimmer, um jeder Zeit mit dem Nähen anfangen zu können. Ihr Zimmer war natürlich nicht heizbar, und obwohl der März fast vorbei war, war es immer noch ziemlich kühl und windig. Aber sie fror bei der Arbeit lieber in ihrem Zimmer als zu riskieren, dass die Großmutter ständig befahl, ihre Nähutensilien vom Küchentisch abzuräumen, weil sie Platz für die Essensvorbereitungen brauchte.

Frieda benötigte einige Tage, um das Kleid und die Jacke fertigzustellen. Sie nähte sehr sorgfältig, probierte immer wieder beides an, und war erst zufrieden, als Kleid und Jacke perfekt saßen.

Am Abend nach der Fertigstellung führte sie ihr Machwerk in der Küche vor. Ihre Eltern waren begeistert, Walter machte eine dumme Bemerkung über ihre Figur, und Margarete meinte giftig, das wäre ein Ballkleid und völlig unpassend für eine Konfirmandin.

Das Kleid hatte einen schwingenden Glockenrock, der züchtig ein Stück weit unterhalb der Knie endete, das ärmellose Oberteil besaß einen kleinen Ausschnitt, der allerdings durch die hochgeschlossene Jacke mit einem Stehbündchen verdeckt war.

Margarete fand vor allem den grau gestreiften Stoff des Kleides skandalös und prophezeite, dass sich die ganze Dorfbevölkerung über den unpassenden Aufzug aufregen würde. Frieda wollte eigentlich keinen Anstoß erregen, aber ihr war klar, dass Gerede sich nicht vermeiden ließ, da alles, was aus dem Rahmen des Normalen fiel, negativ aufgenommen wurde.

Natürlich waren die Schuhe ein Problem. Frieda konnte ja nicht gut ihre Stallstiefel oder die einzigen Lederschuhe, die sie besaß, zu dem eleganten Kleid tragen. Ihre Lederschuhe wurden geschnürt, hatten einen flachen Absatz und waren braun. Zudem konnte Frieda trotz gründlichen Putzens den Eindruck von abgetragenem Schuhwerk nicht wegzaubern.

Gertrud besaß ein Paar schwarze Schuhe mit Absatz, aber sie waren Frieda viel zu klein. Frieda jammerte, sie könne doch nicht wie die Schwestern von Aschenputtel ihre Füße den Schuhen anpassen und sah keinen Ausweg. Ihr Vater bot an, mit ihr noch einmal in die Stadt zu fahren, um Schuhe zu kaufen, aber Frieda sah wohl, dass es eigentlich am nötigen Geld mangelte.

Die Lösung kam von Tante Erika aus Pforzheim, die an Gertrud schrieb, sie habe als Überraschung ein Paar elegante Schuhe für Frieda ausgesucht und wolle sie rechtzeitig schicken.

Frieda wartete sehnsüchtig auf das Paket, und als es ankam, riss sie sofort das Packpapier auf, um die Schuhe anzuprobieren. Die

Schuhe passten ihr und waren wirklich hübsch mit einem kleinen Absatz und einer Seidenschleife auf dem vorderen Teil.

Allerdings handelte Frieda sich einen Tadel von ihrer Mutter ein, weil sie das Packpapier einfach aufgerissen hatte in ihrer Ungeduld. Eigentlich machte man ein Paket vorsichtig auf und legte das Papier sorgfältig zusammengefaltet in eine Schublade, um es später wieder verwenden zu können.

Frieda war schuldbewusst, aber das konnte die Freude über das Geschenk nicht dämpfen.

Annemie sollte natürlich zu dem feierlichen Anlass nicht fehlen, und die Brückers besprachen sich mit Friedas Vater, wie man es bewerkstelligen sollte, Annemie in die Kirche zu schaffen und anschließend ins Haus der Breitenbergs. Friedas Vater meinte, es müsste sich mit dem Motorrad bewerkstelligen lassen, vorausgesetzt, es regnete nicht in Strömen. Annemie selber würde am darauffolgenden Sonntag konfirmiert werden, und sie hatte ohne Murren akzeptiert, das Konfirmationskleid von ihrer älteren Schwester zu übernehmen, das zwar nicht besonders schön war, aber wenigstens ihre verkrüppelten Beine verbarg.

Der Sonntag von Friedas Konfirmation rückte heran. In der Woche zuvor flochten die Mütter der Konfirmanden einen Kranz aus Tannenzweigen, der mit Papierschleifen geschmückt über die Kirchentür gehängt wurde. Die Väter stellten links und rechts vom Eingang einen Tannenbaum auf, dessen Stamm bis auf halbe Höhe sorgfältig geschält war.

Zur Erleichterung der Konfirmanden, der Verwandten und der Kirchenbesucher regnete es zu Friedas Konfirmation nicht. Es war sogar ein wenig sonnig, wenn auch kühl.

Die Konfirmanden hielten sich traditionsgemäß vor Beginn des Gottesdienstes im Pfarrhaus auf und schritten mit Beginn des Läutens in feierlichem Zug zur Kirche, angeführt vom Pfarrer. Da konnte man Schnee oder heftigen Regen nicht gebrauchen, denn Mäntel durfte man nicht tragen, und auch die Schuhe waren meist nicht für Nässe gemacht.

Mit Frieda waren es neun Konfirmanden, die in die Kirche einzogen. Frieda bemerkte ein leises, missbilligendes Raunen, als sie durch den Mittelgang ging zur ersten Bank, die für die Konfirmanden reserviert war. Kurz musste sie ein ungutes Gefühl niederkämpfen, indem sie sich klarmachte, dass sie das Risiko, Missfallen zu erregen, freiwillig auf sich genommen hatte mit der Wahl ihres Kleides. Annemie lächelte ihr aufmunternd zu, und auch Gertrud signalisierte durch Kopfnicken, dass sie sich nicht beirren lassen sollte.

Leider gab Frieda noch einmal Anlass zu missfälligem Gemurmel, als ihr Konfirmationsspruch vom Pfarrer verlesen wurde. Sie hatte kein Bibelzitat ausgewählt, sondern einen Spruch von Jean-Jacques Rousseau, der zu ihrer Lebenseinstellung zu passen schien: „Die Freiheit des Menschen liegt nicht darin, dass er tun kann, was er will, sondern dass er nicht tun muss, was er nicht will."

Der Pfarrer hatte während des Konfirmationsunterrichts versucht, ihr den wenig frommen Spruch auszureden, der eigentlich nichts mit der Bibel zu tun hatte, aber Frieda ließ nicht mit sich handeln. Der Pfarrer hatte versprochen, die Konfirmanden selber ihren Spruch aussuchen zu lassen, und daran hielt er sich letztendlich.

Nach fast zwei Stunden waren alle konfirmiert, die Gemeinde hatte mehrfach laut gesungen, wobei der Zimmermann mit seinem Bass alle anderen inbrünstig übertönte, und unter feierlichem Glockengeläut drängten die Kirchenbesucher ins Freie. Den Konfirmanden wurde gratuliert, ein Fotograf machte Bilder, und man stand noch eine Weile mit den Nachbarn zusammen, bevor man sich nach Hause begab.

Frieda hatte sehr wohl bemerkt, dass ihr Patenonkel Richard fehlte. Als sie nachfragte, bekam sie eine ausweichende Antwort. Sie wollte nicht recht glauben, dass Onkel Richard ausgerechnet an so einem wichtigen Tag wie die Konfirmation seines Patenkindes verhindert sein sollte. Er kam sonst ja auch bei allen Gelegenheiten, und besonders gern bei festlichen Anlässen, wenn die Familie versammelt war, und es gutes Essen gab.

Die Erklärung kam noch vor Beginn der Mittagsmahlzeit von Friedas Bruder Walter, wie üblich in grober Form und gehässig. Während Frieda ihre Geschenke auspackte, stellte er sich neben sie und tuschelte ihr so laut ins Ohr, dass es die Umstehenden auch hören konnten: „Onkel Richard sitzt im Gefängnis. Er hat sich an kleinen Mädchen vergriffen und ist von einer Mutter erwischt worden."

Es herrschte sofort Totenstille, und Walter sah sich triumphierend um in der Gewissheit, dass er mal wieder besser Bescheid wusste als die anderen.

Gertrud fasste sich als erste und sagte schneidend, das sei überhaupt nichts erwiesen, und er säße auch nicht im Gefängnis, sondern in Untersuchungshaft, bis seine Unschuld bewiesen sei.

Der peinliche Augenblick ging vorüber, und die Verwandten wendeten sich wieder Frieda zu. Frieda hatte inzwischen ihre schwarze Jacke aufgeknöpft, weil es im Wohnzimmer dank des Kachelofens, den ihr Vater schon am Abend vorher angeheizt hatte, sehr warm war, und nun sah man ihr selbst entworfenes Kleid in seiner ganzen Schönheit. Frieda hatte ihre dicken rotblonden Haare zu einer Krone aufgesteckt, und ihr Onkel aus Pforzheim, der eine Leica besaß, fotografierte sie begeistert von allen Seiten.

Frieda war das peinlich, denn sie mochte es nicht, im Mittelpunkt zu stehen. Sie hielt sich aber tapfer, blieb freundlich und bedankte sich herzlich für die Geschenke. Vor allem ihre Großmutter war über ihren eigenen Schatten gesprungen und hatte ihr ein Gesangbuch mit Goldschnitt gekauft. Frieda war gerührt, dass ihre Großmutter ihre Sparsamkeit überwunden hatte, und gab ihr einen schüchternen Kuss auf die Wange, ein sehr ungewöhnliches Ereignis.

Beim Essen wurde Frieda von ihrer Tante Erika gefragt, was sie nach der Schule anfangen wollte. Bevor sie antworten konnte, hatte sich ihre Großmutter bereits eingemischt. „Frieda wird natürlich zu Hause bleiben und in der Landwirtschaft helfen. Wir müssen für die Soldaten mehr im Garten anbauen, und ich merke allmählich, dass ich nicht mehr so schnell und lange arbeiten kann."

„Mama," sagte Erika scharf, „ich habe Frieda gefragt. Frieda, sag selber, was du machen möchtest."

Alle warteten gespannt auf Friedas Antwort, natürlich in der Annahme, sie würde ihrer Großmutter beipflichten. Frieda senkte den Kopf und sagte leise: „Ich möchte bei einem Schneider eine richtige Lehre machen und mich auf Entwürfe von Kleidung für Frauen spezialisieren."

Davon hatten nicht einmal ihre Eltern etwas gehört, und sie waren noch erstaunter, als Frieda gestand, dass sie bereits mit einem Calwer Schneidermeister verhandelt hatte, der willens war, sie als Lehrmädchen aufzunehmen, sofern ihre Eltern die Genehmigung dazu geben wollten.

Das Thema wurde ausführlich diskutiert. Wie sollte Frieda jeden Tag nach Calw kommen, vor allem im Winter? Konnte die Familie auf Friedas Arbeitskraft verzichten? Walter hatte bereits signalisiert, dass er sich so bald wie möglich rekrutieren lassen wollte, sofern der Krieg noch andauern sollte, was 1940 allerdings von den meisten bezweifelt wurde. Wenn Walter als Arbeitskraft auf dem Hof ausfiel, konnte man tatsächlich nicht auf Frieda verzichten.

Frieda standen die Tränen in den Augen, und ihre Mutter beendete das Thema, als sie es bemerkte. „Es ist jetzt nicht der Zeitpunkt, darüber zu diskutieren," sagte sie. „Das werden wir später in aller Ruhe tun, wenn die Schule vorbei ist."

Frieda konnte die Gedanken an Onkel Richard nicht ganz ausschalten, und die Aussicht, unter Umständen auf dem Hof bleiben zu müssen und ihre eigenen Zukunftsvisionen nicht verwirklichen zu können, belasteten sie. Trotzdem genoss sie ihre Feier, und die Zuwendung ihrer Verwandten tat ihr gut. Vielleicht spielte auch das Gläschen Sekt, das sie hatte trinken dürfen, eine Rolle, um ihre Stimmung aufzuhellen.

Am Nachmittag ging man noch einmal in die Kirche, um das Abendmahl zu feiern. Der junge Walter behauptete grinsend, dass der Pfarrer das Abendmahl, das früher am Sonntag nach der Konfirmation gefeiert worden war, auf den Nachmittag des Konfirmationssonntags verlegt hatte, um die Konfirmanden und ihre Gäste daran zu erinnern, dass der Tag nicht nur zum Schlemmen und Alkoholtrinken gedacht war.

Insgeheim gaben ihm einige recht, aber trotzdem war der Augenblick erhebend, als die Konfirmanden nach vorn traten und zum ersten Mal an der feierlichen Handlung teilnahmen

Am Sonntag darauf wurde Annemie konfirmiert. Frieda hatte ihr einen Mantel genäht mit einer Kapuze, die mit einem wunderschönen Streifenstoff gefüttert war. Sie hatte den Stoff von einem Mantel ihres gefallenen Großvaters verwendet, den sie auf dem Dachboden gefunden hatte. Sie musste ihn tagelang auslüften, weil er durch das lange Lagern auf dem Dachboden etwas muffig geworden war, und das machte Probleme, weil Margarete das Kleidungsstück ihres gefallenen Mannes nicht sehen sollte. Frieda befürchtete nämlich, dass ihre Großmutter einen Wutanfall bekommen würde, wenn man die sorgfältig gehütete Garderobe ihres verstorbenen Mannes entweihte. Frieda verstand das zwar nicht, denn sie hatte den Eindruck, dass die Ehe ihrer Großmutter keineswegs der Himmel auf Erden gewesen war, aber trotzdem empfahl es sich, vorsichtig zu sein.

Also hängte sie den bereits auseinander genommenen Mantel hinter die Scheune, wo ihre Großmutter in der kälteren Jahreszeit kaum hinkam. Sie hatte Glück, und ihre Großmutter bemerkte nichts.

Annemie war selig über das Geschenk und hatte Tränen der Freude in den Augen. Sie umarmte ihre Freundin und flüsterte ihr ins Ohr: „Ich habe phantastische Neuigkeiten wegen meiner Schienen. Du wirst schon sehen."

11. Kapitel

Das achte Schuljahr ging zu Ende. Herr Bechtele hatte mit den Schulabgängern eine Feier organisiert. Es wurde gesungen, ein kleines Theaterstück aufgeführt, und Frieda als beste Schülerin hielt eine Rede, in der sie einen kurzen, positiven und witzigen Rückblick auf die Schulzeit gab und einen Ausblick auf die künftigen Jahre. Friedas Gedanken an die Zukunft waren eher düster in Anbetracht des Kriegs, aber das wollte und durfte niemand hören. Deshalb nahm Frieda sich sehr zurück und redete von Zukunftsaussichten mit einem Beruf und einer Zeit, in der es allen gut gehen würde.

Widerstrebend hatte sie sich den Ratschlägen von Herrn Bechtele gefügt und verwendete Gemeinplätze, wie sie zu solchen Anlässen üblich waren.

Im Mai fing Frieda mit ihrer Schneiderlehre an, die sie gegen den Widerstand ihrer Großmutter durchgesetzt hatte. Margarete beschäftigte sich bereits mit Plänen, wie man Frieda so bald wie möglich mit einem Bauernsohn aus dem Dorf verheiraten konnte, damit sie versorgt war und womöglich noch Geld für den elterlichen Hof herausspringen würde. Ihre Eltern dagegen waren aufgeschlossen und fanden es richtig, dass ein Mädchen in den ungewissen Zeiten, in denen man sich befand, etwas Handfestes lernte.

Frieda fuhr mit dem Fahrrad jeden Morgen nach Calw. Sie freute sich auf ihre Lehre und hatte große Erwartungen an ihren Meister.

Die Enttäuschung kam schnell. Sie durfte Nähte auftrennen, den Boden fegen, Kaffee machen und Werkzeug holen oder wegräumen. Als sie vorsichtig bat, ihre bisherigen Entwürfe und gefertigten Kleidungsstücke zeigen zu dürfen, stieß sie auf eisige Ablehnung.

„Was bildest du dir ein," sagte der Meister. „Du bist hier, um nähen zu lernen und nicht, um mir vorzuführen, was du angeblich alles schon kannst. In ungefähr zwei Jahren wirst du es vielleicht so weit gebracht haben, dass du einfache Kleidungsstücke nähen kannst, aber bis dahin ist ein weiter und beschwerlicher Weg."

Frieda musste sich zufrieden geben, denn der Meister vertrug keine Widerworte. Allerdings fuhr sie jeden Morgen weniger gut gelaunt nach Calw, und das Ganze kam ihr sinnlos vor.

Im zweiten Lehrjahr wurde ihr die Nähmaschine erklärt. Frieda nähte mit Genuss, da sie keine Handkurbel mehr bedienen musste, sondern eine Tretmaschine zur Verfügung hatte. Aber auch hier gab es Ärger. Der Meister ließ sie trennen, bis ihr die Tränen in den Augen standen. Vor allem bedauerte sie die Sinnlosigkeit des ewigen Trennens, denn sie wusste, dass ihre Nähte perfekt waren. So hatte sie sich ihre Lehre nicht vorgestellt, und sie musste sehr mit sich kämpfen, um nicht einfach alles hinzuschmeißen.

Onkel Richard war inzwischen eingezogen worden. Friedas Mutter behandelte Frieda neuerdings nicht mehr wie ein Kleinkind und hatte ihr die Zusammenhänge erklärt. Onkel Richard interessiere sich nicht für reife Frauen, sagte sie, vor denen er wohl Angst habe, sondern er fühle sich zu kleinen Mädchen hingezogen. Eine Mutter habe ihn beobachtet, wie er ihrer kleinen Tochter zu heftig seine Zuneigung zeigte, und deshalb habe sie ihn angezeigt.

Da nichts Schlimmes passiert war, wurde die Sache nicht weiter verfolgt, zumal Onkel Richard sich bereit zeigte, sofort dem Vaterland seine Dienste zur Verfügung zu stellen. Er wurde zunächst in Belgien stationiert, wo er zum Funker ausgebildet wurde, und nach der russischen Offensive im Juni 1941 wurde er an den Ladogasee bei Leningrad verlegt.

Frieda tat der Onkel leid, denn eigentlich hatte sie ihn immer warmherzig und freundlich gefunden, wenn nicht das unangenehme Erlebnis mit dem angeblichen Knüppel in der Hose gewesen wäre, das sie als kleines Mädchen auf seinem Schoß sitzend so erschreckt hatte. Von dem Zeitpunkt an hatte sie instinktiv körperliche Nähe vermieden, und jetzt, nachdem sie verstanden hatte, war sie froh, dass es nie zu einem Übergriff gekommen war.

Frieda hatte natürlich mitbekommen, dass im Dorf über ihren Onkel geklatscht wurde und hatte ihn immer in Schutz genommen. Sie wollte auch weiterhin zu ihm stehen und vor allem ihrem Bruder Walter über den Mund fahren, wenn er sich auf hässliche Weise wichtig machte.

Friedas Vater allerdings zeigte kein Verständnis für seinen Bruder und tat ihn als abartig und krank ab. Er wollte auch auf Friedas Bitte nicht weiter über das Thema reden und deutete nur an, dass er es für keine Tragödie halten würde, wenn Richard fallen sollte. Frieda vermutete, dass er früh die Wahrheit über seinen Bruder erkannt und Angst um seine Tochter gehabt hatte.

Bei Annemie entwickelten sich die Dinge auch nicht so positiv, wie sie zu ihrer Konfirmation gedacht hatte. Ihr Vater war durch den Verkauf einer Kuh zu etwas Geld gekommen und wollte die Schienen für Annemies Beine in Angriff nehmen. Einem jungen Arzt in Wildbad, der seine Ausbildung in Amerika gemacht hatte, ging der Ruf voraus, ganz neue Techniken in der Orthopädie anzuwenden, und er hatte Annemie nach einer gründlichen Untersuchung Hoffnung gemacht, dass sie mit Hilfe von Schienen tatsächlich würde laufen können, wenn auch in begrenztem Maße.

Die Schienen sollten von einem Sanitätshaus gefertigt werden nach Angaben des Arztes, aber leider stellte sich heraus, dass die Angestellten des Sanitätshauses voll ausgelastet waren durch die Soldaten, die in immer größerer Zahl mit schwersten Verletzungen aus dem Krieg zurückkehrten. Die Kriegsversehrten hatten Vorrang, wenn es um die Herstellung von Arm-und Beinprothesen ging, und die Zivilisten hatten das Nachsehen.

Annemie musste bis zum Ende des Sommers 41 warten, bis schließlich der alte Orthopädiemechaniker, der das Geschäft gegründet hatte, aber nur noch gelegentlich arbeitete, Erbarmen mit dem armen Mädchen hatte, das immer wieder mit ihrem Vater vorstellig wurde und mit einem abschlägigen Bescheid nach Hause gehen musste. Er fertigte die Schienen an, aber erst, nachdem die Angestellten nach Feierabend die Werkstatt verlassen hatten, um mögliche Fragen und Schwierigkeiten zu vermeiden.

Die Schienen wurden mehrfach angepasst, und endlich konnte Annemie sie mit nach Hause nehmen. Der Hersteller empfahl ihr, die ersten Schritte ohne ihn unter Anleitung des Arztes zu machen und sich Anweisung für die Eingewöhnung geben zu lassen. Eigentlich war das die Aufgabe des Orthopädiemechanikers, aber in Anbetracht der schwierigen Situation wollte er nichts riskieren.

Natürlich bot sich Frieda sofort an, mit Annemie zu üben. Sie hatte aber wenig Zeit, weil ihre Tage einschließlich samstags am Vormittag durch ihre Lehre ausgefüllt waren, und die Sonntage durch Arbeiten in der Landwirtschaft. Walter hatte sich zum frühestmöglichen Termin bei der Wehrmacht gemeldet und war zur Grundausbildung nach Villingen abkommandiert worden, fiel also als Arbeitskraft aus.

Zum Missfallen von Margarete fuhr Frieda häufig an Sonntagvormittagen zu Annemie statt in die Kirche zu gehen. Je älter sie wurde, desto mehr entzog sie sich dem Einfluss ihrer Großmutter, sofern das möglich war, ohne respektlos und frech zu werden.

Die Gehübungen mit Annemie waren sehr mühsam. Nach dem langwierigen Anlegen der Schienen schleppte sich Annemie ein paar Schritte durch die Küche, klagte über die Unbequemlichkeit der Schienen, die auch Schmerzen verursachten, und schimpfte hin und wieder mit deftigen Ausdrücken über die langsamen Fortschritte, die sie machte. Friedas Aufgabe bestand vor allem darin, ihr immer wieder Mut zuzusprechen und sie anzutreiben. Hin und wieder riet sie Annemie, eine Krücke wegzulassen und sich stattdessen leicht auf ihren Arm zu stützen.

Eines Tages, als Annemie glaubte, schon viel sicherer zu sein, machte sie einige schnellere Schritte und fiel dabei hin. Sie lag weinend auf dem Küchenboden und konnte ohne Friedas Hilfe nicht wieder aufstehen. Sie war nahe daran, ihre Gehversuche aufzugeben, weil sie meinte, letztendlich würde doch nichts erreichen.

Aber Aufgeben war eigentlich nicht Annemies Art, und nach ein paar Monaten hatte sie solche Fortschritte gemacht, dass sie eine Krücke weglassen konnte. Frieda war dabei, als sie sich zum ersten Mal vorsichtig die Sandsteintreppe zum Hof hinunter hangelte und unsicher über das Kopfsteinpflaster ging bis zur Straße. Ein Nachbar kam gerade vorbei und machte eine freundliche Bemerkung, und Annemie freute sich über die Anteilnahme.

Der junge Orthopäde zeigte sich sehr zufrieden bei einer der Routineuntersuchungen und fragte Annemie, ob er ihren Fall vorstellen dürfe in Form von einem Vortrag im Krankenhaus in Pforzheim. Annemie kicherte und meinte, nun würde sie berühmt, denn die Presse würde vertreten sein.

Ein trauriges Ereignis für Annemie war die Pensionierung des Pfarrers. Der Pfarrer zog mit seiner Frau in seine Heimatstadt Neuenbürg zurück, das Pfarrhaus wurde geräumt und damit gab es für Annemie kein Klavierspielen mehr. Die Frau des Pfarrers hatte daran gedacht, Annemie die Orgel spielen zu lassen nach ihrem Wegzug, hatte aber dabei vergessen, dass Annemie die Fußpedale nicht bedienen konnte. Sie versprach, sich zu bemühen, ein Klavier aufzutreiben, aber sie hatte wenig Hoffnung, dass ihr das gelingen könnte.

Zum Ende ihres zweiten Lehrjahr durfte Frieda immerhin bei Anproben dabei sein und schließlich selbst Abnäher und Säume abstecken. Schließlich ließ der Meister sie auch selbständig Kleiderteile zusammen nähen, aber leider stand er häufig so dicht hinter ihr, wenn sie an der Maschine saß, dass es ihr sehr unangenehm war.

Eines Tages langte er über sie hinweg, um ihr zu helfen, einen Rocksaum ordentlich unter die Nadel zu bekommen. Dabei berührte er ihre Brüste, und Frieda fuhr auf. „Ich kann den Stoff allein zurechtlegen," sagte sie scharf.

Der Meister hüstelte und trat einen Schritt zurück. Als sich ein paar Tage später ein ähnlicher Vorfall wiederholte, beschloss Frieda, ihren Vater einzuschalten. Sie wollte unbedingt ihre Lehre beenden, um einen richtigen Beruf zu haben, aber sie war nicht

84

bereit, ihren Gesellenbrief durch ein Verhältnis mit ihrem Meister zu bezahlen.

Bereits am nächsten Tag kam Walter in die Schneiderei. Frieda wusste, dass er wütend war, aber wer ihn nicht kannte, merkte ihm nichts an. Er forderte zunächst den Schneider auf, Frieda endlich Gelegenheit zu geben, ihr Können zu zeigen, indem er sie selbständig Kleidung nähen ließ und Entwürfe machen. Er hatte Friedas Konfirmationskleid mitgebracht, und der Schneider war offensichtlich beeindruckt. Er versuchte zwar, sein Erstaunen herunterzuspielen, indem er behauptete, das könne niemals von Frieda allein entworfen und genäht worden sein, aber schließlich musste er den Beteuerungen von Friedas Vater glauben. Walter betonte zudem, wie jung Frieda sei, wie unschuldig und dabei sehr begabt. Man dürfe ihr nicht alle Chancen vermasseln.

Das war wohl deutlich genug gewesen. Der Schneider hatte verstanden und machte keine Annäherungsversuche mehr. Er ließ Frieda in vielem freie Hand, zeigte ihr Kniffe und Problemlösungen, und benahm sich so, wie Frieda es von einem Lehrherrn erwartet hatte. Allerdings war er nur noch sachlich und ließ jede Freundlichkeit vermissen, was Frieda aber nicht störte.

Im letzten Lehrjahr wurde es für Frieda immer schwieriger, nach Calw zu kommen. Das Fahrrad war kaputt, und es war fast unmöglich, Ersatzteile zu bekommen. Auch das Motorrad, mit dem Walter gelegentlich seine Tochter gefahren hatte, musste in der Scheune abgestellt und wegen des Staubs verpackt werden, weil es praktisch keine Benzinrationen mehr für den zivilen Gebrauch gab. Die Hinfahrt morgens konnte Frieda mit einem kürzlich eingerichteten Bus machen, mit dem Arbeiter und vor allem Frauen aus den umliegenden Dörfern eingesammelt wurden, um in einer Munitionsfabrik zu arbeiten. Den Rückweg musste sie oft zu Fuß zurücklegen, was ihr eigentlich nichts ausmachte, aber viel Zeit kostete.

Nach drei Jahren Lehrzeit erhielt sie ihren Gesellenbrief. Der Meister gratulierte ihr und bot ihr an, in seiner Schneiderei gegen ein kleines Entgelt mitzuarbeiten. Frieda lehnte ab, denn sie hatte andere Pläne.

Ihre Eltern waren stolz und erleichtert, dass sie ihre Lehre erfolgreich zu Ende geführt hatte, und sogar Margarete äußerte sich lobend. Sie ließ allerdings durchblicken, dass sie vor allem froh war, Frieda wieder ganztägig auf dem Hof zu haben. Die Landwirtschaft wurde immer beschwerlicher, weil Margarete sich oft nicht wohl fühlte, und zudem eines der Pferde requiriert worden war.

Frieda weinte, als die treue Liese abgeholt wurde. Sie weinte, weil sie das Pferd vermisste, sie weinte aber auch, weil das Pferd einem ungewissen und sicher unangenehmen Schicksal entgegensah, das vermutlich mit seinem baldigen, schrecklichen Tod enden würde.

Walter war nach seiner Grundausbildung noch einmal für ein paar Tage nach Hause gekommen. Stolz wie ein Pfau schritt er durchs Dorf mit seiner neuen Uniform und erzählte jedem, dass er nach Paris abkommandiert war. „Oh lala, Moulin rusch und Cancan, vin rusch und Baguette!" So viel französisch konnte er schon, und Frieda und ihre Eltern schämten sich für ihn, weil er den Ernst der Situation überhaupt nicht erkannt hatte und unbelehrbar blieb. Nach einigen Tagen reiste er mit zwei ehemaligen Klassenkameraden ab, und alle im Dorf bedauerten die jungen Männer, die eigentlich für den Krieg noch viel zu unreif waren und nur ein großes Abenteuer erwarteten.

Die Dorfbewohner, die bei Ausbruch des Krieges noch relativ wenig von den Geschehnissen betroffen waren, wurden sich des Ernsts der Lage richtig bewusst, als die ersten Meldungen von Gefallenen kamen. Mütter, Verlobte und junge Ehefrauen weinten, aber niemand wagte laut zu sagen, dass er den Heldentod für sinnlos hielt und den Ausgang des Kriegs nach dem Angriff auf Russland für ungewiss.

12. Kapitel

Frieda half vermehrt in der Landwirtschaft mit, aber sie bat darum, gelegentlich freigestellt zu werden, wenn sie einen Auftrag als Schneiderin erhielt. Es hatte sich herumgesprochen, dass sie ausgefallene Ideen hatte und äußerstes Geschick in der Fertigung von Kleidern, Mänteln und Hosen besaß. Bedauerlicherweise gab es immer weniger Stoffe, da alles, was an Rohstoffen verfügbar war, für Uniformen verwendet wurde. Also musste Frieda häufig alte Kleider umnähen, Wintermäntel wenden und neue Kragen an verschlissene Hemden nähen. Sie machte das zwar geschickt, aber nicht gern, und sie sehnte sich nach Zeiten, in denen man herrliche Stoffe auswählen konnte und wunderschöne Kleidung nähen.

Im Sommer ging Frieda wie jedes Jahr in den Wald, um Heidelbeeren zu sammeln, denn das Anlegen von Vorräten wurde immer wichtiger. Als sie an der Stelle eintraf, wo sie immer die meisten Heidelbeeren gefunden hatte, musste sie feststellen, dass über eine große Strecke die Bäume gefällt worden waren, und eine geschotterte Piste gebaut. Frieda war zu Tode erschrocken, denn sie hatte zu Hause nichts von derlei Maßnahmen mitbekommen. Während sie noch ratlos auf den verwüsteten Wald starrte, hörte sie ein Motorengeräusch, und ein Jeep kam angefahren. Der bremste scharf, als er das Mädchen am Rand der Piste stehen sah, mit dem geflochtenen Körbchen zum Heidelbeersammeln am Gürtel und einem Eimer in der Hand.

Es waren zwei Soldaten in dem Jeep. Der Beifahrer beugte sich aus dem Fahrzeug und sagte in scharfem Ton: „Mach, dass du wegkommst. Du hast hier nicht herumzuschnüffeln."

Frieda wagte gar nicht nachzufragen, was hier passierte. Sie rannte so schnell sie konnte zurück zum Dorf und flüchtete sich geradezu atemlos ins Haus.

„Papa, Papa," schrie sie. „Was ist da oben im Wald los?"

Ihre Mutter kam aus der Küche und sagte ruhig: „Du hast es also entdeckt. Man munkelt, dass im Wald zwischen Wahlberg und Hochdorf ein Kriegsgefangenenlager gebaut wird. Ich hätte dich warnen müssen, aber ich wusste nicht, was du vorhast. Sag künftig immer Bescheid, wo du hingehst und sei vorsichtig, wenn du das Dorf verlässt. Man weiß ja nie, was Kriegsgefangene versuchen, um aus den Lagern zu entkommen, und wie sie sich verhalten, wenn ihnen die Flucht gelingt."

Margarete, die das Gespräch durch die offene Küchentür verfolgt hatte, trat ebenfalls in den Flur und mischte sich ein. „Man darf nicht vergessen, dass die Gefangenen keine Deutschen sind. Sie sind unzivilisiert und brutal."

Frieda war völlig verunsichert. Das Gerede ihrer Großmutter, die keine Ahnung von anderen Kulturen hatte und der Propaganda voll aufgesessen war, störte sie nicht so sehr, aber die Tatsache, dass ein Lager gebaut wurde, machte ihr Sorgen.

„Was werden die Gefangenen hier machen?" fragte sie ihre Mutter. „Sie werden doch nicht herumsitzen und das Ende des Krieges abwarten!"

„Es scheint so, dass in Hochdorf die aufgegebene Weberei in eine Munitionsfabrik umgewandelt werden soll, und da werden sie wohl eingesetzt."

„Das ist ja richtig pervers! Die armen Männer, die in Gefangenschaft geraten sind, müssen auch noch für den Feind die Waffen herstellen, die die eigenen Landsleute vernichten sollen. Ich verstehe die Welt nicht mehr. Als ich klein war, war alles noch in Ordnung. Uns ging es nicht schlecht, und man musste nicht Angst haben, dass um uns herum die Männer verletzt würden, ihrerseits in Gefangenschaft geraten oder gar sterben."

Von Onkel Richard hatten sie ein einziges Mal eine Karte aus Russland bekommen, in der er schrieb, dass es ihm gut ginge, die Landschaft herrlich sei, und er nicht allzu sehr Gefahren ausgesetzt wäre. Gertrud glaubte kein Wort davon, denn trotz der geschönten Berichte vom Propagandaminister sickerte allmählich durch, dass nicht alles, was man im Radio jeden Tag zu hören bekam, der Wahrheit entsprach.

Von Annemie hörte Frieda zum ersten Mal von „Klumpfüßchens Märchenstunde," eine Bezeichnung für Goebbels' Propagandareden, die man natürlich nicht laut aussprechen durfte, ohne im KZ zu landen, die sich aber trotzdem offenbar verbreitete.

Friedas Bruder, der in seinen seltenen Briefen geschrieben hatte, dass sein „Olala, Moulin rusch" nicht so ausgefallen war, wie er sich das gedacht hatte, war inzwischen an die Ostfront abkommandiert worden. Frieda wurde nicht zum Arbeitsdienst auswärts eingezogen, um auf dem eigenen Hof arbeiten zu können. Die Landwirtschaft nahm eine immer größere Rolle ein, und man hörte von den Nachbarorten, dass Kriegsgefangene auf Höfen eingesetzt wurden, auf denen kein Mann mehr als Arbeitskraft zur Verfügung stand. Bei den Zwangsarbeitern auf den Höfen handelte es sich ausschließlich um Franzosen und Polen. Die übrigen Gefangenen aus dem Osten – Russland, Bulgarien, Ukraine, Weißrussland – wurden als „rassisch minderwertig" kaum im privaten Bereich eingesetzt.

Die Lage, was die Ernährung anbetraf, war 1942 katastrophal. Die Familie Breitenberg kam verhältnismäßig gut zurecht, weil sie mit ihrem ausgeweiteten Gemüseanbau, den Obstbäumen und dem eigenen Vieh weitgehend für sich selber sorgen konnte. Allerdings mussten sie einen Großteil ihrer landwirtschaftlichen Produkte abliefern für das „Volkswohl". Es gab immer häufiger Kartoffeln mit Sauerkraut, Gemüsesuppen, und Kuchen ohne Eier, obwohl die Hühner im Sommer eifrig legten.

Friedas Alltag war sehr eintönig. Sie machte alle Arbeiten in der Landwirtschaft, die anfielen. Vor allem hatte sie das morgendliche Melken übernommen, das bis dahin Aufgabe ihrer Großmutter gewesen war. Margarete fühlte sich an manchen Tagen richtig elend, und Gertrud und Walter rieten ihr dringend, einen Arzt aufzusuchen. Margarete wollte davon nichts hören, auch wenn im Lauf des Sommers keine Besserung zu bemerken war. Im Gegenteil, sie sah grau aus und hatte starke Beschwerden in der Brust, was sie aber nicht zugeben wollte.

Frieda kam selten dazu, etwas Ordentliches zu nähen. Stoffe waren absolute Mangelware, und ihre einzige Herausforderung bestand darin, aus etwas Altem ein verwendbares, neues Kleidungsstück zu machen.

Am Ende des Sommers kam ein Offizier, den sie nicht kannten, in einem Jeep mit Fahrer auf den Hof. Er wünschte Frieda zu sprechen, was mit Sicherheit nichts Gutes bedeutete.

Er stellte sich als Leutnant Winfried Gerster vor und erklärte, dass Frieda ihm vom Bürgermeister genannt worden war als eine zuverlässige Person, die im mittlerweile fertig gestellten Gefangenenlager arbeiten sollte. Er sei der Lagerkommandant, und alle Fäden würden bei ihm zusammenlaufen.

Er war sehr höflich und ernst, aber Frieda bemerkte ein Funkeln in seinen Augen, das sie zur Genüge von den männlichen Bewohnern des Dorfes kannte. Offensichtlich gefiel sie ihm als Frau, und das war ihr überaus unangenehm. Er war nicht unsympathisch, aber sie erwartete nur Scherereien, falls sich in irgendeiner Form Annäherungsversuche ergeben sollten.

Frieda wollte nicht voreilig sein und verbannte derlei Gedanken. „Darf ich wissen, worin meine Aufgabe bestehen wird?" fragte sie.

„Zunächst brauchen wir viele Kräfte in der Küche. Wir haben über hundert Gefangene, und die müssen ernährt werden. Ich werde Sie für die Abendschicht einteilen, wo es warmes Essen gibt. Es fallen natürlich vielerlei andere Arbeiten an, und wir werden sehen, ob Sie für eine höhere Aufgabe geeignet sind. Sie fangen übermorgen an. Melden Sie sich um 17 Uhr bei Sigrun, sie wird Sie einweisen."

Er tippte kurz an seine Mütze, stieg wieder in den Jeep und verschwand in einer Staubwolke auf dem Feldweg, der die weit auseinanderliegenden Höfe miteinander verband.

Frieda wusste gar nicht, was sie denken sollte. Sie hatte nicht einmal mitbekommen, dass das Lager fertiggestellt und belegt worden war. Nachdem die beiden ‚'Soldaten sie beim Heidelbeerensammeln verjagt hatten, war sie sich dem Waldstück zwischen Wahlberg und Hochdorf nicht mehr nahe gekommen. Aus Angst vor unliebsamen Überraschungen blieb sie nur noch auf Straßen und befahrenen Feldwegen und verzichtete auf Alleingänge im Wald.

Sie besprach die Situation mit ihren Eltern. Sie wusste, dass es sinnlos war, sich gegen den Arbeitsauftrag aufzulehnen. Im Grunde war sie froh, nicht in der Munitionsfabrik arbeiten zu müssen wie viele andere Frauen und Mädchen, oder im Arbeitsdienst der ständigen Propaganda ausgesetzt zu sein. Insgeheim hoffte sie auch, vielleicht etwas Gutes in der Küche bewirken zu können. Sie hatte Bilder von Kriegsgefangenen gesehen und konnte deren ausgemergeltes, abgerissenes Aussehen kaum ertragen.

Nach dem Füttern der Kühe am Abend machte sie sich auf zu Annemie. Das Fahrrad war wieder gangbar, denn wie durch ein Wunder hatte sich das passende Ersatzteil in der Scheune eines Nachbarn gefunden. Man half sich gegenseitig aus, und das war immerhin ein positiver Aspekt in der Notlage.

Allerdings musste Frieda feststellen, dass sich die Hilfsbereitschaft der Wahlberger nicht auf die Calmbacher erstreckte, die im Winter ihre Kinder den Berg hoch wandern ließen, um in ihrer bitteren Notlage um Essen zu betteln. Meistens wurden die Kinder mit harten Worten abgewiesen. Man glaubte nicht daran, dass es den Calmbachern wirklich so schlecht ging, dass die Kinder in den umliegenden Dörfern betteln mussten.

Frieda besprach die neue Situation nach allen Seiten mit Annemie. Wie immer hatte Annemie bereits einige Informationen über das Lager, die sie im Dorf gehört hatte. Die meisten Männer seien aus dem Osten, aus Ländern in der Sowjetunion, von denen sie noch nie gehört hatte. Aber es gäbe auch ein paar Polen, die man immerhin für „arisierbar", also für annähernd menschlich hielt, und einige wenige Franzosen. Die Ernährungssituation sei katastrophal, aber das würde Frieda ja bald selber merken. Annemie war jedenfalls sehr gespannt auf Friedas Bericht.

Zwei Tage später ging Frieda pünktlich los, um das Lager rechtzeitig zu erreichen. Sie wusste, dass Unpünktlichkeit im Dienst geahndet wurde, und der Gefahr einer Bestrafung gleich am ersten Tag wollte sie sich nicht aussetzen.

Das Gelände um das Lager war von einem hohen Stacheldraht umgeben, und im Abstand von ungefähr zwanzig Metern hatte man einen hölzerner Wachturm gebaut, auf dem ein Soldat mit Gewehr im Anschlag stand. Frieda bekam eine Gänsehaut, als sie sich vorstellte, was passieren würde, falls einer der Gefangenen versuchen sollte, auszubrechen. Aber vielleicht war es besser, gleich erschossen zu werden, als langsam und qualvoll zu verhungern oder an einer Infektion zu sterben.

Vor Aufregung und Angst verklemmt, psychisch und physisch, ging Frieda auf das Tor zu und war sich wohl bewusst, dass man sie von jedem Wachturm im Auge hatte. Als sie sich dem Tor genähert hatte, kam ein Soldat auf sie zu und fragte nach ihrem Namen. Er holte eine Liste aus seinem Wachhäuschen, sah sie durch und stellte ihr dann einen Passierschein aus, auf den er zwei verschiedene Stempel knallte. Er war noch sehr jung, aber Frieda merkte ihm an, dass er sich in seiner Funktion als Wachsoldat sehr wichtig vorkam und meinte, das durch einen zackigen Ton und Unfreundlichkeit zeigen zu müssen.

Frieda durfte nach der Kontrolle das Lagergelände betreten, wurde aber sofort von einem anderen Wachsoldaten in Empfang genommen. Um einen großen, leeren Platz waren im Halbkreis einige kleinere Holzbaracken gruppiert, die vermutlich als Schlafräume fungierten. Ein langer Holzbau stand im Zentrum. Der Soldat erklärte ihr, dass in der großen Baracke die Küche, der Essraum und die Büros untergebracht waren. Alles sah schäbig und schnell zusammengehauen aus. Etwas abseits von den Wohnbaracken war ein weiterer Verschlag aufgebaut, der als Latrine diente. Frieda verstand plötzlich, warum ihr Vater in den letzten Monaten so viel Holz geschlagen hatte, sicherlich gegen seine Überzeugung.

Der Hof war völlig menschenleer, und es war sehr still. Das wirkte unheimlich auf Frieda, aber ihr war klar, dass die Männer noch nicht von der Arbeit in der Munitionsfabrik zurück gekehrt waren.

Sie wurde in die Küche geführt und Sigrun vorgestellt, die für das Essen und das Personal zuständig war. Sigrun war der Typ weiblicher Feldwebel: Nicht sehr groß, aber korpulent, nicht mehr jung, aber bereits mit einem scharfen Zug um den Mund.

Frieda versuchte, sich nicht anmerken zu lassen, dass sie innerlich zurückschreckte. Sie war froh, als Sigrun ihr nicht die Hand entgegen streckte, sondern bellte: „Was kannst du?"

„Wie meinen Sie das?" fragte Frieda. „Ich habe Schneiderin gelernt."

Sigrun schnaubte höhnisch. „Das spielt keine Rolle, du bist ja nicht hier, um dem Gesindel hier neue Anzüge zu nähen. Kannst du kochen?"

„Ja," sagte Frieda. „Ich komme aus einer Landwirtschaft und bin mit allen Arbeiten in Küche und Stall vertraut."

„Gut", sagte Sigrun. „Hier gibt es keine Extravaganzen beim Essen. Kartoffeln reichen aus. Die Kartoffeln werden abgeschrubbt und gekocht, ohne sie zu schälen. Das Nahrhafte sitzt ja bekanntlich unter der Schale, und deshalb serviert man die Kartoffeln jeder Sorte von Schweinen, die hier in ihren Ställen hausen, ungeschält. Da hinten stehen die Kartoffelsäcke. Wir haben hundert Gefangene hier, und für jeden gibt es vier Kartoffeln. Verzähl dich bloß nicht!"

Außer Frieda waren noch zwei Mädchen da, mit denen sie das Essen vorbereiten sollte. Eines der Mädchen, Liese, stammte auch aus Wahlberg und war mit Frieda zur Schule gegangen. Sie hatte ein freundliches Wesen, aber Frieda war ihr nie näher gekommen.

Das andere Mädchen kam aus Calmbach, wirkte müde, schlecht gelaunt und schmuddelig. Zu dritt machten sie sich daran, in Eimern die Kartoffeln mit einer Bürste zu säubern. Sigrun sah ihnen zu und sagte schließlich scharf: „Ihr müsst hier nicht

Stunden verschwenden. Ein bisschen Sand im Bauch reinigt den Darm und hilft gegen Infektionen."

Frieda war schockiert. Nicht nur, dass das vorgesehene Essen in keiner Weise ausreichte, weder satt machte noch den Körper mit notwendigen Vitaminen und Mineralien versorgte, sondern auch, dass ihnen praktisch aufgetragen wurde, die Kartoffeln schmutzig zu lassen. Frieda war klar gewesen, dass es für die Gefangenen sehr schlecht aussah, was die Versorgung mit Essen betraf, aber so schlimm hatte sie sich das nicht vorgestellt. Natürlich ging es den Deutschen selbst miserabel. Fett gab es fast gar nicht mehr. Die für den ganzen Monat vorgesehenen Rationen auf den Lebensmittelkarten waren lächerlich klein, Obst und Gemüse waren kaum zu beschaffen, Milch für die Kinder fehlte, und für manches gab es nur einen kläglichen Ersatz. Statt Bohnenkaffee zum Beispiel gab es aus Zichorie und Gerste hergestellten sogenannten Muckefuck, aber das war eine Einschränkung, die Frieda überhaupt nicht traf. Wie sollte es bei den eigenen Ernährungsproblemen gelingen, den Gefangenen ein ordentliches Essen vorzusetzen und mit dem Angebot abzuwechseln?

Natürlich waren die Möglichkeiten nicht da, aber es fehlte vor allem der Wille zu versuchen, etwas Gutes zu tun für die in Gefangenschaft geratenen Männer. Frieda dachte an die deutschen Soldaten, denen man vermutlich in den Gefangenenlagern, vor allem in Russland, alles mit gleicher Münze heimzahlte und damit deren Tod billigend in Kauf nahm.

Die Kartoffeln wurden schließlich in großen Töpfen aufgesetzt auf einem riesigen Herd, der mit Holz befeuert wurde. Holz war schließlich ein Rohstoff, den es im Nordschwarzwald noch zur Genüge gab, wenn auch ein Großteil der kräftigen Männer fehlte, um die Bäume zu fällen, das Holz zu sägen und schließlich ofengerecht zu hacken.

Bei Frieda zu Hause gab es noch einen großen Vorrat an abgelagertem Holz, da ihr Vater immer gut vorsorgte. Frieda hoffte sehr, dass nicht eines Tages ein Lastwagen in den Hof fahren und das Brennmaterial für das Volkswohl beschlagnahmen würde, das heißt zum Heizen von Kasernen, Lagern und sonstigen, militärischen Unterkünften.

Kurz nach sechs kamen die Gefangenen in ordentlichen Zweierreihen von der Arbeit in der Munitionsfabrik in Hochdorf zurück. Sie waren flankiert von einem guten Dutzend Wachsoldaten mit Maschinengewehren im Anschlag. Durch die offene Küchentür sah Frieda die erschöpften, abgerissenen Gestalten in den Schlafbaracken verschwinden. Sie fragte sich, ob es dort eine Waschgelegenheit gab oder Kleidung zum Umziehen, aber sie hatte Zweifel. Vermutlich würde sie die Baracken auch von innen sehen und sich selbst ein Bild machen.

Sigrun gab ein Zeichen, dass man die Männer zum Essenfassen rufen sollte. Einer der Wachsoldaten blies auf einer Trillerpfeife, und die Männer strömten Richtung Küche.

Frieda und die beiden anderen Mädchen hatte Anweisung bekommen, jedem Gefangenen seine vier Kartoffeln auf den bereit gehaltenen Blechteller zu legen und aus den schweren Blechkannen den vorbereiteten dünnen Kräutertee in den Becher zu gießen, den jeder in der Hand hielt.

Frieda sah entsetzt, dass die Gefangenen nur einen Schritt zurück traten und im Stehen ihr armseliges Essen verschlangen und gierig den Tee tranken. Während sie die Kartoffeln austeilte, sah sie den Männern ins Gesicht. Die meisten waren völlig stumpf und gleichgültig ihrer Person gegenüber, einige wenige nickten zum Dank mit dem Kopf, und in ihren Augen erschien der Anflug eines Lächelns.

Frieda fragte sich, wie sie den Rest des Abends gestalten würden. Keinerlei Abwechslung wurde angeboten, und sie vermutete, dass es weder Lektüre noch Papier und Stifte gab, um etwas Vernünftiges anzufangen. Sicherlich würde früh das Licht ausgemacht, denn der nächste Morgen wartete mit zeitigem Aufstehen und elf Stunden harter Arbeit.

Die drei Küchenhilfen mussten noch die Töpfe saubermachen und die Küche aufräumen. Endlich wurden sie mit der Ermahnung entlassen, am nächsten Tag wieder pünktlich zu sein.

„Eins habe ich noch vergessen," sagte Sigrun, als sie schon in der Tür waren. „Es ist absolut verboten, in irgendeiner Form mit den Gefangenen Kontakt aufzunehmen. Ich habe dich lächeln sehen, Frieda. Senke in Zukunft die Augen, wenn du das Essen auftust. Freundlichkeit ist unerwünscht und kann bestraft werden."

Mit einem Seufzer der Erleichterung ließen Frieda und Liese das Lager hinter sich und traten schweigend den Rückweg an. Nach einer Weile sagte Liese: „Ich bin ganz fertig. Das Schlimmste finde ich, wie wir behandelt werden. Wir sind doch schließlich nicht der Feind, aber Sigrun behandelt uns wie Dreck."

Frieda wollte sich auf keinerlei Kritik einlassen, denn sie wusste, dass Liese zwar gutwillig und freundlich war, aber auch naiv. Sie musste also fürchten, dass Liese in aller Harmlosigkeit irgend etwas ausplaudern könnte, was sie gesagt hatte: „Frieda findet auch..." und schon wäre sie angeschwärzt. Deshalb hielt sie sich zurück und sagte nur, sie glaube Sigrun habe es in ihrem Leben nicht leicht gehabt. Zum Beispiel könnte sie ihren Mann verloren haben oder einen Sohn, es blieb ja kaum eine Familie verschont. Liese wollte keine Entschuldigung gelten lassen und meinte, Sigrun sei von Natur aus böse.

Sie trennten sich am Ortseingang und verabredeten, am nächsten Tag auch den Hinweg gemeinsam zurückzulegen.

13. Kapitel

Am nächsten Morgen stand Waschtag an. Gertrud kontrollierte das Waschmittel und musste feststellen, dass fast nichts mehr vorhanden war. Frieda ging zu Lisbeth in den Kolonialwarenladen, um Waschmittel zu besorgen. Lisbeth lachte ihr ins Gesicht. „Lebst du auf dem Mond?" fragte sie. „Ich kann zwar Heilmittel herstellen und verkaufen, was ich habe, aber Waschmittel kann ich leider nicht herzaubern. Es ist schon vor Wochen ausgegangen, und wir haben keine Möglichkeit, etwas nachzubekommen. Mit Seife kann ich auch nicht dienen, mit Schuhcreme nicht, mit Nähgarn nicht, und so kann ich eine unendliche Zahl von Dingen aufzählen, die nicht mehr verfügbar sind. Kann ich dir vielleicht mit Sekt und Kaviar eine Freude machen?"

Frieda war völlig entsetzt. Sie hatte die Knappheit von allen lebenswichtigen Dingen noch nicht richtig realisiert, und zudem war sie schockiert von Lisbeths bissiger Reaktion.

„Wir werden schon einen Weg finden, um mit allem zurecht zu kommen," sagte Frieda versöhnlich, obwohl sie Zweifel hatte. Lisbeth fragte giftig: „Was stellst du dir vor, wie ich von einem Laden leben soll, in dem es nichts mehr zu kaufen gibt? Deutschland ist am Ende, und wenn der schreckliche Krieg nicht bald aufhört, werden wir alle in Lumpen gehen und letztendlich verhungern."

„Das darfst du nicht sagen, weil es nicht stimmt. Wir haben eine Krise, und die werden wir meistern".

Frieda wusste, dass sie nicht von ihrer eigenen Überzeugung sprach, und sie log lieber, als Lisbeth und sich selbst zu gefährden, falls jemand ihr Gespräch mithörte. Lisbeth hatte verstanden und nickte. „Du hast ja recht," sagte sie. „Man sollte nicht verzweifeln. Ich kann euch ein Rezept geben, wie man selber Seife herstellt. Nach dem Ersten Weltkrieg war man ja auch überaus erfinderisch, wir können bestimmt in alten Unterlagen finden, wie man mit Dingen umgeht, die man nicht hat."

Frieda meinte, ihre Großmutter wüsste bestimmt noch, wie man Seife kochte, denn als sie jung war, gab es zumindest in Wahlberg Seife nicht zu kaufen.

Da Lisbeth richtig verbittert war, ging Frieda lieber nach Hause, bevor ihr Gespräch aus dem Ruder lief und sie beide ins KZ brachte.

Als Frieda die Küche betrat, sah sie zu ihrem Entsetzen ihre Großmutter zusammengesunken auf einem Hocker sitzen und still vor sich hin weinen. „Großmutter, was ist?" fragte Frieda. „Hast du Schmerzen? Sollen wir dich zum Arzt bringen?"

Margarete schob ihr schweigend einen Zettel hin, der zwischenzeitlich vom Pfarramt gekommen war. Auf dem Zettel stand die Mitteilung, dass nach dem kommenden Sonntag die Glocke der Kirche abgeholt und für die Verteidigung des Vaterlands eingeschmolzen werden würde.

Unter Tränen sagte Margarete: „Wie sollen unsere Bauern wissen, wann sie zum Essen kommen können, wenn es um elf Uhr nicht mehr läutet? Ebenso am Abend, wenn die Glocke um sechs Uhr den Feierabend verkündet? Wie kann man zum Gottesdienst gehen, wenn die Glocke einen nicht ruft? Was ist das für ein Ende des Gottesdienstes, wenn das Geläut einen nicht heim begleitet?"

Frieda versuchte, ihre Großmutter zu trösten. „Ich habe gehört, dass zwar alle Glocken eingesammelt werden, aber manche nicht eingeschmolzen. Man bekommt sie unversehrt zurück, wenn der Krieg vorbei ist."

„Wenn wir wenigstens die Glocke mit einer Feierstunde verabschieden könnten und sie mit einem Pferdewagen und in Begleitung des Pfarrers zum Calwer Bahnhof bringen," sagte Margarete. „Aber es wird ein Lastwagen kommen, die Glocke aufladen und davonfahren."

„Lass uns etwas organisieren," sagte Frieda. „Der Pfarrer könnte am Sonntag die Glocke aussegnen, und vielleicht gibt es doch die Möglichkeit, die Glocke mit Pferden zum Calwer Bahnhof zu transportieren. Das könnte zum Beispiel Oskar machen, der hat immerhin noch ein Gespann. Wir müssen nur die richtigen Leute ansprechen."

Margarete fühlte sich ein bisschen getröstet, aber es stellte sich schnell heraus, dass die Idee mit dem Pferdewagen ein Luftschloss war. Beim ersten Telefonat mit der zuständigen Behörde wurde sofort klar, dass alles mit deutscher Gründlichkeit durchgeplant war. Ein bestimmter Zug musste erreicht werden, der die Glocke nach Hamburg-Veddel transportieren würde, dem größten Glockensammelpunkt, den die Nationalsozialisten eingerichtet hatten. Blieb nur die feierliche Aussegnung während des sonntäglichen Gottesdienstes.

Am Sonntag nahmen viele Gemeindemitglieder tränenreich von der Glocke Abschied. Sie war ja nicht nur ein religiöses Symbol gewesen, sondern hatte den Alltag bestimmt durch das zweimalige Läuten. Außerdem zeigte das Läuten um sechs Uhr morgens den Tod eines der Gemeindemitglieder an, eine traurige Mitteilung, die in der letzten Zeit immer häufiger gemacht werden musste, weil wieder ein junger Mann gefallen war.

Am Montagmorgen wurde die Glocke von sachkundigen Händen mit Hilfe einer Seilwinde abgehängt und auf einen Militärlastwagen verladen. Der Bürgermeister bekam eine Urkunde und eine nicht nennenswerte Entschädigungssumme als sogenannten Kaufpreis. Schließlich wollte man dem eigenen Volk ja nicht schaden.

14. Kapitel

Frieda überlegte ständig, wie man den Gefangenen helfen könnte, denn ihr Eindruck verstärkte sich, dass einige am Verhungern waren. Welch nutzloser, trauriger Tod von jungen Männern! Frieda malte sich aus, was die Russen, Bulgaren und Rumänen zu Hause für ein Dasein geführt hatten: ein Elternhaus, vielleicht eine eigene Familie, einen Beruf und Freude an der Freizeit mit Freunden. Ihr Leben konnte sich ja nicht völlig von dem der Deutschen unterschieden haben, auch wenn anderes behauptet wurde. Schließlich kam ihr eine Idee, die eine gefährliche Herausforderung darstellte. Sie wollte einen Sack Karotten mitbringen, denn Karotten hatten die Breitenbergs in solchem Überfluss, dass sie alt wurden und kaum noch anzubieten waren. Eigentlich sollte das Gemüse an Stadtbewohner geliefert werden, die am Hungertuch nagten, aber das Problem des Transports von einem abgelegenen Ort wie Wahlberg in eine der nächstliegenden Städte war mangels Fahrzeugen und Benzin kaum noch zu bewältigen.

Frieda nahm am Montagabend das Fahrrad und lud einen großen Sack Karotten auf. Sie musste das Fahrrad in das Lager schieben, aber die Vorfreude auf die Überraschung ließ sie den Weg beschwingt zurücklegen. Unterwegs wurde sie von Liese eingeholt, die sich verwundert nach den Karotten erkundigte. Als Frieda ihr erklärte, was sie vorhatte, schlug Liese die Hand erschrocken vor den Mund. „Du weißt gar nicht, was du tust," sagte Liese, „der Küchendrache Sigrun wird dich in der Luft zerreißen, wenn sie sieht, dass du Karotten mit den Kartoffeln kochen willst!"

Frieda lächelte. „Das werden wir sehen. Sie wird mir schon nicht den Kopf abreißen, und schlimmstenfalls wandern die Karotten auf den Kompost."

Leider sollte sie sich täuschen. Sigrun war außer sich vor Wut, als sie Friedas Wunsch hörte, die Karotten den Gefangenen anzubieten.

„Wir sind hier in keinem Luxushotel, und es ist noch nicht einmal Sonntag, wo die Gefangenen eine Extraration erhalten! Hast du schon mal von Ravensbrück gehört? Dort werden Mädchen und Frauen, die das System noch nicht verstanden haben, geschult, und das ist kein Zuckerschlecken. Du kommst jetzt sofort mit zu Leutnant Gerster, und er wird die Sache schon klären!"

Sie zerrte Frieda grob über den Flur zum Büro des Lagerkommandanten. Frieda konnte Leutnant Gerster überhaupt nicht einschätzen, da sie ihn praktisch gar nicht kannte, aber sie machte sich keine Illusionen. So wie er das Lagerleben straff organisierte, würde er sich auch im Fall der Karotten an die Vorschriften halten. Bestenfalls stand ihr eine ernste Ermahnung bevor, schlimmstenfalls tatsächlich eine strenge Strafe.

Sigrun trug den Vorfall mit vor Zorn hochrotem Gesicht vor, aber Leutnant Gerster blieb sehr ruhig. Er überlegte kurz und sagte dann zu Friedas Erstaunen: „Wir wollen doch die Karotten nicht wegwerfen. Da Fräulein Frieda sie mitgebracht hat, können wir sie ruhig verwenden. Ich hoffe, dass die Karotten nicht unserem Volk abgehen?"

Frieda hatte ihre Sicherheit wiedergefunden. „Keineswegs," sagte sie. „Die Transportmöglichkeiten für Gemüse sind inzwischen nicht mehr gewährleistet, und manches wird weggeworfen oder an die Schweine verfüttert. Wenn ich meine Meinung frei heraus sagen darf, finde ich es völlig sinnlos, unsere Gefangenen verhungern zu lassen. Wir sollten ihre Arbeitskraft zu unserem eigenen Wohl erhalten."

Sigrun war völlig sprachlos, aber Leutnant Gerster lächelte. „Sie sind ein mutiges Mädchen, Fräulein Frieda, und Leute wie Sie können wir brauchen. Kochen Sie die Karotten und bereiten sie dem Lager einen Festtag."

Damit waren sie entlassen. Frieda wusste sehr wohl, dass sie sich durch ihr Verhalten nun mit Sigrun eine echte Feindin eingehandelt hatte und rechnete mit Repressalien. Da sie ein feines Gespür für die Menschen in ihrer Umgebung besaß, hatte sie sehr wohl bemerkt, dass Sigrun Leutnant Gerster mit begehrlichen

Augen ansah, dass der Leutnant seinerseits jedoch für Sigrun gar nichts übrig hatte. Allerdings stand sie unter dem Eindruck, dass sie selbst dem Leutnant gefiel. Das mochte Sigrun auch bemerkt haben, und folglich war die Situation äußerst heikel.

Die drei Küchenmädchen schrubbten die Kartoffeln und Karotten besonders gründlich, und das Essen roch zum ersten Mal, seit Frieda im Lager arbeitete, wirklich nach Essen und nicht nach Schweinefraß. Als die Gefangenen nach ihrer Rückkehr in der Schlange zum Essenfassen standen, brachen sie in Freudenrufe aus, als die ersten Teller gefüllt wurden.

Frieda war beschämt, dass man mit so einer einfachen Maßnahme die Männer zum Jubeln bringen konnte. Aber immerhin waren die meisten noch imstande, Freude zu zeigen. Einige waren allerdings schon in einem so schlechten Zustand, dass sie völlig apathisch alles hinnahmen, gleichgültig, ob gut oder schlecht.

Nach der Arbeit in der Küche ging Frieda noch bei Annemie vorbei, die sie schon einige Tage nicht gesprochen hatte und deshalb vermisste. Annemie saß in der Abendsonne auf einer Bank vor dem Haus und las. Sie klappte sofort ihr Buch zu, als Frieda schon von Weitem einen Gruß rief und sich neben sie setzte.

„Ich will dir schnell das Neueste berichten," sagte sie und erzählte von den Karotten und der Reaktion von Sigrun, die gleich mit dem Schlimmsten gedroht hatte, was einer Frau widerfahren konnte: Ravensbrück. Annemie war hell entrüstet und konnte kaum glauben, dass eine Deutsche in der derzeitigen schwierigen Kriegssituation so gemein sein konnte zu einer Landsmännin. Wie so oft, wusste sie wieder Dinge über Sigrun, von denen Frieda noch nie gehört hatte. Sigrun hieß eigentlich gar nicht Sigrun, sondern Maria, denn sie stammte aus Bayern und war katholisch. Zumindest war sie früher katholisch gewesen. Den Namen Sigrun hatte sie angenommen, um ihrer germanischen Gesinnung Ausdruck zu verleihen, und irgendwie war es ihr gelungen, den neuen Namen durchzusetzen. Den Gerüchten nach war sie verheiratet, aber ihrem Mann davongelaufen, oder er hatte sie verlassen, das wusste Annemie nicht so genau.

„Wie kommst du bloß an all deine Informationen?" fragte Frieda.

„Meistens höre ich gut zu, wenn wir Besuch haben, oder ein paar Leute beieinander stehen. Es ist merkwürdig, aber manche Leute glauben, ich sei nicht klar im Kopf, weil ich nicht richtig laufen kann, und dann nehmen sie kein Blatt vor den Mund. Aber die Information zu Sigruns Namenswechsel habe ich aus erster Hand. Marie, die Nachbarstochter, hat im Lager Frühschicht, und sie hat einmal mit Sigrun nach dem Frühstück zusammen gesessen, und sie haben Most getrunken. Das hat Sigruns Zunge gelockert, und sie hat ein bisschen von sich erzählt. Außerdem sagt Marie, dass Sigrun für den Lagerleiter schwärmt. Hast du da etwas bemerkt?"

Frieda erzählte von ihrem Eindruck, dass der Leutnant die Gefühle von Sigrun nicht erwiderte, sondern sie im Gegenteil überhaupt nicht schätzte. Sie machte auch eine vorsichtige Andeutung bezüglich des Verhältnisses des Leutnants zu ihr selbst. Sie glaubte, eine gewisse Begehrlichkeit in den Augen des Lagerkommandanten zu sehen. Das musste Sigrun auch bemerkt haben und verschärfte ihren Zorn.

Annemie kicherte. „Und? Wie stehst du dazu? Sieht er gut aus, und ist er nett?"

„Beides," sagte Frieda, „aber deswegen musst du uns nicht gleich verheiraten. Jedenfalls hat er überraschend freundlich auf meine Karotten reagiert und mich sogar gelobt. Auf so viel Menschlichkeit war ich nicht gefasst, zumal ich bis dahin nur mit Sigrun dem Drachen zu tun hatte. Soll ich sie künftig Maria nennen, um sie zu ärgern?"

„Dann wird sie wirklich etwas finden, um dich nach Ravensbrück zu schicken. Wo wir gerade beim Thema sind: Hast du von der abscheulichen Geschichte gehört, die im Schiltachtal passiert ist?"

„Ich weiß nicht, was du meinst."

„Auf einem Hof war ein polnischer Kriegsgefangener beschäftigt, und der fing etwas mit der Tochter des Hauses an. Als das herauskam, wurde er ohne Prozess erschossen, und das arme Mädchen abtransportiert nach Ravensbrück, nachdem man ihr die Haare komplett abgeschoren hatte. Das war vor ein paar Wochen, und bisher hat man von dem Mädchen nichts mehr gehört."

„Das ist ja eine schreckliche Geschichte. Ich dachte bisher, die scharfen Rassegesetze bezögen sich nicht auf Franzosen oder Polen! Da wir jetzt hier draußen sitzen, und jeder uns sehen oder hören könnte, wage ich nicht, etwas dazu zu sagen. Man weiß ja nie, ob nicht eine Sigrun hinter dem Busch lauert und brühwarm jeden Satz anzeigt. Vielleicht können wir uns mal in deinem Zimmer bei geschlossenem Fenster Luft machen."

Annemie musste über das schiefe Bild lachen. Fenster zu – Luft rein.

Annemie wurde sofort wieder ernst und erzählte von ihrem Bruder Friedrich, der schon länger nicht aus Russland geschrieben hatte. Aber Frieda tröstete sie mit dem Hinweis, dass allmählich die Zustände immer chaotischer wurden, und die Post nicht mehr zuverlässig funktionierte.

Annemie bedauerte auch, dass die Frau des neuen Pfarrers überhaupt nicht nett war. Sie besaß ebenso wie ihre Vorgängerin ein Klavier, aber als Annemie bescheiden anfragte, ob sie vielleicht mal spielen dürfte, wurde ihr schneidend geantwortet, dass das teure Klavier von keinen Klimperern missbraucht werden sollte. Dabei hatte Annemie im Gottesdienst festgestellt, dass Frau Pfarrer gerade mal musikalische Grundkenntnisse besaß und sich öfter bei ihrer Orgelbegleitung verspielte.

15. Kapitel

An einem regnerischen Spätsommertag kam der Ortsbauernführer auf den Hof der Breitenbergs und legte ein Schreiben vor, in dem Walter zum Holzfällen abkommandiert wurde. Der Ortsbauernführer erklärte stolzgeschwellt, er hätte immerhin verhindern können, dass Walter eingezogen wurde, weil sein Bein nach dem Unfall mit dem Pferdewagen nie richtig auf die Reihe gekommen war. Walter hatte eigentlich damit gerechnet, überhaupt nicht mehr in den Krieg zu müssen, weil er zu alt war, aber immer häufiger wurden neuerdings Jahrgänge eingezogen, die man zu Anfang des Krieges nicht mehr für wehrtauglich gehalten hatte.

Walter konnte sich natürlich nicht dagegen wehren, Dienst zu leisten, aber er trug Karl Schierle vor, dass die Bewirtschaftung des Hofes zunehmend schwieriger werden würde. Gertruds Mutter ging es nicht gut, sie fiel inzwischen tageweise aus, Frieda war abgestellt im Lager, und Gertrud konnte die Feldarbeit, das Melken, das Füttern und die Arbeit im Haushalt kaum noch allein bewältigen.

Karl Schierle winkte ab. „Das Problem haben wir erkannt," sagte er. „Wir brauchen die Landwirtschaft für unsere Ernährung, und deshalb wird alles getan, damit sie weiterlaufen kann. Ihr bekommt einen polnischen Kriegsgefangenen, ich denke, schon nächste Woche. Ihr könnt ihm alle Arbeiten abverlangen, und er wird gut daran tun, sich willig zu zeigen. Er wird euch gebracht mit einer Begleitperson, die euch alle Verhaltensregeln erklärt. Es gibt dafür Vordrucke, die ihr unterschreiben müsst, denn ihr sollt euch auch an Regeln halten."

Margarete war natürlich entsetzt, als sie von dem neuen Hofgehilfen hörte. „Wo sollen wir ihn unterbringen? Er kann doch nicht auf einem Stockwerk schlafen, in dem ein junges Mädchen wohnt? Und wo soll er essen? Ich habe gehört, die Gefangenen dürfen keinen Familienanschluss haben. Heizen wir also den Kachelofen und bedienen den Herrn im Wohnzimmer?"

„Mach dir mal keine Gedanken," sagte Gertrud. „Wir werden schon Lösungen finden, schließlich ist unser Haus nicht klein."

Frieda dachte sofort an die ehemalige Knechtskammer auf dem Dachboden. Es war der einzige Raum, der auf dem Kornboden ansatzweise ausgebaut war. Im Gegensatz zum Rest hatte er eine Tür und war an der Wand zum Giebel hin verputzt, so dass der Wind aus Westen einigermaßen abgehalten wurde. Das Dach war allerdings offen, so dass im Winter der Flugschnee ungehindert eindringen konnte. Natürlich gab es keinerlei Isolierung oder gar eine Möglichkeit zu heizen, aber immerhin war es besser als im Kuhstall, wo die Bauern manchmal einfach eine Abteilung für ihren Knecht abgetrennt hatten.

In der Kammer gab es keinerlei Einrichtung mehr. Aber auf dem Dachboden einen Stock höher fand sich ein altes Metallbett, das einmal weiß gestrichen gewesen war, ein wackeliger Bauernstuhl und ein halb auseinander gebrochenes Regal. Walter reparierte den Stuhl und das Regal, und Gertrud stopfte einen Leinensack mit Stroh als Matratze. Gertrud war zufrieden mit der Lösung fürs Schlafen, und alles andere würde man sehen.

Frieda war gespannt, wer von den Polen der Glückliche sein würde, der das Lager verlassen konnte und zumindest nicht verhungern würde. Sie kannte inzwischen einige der Gefangenen vom Sehen und einem heimlichen Zulächeln, wenn Sigrun während der Essensausgabe in der Küche war. Ihr war auch aufgefallen, dass einige Männer nicht mehr zum Essen kamen, weil sie offenbar erkrankt waren oder zu schwach, um aufstehen zu können. Darüber durfte offiziell nicht gesprochen werden, aber die inoffizielle Kommunikation funktionierte einwandfrei.

Der polnische Gefangene wurde eine Woche nach der Ankündigung vom Ortsbauernführer gebracht, erstaunlicherweise von Leutnant Gerster persönlich in seinem Jeep. Gertrud nahm die beiden in Empfang. Der Leutnant und sie gaben sich die Hand, aber Gertrud wusste nicht, wie sie sich dem Polen gegenüber verhalten sollte. Der Gefangene selber löste das Problem, indem er die Hände im Rücken verschränkt behielt.

Als auch Walter und Frieda in den Hof gerufen worden waren, stellte Leutnant Gerster den neuen Gehilfen vor. „Das ist Krystof Jasek aus Polen," sagte er. „Er spricht kein Deutsch, aber Sie werden schon mit Zeichensprache zurechtkommen. Sie sollen ja keine Gespräche mit ihm führen. Ich gebe Ihnen ein Formular, auf dem alle Verhaltensregeln für beide Seiten aufgeführt sind, und das kann Fräulein Frieda mir bei ihrem nächsten Besuch im Lager unterschrieben mitbringen."

Zum Abschied gab er den Breitenbergs noch einmal die Hand, wobei er Friedas Hand einen Augenblick zu lange festhielt. Dann streckte er den Arm zum Hitlergruß aus und stieg in seinen Jeep.

Frieda hatte wohl bemerkt, dass in Krystofs Augen das Erkennen von ihr als Küchenmädchen kurz aufgeblitzt war, auch wenn Frieda weder ein Kopftuch noch eine Schürze trug. Auch sie erkannte Krystof als einen der Freundlichen. Aber er war, seit sie im Lager das Essen ausgab, entsetzlich abgemagert und bleich geworden. Er trug eine verwaschene blaue Arbeitshose und über einem völlig zerschlissenen Hemd eine dünne Militärjacke. Er hatte nur eine Pappschachtel unter dem Arm, in der vermutlich seine wenigen Habseligkeiten verstaut waren.

Walter ging mit ihm ins Haus, um ihm seine Dachkammer zu zeigen. Auf der Treppe zum Kornboden redete er freundlich auf ihn ein, als könne Krystof alles verstehen, und Krystof lächelte und nickte immer mal zustimmend. Irgendwie war ein Draht zwischen ihnen entstanden.

Nachdem Krystof seine Schachtel abgelegt und sich vorsichtig umgesehen hatte, stiegen sie wieder in die Wohnung zurück. Walter zeigte Krystof die Küche und bedeutete ihm, das dort gegessen wurde, und anschließend führte er ihn in den Stall. Der Stall war warm und gemütlich, die Kühe lagen im Stroh und käuten wieder. Die beiden Mutterschweine, die in einem Koben am Ende der Stallgasse untergebracht waren, sprangen mit den Vorderbeinen auf ihre Futterkrippe und versuchten durch die Holzgitter laut grunzend und fordernd Walter zu erreichen. Krystof kraulte sie hinter den Ohren, und das gefiel ihnen offensichtlich. Auch

Walter war zufrieden, wie freundlich Krystof mit den Tieren umging.

Anschließend zeigte Walter Krystof die Scheune, in der Stroh und Heu gelagert waren und in der das Handwerkszeug zum Aufladen auf den Futterkarren stand. Krystof sah sich alles aufmerksam an. Er bemerkte sofort, dass eine Latte am Karren lose war und bedeutete mit Handbewegungen, dass er einen Hammer und Nägel brauchte. Walter nahm von einem Balken eine Dose mit rostigen und zum Teil krummen Nägeln, die er aus nicht mehr brauchbaren Gerätschaften gezogen hatte. Neue Nägel gab es nicht mehr, aber Walter fand, dass man gut mit den alten zurecht kommen konnte.

Schnell und geschickt hatte Krystof die Latte wieder befestigt. Walter nickte anerkennend und sagte: „Du scheinst ja sehr brauchbar zu sein. Hoffen wir, dass es so bleibt." Und Krystof lächelte, als ob er verstanden hätte.

Frieda und Gertrud hatten sich inzwischen überlegt, wo Krystof sich waschen sollte. Sie würden ihm einen Krug und eine Porzellanschüssel aufs Zimmer stellen, aber natürlich musste er auch gelegentlich baden. Es ging schlecht, ihn in die Zinkwanne in der Küche zu setzen, die sie selber benutzten, aber Frieda hatte eine andere Idee: Sie würde den Waschkessel anheizen, in dem sie als kleines Mädchen hin und wieder gebadet hatte. Die Seife, die Margarete aus Rindertalg hergestellt hatte, war zwar nicht gerade ein duftendes Luxusprodukt, aber sie taugte zum Reinigen der Wäsche und der menschlichen Körper.

Frieda ging sofort ans Werk, denn sie wusste, dass die Männer im Lager sich nur notdürftig mit kaltem Wasser waschen konnten, obwohl sie schmutzig und verschwitzt von der Arbeit in der Munitionsfabrik zurückkamen.

Krystof lachte glücklich, als sie ihm bedeutete, was sie vorhatte. Aber bevor er in den Waschzuber mit heißem Wasser stieg, deutete er dringlich auf seinen Kopf und fing an, sich zu kratzen. Gertrud verstand sofort, dass er Läuse hatte und öffnete ein mit einem Schloss versehenes Schränkchen in der Küche, in dem

Medikamente aufbewahrt wurden. Sie nahm eine Flasche Cuprex heraus, das während der schlimmen Zeiten in den meisten Haushalten vorhanden war, und kippte Krystof den Inhalt der Flasche über den Kopf. Dann wickelte sie seine Haare mit einem dicken Handtuch ein und befestigte es mit einer Klammer. Sie bedeutete ihm, dass er in den Waschzuber steigen könne, aber den Kopf freihalten musste.

Krysrof kannte die Prozedur, da Läuse in ganz Europa weit verbreitet waren. Die Kopfhaut wurde durch die Einwirkung von Cuprex unangenehm gereizt, und unter dem Handtuch entwickelte sich eine kaum zu ertragende Hitze. Aber das Mittel war äußerst erfolgreich, und nach Beendigung der Prozedur musste man nur noch die Haare waschen und war die Plagegeister los.

Gertrud hatte auch mit ihrer Mutter über Krystofs Kleidung gesprochen. Krystof besaß nichts zum Wechseln, und Gertrud meinte, die Kleidung ihres Vaters, die in einer Truhe verpackt auf dem Dachboden aufbewahrt wurde, könnte gut einem neuen Zweck zugeführt werden.

Aber sie konnte bei Margarete nichts erreichen. Margarete zeterte, dass es ihr zu allem Übel gerade noch gefehlt hatte, dass die Kleidung ihres tief betrauerten Mannes durch einen polnischen Kriegsgefangenen entweiht würde.

Frieda wagte es zum ersten Mal, ernsthaft nach ihrem Großvater zu fragen. Bisher war sie immer abgespeist worden mit irgendwelchen Floskeln, und sie hatte nie verstanden, wie das Verhältnis ihrer Mutter zu ihrem Vater gewesen war, und wie sich die Ehe von Margarete mit ihrem Mann gestaltet hatte.

Gertrud bereitete einen Ersatzkaffee, den Frieda inzwischen auch ganz gern trank, und bedeutete Frieda, sich mit ihr an den Küchentisch zu setzen. Die beiden Männer waren hinausgegangen, weil Walter dem Polen die Äcker und den Wald zeigen wollte, und Margarete hatte sich über Schmerzen klagend hingelegt. So waren sie ungestört für ein vertrauliches Gespräch.

„Du bist ja inzwischen fast erwachsen," sagte Gertrud, „und deshalb sollst du die Wahrheit erfahren. Margarete und dein

Großvater wurden von der Familie praktisch zwangsverheiratet, weil sie entfernt verwandt waren, und „das Sach" beieinander bleiben sollte. Mein Vater hatte vor der Ehe bereits seine große Liebe gefunden und war über die vorgeschlagene Heirat mit Margarete nicht glücklich, aber damals fügte man sich den Anordnungen der Familie. Meine Mutter dagegen war sehr einverstanden, denn mein Vater war ein netter Mann. Sie war am Anfang der Ehe noch nicht so bigott und weniger scharf und unzufrieden gewesen und auf eine strenge Art auch hübsch.

Mein Vater konnte aber seine Jugendliebe nicht verwinden, und so nahm das Unglück seinen Lauf. Meine Mutter erfuhr von Nachbarn, dass ihr Mann fremdging, und das konnte sie ihm natürlich nicht verzeihen. Sie war tief verletzt, und die Ehe wurde für meinen Vater zum Martyrium. Deine Großmutter rannte ständig in die Kirche, legte jede Art von weiblicher Eitelkeit ab und wachte strengstens über die Moral von meinen Geschwistern und mir. Sie versuchte auch, alles zu vermeiden, was den Nachbarn anstößig erscheinen könnte und Anlass zu Gerede geben. Natürlich war die Folge, dass mein Vater sich immer öfter zu seiner Liebe flüchtete, und die Ehe meiner Eltern nur noch zum Schein bestand."

Frieda war schockiert, aber sie hatte sich schon lange gedacht, dass die übertriebene Trauer um ihren gefallenen Großvater von ihrer Großmutter nur aufgesetzt war. Frieda wollte wissen, woher Gertrud die Wahrheit über die Ehe ihrer Eltern kannte. „Alle im Dorf wussten Bescheid," sagte Gertrud. „Und bereits in der Schule haben mir die anderen Kinder schadenfroh gesteckt, was bei uns los war. Dabei hätten sie selber mal ihre Verhältnisse richtig sehen sollen, denn bei den meisten gab es Probleme. Jedenfalls war dein Großvater ein sehr guter Papa, der sich viel mit uns beschäftigt und uns vieles beigebracht hat."

„Was machen wir mit Krystofs Kleidung? Es ist doch lächerlich, dass er in Lumpen herumläuft, wenn auf dem Dachboden eine Kiste voll mit Großvaters Sachen steht. Können wir ein paar Kleidungsstücke herausnehmen, ohne dass Oma etwas bemerkt?"

„Das glaube ich nicht," sagte Gertrud. „Sie hat bestimmt alles abgezählt und aufgeschrieben. Wir müssen wohl eine andere Lösung für Krystof finden, zumal, wenn es Winter wird."

Frieda bedankte sich für das Vertrauen, das Gertrud ihr entgegen gebracht hatte, umarmte ihre Mutter und genoss das gute Gefühl, in ihrer Familie geborgen zu sein.

Am nächsten Morgen wurde Walter von einem Militärlaster abgeholt und mit einer Handvoll Männer, die fast alle über fünfzig waren, in den Wald zum Holzfällen gebracht. Er würde den ganzen Tag im Wald sein, und deshalb hatte Gertrud ihm ein paar Brote geschmiert und eine Thermoskanne mit Tee mitgegeben.

Krystof hatte nun praktisch die Verantwortung für alle Arbeiten auf dem Hof. Er fütterte die Kühe und Schweine, mistete aus und brachte neue Einstreu. Frieda war sehr erstaunt, ihn dabei singen zu hören. Er hatte eine tiefe, angenehme Stimme, und Frieda genoss den Klang der fremden Sprache. Trotz der vielen Zischlaute kam ihr das Polnische weich vor, und sie hörte gern das gerollte R. Als sie allein in der Küche war, sprach sie ein paar Sätze mit gerolltem R vor sich hin, und das gelang ihr gut. Sie hatte schon in der Schulzeit bemerkt, dass einige ihrer Mitschüler das gerollte R nicht aussprechen konnten, das man beim Chorsingen der Deutlichkeit halber verwenden sollte, und war stolz auf ihre sprachliche Fähigkeit.

Am Nachmittag ging es Margarete sehr schlecht. Sie saß aufrecht im Bett, stöhnte vor Schmerzen und hatte mit den Armen ihren Oberkörper umschlungen. Das war bei Margarete, die sich normalerweise mit Gefühls – und - Schmerzäußerungen zurückhielt, so ungewöhnlich, dass Gertrud beschloss, sie ins Krankenhaus bringen zu lassen, ohne sie zu fragen. Sie rief dort an - das Telefon funktionierte immerhin noch – und bat um einen Krankenwagen. Der einzige Krankenwagen, der noch über Treibstoff verfügte, war unterwegs. Aber die Dame vom Empfang, mit der sie sprach, wollte sich um ein Transportmittel kümmern, weil Gertrud ihr klarmachte, dass sie den Tod ihrer Mutter fürchtete, sofern sie nicht sofort behandelt würde.

Wenig später fuhr ein Arzt in den Hof, dessen Auto noch funktionstüchtig war. Den Ärzten wurde ein Kontingent an Treibstoff zugeteilt, das allerdings möglichst nicht für kranke Zivilisten verwendet werden sollte. Krystof, der gerade im Hof Stroh zusammenkehrte, wollte helfen, Margarete ins Auto zu tragen, aber Gertrud schüttelte den Kopf. Sie dachte natürlich daran, dass ihre Mutter völlig hysterisch würde, wenn ein Pole sie anfasste. Der Arzt war zwar nicht mehr jung, konnte aber trotzdem gut zupacken. Mit Friedas Hilfe schafften sie zu dritt Margarete die Eingangstreppe hinunter und legten sie vorsichtig auf den Rücksitz des Autos. Gertrud packte in aller Eile eine kleine Tasche mit den fürs Krankenhaus notwendigsten Utensilien: Ein steifes, bodenlanges Nachthemd aus selbstgewebtem Leinen, die Zahnbürste und das letzte Glas mit Lacalut als Zahnpastaersatz. Die Familie würde sich zum Zähneputzen anders behelfen müssen. Das Handtuch und die Seife lehnte der Arzt ab, einen kleinen Vorrat davon gab es noch.

In aller Eile fuhr der Arzt ab, denn die Arbeit im Krankenhaus drängte. Es gab nur noch einen ausgebildeten Chirurgen und zwei praktische Ärzte, die durch die Not gezwungen waren, jede Art von Untersuchung und Behandlung durchzuführen. Die wenigen Krankenschwestern, die nicht eingezogen worden waren, konnten inzwischen fast überall einspringen dank kurzer Instruktionen und viel Erfahrung.

Die einzige Schwester, die mit ihrem fachlichen Können nicht gefragt war, war die Hebamme. An der Front brauchte man sie nicht, und wegen der aussichtslosen Situation 1944 wagte kaum noch eine Frau, absichtlich ein Kind in die Welt zu setzen. Offiziell wurde zwar nach wie vor das Märchen vom bevorstehenden Endsieg verkündet, aber daran glaubte schon lange fast niemand mehr, ohne jedoch zu wagen, es laut zu sagen.

Die Stimmung auf dem Hof der Breitenbergs veränderte sich zum Positiven, nachdem die Großmutter zum ersten Mal aus dem Haus war. Frieda fand sich zwar gemein, aber sie konnte nicht gegen das Gefühl der Erleichterung an, auch wenn ihre Großmutter ihr leid tun sollte.

Zu Mittag nach Margaretes Abfahrt gab es einen Rest Kohlsuppe mit Kartoffeln und ein paar Speckwürfeln, die schon etwas mufflig schmeckten. Krystof lud sich seinen Teller richtig voll und verschlang hastig die Suppe. Gertrud bedeutete ihm durch Gesten, er solle das Essen nicht so schnell in sich hineinstopfen. Krystof wirkte zunächst bestürzt, weil er wohl annahm, er solle der Familie nicht durch zu große Portionen zur Last fallen.

Als Frieda seinen Gesichtsausdruck sah, durchschaute sie seine Gefühle und musste lachen. Sie rieb sich den Bauch und deutete Erbrechen an, und Krystof verstand. Er legte den Löffel beiseite, nickte lächelnd und aß sehr langsam weiter.

„Wir müssen ihn wirklich behutsam an normales Essen gewöhnen," sagte Gertrud. „Ich habe von Fällen gehört, wo Gefangene, die monatelang kein Fett gegessen hatten, bei der ersten Gelegenheit alles in sich hinein stopften und daran schwer erkrankten und sogar gestorben sind."

„Das wollen wir natürlich nicht," sagte Frieda. „Unser Ortsbauernführer, Karl Schierle, hat uns doch sehr ans Herz gelegt, den Gefangenen gut zu behandeln, damit seine Arbeitskraft erhalten bleibt. Guter Grund, Menschenfreundlichkeit zu heucheln."

Frieda sah in Krystofs Augen ein kleines Lächeln aufblitzen und wunderte sich.

Als Frieda abends zu ihrem Dienst ins Lager fuhr, war ihre Mutter noch nicht vom Postamt zurück, von dem aus sie mit dem Krankenhaus telefonieren wollte. Frieda wusste also noch nichts über ihre erkrankte Großmutter.

Frieda passierte die Lagerkontrolle und stellte ihr Fahrrad an der Wand des Kontrollhäuschens ab. Sie ging vorsichtig über den vom Regen der letzten Tage aufgeweichten Boden zur Küchenbaracke. Als sie die Tür öffnete, bemerkte sie sofort, dass getuschelt wurde. Da Sigrun sich gerade nicht in der Nähe aufhielt, fragte sie Liese leise, was es gäbe.

„Einer der Gefangenen, wohl Ukrainer, ist gestorben, bestimmt verhungert. Das darf man natürlich nicht zugeben, und wir dürfen das auch nicht wissen. Aber Erika hat ein Telefongespräch von Leutnant Gerster mithören können, weil die Tür zu seinem Büro einen Spalt offen stand, und so haben wir es erfahren."

„Wie hat sich Gerster verhalten?" fragte Frieda. „Offenbar war er besorgt, und wir rätseln gerade, ob es ihm leid tut, oder ob er fürchtet, von oben einen Verweis zu bekommen."

Frieda war schockiert. Natürlich wussten inzwischen alle, dass viel Gefangene den Hunger und die Strapazen der langen Arbeitstage nicht verkrafteten, aber hautnah hatte Frieda noch keinen Todesfall erlebt.

Als sie das karge Essen auf die Teller schöpfte und ausgab, versuchte sie durch ein Lächeln, Mut zu machen, obwohl ihr eigentlich zum Weinen zumute war. Aber ihr Lächeln war vergeblich, die Gefangenen waren viel zu apathisch, um Reaktionen zu zeigen.

Nach dem Abendessen wurden täglich vier Gefangene abgestellt, um die Latrinen zu putzen. Das Saubermachen der Latrinen wäre schon für einen normalen Menschen eine Zumutung gewesen, da viele Lagerinsassen Durchfall hatten und es nicht mehr rechtzeitig in die Bretterverschläge schafften. Es gab zudem viel zu wenig Latrinenplätze für die große Anzahl von Gefangenen.

An dem Abend, an dem der Ukrainer gestorben war, beobachtete Frieda beim Ausleeren des Spüleimers im Hof, wie einer der diensthabenden Gefangenen an den Latrinen ohne jede Vorwarnung umkippte und reglos liegen blieb. Frieda ließ den Eimer fallen und rannte zu ihm. Sie beugte sich über den leblosen Mann, aber sie wusste überhaupt nicht, was sie tun konnte.

Einige Mitgefangene, die den Vorgang durch die offene Tür ihrer Baracke beobachtet hatten, näherten sich zögerlich, da sie wussten, dass sie die Baracke nicht mehr verlassen durften. Einer von ihnen schrie laut zu den Wachhabenden hinüber, die sich bereits im Laufschritt näherten, „Ich Sanitäter", und begann mit dem Versuch, den Ohnmächtigen ins Leben zurück zu holen. Es herrschte absolute Stille, und die Spannung in der Luft war fast zu greifen.

Der Sanitäter bemühte sich hektisch, indem er zunächst versuchte, das Herz durch Massage wieder in Gang zu bringen und die Lungentätigkeit durch Mund-zu-Mundbeatmung zu aktivieren. Der Ohnmächtige war im Gesicht blau angelaufen, und seine Gliedmaßen waren schlaff wie bei einer Marionette.

Der Sanitäter richtete sich nach einigen Minuten auf, hob die Schultern und breitete die Arme in einer bedauernden Geste aus. „Naprasno," sagte er.

Sein russischer Ausdruck wurde ganz verschieden interpretiert, da außer den russischen Mitgefangenen niemand es verstand. Frieda überlegte, ob er „gestorben" gesagt hatte oder „tut mir leid". Liese verstieg sich zu der Theorie, dass er geflucht habe und ein schlimmes Wort benutzt, das sie nicht in den Mund nehmen wollte. Sie wollte sich den russischen Ausdruck aber trotzdem merken.

Frieda weinte laut und rannte zum Büro von Leutnant Gerster. Der Leutnant stand mit besorgter Miene vor der Tür und sah Frieda erwartungsvoll entgegen. „Naprasno heißt vergebens," sagte er. Frieda war das egal. Unter Schluchzen beschwerte sie sich über die Behandlung der Gefangenen.

„Es darf doch nicht sein, dass junge Männer auf diese Art verheizt werden," sagte sie aufgebracht. Was haben wir nur für ein System, das so etwas zulässt."

„Sh, sh," beschwichtigte der Leutnant. „Sie glauben doch nicht, dass wir schlimmer sind als die anderen? Wir sind im Krieg!"

Frieda schluckte ihren zornigen Widerspruch herunter. Sie hatte sich wieder besser im Griff. Ihr war klar, dass sie sich mit unüberlegten Äußerungen selbst ins Verderben reißen würde. Vielleicht nicht durch den Leutnant, aber durch Sigrun, die als ihre Vorgesetzte jede Gelegenheit wahrnahm, um ihre Mitarbeiterinnen anzuschwärzen.

Der Leutnant bedeutete Sigrun, die inzwischen hinter Frieda stand, ihm in sein Büro zu folgen. „Wir besprechen das mit höchster Stelle," sagte er im Hineingehen, schloss die Tür und griff zum Telefon.

Mit hängendem Kopf ging Frieda in die Küche zurück, sammelte unterwegs ihren Eimer auf und stellte ihn an seinen Platz. Sie nahm Kopftuch und Schürze ab und schüttelte stumm den Kopf, als die anderen Mädchen wissen wollten, was draußen gesprochen worden war.

Um besser mit den Ereignissen klarzukommen, fuhr sie zu Annemie, die sie seit Tagen nicht gesehen hatte. Es gab immer so viel zu tun. Ein Kleid, das eine Nachbarin ein paar Tage zuvor zum Verlängern gegeben hatte, lag immer noch unverändert auf der Küchenbank. Aber nun war Krystof da, und sie konnte sich ein paar freie Minuten gönnen.

Annemie hörte sich schweigend die traurige Schilderung vom Tod zweier Gefangenen an. Sie weinten alle beide, und das half ein wenig.

„Komm," sagte Annemie, „wir gehen ein paar Schritte auf die Gass. Ich war heute überhaupt noch nicht draußen. Mama bläst Trübsal, weil wir von meinem Bruder Philipp immer noch nichts gehört haben, und Papa ist mit dem Fahrrad nach Calw gefahren, um im Kreiswehrersatzamt vorzusprechen, wohin er kürzlich bestellt wurde. Sie werden doch wohl nicht auf die Idee kommen, ihn in seinem Alter noch einzuziehen? Allmählich sind von Männern nur noch Kinder und Opas übrig. Wir sollten eine Feuerpause einlegen, bis die Generation der Buben, die unsere tapferen deutschen Frauen als Geschenk an Hitler in die Welt setzen, herangewachsen ist."

„Du bist bissig," sagte Frieda, musste aber ein wenig lächeln.

„Ja," antwortete Annemie. „Abgesehen davon tun mir die Beine heute besonders weh, es muss am feuchten und kühlen Wetter liegen. Am liebsten würde ich die Schienen wegschmeißen und losrennen. So etwas träume ich oft, und dann ist es besonders hart aufzuwachen und meine Mickrigkeiten unter der Decke zu fühlen. Aber jetzt komme ich doch zu einem spannenden Thema: Wen habt ihr als Landwirtschaftshelfer bekommen, und wie macht er sich?"

„Er heißt Krystof und kommt aus Polen. Ich weiß nicht, woher genau, wir können uns ja nicht verständigen. Er hat ungewöhnlich hellblaue Augen, die sehr auffallen. Er wirkt ruhig und höflich, und er kann sich auch richtig freuen. Wir haben ihn am ersten Tag gleich entlaust und in den Waschkessel gesetzt, und er hat vor Freude gelacht und geweint."

„Warst du mit in der Waschküche und hast ihm den Rücken eingeseift?" fragte Annemie und grinste. Frieda gab ihrer Freundin einen entrüsteten Klaps auf den Arm und grinste auch. Ihre Freundin war mal wieder ganz unmöglich.

Die nächste Frage hatte sie halb erwartet. „Und was macht dein Verehrer, Leutnant Gerster? Das ist jetzt eine ernst gemeinte Frage."

Frieda überlegte. „Er ist als Lagerleiter in einer Stellung, in der er seine wahren Gedanken nicht erkennen lassen darf. Ich habe aber den Eindruck, dass er im Grunde nicht so unmenschlich ist, wie es von ihm erwartet wird. An Kleinigkeiten kann ich das erkennen. Wenn ein Gefangener eine unwichtige Regel übertritt, hat er nichts gesehen. Vor ein paar Tagen hat er Rommékarten mitgebracht und zwei Mensch-ärgere-dich-nicht Spiele. Das ist eine menschliche Geste. In ihrer knappen Freizeit langweilen sich die Lagerinsassen zu Tode."

„Das war jetzt total daneben," unterbrach Annemie. „Sie sind doch alle fast am Ende, und da sollen sie sich vollends zu Tode langweilen?"

„Na ja, ist mir so rausgerutscht, weil man das so oft sagt und nicht wirklich meint. Jedenfalls können sie sich nicht mal miteinander unterhalten, weil so verschiedene Nationalitäten zusammengepfercht sind. Manchmal bilden sich kleine Gruppen von Landsleuten, aber wenn Sigrun noch Dienst hat, geht sie dazwischen. Sie denkt immer, wenn eine kleine Gruppe beisammen steht, heckt sie etwas Böses aus, ohne sich dabei im Klaren zu sein, dass die Möglichkeiten mehr als begrenzt sind."

„Wenn ich an der Stelle von einem von ihnen wäre, würde ich Sigrun erschlagen und dafür den eigenen Tod in Kauf nehmen. Wenigstens würde ich mit dem guten Gefühl erschossen, der Menschheit einen guten Dienst erwiesen zu haben," war Annemies Kommentar.

„Ich habe auch schon oft über ein Attentat nachgedacht, das nach Versehen aussieht. Ich könnte ihr einen Topf mit kochenden Kartoffeln auf die Füße fallen lassen, oder sie wenigstens mit dem Spülwasser treffen, wenn ich den Eimer ausgieße. Natürlich sind das dumme Gedanken, und ich könnte sie nie wahr machen. Ich sähe sie gern blamiert und gedemütigt, aber es gäbe sicher eine ganze Reihe Nachfolgerinnen, die genauso schlimm wären. Aber eines ist mir ein Trost: Sie ist total verliebt in den Leutnant, und er kann sie offensichtlich nicht ausstehen. Er wird nie unhöflich, aber er bewahrt Abstand durch knappe Befehle und abwehrende Antworten, wenn sie ihm zu vertraulich wird."

„Na ja," sagte Annemie, „wenigstens ist er nur in eine Frau verliebt, und das bist du."

Frieda wurde rot und schwieg. Sie kehrten um, weil Annemies Beine nicht mehr mitmachen wollten. Sie hatte nur eine Krücke mitgenommen und stützte sich auf dem Rückweg schwer auf Frieda. Frieda fiel auf, dass Annemies Fersen mehr als sonst in einem Nachklapp nach oben schlugen, und das sah sehr anstrengend aus.

Frieda lieferte ihre Freundin in der Küche ab und machte sich eilig auf den Heimweg, um Neuigkeiten über ihre Großmutter zu erfahren.

Gertrud war in der Küche beschäftigt. Sie sah blass und ein wenig verkniffen aus. Frieda ahnte nichts Gutes, und sie erfuhr auch sofort, dass ihre Großmutter Brustkrebs hatte und schon am nächsten Tag operiert werden sollte. Wie es weitergehen würde, konnten die Ärzte nicht sagen. Margarete müsste nach Entfernung einer oder beider Brüste unbedingt bestrahlt werden, aber wegen der kritischen Lage sahen sich die Ärzte nicht in der Lage, Versprechen abzugeben.

Jedenfalls hatte Margarete eine Früherkennung ihrer Krankheit verhindert – einerseits durch ihre Sturheit, andererseits durch ihre befremdliche Überzeugung, dass sie Schmerzen klaglos ertragen müsse, die Gott ihr auferlegt hatte.

„Vermutlich ist alles zu spät," sagte Gertrud. „Wir können eigentlich nur noch hoffen, dass sie nicht allzu sehr leidet, denn mit starken Schmerzmitteln sieht es wegen der Lage an der Front für Zivilisten böse aus. Morgen werde ich im Krankenhaus nur anrufen, aber nicht zu Besuch fahren. Nach der starken Äthernarkose wird es ihr den ganzen Tag nicht gut gehen, und deswegen ist ein Besuch sinnlos."

„Warum geht es ihr nach der Narkose nicht gut?" fragte Frieda, die über Krankheiten, die man nicht mit Tees und Kräutern behandeln konnte, nichts wusste.

„Durch das Einatmen des Äthers ist einem schlecht, und man muss brechen. Außerdem hat man entsetzlich Durst, darf aber einige Stunden lang nichts trinken."

„Woher weißt du das so genau?" fragte Frieda.

„Ich hatte vor ein paar Jahren einen kleinen Eingriff, und das war alles andere als angenehm. Großmutter kann man nur bedauern, denn sie wird nach der Operation sehr leiden."

Sie wurden durch ein Klopfen an der Küchentür unterbrochen. Krystof stand mit dem Melkeimer in der Tür und bedeutete ihnen durch Gesten, dass er nicht wusste, wie er mit der Milch verfahren sollte.

Frieda stand sofort auf und ging mit ihm über die Innentreppe in den Stall hinunter. Sie zeigte ihm das benötigte Gerät – die große Milchkanne, das Sieb mit dem Tuch zum Durchseihen der frischen Milch, das Melkfett und den zweirädrigen Karren, mit dem die Milch zur Dorfstraße transportiert und dort auf der hölzernen Milchbank zur Abholung bereitgestellt wurde.

Frieda bedeutete ihm, dass sie sich beeilen mussten, denn sie waren spät dran und konnten nicht riskieren, den Milchwagen zu verpassen.

Obwohl Frieda nicht umgezogen war für die Stallarbeit, schnappte sie sich den zweiten Melkschemel, setzte ein buntes Kopftuch auf, das griffbereit an der Wand hing, und fing zu melken an. Sie schielte vorsichtig zu Krystof, um zu sehen, wie er sich anstellte. Er konnte melken.

Vermutlich hatten sie im Lager den möglichen Bauerngehilfen einen Fragebogen gegeben um festzustellen, ob sie in der Lage waren, ohne angelernt zu werden in der Landwirtschaft auszuhelfen. Krystof hätte Pianist, Lateinlehrer oder Priester sein können, ohne jede praktische Fähigkeit, und das wäre nicht zweckdienlich gewesen.

Als Frieda mit ihren zwei Kühen fertig war und glaubte, Krystof könne sie nicht sehen, schöpfte sie ein wenig Milch in eine kleine Kanne zum Eigenbedarf. Das war strafbar und nannte sich Diebstahl am Volkseigentum. Aber alle Bauern machten es so, und in Wahlberg war noch niemand erwischt worden, weil die Kontrollen fehlten.

Als Krystof mit dem Karren losging, hätte eigentlich jemand mitgehen sollen zur Bewachung. Aber Frieda fühlte sich zu müde, Gertrud bereitete das warme Abendessen für ihren Mann, der noch nicht aus dem Wald zurückgekehrt war, und sonst war niemand da.

Gertrud schalt Frieda, weil sie leichtsinnigerweise Krystof allein hatte losziehen lassen. Die polnischen Kriegsgefangenen genossen zwar mehr Freiheiten als Russen oder Ukrainer, aber die Bauern waren doch angehalten, sie wann immer möglich zu überwachen und ihnen vor allem anfangs ein gewisses Misstrauen entgegen zu bringen.

Frieda zeigte sich von der Schelte unbeeindruckt. „Wenn er weglaufen will, findet er Gelegenheit genug. Und wo soll er hin, zumal er kein Wort Deutsch kann? Wie könnte er es vermeiden, unterwegs aufgegriffen und erschossen zu werden? Er scheint doch erst einmal froh zu sein, dem Lagerleben entronnen zu sein und eine gewisse Chance zu haben, den Krieg zu überleben. Ich bin sicher, dass er gleich wiederkommt."

Und so geschah es auch.

16. Kapitel

Gleich nach Friedas Ankunft im Lager am nächsten Abend teilte Sigrun ihr mit schneidender Stimme mit, sie solle nach der Küchenarbeit zu Leutnant Gerster ins Büro kommen. Frieda wurde selten einbestellt, und eigentlich wollte sie sich nach dem Grund fragen. Sie beschloss, nicht darüber nachzugrübeln, was für einen Anlass der Leutnant haben könne. Wahrscheinlich war es ein unangenehmer, wie Sigruns verkniffener Gesichtsausdruck signalisierte.

Frieda traute ihren Augen nicht, als sie sah, was es für die Gefangenen zu essen gab: Nicht nur Kartoffeln von mieser Qualität mit Sauerkraut. Neben dem Sauerkrautfass stand nämlich ein Topf mit Schmalz, das offenbar unter das Sauerkraut gemischt und mitgekocht werden sollte.

Fett zum Essen hatte es noch nie gegeben. Bestimmt war Sigrun nicht die Urheberin der. Neuregelung. Es konnte eigentlich nur Leutnant Gerster gewesen sein, der nach dem Tod der beiden Lagerinsassen eine bessere Ernährung durchgedrückt hatte, wenn sie vielleicht auch nicht von Dauer war.

Wie immer nahmen die Gefangenen ihr Essen apathisch entgegen, aber als sie an ihre Tische gegangen waren und angefangen hatten zu essen, hellten sich ihre Mienen auf. Plötzlich wurde geredet, und eine allgemeine, freudige Unruhe machte sich bemerkbar.

Leider reichte das mit Schmalz angereicherte Sauerkraut nicht für einen Nachschlag, was vielleicht auch gut war, um die Lagerinsassen nicht durch zu viel ungewohntes Fett krank zu machen.

Nach Beendigung der abendlichen Routine ging Frieda zum Büro und klopfte an. Auf das freundliche „Herein" öffnete sie beherzt die Tür. Leutnant Gerster stand von seinem Stuhl hinter dem Schreibtisch auf, kam ihr entgegen und reichte ihr die Hand.

„Schön, dass Sie kommen", sagte er zur Begrüßung. „Nehmen Sie doch Platz!" Er rückte ihr einen der hölzernen Besucherstühle zurecht und setzte sich ihr gegenüber auf den zweiten einfachen Besucherstuhl, nicht auf den gepolsterten Sessel hinter seinem Schreibtisch.

Außer „Grüß Gott" hatte Frieda noch nichts gesagt. Sie wollte nichts falsch machen und schwieg deshalb.

„Fräulein Breitenberg, diesmal habe ich ein privates Anliegen," eröffnete der Leutnant das Gespräch. „Ich möchte Sie zu dem Offiziersball in Pforzheim am nächsten Samstag herzlich einladen."

Frieda war so überrascht, dass ihr zunächst nichts einfiel außer der unpassenden Frage, wie es sein könne, dass man in der derzeitigen Lage einen Ball veranstaltete.

Leutnant Gerster lächelte. „Wir versuchen, ein normales Leben aufrecht zu erhalten, soweit das möglich ist. Die Offiziere, die Fronturlaub haben, sollen sich erholen können und von den Schrecken des Krieges abgelenkt werden. Denken Sie auch daran, was deren meist junge Frauen durchmachen, zum Teil seit Kriegsbeginn, das heißt seit mehreren Jahren. Ein bisschen Freude könnte auch ihnen den traurigen Alltag entschärfen."

Der zweite Gedanke, der Frieda zu der Einladung kam, war die Tatsache, dass sie nicht tanzen konnte. „Herr Leutnant," sagte sie deshalb entschieden, „ich kann die Einladung nicht annehmen. Ich kann nämlich nicht tanzen, das macht man in unserer Gemeinde nicht."

Leutnant Gerster lächelte. „Auch wenn einige Eiferer glauben, tanzen sei des Teufels, so muss ich ihnen widersprechen. Tanzen ist ein harmloses, angenehmes Vergnügen und hat in Deutschland eine lange Tradition. Honni soit qui mal y pense. Können Sie übrigens singen?"

Frieda errötete wegen dieser persönlichen Frage, deren Sinn sie nicht verstand. „Wenn Sie meinen, dass ich die Stimme halten kann, dann ja. Ich habe jahrelang im Schulchor gesungen. Warum die Frage?"

„Wenn Sie nicht falsch singen, was ich mir im Übrigen nicht vorstellen konnte, werden Sie das Tanzen im Handumdrehen lernen. Ohne eingebildet klingen zu wollen, möchte ich von mir behaupten, dass ich ein guter Lehrmeister sein werde."

Frieda war immer noch nicht überzeugt. „Ich besitze natürlich auch kein Ballkleid," gab sie zu bedenken.

Herr Gerster lächelt wieder. „Ich habe gehört, dass Sie mit Kleidern zaubern können. Also?"

„Es gibt aber keine passenden Stoffe," war Friedas nächstes Argument gegen die Einladung.

„Ich kann Ihnen Stoff besorgen," schlug Leutnant Gerster vor. „Falls sie die Zeit finden, bis Ende nächster Woche ein Ballkleid zu fertigen."

Frieda lehnte heftig ab, und ihr rutschte die Frage heraus, ob er Beutestoff aus feindlichen Ländern meinte.

Leutnant Gerster sagte zunächst nichts, was Frieda für eine Bestätigung ihrer Vermutung hielt. Sie fürchtete, dass sie zu weit gegangen war. Sie schwiegen beide eine Zeitlang.

Schließlich unterbrach Frieda das Schweigen, indem sie das ungewöhnliche Essen kommentierte und die Frage wagte, wie es zustande gekommen war. „Schwamm drüber," sagte Leutnant Gerster. „Aber um auf unser Thema zurückzukommen: Ich frage Sie noch einmal, ob Sie meine Einladung annehmen wollen trotz aller Vorbehalte. Mir liegt sehr viel daran."

Da Frieda wieder schwieg, fügte er hinzu: „Ich glaube, Ihnen sind die Gegenargumente ausgegangen." Frieda musste lächeln. Sie nickte mit dem Kopf und sagte zu, nicht ganz überzeugt.

Leutnant Gerster geleitete sie zur Tür, gab ihr die Hand und sagte mit einem warmen Lächeln: „Ich freue mich auf den Abend. Ich hole Sie um sieben Uhr ab."

Frieda hätte fast automatisch geknickst, so wie sie es den Erwachsenen und Vorgesetzten gegenüber gelernt hatte. Sie bemerkte aber rechtzeitig, dass sie im Augenblick in der stärkeren Position war, nickte freundlich mit dem Kopf und trat mit einem gemurmelten „ade" aus der Tür.

Im Gang sah sie gerade noch Sigrun um die Ecke verschwinden. „Schlange," dachte sie. „Sie ist sich wirklich nicht zu schade, an der Tür zu horchen."

Wie immer, wenn etwas Aufregendes passiert war, fuhr Frieda auf dem Heimweg bei Annemie vorbei.

Da Annemies Möglichkeiten sehr beschränkt waren, war sie fast immer zu Hause. Frieda hatte so heftig in die Pedale getreten, dass sie etwas außer Atem war. Nachdem die Freundinnen sich mit einer Umarmung begrüßt hatten, sprudelte Frieda sofort ihre Neuigkeiten heraus.

„Meine Großmutter hat Brustkrebs. Man hat sie heute morgen operiert, aber ich weiß nicht, ob beide Brüste weg sind, oder nur eine."

Zu ihrer Verwunderung legte Annemie die Hände über den Mund, um ein Kichern zu unterdrücken. Bevor Frieda ihrem Befremden Ausdruck verleihen konnte, hatte Annemie sich schon wieder gefangen und sagte ernst: „Entschuldige bitte meine Taktlosigkeit. Mir ist nur eingefallen, dass ich bisher davon ausging, dass deine Großmutter keine Brüste hat. So, wie sie sich in die engen Oberteile ihrer Tracht zwängt, ist wohl alles zusammengequetscht, und ihr Oberkörper zeigt keinerlei Anzeichen von Weiblichkeit, was ja auch nicht anständig wäre."

Annemie sah an sich herunter und meinte, bei ihr sei dagegen kein Mangel an weiblichen Merkmalen festzustellen. „Aber jetzt im Ernst: Sie tut mir sehr leid, und wie soll es mit ihr weitergehen?"

Frieda zuckte mit den Schultern

„Mama geht morgen nach Calw ins Krankenhaus, da wird sie sicher mehr erfahren. Aber ich habe noch eine Neuigkeit. Leutnant Gerster hat mich zum Offiziersball nach Pforzheim eingeladen. Ich habe zugesagt, aber jetzt sind mir Zweifel gekommen. Bei uns hat es ja nie Tanzveranstaltungen gegeben, und bei der derzeitigen furchtbaren Lage kommt es mir irgendwie verwerflich vor, sich mit Musik und Tanz zu vergnügen."

„Jetzt hör aber auf," schrie Annemie. „Ich wünschte, ich könnte mit dir tauschen. Wir sind jung, und wir sollten mitnehmen, was das Leben uns bietet, bevor alles zusammenbricht. Fühlst du dich denn nicht geschmeichelt, von einem Leutnant eingeladen zu werden? Oder gibt es einen anderen Haken außer deinen moralischen Bedenken? Vielleicht magst du im Grunde deines Herzens den Leutnant nicht besonders oder hast Angst vor Männern?"

Frieda wurde rot und schwieg eine Weile. „Ich habe keine Angst vor Männern", sagte sie, nachdem sie darüber nachgedacht hatte. „Ich finde den Leutnant auch nett, obwohl ich ihn natürlich nur als Lagerkommandanten kenne. Jedenfalls kann ich jetzt keinen Rückzieher mehr machen, ohne ernsthaft krank zu werden oder tot umzufallen."

Annemie kicherte und schnitt dann das Problem Ballkleid an. Frieda sagte ihr, sie hätte es als große Herausforderung empfunden, sich ein passendes Kleid zu schneidern, aber die Gelegenheit dazu hätte sie sich verbaut durch das Ablehnen des Angebots von Leutnant Gerster, ihr einen Stoff zu besorgen. Als Annemie den Grund für die Ablehnung erklärt bekommen hatte, war sie voll und ganz mit ihrer Freundin einverstanden. Sie fand es auch unmöglich, in einem Kleid ein Fest zu feiern, dessen Material aus Kriegsbeute bestand.

Sie diskutierten die Möglichkeiten, und Annemie machte den Vorschlag, das Konfirmationskleid zu verwenden mit kleinen, farblichen Veränderungen wie zum Beispiel einer roten Schärpe und aufgenähten Blumen, die Frieda aus Resten anfertigen könnte.

Frieda war begeistert von dem Vorschlag. Ihr fiel ein Stein vom Herzen, dass sich das Problem lösen ließ und sie nicht als Aschenputtel gehen musste. Frieda lobte wieder einmal ihre Freundin, die so praktisch denken konnte.

Beim Abschied musste Frieda versprechen, Annemie am nächsten Tag Bescheid zu geben, sobald sie mehr über ihre Großmutter wusste.

17. Kapitel

Frieda beherzigte Annemies Rat bezüglich des Konfirmationskleides. Sie holte das Kleid noch am Abend, an dem Annemie ihr den Vorschlag gemacht hatte, es in ein Ballkleid umzuwandeln, aus der Truhe, in der es aufbewahrt wurde. Es roch nach Mottenpulver und war zerknittert, aber das ließ sich beheben. Frieda zog das Kleid über und musste feststellen, dass es etwas kürzer war, als sie es in Erinnerung hatte. Folglich musste sie gewachsen sein, was ihr vorher gar nicht aufgefallen war. Ansonsten passte das Kleid immer noch perfekt. Frieda drehte sich in ihrem Zimmer vor dem bodenlangen Spiegel, den Onkel Helmuth ihr trotz des Einspruchs von Margarete zum 15.Geburtstag geschenkt hatte. Margaretes Ansicht nach war ein langer Spiegel unnötig und förderte auf verwerfliche Weise die Eitelkeit.

Annemie wusch das Kleid am nächsten Morgen mit Kernseife und hängte es ins Freie, um den Mottenkugelgeruch zu entfernen. Als sie nach dem Mittagessen eine kleine Arbeitspause einlegen konnte, entwarf sie ein geometrisches Muster aus Stoffresten, die sie aus ihrem mageren Vorrat zusammensammelte. Blumen zum Aufnähen erschienen ihr zu kitschig, und da sie keine Ahnung hatte, was gerade Mode war – sofern es mitten im Krieg überhaupt eine Mode gab – überließ sie sich ihrem eigenen Stilgefühl.

Die schwarze Jacke, die sie zur Konfirmation getragen hatte, konnte sie nicht verwenden, weil man ihr zu sehr den eigentlichen Zweck ansah. Aber ihre Mutter holte ein sorgfältig verpacktes Cape aus Fuchspelz vom Dachboden, das sie von Friedas Vater zur Hochzeit bekommen hatte. Es war fast ungetragen, weil Gertrud es für viel zu kostbar hielt, um es anzuziehen, und weil es außerdem im Dorf kaum Gelegenheit gab, sich mit einem echten Pelz herauszuputzen.

Frieda fiel ihrer Mutter gerührt um den Hals. Als sie feststellte, dass ihre Konfirmationsschuhe immer noch passten und gut erhalten waren, fand sie nichts an ihrer Kleidung auszusetzen.

Die Frisur würde sie sich von Annemie machen lassen, die großes Geschick besaß, Haare zu flechten oder zu einer eleganten Frisur aufzustecken.

Frieda konnte sich nicht ganz unbeschwert auf den Ball freuen, weil es ihrer Großmutter sehr schlecht ging. Auch die ständigen Ermahnungen, nicht zu sündigen und Margaretes moralische Vorstellungen umzusetzen, waren nicht spurlos an Frieda vorbeigegangen. War es wirklich verwerflich, sich hübsch anzuziehen und auf einen Ball zu gehen?

Auch die Frage des Tanzens machte Frieda Sorgen. Sie hatte noch nie probiert, sich im Takt der Musik zu bewegen und wusste daher nicht, ob sie Talent besaß.

Einige Tage vor dem großen Ereignis nahm sie allen Mut zusammen, als sie allein in der Küche war, stellte das Radio an und probierte ein paar Schritte zur Musik. Sie kam sich sehr unbeholfen vor, und die Situation wurde richtig peinlich, als Krystof kurz anklopfte und hereinkam.

Krystof lachte, als er Frieda dabei erwischte, wie sie sich allein in der Küche drehte. Frieda blieb sofort stehen und spürte, wie sie rot anlief vor Scham, aber auch vor Zorn. Was fiel Krystof ein, sie auszulachen?

Krystof murmelte etwas, das wie eine Entschuldigung klang, und hielt ihr auffordernd die Hand hin. Frieda interpretierte die Geste richtig, er wollte mit ihr tanzen. Sie überwand schnell ihre Hemmungen und überließ sich seiner Führung. Es klappte ganz wunderbar, und Frieda dachte, dass Krystof ein hervorragender Tänzer sein musste. Es konnte wirklich nicht schaden zu üben, um beim Ball ein klein wenig Sicherheit mitzubringen.

Als die Musik zu Ende war, entdeckte Frieda ihre Mutter, die lächelnd in der Tür stand. „Das sah ja schon gut aus," sagte sie und nickte Krystof freundlich zu. Frieda war unendlich erleichtert, dass ihre Mutter keine moralischen Verfehlungen in ihrem Verhalten sah. Das Einzige, was ihre Mutter zu bedenken gab, war die Gefahr, dass jemand überraschend zu Besuch kommen könnte und Frieda dabei erwischen, dass sie sich mit Krystof im

Kreis drehte. Verbrüderung mit den Kriegsgefangenen war absolut verboten, und wenn Frieda ertappt worden wäre, hätte die Missachtung der Vorschriften für sie und Krystof ein böses Ende nach sich ziehen können.

Frieda musste lachen, als ihre Mutter von einem möglichen, überraschenden Besuch sprach. „Wer sollte kommen?" fragte sie. „Großmutter hat dafür gesorgt, dass niemand es wagt, unangemeldet zu erscheinen. Wir haben doch deshalb eigentlich keine Freunde oder Bekannten, die auf ein Schwätzle bei uns in der Küche sitzen am helllichten Tag, wenn man arbeiten sollte."

„Du hast Recht," sagte Gertrud. „Es ist leider so, wie du sagst. Ich würde auch gern mal eine gemütliche Pause machen, aber das weiß meine Mutter zu verhindern. Im Augenblick jedenfalls ist man nie gegen einen unliebsamen Besuch von „oben" gefeit, und das ohne Anmeldung."

Frieda erwartete ungeduldig das Wochenende. Leutnant Gerster sah sie nicht mehr im Lager. Ein fremder Soldat saß in seinem Büro, und in der Küche munkelte man, der Leutnant sei zu einer wichtigen Besprechung nach Karlsruhe gefahren und musste deshalb vertreten werden. Frieda war sehr erleichtert, dass sie nicht gezwungen war, ihm absichtlich aus dem Weg zu gehen. Eine Begegnung wäre ihr sehr peinlich gewesen. Erfreulicherweise wurde in der Küche nicht über den Ball getuschelt, und Frieda schloss daraus, dass Sigrun, sofern sie beim Lauschen hinter der Tür etwas von der Einladung zum Ball mitbekommen hatte, wohlweislich den Mund hielt. Vermutlich fühlte sie sich gedemütigt und wäre gern an Friedas Stelle gewesen, aber das mussten die Küchenhilfen nicht wissen.

Margarete lag immer noch im Krankenhaus und würde auch nicht so schnell entlassen werden, obwohl sie jammerte, dass sie eigentlich arbeiten sollte. Gertrud war entsetzt, wie grau sie im Gesicht aussah und wie sehr sie abgenommen hatte. Sie sagte nichts von Schmerzen, aber Gertrud kannte sie gut genug, um zu erkennen, dass sie tapfer war und sich nichts anmerken lassen wollte.

Endlich kam der aufregende Tag des Balls. Da Frieda für den Abend freigestellt war, musste sie morgens im Lager beim Frühstück helfen. Es war das erste Mal, dass sie die Gefangenen am Morgen sah: Unausgeschlafen, unrasiert und schmutzig.

Am frühen Vormittag war sie in der Küche fertig und ging auf dem Heimweg bei Annemie vorbei, um sich frisieren zu lassen. Annemie steckte ihr die dicken Haare zu einem kunstvollen Knoten auf und gab ihr als Überraschung eine ziselierte Silbernadel mit, die sie über dem rechten Ohr festklemmen sollte.

Frieda besah sich atemlos in Annemies Spiegel und fand sich so verändert, dass sie sich kaum wiedererkannte. Annemie hätte sie gern im Ballkleid mit Pelzcape gesehen, aber das ließ sich nicht bewerkstelligen.

Am späten Nachmittag zog Frieda das Kleid an, nachdem sie sich in der Küche gründlich gewaschen hatte, und legte das Cape zurecht. Gertrud war noch nicht aus dem Krankenhaus zurück, und ihr Vater arbeitete mit Krystof im Stall. Kurz bevor der Zeitpunkt gekommen war, an dem Leutnant Gerster sie abholen würde, kamen die beiden Männer die Treppe aus dem Stall hoch und sahen sie gerade über den Flur in ihr Zimmer gehen. Ihr Vater stieß einen Ausdruck der Überraschung über ihren Anblick aus und bat sie, sich zu drehen. Krystof atmete scharf ein, sagte etwas auf polnisch, das sehr nach Bewunderung klang und verschwand schnell auf der Treppe, die zu seiner Dachkammer führte.

Gertrud kam abgehetzt nach Hause. Sie hatte mit dem Fahrrad ins Krankenhaus fahren müssen, da es am Samstag keine Busverbindung gab, und war richtig erschöpft von der endlosen, anstrengenden Fahrt bergauf nach Wahlberg.

Bevor sie ihren Krankenbericht abliefern konnte, fiel Frieda mit Schrecken etwas ein, das sie vergessen hatte. Sie hatte keine passenden Strümpfe für ihr Ballkleid! Sie konnte schlechterdings ihre handgestrickten Kniestrümpfe anziehen, und sie wusste, dass ihre Mutter auch schon seit langem keine sogenannten Seidenstrümpfe mehr hatte. Gertrud hatte sowieso nur ein Paar der kostbaren Festtagsstrümpfe besessen, und die waren längst durch Laufmaschen unbrauchbar geworden.

Gertrud tröstete Frieda, aber ihr fiel auf die Schnelle auch keine Lösung ein. Frieda entschied sich, überhaupt keine Strümpfe zu tragen. Das war zwar äußerst unschicklich, aber vielleicht bemerkte es niemand. Leider war es schon ziemlich kalt, Frieda war jedoch an manches gewöhnt und würde es schon aushalten.

Leutnant Gerster war natürlich sehr pünktlich. Er hielt im Hof, stieg aus und kam die Treppe hoch zur Haustür. Frieda hatte den Jeep schon kommen gehört, aber sie hätte es ungehörig gefunden, auf sein Klopfen sofort die Haustür aufzureißen. Da sie zögerte zu öffnen, kam ihre Mutter ihr zuvor. Leutnant Gerster deutete einen Handkuss an zur Begrüßung, was Gertrud in große Verlegenheit brachte. Sie rief nach hinten: „Frieda, der Leutnant ist da", und Frieda erschien an der Tür. Sie beobachtete genau Leutnant Gersters Reaktion auf ihr Aussehen, und sie hatte den Eindruck, dass ihm sehr gefiel, was er sah. Er stieß nämlich einen kleinen Überraschungsruf aus und konnte sich nicht enthalten zu sagen: „Sie sehen phantastisch aus. Wo haben Sie das schöne Kleid hergezaubert?" Das war für seine Verhältnisse äußerst emotional und nicht so höflich distanziert wie sonst.

Frieda lächelte ein wenig verschämt „Ich habe es genäht." Sie verschwieg, dass es sich um ihr Konfirmationskleid handelte, das musste der Leutnant nicht wissen.

Der Leutnant selbst trug seine Ausgehuniform und hatte sich die dunkelblonden Haare ganz kurz scheren lassen. Seine Mütze hielt er respektvoll in der Hand. Er sah richtig gut aus.

Leutnant Gerster hielt ihr die Beifahrertür auf und wartete, bis sie sich vorsichtig zurechtgesetzt hatte, bevor er die Tür schwungvoll schloss. Frieda hielt das perlenbestickte, schwarze Täschchen auf dem Schoß, das Gertrud gehörte. Sie winkte ihrer Mutter noch einmal zu, und dann holperten sie über den kopfsteingepflasterten Hof auf den geschotterten Verbindungsweg zwischen den Höfen, der zur Straße führte.

18. Kapitel

Unterwegs kam das Gespräch nur langsam in Gang. Frieda wagte nicht, persönliche Fragen zu stellen oder auf die allgemeine Lage anzusprechen. Der Leutnant dagegen erzählte nach einigen Minuten von sich aus, dass er aus Mannheim stamme und bei Kriegsausbruch gerade sein Studium der Volkswirtschaft begonnen habe. Er bedauerte, dass er praktisch keine Freizeit hatte als Lagerleiter und deshalb die schöne Gegend um Hochdorf nicht kennen lernen könnte, aber das wollte er nach dem Krieg nachholen. Frieda fragte sich, wann das sein würde. Sie dachte an die ewigen Prophezeiungen von Goebbels, dass auf Grund der Wunderwaffe mit einem Schlag alles beendet sein, und Deutschland als strahlender Sieger hervorgehen würde. Sie hätte gern gefragt, ob der Leutnant etwas über die Wunderwaffe wusste, aber sie wagte es nicht.

Sie überlegte, was für einen unverfänglichen Gesprächsstoff es geben könnte, um die Pausen zu füllen und nicht als dumme Gans, die nichts zu sagen hatte, dazustehen. Ihr fiel ihre Großmutter ein, und sie erzählte von der Krebserkrankung. Leutnant Gerster bedauerte die Großmutter und wollte wissen, ob sie ein enges Verhältnis zu ihr habe, denn schließlich lebten sie zusammen in einem Haushalt, aber Frieda gab ehrliche Antworten.

„Sie sind sicher der Ansicht, dass es etwas Schönes und Natürliches ist, wenn die verschiedenen Generationen unter einem Dach leben. Die Großeltern sind versorgt, sie können sich nützlich machen im Haushalt und mit den Enkeln, sind nicht allein und geben vielleicht gute Ratschläge aus langjähriger Erfahrung. Aber das enge Zusammenleben hat eine Kehrseite, zumindest bei uns. Meine Großmutter mischt sich in alles ein, schreibt vor, wie man sich zu verhalten hat und droht ständig damit, den Hof nicht an meine Eltern zu vererben. Sie kann sich nämlich nicht entschließen, zu übergeben, weil sie die Oberhand behalten will. Das hört sich jetzt nicht sehr nett an, aber sie macht uns das Leben wirklich schwer."

„Das ist bedauerlich," sagte der Leutnant. „Ich habe nur noch eine Großmutter väterlicherseits, und die lebt bei meiner Schwester in der Pfalz. So wie meine Schwester sagt, ist die Oma tolerant und führt ihr eigenes Leben."

„Haben Sie noch weitere Geschwister?" fragte Frieda, nachdem sie schon persönlich geworden waren.

„Ja," antwortete der Leutnant, „ich habe noch zwei ältere Brüder. Der eine ist in Russland verschollen, der andere ist nach einem Lungendurchschuss in einem Lazarett an der Ostsee. Er scheint sich langsam zu erholen, und die Kämpfe an der Front bleiben ihm künftig erspart. Ob er je wieder richtig gesund wird, ist fraglich."

Frieda war versucht, sich zornig über den Verschleiß an jungen Männern zu äußern, aber sie hielt sich rechtzeitig im Zaum.

„Das ist traurig," sagte sie einigermaßen ruhig. „Mein älterer Bruder ist auch eingezogen. Auf seiner letzten Karte, die uns erreicht hat, schreibt er, dass er vielleicht um die Weihnachtszeit auf Urlaub kommt. Meine Eltern, aber vor allem die Großmutter, würden sich unendlich freuen, wenn das wahr würde."

Im Auto war es kalt, und Frieda begann zu frösteln mit ihren nackten Beinen. Der Leutnant bemerkte, dass sie die Arme um den Oberkörper geschlungen hatte, langte wortlos nach hinten und reichte ihr eine raue Militärdecke. Frieda legte sich die Decke über die Beine und fühlte sich schnell wohler. Es war angenehm, wie fürsorglich der Leutnant war, und sie begann, mehr und mehr Sympathie für ihn zu empfinden.

Es war längst dunkel, als sie in Pforzheim ankamen. Frieda bedauerte das, denn sie hätte gern etwas von der Stadt gesehen, in der ihre Tante mit Familie lebte. Es musste eine schöne Stadt sein mit vielen Grünanlagen, beeindruckenden Gebäuden und reichen Villenvororten.

Leutnant Gerster fuhr mit Standlicht auf einen großen Platz, auf dem schon etliche Jeeps standen. Frieda erkannte vage, dass um den Platz vermutlich parkähnliche Anlagen waren, aber Genaueres konnte sie nicht sehen. Nachdem der Leutnant ihr beim Aussteigen geholfen hatte, gingen sie auf ein mehrstöckiges Gebäude zu, das der städtische Saalbau sei, wie Frieda erfuhr. Sie konnte die riesigen Bogenfenster über dem Eingang erahnen und schemenhaft zwei hohe Türme auf der Rückseite des imposanten Gebäudes.

„Eigentlich sollte der Saalbau in vollem Lichterglanz erstrahlen," erklärte Leutnant Gerster. „In Anbetracht der heiklen Lage muss man von Festbeleuchtung absehen, aber wir sind trotzdem froh, dass wir hier einen Ball abhalten können."

Die Fenster des Festsaals waren alle dicht verhängt, wie es Vorschrift war. Aber im Innern erstrahlten wunderschöne Kronleuchter mit glitzerndem Kristallschmuck, der Marmorboden in der Eingangshalle schillerte silbern und rötlich, und das Parkett im Festsaal mit seinem Fischgrätmuster wirkte warm und einladend zum Tanz.

Frieda schwieg überwältigt. Solche Bilder kannte sie nur aus Märchenbüchern. So wohnten die Prinzen und Prinzessinnen in ihren Schlössern, und es kam ihr unwirklich vor, sich selbst in so einer atemberaubenden Umgebung zu befinden.

Frieda kam in die Realität zurück, als ein junger Mann im schwarzen Frack auf sie zutrat mit einem silbernen Tablett, auf dem kristallene Sektgläser standen. Leutnant Gerste forderte sie auf, sich ein Glas zu nehmen, als er sah, dass sie zögerte.

„Ich bin es nicht gewöhnt, Alkohol zu trinken," sagte sie verzagt.

Der Leutnant lächelte. „Kommt das wieder von der gestrengen Großmutter?" fragte er. „Ein Gläschen Sekt hat noch niemandem geschadet, und der Sekt wirkt auf jeden Fall aufmunternd."

Er drückte ihr einfach ein Glas in die Hand, nahm sich selbst ein Glas und stieß mit ihr an. „Auf einen schönen Abend, Fräulein Breitenberg," sagte er charmant, und sie trank ein Schlückchen.

Mit dem Glas in der Hand gingen sie in den Festsaal, und Frieda fing an, sich umzusehen. Die Männer trugen ausnahmslos

Uniform, wobei hin und wieder ein Ärmel leer herunter baumelte, ein künstliches Bein schlecht in der Uniformhose verborgen war, oder ein Gesicht gezeichnet von Brandwunden und Narben von Schussverletzungen und Granatsplittern.

Friedas anfängliche Euphorie war verflogen, und sie brauchte einige Augenblicke, um sich zu fassen. Aber schließlich ließ sie sich wieder von der guten Stimmung wieder einfangen und beschäftigte sich weiterhin diskret damit, den Saal und die Gäste zu erkunden. Natürlich galt ihr Interesse vor allem den Damen und ihrer Garderobe. Einige Damen trugen geschmackvolle, einfache Ballkleider, andere hatten in der Not auf völlig veraltete Modelle zurückgegriffen, die ihnen nicht richtig passten und nicht standen. Teilweise trugen sie festliche Trachten oder Dirndl mit Brokatverzierungen und silberfarbenen Schürzen. Insgeheim musste Frieda zugeben, dass sie sich durchaus sehen lassen konnte. Sie spürte manchen bewundernden Blick von den Herren Offizieren, aber auch ein bisschen Neid im Ausdruck einiger Damen, wenn sie von ihnen gemustert wurde.

Leutnant Gerster führte sie an einen Tisch, an dem bereits zwei Paare saßen: ein älterer, hochdekorierter Offizier mit seiner freundlichen, aber etwas langweilig wirkenden Frau, und ein junges Paar, das die Augen und Hände nicht voneinander lassen konnte. Der Leutnant, der den jungen Offizier flüchtig kannte, erklärte Frieda leise, dass sie am Tag zuvor geheiratet hatten. Er gratulierte ihnen herzlich, und Frieda schloss sich an. Die junge Braut strahlte errötend.

Die Musik begann pünktlich zu spielen, eine Tanzkapelle, die aus vier Männern und zwei Frauen bestand. Frieda fragte verwundert, ob es üblich sei, Frauen in Tanzkapellen aufzunehmen, und der ältere Offizier erklärte lachend: „Eigentlich nicht. Aber die Frauen machen in den Kriegsjahren ja alle andere Männerarbeit auch, warum nicht als Musikerinnen?"

Die Musik war flott, und die ersten Paare begaben sich auf die Tanzfläche. Leutnant Gerster stand auf, streckte die Hand aus und machte eine leichte Verbeugung vor Frieda. „Darf ich bitten?", sagte er lächelnd. Frieda war furchtbar verlegen, und am liebsten hätte sie einen Rückzieher gemacht. Aber da sie zum Tanzen gekommen war, stand sie auf und ließ sich von Leutnant Gerster, der ihr eine Hand auf den Rücken gelegt hatte, zur Tanzfläche dirigieren. Frieda war froh, dass bereits richtiges Gedränge herrschte. So würde es kaum auffallen, wenn sie sich ungeschickt anstellte. Sie hoffte, sie würde wenigstens ihrem Tanzpartner nicht auf die Füße treten, was sie hin und wieder bei Paaren beobachtete, die aus dem Rhythmus gekommen waren.

Zunächst tanzten sie mit einfachen Schritten ohne Drehungen oder Figuren. Der Leutnant lächelte, als er bemerkte, dass sie hochkonzentriert leise mitzählte, um nicht aus dem Takt zu kommen.

Frieda war zudem ein wenig verkrampft, weil es so ungewohnt war, einem Mann so nahe zu sein, seine Hand auf ihrem Rücken zu spüren und ihm in die Augen zu sehen.

Sie fing gerade an, ein bisschen lockerer zu werden und die rhythmischen Bewegungen zu genießen, als die Musik auf ein Zeichen abrupt abbrach. Ein hoher Offizier kletterte auf die Bühne, um eine flammende Rede auf Hitlers Leistungen und die Größe Deutschlands zu halten.

Beifall toste auf, als der Offizier geendet hatte, die Kapelle spielte einen Tusch, und alle standen mit erhobenem rechten Arm auf der Tanzfläche oder neben ihren Tischen.

Frieda durfte sich nicht anmerken lassen, wie unangenehm sie berührt war. Zu ihrer Erleichterung stellte sie fest, dass auch der Leutnant sich mit seinem Beifall eher zurückhielt.

Als die Kapelle einen Walzer anstimmte, lockerte sich die Stimmung wieder, und Frieda konzentrierte sich erneut auf ihre Schritte. Es gelang ihr ganz gut, ihrem Partner zu folgen, aber insgeheim musste sie feststellen, dass Krystof sie einfühlsamer geführt hatte und vermutlich der Musikalischere von beiden war.

Nach dem Walzer geleitete der Leutnant sie an ihren Platz zurück, und sie nippte etwas erhitzt an ihrem Sekt, den sie immer noch nicht geleert hatte, und der inzwischen lauwarm geworden war.

Kaum war sie etwas zu Atem gekommen, verbeugte sich ein Offizier, den sie natürlich überhaupt nicht kannte, vor ihr und bat sie um den nächsten Tanz. Sie wusste nicht, wie sie sich verhalten sollte und sah die ältere Dame am Tisch hilfesuchend an.

„Gehen Sie nur," sagte die Dame leise, „es ist nicht üblich, höflich anfragenden Tanzpartnern einen Korb zu geben."

Der Offizier verneigte sich kurz vor Leutnant Gerster und entführte Frieda auf die Tanzfläche. Die Musik spielte schneller als zuvor, und eine der Damen aus der Kapelle eilte zum Mikrofon und begann mit einer tiefen, leicht rauchigen Stimme zu singen.

Frieda musste ganz naiv fragen, um was für eine Art Tanz es sich handelte, denn außer der Musik, die im Volksempfänger gespielt wurde, kannte sie fast nichts. Ihr Tanzpartner erklärte ihr bereitwillig, dass es sich um eine deutsche Variante von amerikanischem Swing handelte, bei der zwar gesungen werden durfte, aber nicht auf amerikanisch. Man wollte die Musik nicht zum Niggerjazz degradieren und den Volksgeschmack verderben.

Nach der kurzen Erklärung begann ihr Tanzpartner sie herumzuwirbeln. Frieda hatte keine Probleme damit und kehrte sehr zufrieden an den Tisch zurück.

Kaum hatte sie Platz genommen, erschien der nächste Kavalier und bat sie mit einer Verbeugung zum Tanz.

Als sie diesmal zurückkam, sah Leutnant Gerster ein wenig unfreundlich aus. „Ich gehe jetzt zum Buffet und hole uns etwas zu essen," sagte er schroff. „Bitte entschwinden Sie inzwischen nicht wieder."

Frieda musste zwei potenzielle Partner ablehnen, bis der Leutnant mit einem Teller mit Kanapees, Käse und Früchten zurückkam.

Frieda traute ihren Augen nicht, als sie eine leuchtende Orange auf ihrem Teller entdeckte. Südfrüchte gab es schon lange nicht mehr, und sie fragte sich, wie die Herren es anstellten, Sekt und seltene Früchte herbeizuschaffen. Irgendwie musste es verborgene Wege geben, die dem gemeinen Volk verwehrt waren.

Während sie aßen, machte die Musik eine Pause, und Leutnant Gerster sicherte sich den ersten Tanz beim erneuten Aufspielen. Frieda bemerkte inzwischen, dass sie allmählich Atembeklemmungen bekam wegen der verqualmten Luft. Die Offiziere rauchten fast ausnahmslos, und da die Zigaretten, die sonst rationiert waren, immer wieder angeboten wurden, frönte man bis zum Exzess dem ungewohnten Vergnügen.

Frieda bat darum, kurz ins Freie gehen zu dürfen, um sich zu erholen, und der Leutnant begleitete sie. Vor der Tür standen andere Paare im Dunkeln, und es wurden heftig Zärtlichkeiten ausgetauscht. Leutnant Gerster näherte sich Frieda mit der Absicht, sie zu küssen, aber als er ihr Zurückschrecken bemerkte, hielt er sofort wieder züchtig Abstand.

Der Abend verging wie im Flug, und Frieda zählte gar nicht mehr mit, wie viele verschiedene Tanzpartner sie gehabt hatte. Sie war gut unterhalten worden, hatte viel gelacht und die unbeschwerte Stimmung genossen.

Gegen Ende der Veranstaltung wurde der Leutnant immer stiller und ernster, und Frieda kam der Gedanke, dass er eifersüchtig sein könnte, zumindest ein wenig verärgert, weil Frieda nicht nur ihm ihre Aufmerksamkeit schenkte. Er seinerseits forderte nur pflichtgemäß seine beiden Tischdamen zum Tanzen auf, blieb aber sonst gedankenverloren sitzen, wenn Frieda wieder mit einem neuen Partner auf die Tanzfläche entschwand.

Als man bereits an Aufbruch dachte, flüsterte die ältere Offiziersgattin Frieda zu, sie sei die heimliche Ballkönigin gewesen, zwar ungekrönt, aber zu Recht. Frieda errötete tief, bedankte sich für das Kompliment und verabschiedete sich herzlich von ihrer freundlichen Tischnachbarin.

Als sie auf dem Weg zur Garderobe waren, ertönte plötzlich die Einleitung der Nationalhymne. Frieda schrak zusammen, drehte sich jedoch mit allen anderen zur Bühne um und sang die erste

Strophe des Deutschlandlieds mit zum Hitlergruß erhobenem Arm: „Deutschland, Deutschland, über alles".

Leutnant Gerster half ihr in ihr Pelzcape, zog seinen Uniformmantel über, und sie gingen gemeinsam über den dunklen Parkplatz. Überall wurden die Motoren von den vielen Jeeps und einigen wenigen Privatautos angelassen.

Sie fuhren mit Standlicht vorsichtig aus Pforzheim heraus. Weil Frieda immer noch eine leichte Missstimmung bemerkte, wagte sie nicht, über den für sie ungewöhnlich gelungenen Abend zu reden.

Leutnant Gerster brach als erster die Stille. „Ihnen hat es ja offenbar sehr gefallen, und das freut mich. Sie waren ein großer Erfolg, und ich bin stolz, dass ich Sie ausführen durfte."

Frieda bedankte sich und kommentierte die Musik, das Essen, die Ballbesucher und den für ihre Begriffe herrlichen Saal. Sie redete lange, und der Leutnant unterbrach sie nicht.

Im Hof ihres Elternhauses brannte leider kein Licht wegen der Verdunklungspflicht, und Frieda brauchte einen Augenblick, um sich zurechtzufinden. Der Leutnant stieg ebenfalls aus und begleitete sie bis zum Fuß der Treppe. Er hielt ihre Hand etwas länger als nötig, und einen Augenblick lang war sie versucht, ihm einen Kuss zu geben. Nicht, weil sie das Bedürfnis hatte, sondern weil sie das Gefühl hatte, sie müsse sich für ihre ständige Abwesenheit mit anderen Tanzpartnern entschuldigen. Sie verzichtete aber auf die Vertraulichkeit.

Im Weggehen sagte der Leutnant, sie solle in der Küche nichts von dem Ball verlauten lassen, weil er jedes Gerede unterbinden wollte. Frieda beteuerte, dass ihr Schweigen wohl eine Selbstverständlichkeit sei, aber sie behielt für sich, dass Sigrun vermutlich sowieso durch ihr Lauschen an der Tür schon alles wusste und die Neuigkeiten über die Beziehung des Leutnants zu Frieda gehässig verbreiten würde.

Frieda wartete noch, bis der Motor des Jeeps gestartet war, schlüpfte in den Gang und schloss schnell die Haustür, um die Kälte nicht ins Haus zu lassen. Da sämtliche Türen und Fenster mit Decken verhängt waren, konnte sie unbesorgt in der Küche das Licht einschalten. Es war völlig still im Haus, also nahm Frieda an, dass alle längst schliefen. Sie füllte aus dem Schiff im Herd warmes Wasser in eine Schüssel und begann, sich zu waschen. Schließlich streifte sie die ungewohnten Schuhe aus, zog sich einen Stuhl heran und stellte ihre malträtierten Füße ins Wasser. Ihre Füße hatten ziemlich gelitten, vor allem wohl, weil sie zwangsweise ohne Strümpfe getanzt hatte und die Schuhe in der Wärme gerieben hatten. Während sie die Beine wohlig in der kleinen Wanne hin - und - herbewegte, kam ihre Mutter leise herein.

„Ich habe auf dich gewartet. Es ist schließlich das erste Mal, dass du richtig ausgehst, und ich bin sehr gespannt, wie dein Abend war. Hast du dich gut amüsiert? Hat das Tanzen geklappt? Wie ist der Leutnant bei näherem Kennenlernen?"

Frieda beantwortete die Fragen ausführlich, denn es tat gut, mit jemandem über die ungewohnten Erlebnisse zu reden. Nur mit ihrer Meinung über den Leutnant hielt sie sich zurück, sie musste erst über ihn nachdenken.

19. Kapitel

Frieda konnte nicht einschlafen, obwohl es ungewohnt spät war. Ein schmissiges Stück, das wiederholt wegen des offenen Applauses gespielt worden war, ging ihr im Kopf herum und ließ sich nicht vertreiben. „In der Nacht ist der Mensch nicht gern alleine", eine Endlosmühle. Zwar war nicht gesungen worden, denn Marikka Rökk ließ sich wohl nicht gut imitieren, aber zum Tanzen war das Lied perfekt.

Sie dachte auch immer wieder an den Leutnant. Bis zu dem Ballabend hatte Frieda großen Respekt vor ihm gehabt wegen seiner Höflichkeit, seines fairen Verhaltens im Lager, und seiner offenbar guten Erziehung. Das Bild von ihm hatte sich geändert, und das war wohl auf sein eifersüchtiges Verhalten wegen ihrer vielen Tanzpartner zurückzuführen. Frieda stellte sich vor, mit ihm verheiratet zu sein und kam zu dem Schluss, dass er sie vermutlich mit Eifersüchteleien und Belehrungen wegen ihrer mangelnden Bildung einengen würde. Es war deutlich, dass er sich in sie verliebt hatte, und das schmeichelte ihr durchaus, aber sie musste feststellen, dass sie seine Verliebtheit immer weniger erwiderte.

Sie kam zu der Überlegung, wie sie sich künftig verhalten sollte. Er würde mit Sicherheit wieder gemeinsame Unternehmungen vorschlagen, und das wollte sie ablehnen, um ihm keine weiteren Hoffnungen zu machen. Wenn sie ihn nicht vor den Kopf stoßen wollte, musste sie vorsichtig vorgehen.

Endlich schlief sie ein und wachte zu einer Zeit auf, die normalerweise unerlaubt und unmöglich war. Das Melken war längst vorbei, und auf dem Küchentisch stand noch das Frühstück, das sie sonst selber vorbereitete. Obwohl ihre Mutter eine dicke, von der Großmutter gestrickte Kaffeemütze über die Kanne mit dem Muckefuck gestülpt hatte, war der Kaffee kalt. Frieda sah auf die Küchenuhr und stellte fest, dass es bereits nach acht Uhr war. Im

Haus hörte sie keinerlei Geräusch und fragte sich, wo ihre Eltern und Krystof waren.

In der Küche war es sehr warm, aber Frieda sah, als sie aus dem Fenster schaute, dass es über Nacht kalt geworden sein musste. Sie dachte sofort an ihre strumpflose Unternehmung vom Abend zuvor und schauderte bei dem Gedanken, wieder mit eleganten Schuhen ohne wärmende Strümpfe ins Freie zu müssen.

Sie sah ihre Eltern das Sträßchen heraufkommen, das die Waldhufenhöfe mit der Dorfstraße verband. Sie fragte sich, was ihre Eltern wohl an diesem kalten Novembermorgen draußen machten. Die Milch konnten sie nicht ausgeliefert haben, denn der Milchwagen kam bereits um sechs, um die Kannen einzusammeln. Für den Gottesdienst war es viel zu früh, und Gertrud nahm es mit den Kirchenbesuchen sowieso nicht so genau, seit ihre Mutter sie nicht kontrollieren konnte. Sie würde sie einfach fragen, aus welch ungewöhnlichem Anlass sie so früh unterwegs waren.

Frieda fiel auf, dass ihr Vater stärker hinkte als sonst. Er hatte schon darüber geklagt, dass die Arbeit im Wald mit dem kaputten Bein kaum zu bewältigen war, aber niemand hatte darauf Rücksicht genommen. Das Holz musste geschlagen werden, und da spielte das Wohlbefinden der eingesetzten Kräfte keine Rolle.

Als ihre Eltern in die Küche kamen, entschuldigte Frieda sich sofort für ihr Verschlafen, aber Gertrud wiegelt ab. „Es kommt bei dir ja wirklich nicht andauernd vor, dass du den halben Vormittag verschläfst. Das darfst du gern, denn du arbeitest hart im Lager und auf dem Hof, und so sollst du auch mal Spaß haben und dich erholen. Aber jetzt müssen wir dir eine traurige Mitteilung machen. Dein ehemaliger Schulkamerad Wolfgang Bäuerle ist in Russland gefallen. Wir haben gestern Abend davon gehört und waren eben bei den Bäuerles, um ihnen unser Mitgefühl auszudrücken. Lina ist völlig außer sich. Sie verflucht laut schreiend Hitler und die Russen, ohne Rücksichtdarauf, ob ihre Flüche an falsche Ohren geraten könnten, und Michael kann sie nicht beruhigen.

Ich glaube, ein Kind zu verlieren ist das Schlimmste, was Eltern passieren kann, auch wenn noch andere Kinder da sind. Wolfgang hat ja noch nicht richtig angefangen zu leben!"

Frieda fing zu weinen an. Sie hatte Wolfgang nie besonders geschätzt, er war hinterlistig gewesen und nicht gerade mit einem hellen Kopf gesegnet. Aber die Vorstellung, dass dieser Junge, der ja fast noch ein Kind war, jetzt tot irgendwo auf einem Feld lag, war einfach grauenhaft.

„Ich wünschte, das Attentat auf Hitler wäre gelungen," sagte sie unter Tränen. „Dann würden viele Menschenleben verschont, und der Krieg wäre vorbei. Ich kann den Sinn nicht mehr sehen, lieber gleich verlieren und alles beenden."

Walter hielt Frieda erschrocken den Mund zu. „Wie kannst du so etwas sagen? Du weißt, dass wir noch die Wunderwaffe haben und mit einem Schlag alle besiegen werden."

„Klumpfüßchens Märchenstunde! Bist du dem Gerücht jetzt auch aufgesessen?"

Weinend ging Frieda aus der Küche und schlug heftig die Tür zu.

Frieda ging in den Stall, um sich bei den friedlichen Kühen zu beruhigen und durch die Stallarbeit abzulenken. Sie lief durch die Futtergasse, sprach mit jeder Kuh und kraulte sie am Kopf, bis sie durch leise Mundharmonikamusik aufgeschreckt wurde. Sie entdeckte Krystof am anderen Ende der Stallgasse auf einem Sack am Boden sitzend. Er war völlig versunken in sein Spiel und bemerkte sie erst, als sie vor ihm stand. Er sprang sofort auf, aber Frieda bedeutete ihm, er solle weiterspielen, denn sie fand seine melancholische Melodie als sehr wohltuend.

Krystof spielte nur kurz weiter, dann klopfte er die Harmonika in der Handfläche aus und legte sie auf einen Balken. Während er aufstand, sagte er leise: „Du bist ein schenes Mädchen," und legte den Finger auf die Lippen.

Frieda stand zunächst stocksteif da und zweifelte an dem, was sie eben gehört hatte. Vielleicht kannte er nur diesen einen Satz, den er von irgendwelchen deutschen Soldaten im Lager gehört hatte?

Um sich zu vergewissern, dass er weiter nichts sagen oder verstehen konnte, fragte sie leise: „Sprichst du deutsch?"

Krystof lächelte und antwortete mit einem eindeutigen „ja".

Frieda fiel zuerst ein, was sie alles geredet hatten in Krystofs Gegenwart in der Annahme, dass er kein Wort verstand. Es war ihr so peinlich, dass sie hochrot anlief und ihn nicht ansehen konnte.

Krystof hob vorsichtig mit zwei Fingern ihr Kinn an, so dass sie ihm in die Augen sehen musste.

„Ich habe manchmal im Stillen gelacht," sagte er, „aber es ist auch schwer, keine Reaktionen zu zeigen, wenn man die anderen im Glauben lassen will, dass man kein Wort versteht. Bitte sage jetzt auch niemand, dass ich euch verstehe, ich habe meine Gründe, das zu verschweigen."

„Oh mein Gott," sagte Frieda, „du sprichst ja völlig perfekt. Deine Aussprache ist mir zwar fremd, aber die Grammatik stimmt, und du kannst offenbar alles sagen."

Krystof lachte erneut. „Was glaubst du, wie fremd mir eure Aussprache ist? Ich kenne nicht mal alle Wörter, die ihr im Schwäbischen benutzt, und da kannst du mir einiges lernen."

Jetzt musste Frieda auch lächeln, und plötzlich lagen sie sich in den Armen. Krystof küsste sie vorsichtig auf den Mund, und Frieda stand ganz still. Sie spürte, wie ein Beben sie innerlich durchfuhr, das sie gleichzeitig erschreckte und angenehm erwärmte.

Sie löste sich gegen ihre Gefühle vorsichtig von Krystof und sagte: „Nicht."

Krystof lächelte immer noch, streichelte sanft die Haare, die ihr aus ihrem Kopftuch in die Stirn fielen und flüsterte: „Ich liebe dich, seit ich dich im Lager zum ersten Mal gesehen habe. Das wird sich auch nie ändern, trotzdem dass Krieg ist und wir Feinde sind."

Bevor Frieda etwas antworten konnte, hörten sie Schritte auf der Stalltreppe vom Wohnteil her, und Walter erschien in der

Stallgasse. Krystof langte nach dem Balken, auf dem er die Mundharmonika abgelegt hatte und machte mit Zeichensprache deutlich, dass er etwas spielen wollte. Friedas Vater nickte zustimmend mit dem Kopf und klatschte Beifall, als Krystof geendet hatte.

„Er spielt wirklich gut," sagte er anerkennend. „Woher hat er die Harmonika?"

„Das weiß ich nicht," sagte Frieda. „Krystof hat sich schon mal mit anderen polnischen Arbeitern getroffen, und vielleicht hat ihm da jemand die Harmonika geliehen. Ich wünschte, Annemie hätte noch die Möglichkeit, Klavier zu spielen, dann könnten sie zusammen musizieren."

Walter lachte. „Ich weiß nicht, ob Klavier und Mundharmonika zusammenpassen. Aber ich bin jetzt heruntergekommen, um dir etwas Schönes mitzuteilen. Berta von der Post ist gerade vorbeigekommen, um uns mitzuteilen, dass sie ein Telegramm von Walter erhalten hat. Deinem Bruder sind ein paar Tage Fronturlaub genehmigt worden, und er wird nach Hause kommen."

Frieda war ein wenig betreten. Sie musste zugeben, dass sie in der letzten Zeit sehr wenig an ihren Bruder gedacht hatte wegen all der Ereignisse zu Hause. „Oh wie schön," sagte sie, aber ihrem Vater konnte sie nichts vormachen. Er hatte sehr wohl ihre zögerliche Reaktion bemerkt.

„Ich denke, Walter wird sich verändert haben," sagte ihr Vater. „Das Leben im Krieg ist ja wohl kein Spaß, und er hat schon in Paris gemerkt, dass seine Vorstellungen völlig falsch waren. Er ist bestimmt reifer geworden, und wir freuen uns auf ihn. Vielleicht findet er sogar die Zeit, Oma im Krankenhaus zu besuchen, dann wird es ihr gleich besser gehen."

Frieda folgte ihm nach oben, einerseits, um den bevorstehenden Besuch mit ihrer Mutter zu besprechen, andererseits, um einer Fortsetzung des Gesprächs mit Krystof zu entgehen. Sie spürte, dass sie Krystof tiefe Gefühle entgegenbrachte, aber sie wollte sich im Augenblick nicht damit auseinandersetzen, was das für ihre Zukunft bedeutete.

Sie plante mit ihrer Mutter das Essen für die nächste Zeit. Die Vorräte im Haus Breitenberg waren auch nicht mehr üppig, aber sie würden es schon hinbekommen, Walter etwas vorzusetzen, das weitaus besser war als das kärgliche Essen aus der Feldküche. Frieda stieg in den Gewölbekeller, um die eingelagerten Kartoffeln und das Obst zu überprüfen, und ihre Eltern beratschlagten inzwischen, ob sie es wagen konnten, zu schlachten. Sie einigten sich auf ein Huhn, denn ein Schwein schwarz zu schlachten konnte nicht verborgen bleiben, und man wusste nie, wer sich wichtig machen wollte, indem er die Nachbarn anzeigte.

Nach dem Essen spannten sie ihr verbliebenes Pferd ein und machten sich auf den Weg ins Krankenhaus. Frieda fuhr nicht mit, denn sie hatte beschlossen, ihren freien Nachmittag bei Annemie zu verbringen. Sie stieg auf und ließ sich bis zum Abzweig nach Hochdorf mitnehmen, um den Weg abzukürzen. Sie freute sich darauf, Annemie von dem Ball zu berichten und sie um Rat zu fragen, was ihr Verhältnis zu Krystof anbelangte.

Sie fand die Familie Brücker weinend in der Küche vor. Sie hatten Nachricht bekommen, dass ihr zweitjüngster Sohn gefallen war. Vor allem Annemies Mutter konnte nicht begreifen, dass sie den Sohn verloren hatte, auf den sie ihre größten Hoffnungen gesetzt hatte. Er war noch nicht einmal dreißig geworden und hinterließ eine Braut, die schwanger war. Frieda versuchte, Annemies Mutter zu trösten, indem sie ihr sagte, wie schön es trotz allem sei, einen Enkel zu bekommen, in dem ihr Sohn weiterleben würde.

Annemies Mutter reagierte heftig. „Jetzt musst du nur noch sagen, der Herr hat ihn genommen, und die Wege des Herrn sind unerforschlich. Der künftige Enkel oder die Enkelin kann mir nicht über meinen Schmerz hinweghelfen, und meine Gebete sind ungehört geblieben. Georg ist tot, Bernhard vermisst, und Annemie ist ein Krüppel ohne Zukunftsaussichten. Wie soll sie jemals zurechtkommen, wenn wir nicht mehr sind, und alle Brüder wegsterben, die ihr hätten helfen können?"

Frieda wusste nicht mehr, was sie sagen sollte. Sie hatte Annemies Mutter immer ruhig und gefasst erlebt trotz der schwierigen

Lage in der Landwirtschaft, und einen solchen Ausbruch hätte sie nicht erwartet.

Annemie sah sie mit ihren verweinten Augen an und bedeutete ihr zu gehen. Sie begleitete ihre Freundin an die Tür und flüsterte ihr zu: „Komm in ein paar Tagen wieder, dann hat Mama sich bestimmt ein bisschen beruhigt."

Frieda umarmte Annemie voller Mitgefühl und raunte ihr noch zu, dass Walter in den nächsten Tagen auf Fronturlaub erwartet wurde.

Sie ging querfeldein nach Hause, obwohl ihre Schuhe schmutzig wurden, und sie nach kurzer Zeit nasse Füße hatte. Sie musste über all das Unglück nachdenken und sich vor allem darüber klarwerden, wie sie sich am nächsten Abend im Lager verhalten sollte, falls sie Leutnant Gerster treffen würde. Sie wusste nicht, wie er dazu gekommen war, eine Offiziersausbildung zu machen, aber auf jeden Fall bedeutete das, dass er am Kriegsgeschehen mitwirkte. Trotz seiner gelegentlich gezeigten Menschlichkeit sah sie ihn immer mehr in einem negativen Licht und würde ihm das auch deutlich sagen, sofern sich ihr die Gelegenheit bot, und er ihr weiterhin Avancen machte.

Als sie nach Hause kam, war Krystof nicht da. Er hatte sich schon mehrmals sonntags mit anderen polnischen Zwangsarbeitern getroffen, und das wurde inzwischen nicht mehr geahndet. Es waren einfach nicht mehr genügend Leute im Dorf, um alles zu beaufsichtigen und fest im Griff zu haben.

Immerhin war sie dankbar, dass die Küche gut geheizt war und nahm sich eine Näharbeit vor. Etwas Neues hatte sie schon lange nicht mehr verfertigt, aber es gab immer etwas zu ändern. Vor allem nähte sie häufig die Kleidung von Erwachsenen um, die entbehrlich schien, damit die Kinder, die schnell aus allem herauswuchsen, etwas zum Anziehen hatten. Es mangelte an Winterkleidung und Schuhwerk, und sie dachte mit Bitterkeit an ihre Großmutter, die verbissen nichts von den Sachen des verstorbenen Großvaters abgeben wollte. Frieda hatte sie im Krankenhaus vorsichtig darauf angesprochen unter dem Eindruck, dass ihre

Großmutter milder geworden sei durch ihre Krankheit, aber da hatte sie sich getäuscht.

Margarete blieb eisern dabei, dass sie nichts aus der Hand geben würde, und auf die Frage nach dem Grund sagte sie nur, es sei Frevel, die Sachen von Verstorbenen nicht hochzuhalten. Wenn man die Sachen weggab, würde man die Toten vollends in die Vergessenheit schicken. Sie betonte immer wieder, dass vor allem Krystof nichts bekommen dürfe, denn der sei ja nun wirklich nicht würdig, vom Großvater zu profitieren.

Über Krystofs Kleidung hatte sich Frieda schon lange Gedanken gemacht und auch über sein Bett auf dem Dachboden unter den offenen Ziegeln, wo der Flugschnee durchrieselte, und der Wind durch die Balken und das Fachwerk pfiff. Sie hatte mit ihren Eltern schon überlegt, wie man dem ungemütlichen Zustand der Dachkammer, die nicht einmal eine richtige Kammer war, sondern ein Verschlag mit Tür, ein Ende bereiten könnte. Das Zimmer von Walter war frei, aber es war ein Durchgangszimmer, das in Friedas Raum führte, und sogar Frieda mit ihrem gelegentlich etwas zu freien Denken sah ein, dass es nicht ging, den Polen dort unterzubringen. Zudem stand der Besuch von Walter an, also wurde diese Möglichkeit verworfen. Margaretes Zimmer kam natürlich auch nicht in Frage, solange die Großmutter im Krankenhaus war und jederzeit entlassen werden konnte. Frieda meinte, der Schlag würde ihre Oma treffen, wenn sie herausbekam, dass der Polacke in ihrem Bett geschlafen hatte.

Blieb das Wohnzimmer, das allerdings werktags auch nicht geheizt wurde, aber immerhin einigermaßen zugfrei und trocken war.

Walter bedeutete Krystof, dass man sein Bett für den Winter ins Wohnzimmer stellen könnte, aber Krystof lehnte ab. Er führte stattdessen Walter in die Scheune und zeigte auf einen Bretterstapel, der dort für nötige Arbeiten gelagert war, und machte durch Gesten deutlich, dass er seinen Dachraum auskleiden wollte. Frieda hielt das für eine gute Idee. Wenn er sauber arbeiten würde, könnte man das Zimmer sogar später für Notfälle nutzen.

Während sie überlegte, fiel ihr zu Krystofs Kleidung etwas ein. Sie würde zwei Pullover von ihrem Großvater stibitzen, auftrennen und in einer Weise neu verstricken, dass man sie nicht erkennen würde. Ihre Großmutter hatte die Truhe mit den Sachen des Verstorbenen schon jahrelang nicht mehr geöffnet, und würde es jetzt im Winter bestimmt auch nicht tun, wenn sie aus dem Krankenhaus entlassen wurde.

Sie legte ihr Nähzeug weg und stieg auf den Dachboden, um sofort nachzusehen, was sie gebrauchen könnte. Als sie den Deckel der blauen Truhe, die mit Bauernmalerei verziert war, öffnete, stieg ihr ein muffiger Geruch nach Mottenkugeln entgegen. Sie durchwühlte schnell die Kleidung und blickte sich immer wieder um, als könne ihre Großmutter jeden Augenblick in der Tür stehen und loszetern.

Sie hob einen gut erhaltenen Wintermantel aus schwarzem Tuch mit einem Fellkragen hoch, der dem Schnitt nach zu urteilen vermutlich bereits aus einer früheren Generation auf ihren Großvater vererbt worden war. Leider musste sie das gute Stück wieder weglegen, denn dieser Mantel wäre zu auffällig gewesen. Aber sie fand einen dicken, handgestrickten Pullover aus mit Nüssen braun gefärbter Schafwolle, der zwar ziemlich hässlich und zudem kratzig war, aber große Auswahl hatte sie ja nicht. Der zweite Pullover, der ihr in die Hände fiel, war aus dünnerer Wolle und grün. Sie würde die Wolle doppelt nehmen müssen, wenn sie aus den beiden unterschiedlichen Teilen einen neuen Pullover fertigen wollte.

Sie verschloss die Truhe wieder und ging schnell zurück in die Küche. Ihr war kalt geworden, und sie legte Holz im Herd nach, um wenigstens den einen Raum im Haus gemütlich warm zu halten. Sie dachte an ihre Tante Erika in Pforzheim, die geschrieben hatte, dass sie selbst noch dank ihrer Verwandtschaft im Schwarzwald einigermaßen mit Holz versorgt war, um wenigstens kochen zu können, dass aber viele Stadtbewohner keinerlei Holz oder Kohle mehr hatten und anfingen, Zäune, Schuppentüren und Fensterläden zu verbrennen. Frieda war froh, dass sie nicht in der Stadt wohnte, auf dem Dorf hatte sie es in diesen Kriegszeiten doch in vielerlei Hinsicht besser.

Sie begann zunächst, den braunen Pullover aufzutrennen. Die Wollenden waren sorgfältig vernäht, und es kostete sie einige Mühe, einen Anfang zum Trennen zu finden, ohne den Pullover zu beschädigen. Es lief gut, als sie einmal den Anfang entdeckt hatte, aber es war lästig, das Trennen immer wieder zu unterbrechen, um die Wolle zu einem Knäuel aufzurollen.

Sie war so in ihre Arbeit vertieft, dass sie gar nicht bemerkte, dass sich leise die Küchentür geöffnet hatte. Sie schreckte auf, als Krystof ihr das Knäuel aus der Hand nahm und an ihrer Stelle die Wolle flink und gekonnt aufwickelte.

„Ich mache dir einen Winterpullover," sagte sie lächelnd, „aber zuerst muss ich zwei alte Pullover auftrennen, denn neue Wolle habe ich nicht. Der Pullover wird grün und braun. Ich würde dir lieber einen blauen stricken."

„Warum?" fragte Krystof.

„Weil blau zu deinen Augen passt."

Krystof legte ihr von hinten die Arme um den Hals und küsste sie auf die Haare. „Trenn weiter, ich werde wickeln. Das habe ich immer für meine Babuschka macken müssen."

Frieda spürte, dass sie schon wieder rot geworden war, und um sich abzulenken sagte sie: „Es heißt machen, nicht macken."

Krystof lachte. „Der deutsche Vater meines Freundes hat immer gesagt, wenn ich etwas angestellt habe: „Krystof, was makst du!"

„Du musst mir alles von dir erzählen. Warum sprichst du deutsch? Wo kommst du her? Ich weiß gar nichts von Polen. Ich habe nicht einmal eine Landkarte, um mir vorzustellen, wie das Land aussieht. In der Schule haben wir von Polen gesprochen, aber auch unser Lehrer kannte sich wenig dort aus."

„Hast du ein Blatt Papier und einen Bleistift?" fragte Krystof. „Ich werde versuchen, Polen aufzuzeichnen mit meiner Heimatstadt, der Weichsel und Warschau."

Frieda stand auf und zog die Schublade des Küchentischs auf, in der sie Papier und Stift aufbewahrten. Außer einem halb beschriebenen Blatt fand Frieda keinerlei Papier, es war wohl ausgegangen und neues gab es nicht. Sie reichte Krystof das Blatt und einen Bleistiftstummel, und er warf schnell eine Skizze von Polen mit Weichsel, Warschau und seiner Heimatstadt Plock am rechten Weichselufer aufs Papier. Er zeigte ihr, wo die Grenze zu Deutschland verlaufen war, und erklärte ihr, wie sie nach der Eroberung Polens 1939 nach Osten verschoben worden war.

„In Plock leben schon seit Generationen einige Deutsche, und mein bester Freund Willi gehörte zu der deutschen Minderheit. Meine Eltern führen eine Gastwirtschaft und haben ein paar Kühe. Deshalb hatten sie für uns drei Kinder wenig Zeit. Ich verbrachte meine Tage nach der Schule bei Willi, aß bei ihm und schlief auch am Wochenende häufig bei Willis Familie. Willis Vater hatte eine Tuchfabrik, und viele der Einwohner von Plock verdienten ihr Geld als Weber. Willis Eltern bewohnten neben uns ein schönes, großes Haus und hatten sogar ein Dienstmädchen. Natürlich wurde deutsch gesprochen, und so kommt es, dass ich mich in beiden Sprachen zuhause fühle."

Frieda war tief berührt.

Sie sah sich noch einmal die Umrisse von Polen an und fragte nach den Orten, die sie schon einmal gehört hatte: Krakau, Lodz, die Hohe Tatra. Krystof zeigte ihr so ungefähr, wo sie lagen, und Frieda war wieder beeindruckt, diesmal von seinen Kenntnissen.

„Kannst du auch deutsch lesen und schreiben?", fragte sie. Er nickte und schüttelte dann den Kopf. „Nicht so gut," sagte er. „Ich bin ja in keine deutsche Schule gegangen, und habe nur bei Willi ein bisschen etwas gelernt. Aber ich kann ein deutsches Buch lesen, wenn ich es langsam mache, und das wirst du mir noch richtig lernen."

Frieda lächelte, weil er den gleichen Fehler wieder gemacht hatte. Inzwischen hatten sie das Trennen wieder aufgenommen, und Frieda sah seine Hände an, die in Windeseile die Wolle aufwickelten. Er hatte lange, schlanke Finger wie ein Künstler, und das nahm Frieda immer mehr für ihn ein. Sie hatte schon immer auf Hände geachtet und einen Teil der Sympathien, die sie für jemanden empfand, davon abgeleitet, ob ihr die Hände eines Menschen angenehm waren. Es hatte nichts damit zu tun, ob jemand breite Daumen oder dicke Finger hatte. Es war der Gesamteindruck, den sie in sich aufnahm, und das Gefühl, das sie hatte, wenn sie jemandem die Hand gab. Annemie hatte den Handschlag der Leute eingeteilt in Pudding oder Schraubstock, und beides war nicht angenehm.

Während Frieda über Hände und ihre Verschiedenartigkeit nachdachte, hörte sie ihre Eltern in den Hof einfahren. Blitzschnell hatte sie die beiden Pullover und das Knäuel zusammengerafft und unter ihrer Bettdecke in ihrem Zimmer verschwinden lassen. Sie wollte vermeiden, dass ihre Mutter sie kritisierte, weil sie sich an Großmutters Heiligtümern vergriffen hatte.

Krystof machte sich sofort in den Stall auf, als Gertrud und Walter die Küche betraten. Gertrud bedeutete ihm freundlich, er solle doch bleiben, aber Krystof lehnte ab. Frieda sah seine Höflichkeit mit anderen Augen seit sie wusste, dass er fließend deutsch sprach. Es musste sehr schwierig für ihn sein, dauernd zu schauspielern, um sich nicht anmerken zu lassen, dass er jedes Wort verstand. Frieda kannte allerdings immer noch nicht den Grund für das Verschweigen seiner Sprachkenntnisse.

Großmutter würde im Lauf der nächsten Woche nach Hause kommen. Gertrud berichtete, das es ihr viel besser ging, und die Schmerzen zeitweise ohne Schmerzmittel auszuhalten waren. Margarete würde noch viel liegen müssen und sollte zunächst auch nichts arbeiten. Das würde ihr sehr schwerfallen, denn arbeiten war sie von Kind an gewöhnt, und wenn sie nicht in der Bibel lesen konnte, weil immer wieder der Strom ausfiel, langweilte sie sich.

Frieda hatte ein schlechtes Gewissen, weil sie sich nicht über die Rückkehr ihrer Großmutter freuen konnte. Das Leben würde wieder viel beschwerlicher werden, zumal Margarete keine geduldige Kranke zu sein schien nach allem, was ihre Mutter erzählte.

Aber Margarete würde eine große Freude haben, wenn Walter für ein paar Tage nach Hause kam. Darüber könnte sie vielleicht vergessen, den Rest der Familie zu drangsalieren.

Frieda zog sich um und ging auch zum Melken in den Stall. Da sie den Sonntag im Lager frei bekommen hatte, konnte sie ihre Mutter entlasten, die an den Tagen das Melken übernahm, an denen Krystof anderweitig beschäftigt war. Den Transport der Milch zur Sammelstelle an der Straße wollte Krystof jedoch nie Gertrud überlassen, zum einen, weil es keine leichte Arbeit war, den Karren mit der schweren Kanne zu ziehen, zum anderen, weil er an der Sammelstelle andere Zwangsarbeiter traf, mit denen er ein paar Worte wechseln konnte.

Frieda und Krystof arbeiteten zusammen wie zwei Verschworene. Gelegentlich berührten sie sich wie zufällig, und Frieda empfand jedes Mal einen angenehmen Schauer, wenn Krystofs schöne Hände ihren Arm oder ihren Rücken streiften. Sie wagten aber nicht, miteinander zu sprechen, weil jeden Augenblick jemand herunterkommen konnte. Sie mussten ständig lachen, weil sie sich mit Zeichensprache und Gesten verständlich machten, obwohl sie ganz einfach alles hätten sagen können.

Als Krystof mit der Kanne loszog, ging Frieda zurück in die Küche zu ihren Eltern. Es war bereits dunkel, und Frieda schaltete das Licht ein, um mit ihrer Näharbeit fortzufahren. Die Birne flackerte kurz, und dann saßen sie in schwarzer Nacht. Frieda wollte eine Kerze aus der Schublade holen, aber Gertrud meinte, man solle lieber Licht sparen für ganz dringende Gelegenheiten. Die ursprünglichen Kerzen waren bereits aufgebraucht, und Gertrud schmolz die Reste ein, drehte aus Wollfäden einen Docht zusammen, und daraus entstand eine neue Kerze. Das würde natürlich nicht ewig so gehen, denn die Kerzenstummel neigten sich bereits dem Ende zu. Es gab noch eine Stalllaterne, die mit Petroleum betrieben wurde, aber auch da nahm der Vorrat rasch ab.

Sie saßen im Dunkeln, und Frieda erzählte vom Tod von Annemies Bruder. Gertrud weinte, obwohl sie ihn gar nicht gekannt hatte.

„Es sind so schlimme Zeiten," sagte sie, „und ich glaube nichts mehr von den guten Seiten eines Kriegs, die einem vorgegaukelt werden. Ich möchte nur noch, dass dieser Wahnsinn ein Ende hat. Bei Bauers war ein entfernter Verwandter, der unumwunden zugab, den Feindsender zu hören. Den Nachrichten aus England zufolge sind wir bereits verloren. Deutsche Städte werden bombardiert, und er sagte, man würde nun auch Angriffe auf den Südwesten vorbereiten. Wir werden nicht verschont, und am Ende ist alles kaputt. Aber das ist mir egal, denn am Schluss werden wir alle tot sein."

Frieda hatte ihre Mutter noch nie in dieser Weise reden hören und war ganz entsetzt. Sie mochte aber nichts dazu sagen, denn sie fühlte, dass ihre Mutter im Grunde Recht hatte. Sie selbst konnte das ewige, brüllend vorgetragene Märchen vom Endsieg nicht mehr hören und fragte sich wie ihre Mutter, was ein Endsieg noch bedeuten konnte, wenn Deutschland am Boden lag und die Hälfte der Bevölkerung ermordet war.

Das Licht kam nicht wieder, und die Familie beschloss, ins Bett zu gehen, obwohl es noch sehr früh war. Frieda hätte gern gewusst, was Krystof in der Dunkelheit machte. Wahrscheinlich saß er im Stall auf einem Strohbündel und spielte leise Mundharmonika, um mit seinem Heimweh fertig zu werden.

Frieda saß noch eine Weile auf dem Bett und dachte über die Ereignisse des Tages nach. Aber da ihr Zimmer nicht geheizt war, wurde ihr bald kalt, und sie zog sich aus. Der Regen prasselte gegen das Fenster, und es zog, weil ein starker Nordwestwind wehte. Sie schlüpfte schnell unter das Daunenbett, ohne die Läden zu schließen. Ihre Füße wollten nicht warm werden. Normalerweise nahm sie in der kalten Jahreszeit eine Wärmflasche mit ins Bett, aber wegen der Dunkelheit in der Küche hatte sie nicht gewagt, das heiße Wasser einzufüllen, aus Angst, sich das fast kochende Wasser über die Hände zu gießen.

Der Herbst 1944 war ungewöhnlich nass und windig. Die goldenen Oktobertage lagen schon einige Zeit zurück und waren auch nicht gerade zahlreich gewesen. In vorangegangenen Jahren hatte Frieda den Oktober sehr genossen, denn es war oft sonnig auf der Höhe, während Calw in grauem Nebel lag. Im Frühjahr beneidete sie die Talbewohner, wenn dort Ende März die Schneeglöckchen und Krokusse blühten, bei ihnen aber noch überall schmutzige Schneereste herumlagen.

Frieda konnte nicht gleich einschlafen und dachte an Krystof. Sie sehnte sich danach, von ihm in den Arm genommen und gewärmt zu werden. Sie sehnte sich danach, mit ihm zusammen ein Buch zu lesen, ein polnisches Lied zu singen oder Hand in Hand durch den Wald zu laufen. Immer wieder sah sie die strahlend blauen Augen vor sich und das freundliche Lächeln. Sie hörte seine angenehme Stimme und versuchte leise, Sätze mit seinem eigenartigen Akzent nachzusprechen.

Darüber schlief sie irgendwann ein. Sie hatte erfolgreich alle unangenehmen Gedanken verbannt, und sie hoffte, auch noch im Traum von Krystof erfüllt zu sein.

Sie wusste nicht, wie spät es war, als sie durch einen gequälten Schrei aufwachte. Krystof! Sie zog in aller Eile ihren Rock und ihren Pullover über und lief leise auf bloßen Füßen die Bodentreppe hinauf. Sie hatte Krystof, der in dem Kämmerchen über ihrem Zimmer schlief, schon häufig nachts stöhnen oder wimmern gehört, aber noch nie so schlimm. Er musste von furchtbaren Alpträumen von seiner Zeit an der Front und der Gefangennahme gequält sein. Tagsüber merkte man ihm nichts an, aber offenbar suchten die schrecklichen Erinnerungen ihn nachts heim.

Sie öffnete leise seine Tür und flüsterte: „Krystof! Wach auf! Es ist vorbei."

Sie hörte, wie Krystof sich bewegte, aber sehen konnte sie ihn nicht, denn es war stockfinster. Der Regen prasselte gegen das winzige Fenster im Giebel, und die Welt draußen war völlig verhangen. Sie versuchte den Lichtschalter, denn sie wusste, dass Licht sofort die düsteren Traumerlebnisse vertrieb, aber es tat sich nichts. Die kahle Glühbirne, die ihr Vater für Krystof installiert hatte, blieb dunkel.

Plötzlich spürte sie Krystofs Nähe. Er war aufgestanden, nahm sie in die Arme und zog sie zum Bett.

„Meine Liebste, wir wollen hier nicht erfrieren. Komm zu mir und beruhige mich. Ich habe immer den gleichen Traum: Ich soll erschossen werden und liege in Todesangst am Boden. Es kommt nie so weit, aber es quält mich sehr."

„Wir können uns gegenseitig trösten, denn wir haben es beide nicht leicht." Frieda kuschelte sich in Krystofs Armen zurecht. Sie fühlte sich bald wohlig und warm, und sie war dankbar, dass Krystof keinerlei Versuch machte, ihr noch näher zu kommen. Sie wünschte sich, er würde sie küssen und streicheln, aber sie war sich nicht sicher, ob sie ihm würde widerstehen können, oder ob sie ihn rüde zurückweisen würde.

Irgendwann war sie eingeschlafen. Als sie aufwachte, musste sie sich erst orientieren. Sie hatte zunächst keine Ahnung, wo sie sich befand, aber als Krystof ihr über das Gesicht streichelte, fiel ihr alles wieder ein.

„Ich glaube, ich muss ganz schnell nach unten. Es ist bestimmt schon längst Zeit, aufzustehen. Ich möchte eigentlich nicht, dass meine Mutter entdeckt, wo ich die Nacht verbracht habe."

An der Tür verabschiedete sie sich mit einem kurzen Händedruck und schlich nach unten.

Sie hörte ihre Mutter in der Küche hantieren und verschwand schnell in ihrem Zimmer. Es musste noch einigermaßen früh sein, denn durch das Fenster sah sie immer noch keine Dämmerung, und der Regen peitschte gegen die Scheiben wie am Abend zuvor.

Sie streifte im Dunkeln ihren Rock und Pullover ab, in denen sie geschlafen hatte, und tastete nach ihren Stallkleidern. Dann ging sie zu ihrer Mutter in die Küche. Die Feuertür des Herdes stand offen, so dass die Küche durch das flackernde Feuer ein klein wenig erhellt war. Gertrud war dabei, den Tisch zu decken.

„Ich bin so froh, wenn diese schrecklich lange Dunkelheit vorbei ist," sagte Gertrud. „Im Haus kennt man sich ja so gut aus, dass man alles findet, aber draußen wage ich nicht, einen Schritt zu tun, ohne mir die Beine zu brechen. Selbst wenn wir Licht im

Haus haben, sind ja alle Fenster so dicht verhängt, dass auch kein Lichtspältchen zu sehen ist."

„Ja," sagte Frieda, „wir sind ein dunkles, dunkles Land."

Sie aß schnell ein Marmeladenbrot und trank einen Schluck Muckefuck. Dann eilte sie in den Stall, wo Krystof bereits mit dem Melken begonnen hatte. Es war eigenartig, alles im Dunkeln verrichten zu müssen. Frieda fühlte sich wie erblindet und stellte sich vor, der Zustand des Blindseins würde für immer so bleiben. Wie schrecklich, nicht mehr die anderen Menschen zu sehen, die Blumen, den blauen Himmel!

Krystof sang leise vor sich hin, und Frieda erkannte ein deutsches Weihnachtslied. „Stille Nacht, heilige Nacht," und Frieda sang mit. Allerdings war der Text von Krystofs Lied auf polnisch, und Frieda sang deutsch dagegen an. Irgendwann fingen sie beide an zu lachen, und Frieda fühlte sich trotz aller Widrigkeiten wohl.

Als sie die vier Kühe gemolken hatten, mussten sie sich ein Licht besorgen, denn es war unmöglich, die Milch in völliger Dunkelheit aus dem Eimer durch das Tuch in die große Milchkanne zu seihen, ohne etwas zu verschütten. Frieda wollte sich nach oben tasten, aber Krystof hielt sie am Aufgang zur Treppe fest. „Mein liebes Mädchen," sagte er, „darf ich dir guten Morgen sagen?"

Er nahm Frieda fest in die Arme und begann sie mit Küssen zu bedecken. Frieda stand zunächst ein bisschen steif vor Überraschung da, aber dann schmiegte sie sich an ihn und erwiderte seine Zärtlichkeiten.

„Komm heute Nacht wieder zu mir," sagte Krystof leise. „Ich werde dich richtig lieben."

„Ich weiß nicht, ob das gehen wird," antwortete Frieda. „Ich möchte gern, aber wenn mein Bruder Walter heute kommt, wird es schwierig. Vielleicht wird auch meine Großmutter heute entlassen, und dann haben wir keine unbeobachtete Minute mehr."

Sie löste sich, suchte die Stalllaterne in der Küche und zündete sie an. Nachdem die Milch sicher in der Kanne versorgt war, machte Krystof sich auf zur Sammelstelle. Frieda wäre gern mitgegangen, um noch ein paar Worte mit Krystof zu wechseln, aber das wäre aufgefallen, und außerdem gab es im Haus einiges zu tun.

Während Krystof unterwegs war, ging das Licht wieder an. Frieda und ihre Eltern seufzten erleichtert auf, denn endlich konnte man die notwendigen Arbeiten erledigen.

Gertrud machte den Abwasch vom Vorabend und vom Frühstück, und Frieda holte ihre Näharbeit wieder hervor, um endlich voranzukommen.

Während sie mit der Hand einen feinen Saum nähte, dachte sie über den Leutnant nach. Am Abend würde sie wieder im Lager kochen und das Essen verteilen, also war es durchaus möglich, dass sie ihm begegnete.

Es regnete den ganzen Tag, blieb grau und trübe, und der andauernde Niederschlag verhinderte, dass man an irgendwelche Arbeiten im Freien denken konnte. Nur Walter war natürlich morgens wie immer mit dem Lastwagen, der die Waldarbeiter einsammelte, in den Wald gefahren, wo unablässig Holz geschlagen werden musste ohne Rücksicht auf die Witterung. Walter war nicht wehleidig, aber an diesem Morgen klagte er sehr über Schmerzen im Bein. Er hinkte immer stärker, und eigentlich hätte er behandelt und geschont werden müssen.

Als Frieda ihn mühsam auf die Ladefläche des Lastwagens klettern sah, beschloss sie, im Lauf des Tages zu Lisbeth zu gehen und sie um Hilfe zu bitten. Vielleicht konnte sie ihm Umschläge mit Heilkräutern machen und gewisse Übungen empfehlen, die ihm guttun würden.

Friedas Befürchtungen, dass sie dem Leutnant Rede und Antwort stehen müsste, erwiesen sich überraschenderweise als unbegründet. Nach dem Essen kam der Lagerkommandant in die Küche, wo er sich normalerweise nie aufhielt, und setzte zu einer kleinen Rede an:

„Meine lieben Volksgenossen, ich habe Ihnen etwas mitzuteilen. Zunächst danke ich Ihnen für Ihr Engagement, auch wenn es nicht immer ganz freiwillig war. Ich werde die Lagerleitung ab sofort abgeben, weil ich eingezogen worden bin. In Russland brauchen wir jeden Mann, und ich bin jung und gesund, und es wäre Frevel, mich weiter mit einer Büroarbeit vom Dienst mit der Waffe abzuhalten."

Bei diesen Sätzen schluckte Frieda. Kam jetzt seine wahre Gesinnung zum Ausdruck, oder hatte irgendein Mensch vom Propagandaministerium ihm die Sätze vorgegeben?

Der Leutnant fuhr fort: „Morgen wird mein Nachfolger die Leitung des Lagers übernehmen. Er ist Oberst, heißt von Müggenburg, und kann wegen einer schlimmen Verletzung nicht an die Front zurückkehren. Ich bitte Sie, in meinem Sinne mit der Arbeit fortzufahren."

Dabei sah er Frieda an, die feuerrot wurde und sich durchaus bewusst war, dass Sigrun sie scharf musterte. Sie erwartete, dass der Leutnant sie noch in sein Büro bitten würde, aber er verließ den Raum, ohne noch etwas hinzuzufügen.

Niemand wollte gleich gehen. In der Küche summte es wie in einem Bienenschwarm. Wie würde der neue Lagerkommandant sein? Würde Leutnant Gerster den Krieg überleben? Warum hatte man ihn plötzlich abberufen? Hatte er sich etwas zu Schulden kommen lassen? Es war inzwischen bekannt, dass man unliebsame Männer, von denen man vermutete, dass sie nicht linientreu waren, an die Front versetzte und sie damit oft für immer los war.

Wie häufig nach der Arbeit, ging Frieda bei Annemie vorbei. Im Hause Brücker herrschte immer noch eine unterdrückt traurige Stimmung. Annemies ältere Schwester war gekommen, um die Familie zu trösten. Sie saßen zu viert am fürs Abendessen gedeckten Tisch, aber niemand hatte Lust zu essen. Frieda wurde gebeten, sich dazu zu setzen und von ihrer Familie zu berichten. Die anstehende Rückkehr der Großmutter wurde von Annemies Mutter als erfreulich kommentiert, aber Frieda musste sie korrigieren. Margarete war zwar operiert worden, aber das Streuen der bösartigen Zellen war damit nicht unterbunden, und dagegen konnte in diesen harten Zeiten nichts unternommen werden.

Bei der Erwähnung von Walters Fronturlaub fing Frau Brucker zu weinen an. „Unser Georg wird nie wieder Urlaub haben." Damit verließ sie die Küche, und ihr Mann und Annemies Schwester folgten ihr.

„Ich bin froh, dass ich ein paar Worte mit dir allein wechseln kann. Leutnant Gerster ist eingezogen worden. Das tut mir leid, denn er war kein schlechter Lagerleiter, und man weiß nicht, ob nicht ein Ungeheuer nachkommt. Aber ich bin auch froh aus ganz persönlichen Gründen: Ich glaube, dem Leutnant ist es ernst mit mir, und ich kann seine Gefühle nicht erwidern. Wenn er abgereist ist, muss ich mich nicht mit ihm auseinandersetzen. Aber jetzt mein ganz großes Geheimnis: Ich habe mich in Krystof verliebt."

Annemie sah eine Weile nachdenklich vor sich hin. „Da kann ich dir nicht uneingeschränkt gratulieren. Er ist immer noch Kriegsgefangener, zudem Pole, und du wirst nur größte Schwierigkeiten bekommen, wenn das herauskommt. Verrenne dich nicht, denn man weiß nicht, wie es weitergehen wird, und eine Zukunft habt ihr nicht."

„Ich mag nicht darüber nachdenken. Ich möchte die Zeit jetzt genießen. Krystof ist so lieb zu mir, wie es noch nie jemand war. Wir lachen sogar manchmal zusammen, und er spielt für mich auf der Mundharmonika." „Dich hat's gepackt," sagte Annemie und schüttelte den Kopf. „Worüber lacht ihr denn? Über eure Zeichensprache?"

Frieda erzählte ihrer Freundin unter dem Siegel der Verschwiegenheit von Krystofs hervorragenden Deutschkenntnissen. Annemie konnte es nicht fassen. „Wer weiß, was in den anderen Gefangenen steckt. Wir kennen sie nicht, wissen nichts von ihrer Kultur. Ich glaube nicht mehr, dass die Franzosen kleine Kinder essen, und dass alle Russen nicht lesen und schreiben können und nur Wodka saufen und Frauen vergewaltigen. Ich halte es auch nicht mehr für wahr, dass alle Juden nach Israel ausgewandert sind. Man hört schlimme Dinge, die ich vorerst noch nicht glauben kann, aber wir sehen ja an uns selbst, wie brutal die Unterdrückung ist, und wie man jeden Tag belogen wird."

„Dass du es wagst, das zu sagen! Aber ich gebe dir recht, und ich habe nur noch einen Wunsch: Der Krieg soll heute noch beendet werden. Jetzt tröste deine Mama nochmal. Morgen kommt wahrscheinlich Walter, und ich fürchte, seine Urlaubszeit bei uns wird nicht das reine Zuckerschlecken, wenn er sich nicht grundlegend verändert hat. Jedenfalls müssen Krystof und ich höllisch aufpassen, damit er nicht merkt, wie gut wir uns verstehen."

„Viel Glück," sagte Annemie. Sie ließ es sich nicht nehmen, Frieda bis zur Haustür zu begleiten.

20. Kapitel

Zum ersten Mal geschah etwas mit Frieda, das sie bis dahin nicht gekannt hatte. Sie bekam plötzlich Todesangst, als sie auf dem dunklen Weg nach Hause hinter sich ein Keuchen und schnelle Schritte hörte. Es gab keine Möglichkeit, sich in ein Gebüsch zu werfen oder in einem Graben zu verkriechen. Links und rechts waren nur Wiesen, und da sie sich mitten zwischen den beiden Dörfern befand, würde auch niemand sie hören, wenn sie um Hilfe schrie, falls ihr Verfolger sie anfallen sollte.

Da es an diesem Abend nicht regnete, konnte Frieda ihre Umgebung schemenhaft sehen, und sie erkannte einen Mann in abgerissener Kleidung, der an ihr vorbei hastete und sie dabei leicht streifte. Er entfernte sich schnell Richtung Wahlberg. Frieda blieb stehen, um abzuwarten, bis ihr Herzklopfen sich beruhigt hatte. Auf dem Heimweg vom Lager war sie fast noch nie jemandem begegnet oder überholt worden. Als die Tage noch länger waren, war der Heimweg in der Dämmerung kein Problem gewesen, aber jetzt wurde ihr bewusst, dass es unklug war, in diesen unsicheren Zeiten noch bei Annemie zu verhocken und sich dann mutterseelenallein auf den Heimweg zu machen. Sie würde sich künftig mit Liese zusammentun, die sowieso meistens von ihrem Vater abgeholt wurde.

Während sie ihren Weg fortsetzte, überlegte sie, wer der Mann gewesen sein könnte. Es war bestimmt niemand aus dem Ort, denn der hätte sie erkannt, also blieb nur eine Möglichkeit: Es musste ein Kriegsgefangener sein, dem es geglückt war, aus dem Lager zu entkommen.

Vermutlich war ihm die Flucht gelungen, weil durch den Wechsel der Lagerleitung die Abläufe durcheinander geraten waren. Frieda beschloss, zu Hause nichts von ihrer Begegnung zu erzählen.

Sie wünschte dem armen Mann, dass er nicht entdeckt werden würde, denn sein Auffinden hätte die sofortige Erschießung zur Folge gehabt.

Sie kam etwas atemlos zu Hause an und war sehr erleichtert, als sie die Haustür aufmachte. Sie hörte aus der Küche laute Stimmen, und ihr wurde klar, dass Walter in der Zwischenzeit angekommen war. Sie stand einen Augenblick im Gang, um sich zu sammeln, und hörte zu ihrem Erstaunen eine laute, etwas schrille Frauenstimme. Das konnte nicht ihre Mutter sein, und auch sonst niemand, den sie kannte.

Sie öffnete die Küchentür und sah vier Leute um den Tisch sitzen: Ihre Eltern, ihren Bruder Walter in Uniform, und eine junge, unbekannte Frau, die vor lauter Reden gar nicht wahrnahm, dass Frieda eingetreten war.

Frieda ging zu ihrem Bruder und wollte ihn umarmen. Aber da er sitzen blieb, kam es nur zu einem Handschlag. „So, bischt du au do?", sagte er nur. Dann zeigte er auf die junge Frau und stellte sie vor. „Das ist Ingeborg aus Dortmund. Wir werden heiraten, und ich habe sie mitgebracht, weil man in der Stadt nicht mehr leben kann. Sie kann auch gleich ihren zukünftigen Hof kennenlernen."

Auch Ingeborg gab Frieda die Hand. „Du bist also meine Schwägerin," sagte sie. „Warum hast du so ein altes Kleid an und so ein unvorteilhaftes Kopftuch auf?"

Frieda fand die Frage frech und hatte keine Lust zu antworten. Gertrud erklärte an ihrer Stelle, dass Frieda aus der Lagerküche kam und man zum Kochen weder Sonntagskleidung trug noch die Haare in den Kochtopf hängen ließ. Frieda sah, wie ihr Vater schmunzelte.

Ingeborg redete weiter ohne Punkt und Komma über die Zumutungen, unter denen man in der Stadt zu leiden hatte. Frieda musterte sie derweilen ungeniert. Ingeborg hatte ein unpassend elegantes Kleid an und trug Schuhe mit kleinen Absätzen. Ihre Haare waren sorgfältig aufgesteckt, und auf ihren Lippen entdeckte Frieda einen Hauch von Lippenstift. Frieda war erstaunt, denn in Anbetracht von Hitlers Propaganda „eine deutsche Frau schminkt sich nicht" wagten die meisten Frauen nicht, sich zu widersetzen, auch wenn sie insgeheim Lust hatten, sich mit Lippenstift und Schminke herauszuputzen.

Frieda trank einen Schluck Wasser und aß ein Stück selbstgebackenes Brot, das allerdings nicht sonderlich schmeckte, weil das Mehl nur grob gemahlen war und wichtige Zutaten wie Milch und Hefe fehlten. Ingeborg redete immer weiter, und außer ihrer eigenen Person, der man so übel mitspielte, kam niemand vor.

Frieda beobachtete ihren Bruder, der an Ingeborgs Lippen hing, sie bewundernd ansah und ständig zustimmend nickte. Irgendwann schaltete Frieda vollkommen ab und dachte über den Fremden nach, der im Dunkeln an ihr vorbei gerannt war. Würde sie jemals erfahren, um wen es sich handelte, und was wirklich passiert war?

Als Ingeborg eine Pause machte, um an ihrem Apfelwein zu nippen, kehrte Frieda in die Wirklichkeit zurück und nutzte die Redepause ihrer künftigen Schwägerin, um Walter nach seinem Befinden zu fragen und vielleicht ein wenig von seinem Soldatenleben zu erfahren. Ehe Walter auch nur angesetzt hatte, etwas zu sagen, riss Ingeborg wieder das Gespräch an sich und berichtete von Walters schrecklichen Erlebnissen, als sei sie die Person, die sie durchleiden musste, und nicht ihr Verlobter. Walter hörte ihr weiterhin bewundernd zu.

Frieda bemerkte, dass ihre Eltern sich immer mal verstohlene Blicke zuwarfen, um zu signalisieren, wie unmöglich sie Ingeborg fanden, aber auch ihren Sohn, der völlig blind gegenüber dem Verhalten seiner Liebsten war.

Friedas Vater unterbrach nach einer Weile rüde Ingeborgs Redefluss, um das Thema Übernachten anzuschneiden. Ingeborg könnte im Wohnzimmer schlafen, und Walter in seinem alten Zimmer. Die beiden Liebesleute brachen in schallendes Gelächter aus.

„Wir sind doch hier nicht in der Kirche," sagte Walter. „Es ist Krieg, und man muss jeden Augenblick nutzen, den man noch zu leben hat. Wir schlafen beide in meinem Zimmer."

Frieda erschrak. Walters Zimmer war der Durchgangsraum zu Friedas Zimmer. Zwischen den beiden Kammern gab es nur eine verzogene, schlecht schließende Tür. Das hatte sie als Kind nie gestört, denn es gab in den meisten Häusern Durchgangszimmer, um Raum zu sparen, aber jetzt wollte sie sich nicht ausmalen, was sie nachts zu hören bekommen würde Dank Ingeborgs schriller, aufdringlicher Stimme.

Zudem war der Traum, sich mit Krystof zu treffen, natürlich ausgeträumt. Sie konnte es nicht wagen, Walter in irgendeiner Weise merken zu lassen, dass zwischen ihr und Krystof mehr als ein Arbeitsverhältnis bestand. Frieda war zutiefst enttäuscht und wünschte sich heimlich, dass Walter am nächsten Tag wieder an die Front gerufen würde. Der Gedanke war gemein, aber sie konnte einfach im Augenblick nicht nett sein.

Sie hätte Walter gern einiges gefragt, aber nicht in Ingeborgs Gegenwart. Wie war er an Ingeborg geraten? Wie lange hatte er sie gekannt? Es konnte sich eigentlich nur um Tage handeln, und er hatte nichtsdestotrotz gleich beschlossen, sie zu heiraten. Oder hatte Ingeborg die Heirat betrieben, um aus der Stadt herauszukommen und Herrin eines Hofs zu werden?

Irgendwann konnte Frieda sich die Frage nach Krystof nicht verkneifen. Entweder saß er in seinem eiskalten Zimmer, oder er hielt sich im Stall auf, wo es wenigstens wärmer war, und die sanften Kühe ihm Gesellschaft leisteten.

Auf ihre Frage antwortete diesmal tatsächlich ihr Bruder, bevor Ingeborg oder ihre Eltern ihm zuvorkommen konnten.

„Was, der Polacke?" sagte er verächtlich. „Der hat sein Brot genommen und ist gegangen, wie es sich gehört. Wo er jetzt ist, weiß ich auch nicht. Vielleicht abgehauen?"

Frieda hatte keine Lust mehr auf Gesellschaft, behauptete, Kopfschmerzen zu haben und verzog sich in ihr Zimmer. Sie hatte von Annemie ein spannendes Buch ausgeliehen, und da der

Strom ausnahmsweise nicht ausgefallen war, konnte sie noch eine Weile lesen.

Sie wurde wach, als ihr Bruder und Ingeborg laut diskutierend ihr Zimmer für die Nacht bezogen. Sie konnte natürlich jedes Wort verstehen, das geredet wurde, und Ingeborg wurde ihr immer mehr zuwider. Sie schimpfte auf die ärmlichen Verhältnisse, die Frieda noch nie als ärmlich empfunden hatte, und machte ihrem Zorn Luft, weil Walter offenbar die Situation der Breitenbergs von der Ferne aus geschönt hatte. Sie beklagte sich über die mickrige Landwirtschaft und den Stallgeruch in der Küche. Frieda bemerkte den Geruch nicht, denn sie war ihn von klein auf gewöhnt, und im Winter war die Familie dankbar, dass die Kühe sich im Stall unter ihnen befanden und ein bisschen Wärme nach oben abgaben. Dafür nahm man den Stallgeruch gern in Kauf.

Den größten Schrecken bekam Frieda, als Ingeborg sich über die wenig entgegenkommende Familie Breitenberg beklagte.

„Ich werde es hier bis zum Ende des Kriegs nicht aushalten. Aber was bleibt mir anderes? In Dortmund würde ich verhungern oder erfrieren, erschlagen werden oder von Bomben zerfetzt."

Walter redete beruhigend auf sie ein, und nach einer Weile konnte er Ingeborg tatsächlich etwas gnädiger stimmen.

Frieda konnte nicht glauben, was sie gehört hatte. Walter hatte beschlossen, seine fürchterliche Braut bei ihnen zurückzulassen, wenn er wieder an die Front zurück musste. Davon hatte Frieda bisher keine Ahnung gehabt, und ihre Eltern vermutlich auch nicht. Walter hatte sich von einem Draufgänger unter dem Einfluss von Ingeborg in einen Feigling verwandelt, der lieber seine Familie vor vollendete Tatsachen stellte, als die Probleme zu besprechen.

Nach einer kurzen Stille fing Ingeborg zu kichern an, steigerte sich bis zu Gekreische, und Walter stöhnte dazwischen. Frieda hielt sich die Ohren zu und zog sich das Deckbett über den Kopf. Das nutzte allerdings nicht viel.

Endlich wurde es still, und Frieda konnte wieder daran arbeiten, einzuschlafen. Auf jeden Fall würde sie am nächsten Morgen ihren Eltern erklären, dass die beiden im Zimmer nebenan eine Zumutung waren, und dass sie deren Rücksichtlosigkeit nicht noch einmal ertragen würde. Sie würde in die gute Stube umziehen oder für ein paar Tage im Altenteil wohnen, solange ihre Großmutter noch im Krankenhaus war. Margarete würde das nicht gern sehen, aber sie musste es ja nicht erfahren.

21. Kapitel

Am nächsten Morgen stand Frieda zu gewohnter Zeit sehr früh auf, raffte ihre Kleider zusammen und schlich im Nachthemd durch Walters Zimmer. Da es stockdunkel war, brauchte sie sich keine Mühe zu geben, das Bett mit den beiden Liebenden zu übersehen. Sie schloss erleichtert die Tür, als sich niemand gerührt hatte.

Diesmal war Gertrud noch nicht in der Küche. Frieda machte die Lampe an, nahm sich warmes Wasser aus dem Schiff im Herd und wusch sich über der Waschschüssel im Ausguss des Sandsteinspülbeckens, dessen Abfluss durch ein Metallrohr direkt in die Wiese vor dem Haus führte. Die Zähne putzte sie vorsichtig mit fein gemahlenem Ziegelpulver, das mit ein klein wenig Salz versetzt war und in einem Schüsselchen neben dem Ausguss stand. Das letzte Glas mit Lacalutpulver war zu Ende, und man musste seine Phantasie walten lassen, um Ersatz zu finden.

Sie war gerade fertig angezogen, als Krystof vorsichtig die Küchentür öffnete. „Keiner da?" flüsterte er. Frieda stürzte in seine Arme und konnte ein Aufschluchzen nicht unterdrücken. „Es ist so furchtbar," sagte sie. „Ingeborg wird bleiben, wenn Walter wieder an die Front zurückkehren muss."

Krystof wischte ihr mit dem Zeigefinger zärtlich eine Träne ab. „Es wird alles gut. Du wirst sehen."

Frieda fühlte sich getröstet, und als Gertrud kurz darauf in die Küche kam, saßen sie beide am Tisch, löffelten Haferflocken mit Milch und warteten darauf, dass das Wasser für den Ersatzkaffee aus Gerste kochte.

Im Herd loderte ein helles Feuer, und eine wohlige Wärme begann sich auszubreiten.

„Schön, dass du schon angeheizt hast," sagte Gertrud. „Ich darf es zwar als ordentliche Hausfrau nicht sagen, aber ich mache nicht gern das Feuer an, bevor ich gefrühstückt habe. Ich wünsche mir immer einen ruhigen Moment, um mich zu sammeln. Ich beklage mich zwar nicht, aber morgens bin ich oft sehr müde. Heute Nacht habe ich schlecht geschlafen, weil mir Walter mit seiner Braut nicht aus dem Kopf ging."

Krystof saß scheinbar völlig unbeteiligt dabei, und als er seinen Haferbrei aufgegessen hatte, stand er auf und ging mit einem kleinen Gruß in den Stall.

Frieda musste sofort ihren Kummer loswerden. Sie berichtete unverblümt von dem, was sich in Walters Zimmer abgespielt hatte, und sagte ihrer Mutter mit einiger Bitterkeit, dass sie das nicht noch einmal erleben wollte. Außerdem fragte sie ihre Mutter, ob sie von dem Plan wüsste, Ingeborg bis zum Ende des Krieges in Wahlberg zu behalten.

„Es ist ja wirklich schlimm," sagte Gertrud, „was in den Städten geschieht. Da ist es gut, wenn man die Bewohner aufs Land schicken kann und so wenigstens ihr Leben retten. Aber Ingeborg? Ich muss ganz ehrlich sagen, dass ich sie nicht ausstehen kann. Sie ist frech und ich-bezogen. Wie konnte Walter nur auf so ein Weibsstück hereinfallen? Bis jetzt sind immer noch Walter und ich die Hausherren, und ich werde mit deinem Bruder ein ernstes Wort reden müssen. Dass er sie ungefragt mitgebracht hat, ist schon ziemlich unverschämt, dabei irgendwie verständlich. Aber auf unsere Großzügigkeit zu vertrauen und uns vor vollendete Tatsachen zu stellen, nehme ich übel. Wahrscheinlich ist er wie immer einfach unbedacht. Dein Vater und ich haben darüber gesprochen, dass wir vielleicht Tante Erika mit den beiden Mädchen, die noch zu Hause sind, hier aufnehmen, wenn es wirklich dazu kommt, dass die Bombenangriffe in den Südwesten ausgeweitet werden. Man erzählt sich ja so etwas. Wo sollen wir dann alle unterbringen?"

„Zu allererst möchte ich wissen, wo ihr mich unterbringt. Ich schlafe auch im Stall oder in der Scheune, wenn euch Walter und Ingeborg wichtiger sind."

„Nun mach mal einen Punkt! Du bekommst im Wohnzimmer ein Bett, und über Ingeborgs Verbleib reden wir noch."

Frieda wollte zum Melken in den Stall gehen, aber ihre Mutter winkte ab. „Das mache ich heute," sagte sie. „Wir müssen waschen, und mir wäre es lieb, wenn du den Waschkessel anzünden würdest. Ich habe zwar wenig Hoffnung, dass die Wäsche mit unsere selbstgemachten Schmierseife sauber wird, aber wenigstens kann man sich einbilden, dass sie besser ist als vorher."

Frieda war nicht begeistert, denn sie hatte gehofft, im Stall ein paar Worte mit Krystof wechseln zu können. Sie nahm den Korb, in dem die Wäsche gesammelt wurde, und trug ihn in die Waschküche über den Hof. Es war ein mächtiger Berg Wäsche, denn Walter hatte auch einiges dazugelegt, das er an der Front nicht säubern konnte.

An der Wand neben dem Waschkessel war Holz aufgestapelt, und Frieda schichtete einen ordentlichen Haufen in der Brennstelle, sammelte ganz klein gehackte Holzstückchen – sogenannte Spächele – auf, denn Papier zum Anzünden gab es nicht. Das Papier der letzten Zeitungen, die übrig geblieben waren, wurde sorgfältig in Quadrate zerschnitten und im Plumpsklo als Toilettenpapierersatz auf einen Nagel gespießt.

Frieda suchte nach den Streichhölzern, die normalerweise auf einem Brettchen über dem Waschkessel aufbewahrt wurden. Sie konnte sie nicht finden, und ihr kam der Verdacht, dass auch die Streichhölzer aufgebraucht waren, und kein Ersatz zu bekommen war.

Sie lief erschrocken in die Küche und fand zu ihrer Erleichterung eine noch fast volle Schachtel neben dem Herd.

Sie kehrte in das Waschhäuschen zurück, füllte den Kessel mit Wasser aus der Zisterne, die unter der Regenrinne der Scheune stand, und zündete das Feuer an. Bis auf wenige Stücke aus Wolle oder zarterem Gewebe musste alles gekocht werden, um ohne richtige Seife wenigstens halbwegs sauber zu werden. Während sie die Wäsche einweichte, dachte sie voller Wehmut an die guten Zeiten, als es alles gab, und das Leben noch einfach und erfreulich war.

170

Krystof kam an die Tür, als er mit dem Milchkarren aus dem Stall kam und loszog zur Sammelstelle. Er winkte ihr kurz zu und schloss schnell die Tür wieder, damit kein Licht in den Hof fallen konnte. Es war noch stockfinster, und Frieda sehnte sich nach Helligkeit und unverhängten Fenstern.

Sie ging zurück ins Haus, um die Zeit, bis das Waschwasser kochte, nicht unnütz zu vertrödeln. Sie lauschte an der Tür von Walters Zimmer, um zu hören, ob Walter und seine Verlobte endlich aufstehen würden, aber sie hörte nichts. Eigentlich fand sie es verzeihlich, dass die beiden ausschliefen, denn es war schließlich Walters erster echter Urlaubstag. Das Frühstücksgeschirr auf dem Küchentisch, das sie nicht abräumen konnte, störte sie ein bisschen, denn sie hatte sich vorgenommen, während der Wartezeit an ihre Näharbeit zu gehen und brauchte die Tischfläche. Manchmal, in ihren kühnsten Träumen, stellte sie sich vor, nach dem Krieg auf der Dachbühne von ihrem Vater ein Zimmer ausbauen zu lassen und als Nähstube einzurichten. Mit einer Schneiderpuppe, einer großen Holzplatte für den Zuschnitt, der Nähmaschine und einem Bügelbrett mit dem Eisen darauf. Sie würde jederzeit alles parat haben und müsste nicht nach noch so kleinen Arbeiten alles sorgfältig zusammenräumen, um den Küchentisch für andere Tätigkeiten oder für die Mahlzeiten frei zu machen.

Ihr fiel ein, dass ihre derzeitige Näharbeit in ihrem Zimmer lag und nicht greifbar war. Sie würde es nicht wagen, durch Walters Zimmer zu schleichen und bedauerte mal wieder die ungeschickte Anordnung der Räume.

Während sie überlegte, was sonst an dringenden Arbeiten anstand, kam ihr Vater herein. Der Kaffee unter der Mütze war bereits abgekühlt, und so füllte sie etwas Kaffee in eine Blechtasse und stellte sie zum Aufwärmen auf den Herd. Sie schmierte ihm zwei dicke Brote mit Leberwurst, füllte ein paar Haferflocken in ein Schüsselchen, schnitt einen Apfel hinein und übergoss das Ganze mit Milch. Sie und ihre Mutter versuchten immer, Walter die besten Dinge zum Essen vorzusetzen, denn sie waren der Ansicht, dass er bei dem kalten regnerischen Wetter und der schweren Arbeit eine gute Grundlage brauchte, um gesund zu bleiben.

An diesem Morgen wirkte Walter besonders müde, und sein Hinken war stark ausgeprägt. Als Frieda eine Bemerkung dazu machte, winkte er ab: „Das läuft sich ein," sagte er.

Frieda packte ihm noch zwei Brote in eine Blechdose und füllte den Rest des schäbigen Kaffees in eine Feldflasche, die zum Warmhalten mit Fell überzogen war. Ihr Vater musste sich beeilen, denn um Punkt sieben stand der Lastwagen unten an der Straße vor der Schule, um die Holzfäller zum jeweiligen Hau zu transportieren.

Inzwischen meldete sich Krystof zurück, und Gertrud kam aus dem Stall hoch, nachdem sie die Kühe mit Heu versorgt hatte. Bevor Walter zur Arbeit ging, sagte er zu Gertrud: „Wenn ich heute nach Hause komme, werden wir anfangen, Krystofs Dachkammer mit Holz auszukleiden. So kann es nicht weitergehen, es wird immer kälter, und wenn erst mal der Flugschnee durch die Dachziegel kriecht, werden wir Krystof als Eiszapfen aus dem Bett kratzen."

Gertrud lachte und erklärte sich einverstanden, die Männer am Abend mit der Arbeit beginnen zu lassen. „Vielleicht hilft Walter?", sagte sie hoffnungsvoll. Frieda konnte nur lachen. „Mama, du bist so naiv. Erstens hat er die Arbeit nicht erfunden, und zweitens wird er für den ‚Polacken' keinen Finger rühren. Wir können froh sein, wenn er uns irgendwo anders hilft."

Krystof hatte sich umgedreht, weil er lächeln musste. Er freute sich darauf, mit Walter zusammen die Bretter zuzusägen und in der Dachschräge zu befestigen. Es würde ein richtig gemütliches Zimmerchen werden, und so etwas hatte er schon lange vermisst.

Frieda ging in das Waschhaus, um nach der Wäsche zu sehen. Inzwischen war ein Anflug von Dämmerung zu erkennen, aber es sah schon wieder nach einem kalten Regentag aus. Sie würde die Wäsche nicht ins Freie hängen können, eine Arbeit, die sie sehr gern erledigte, weil die Wäsche frisch roch, wenn sie durchgepustet worden war. Sie musste sich wie so oft mit den Leinen im Waschhaus begnügen, wo die Wäsche wegen der Feuchtigkeit vom Waschkessel und mangelnden Durchzugs oft tagelang hing.

Während Frieda mit dem kupfernen Stampfer die Wäsche ins heiße Wasser eintauchte, dachte sie daran, wie lustig sie es als Kind gefunden hatte, wenn ihre Mutter bei Frost die Wäsche draußen aufgehängt hatte. Wenn Gertrud die Wäsche abnahm, war sie oft steif gefroren, und Frieda machte sich einen Spaß daraus, die Nachthemden nebeneinander auf dem Gras unter der Leine aufzustellen, wo sie stocksteif stehenblieben und wie eine Reihe von merkwürdig gekleideten Menschen aussahen. Frieda war immer traurig, wenn ihre Mutter mit dem Waschkorb ins Haus ging, und die lustigen Figuren sehr schnell in sich zusammenfielen.

Eines Tages war sie auf die unselige Idee gekommen, die gefrorene Wäsche auf der Leine zu knicken ganz unten, wo sie die Wäschestücke erreichen konnte. Das machte großen Spaß, und Frieda verstand überhaupt nicht, warum ihre Großmutter laut schimpfend aus dem Haus gestürzt kam. Ob sie alles kaputt machen wolle? Weil Margarete gar nicht aufhörte zu zetern, lief Frieda weinend zu ihrer Mutter und beklagte sich. Gertrud erklärte ihr, dass die Wäsche, wenn sie gefroren war, brechen könnte und damit unbrauchbar wurde. Frieda verstand immer noch nicht so recht, was es mit dem Frost auf sich hatte, aber trotz der Schelte von der Großmutter behielt sie Große Wäsche im Winter in bester Erinnerung.

Während sie schmunzelnd an die früheren Waschtage dachte, hörte sie ein Auto in den Hof fahren. Sie machte die Tür des Waschhauses auf und sah, wie Leutnant Gerster seinen Jeep vor der Scheune einparkte. Sie erschrak ein wenig, denn mit ihm hatte sie nicht mehr gerechnet. Vor kurzem hätte sie sich noch geschämt, mit Gummistiefeln, Kopftuch und Kittelschürze vor ihm aufzutauchen, aber jetzt war es ihr egal. Sie ging ihm entgegen, gab ihm die Hand und sagte ihm, wie leid es ihr tue, dass er nun auch an die Front müsse.

„Ich werde in den nächsten Minuten zum Bahnhof fahren und gen Osten abreisen," sagte der Leutnant ein wenig ungehalten. „Ich wollte aber nicht abfahren, ohne noch einmal mit Ihnen gesprochen zu haben. Fräulein Breitenberg, würden Sie auf mich warten?"

Frieda fühlte sich völlig überfahren und brauchte einen Augenblick, um in einer Weise zu antworten, die ihn nicht beleidigte, aber klar machte, dass sie nicht die Absicht hatte, ihn zu heiraten.

„Herr Leutnant," sagte sie, „ich bin erst achtzehn Jahre alt und kann mich jetzt nicht festlegen. Wer weiß überhaupt, wie das Leben weitergehen wird. Wird dieser Krieg je enden, und werden wir ihn überstehen?"

„Ich kann Ihnen nur versichern, dass das Ende nahe ist, und es wird kein gutes für uns sein. Ich wünsche mir so sehr, dass ich mit dem Gedanken, Sie nach dem Krieg in mein Heim führen zu können, an die Front ziehe. Das würde mich in jeder misslichen Situation aufrecht halten, und mein Licht in diesen düsteren Zeiten sein."

Frieda konnte nicht umhin, seine Worte anrührend, aber zugleich zu romantisch zu finden. In freundlichem Ton erklärte sie ihm noch einmal, dass sie nicht bereit sei, irgendwelche Versprechungen zu machen, die sie vielleicht nicht einhalten konnte.

Der Leutnant öffnete die Aktentasche, die auf dem Beifahrersitz gelegen hatte, und entnahm ihr eine kleine Schachtel. Er öffnete sie und überreichte ihr eine wunderschöne Bernsteinbrosche, die, wie er sagte, seiner Großmutter gehört hatte. Als Frieda beinah heftig ablehnte, bat er sie mit Tränen in den Augen, wenigstens ein Andenken von ihm anzunehmen, damit er denken konnte, dass sie sich immer mal wieder an ihn erinnerte. Frieda spürte, dass es eine schlimme Beleidigung gewesen wäre, wenn sie das Geschenk weiterhin angelehnt hätte. Sie steckte die Brosche in die Schürzentasche, wünschte ihm viel Glück und reichte ihm die Hand. Sie wich aus, als er sie an sich ziehen wollte und bedeutete ihm mit einer Handbewegung, dass er gehen sollte. Mit gesenktem Kopf lief der Leutnant zu seinem Auto und fuhr ab.

Frieda rannte sofort zum Haus, um ihrer Mutter von dem Besuch zu erzählen und die Brosche sicher zu verstauen. Gertrud sah sich bewundernd das Schmuckstück an und meinte, er müsse wohl aus einer guten Familie sein, wenn schon seine Großmutter ein so feines, geschmackvolles Kleinod besessen hatte. Gertrud beruhigte Frieda, was die Annahme des Geschenks betraf. Sie meinte, in Anbetracht der Kriegssituation sei es richtig, einem Soldaten, der an die Front ziehen musste und seinen Tod riskierte, einen Trost zu erlauben.

Gertrud nahm die Schachtel mit der Brosche und ging in ihr Schlafzimmer, wo sie einen kleinen Karton im Kleiderschrank versteckt hatte, in dem sie ihre wenigen Wertsachen aufbewahrte. Im Hinausgehen drückte sie noch ihr Bedauern aus, dass Frieda sich ganz offenbar nicht viel aus dem Leutnant machte. Er wäre eine gute Partie gewesen.

Frieda ging gedankenverloren zurück in das Waschhäuschen und stampfte die Wäsche im inzwischen kochenden Wasser nach unten. Dieser Teil des Waschtages gefiel ihr, aber das anschließende Herausangeln der heißen Wäsche mit Hilfe eines stabilen Stocks war überaus anstrengend. Man musste aufpassen, dass nichts abrutschte und auf den Boden fiel, das Wasser, das in einem Zuber mit dem Waschbrett bereit stand, musste mehrfach ausgewechselt werden, und das Schrubben der Wäsche mit einer Bürste auf dem Waschbrett verursachte Rückenschmerzen.

Sie war froh, als ihre Mutter kam, und sie gemeinsam die harte Arbeit angingen. Sie standen sich am Zuber gegenüber mit je einem Waschbrett und sangen beim Schrubben das Lied „Lili Marleen", das ständig im Radio gespielt wurde, und dessen Text alle kannten, einschließlich der kleinen Kinder.

Der Vormittag war schon fast vorüber, als sie erschöpft ins Haus zurückkehrten. Von Walter und seiner Verlobten war nichts zu sehen und zu hören. Frieda räumte den Frühstückstisch ab und begann mit dem Kartoffelschälen fürs Mittagessen.

Die kleine Tochter der Postfrau kam vorbei und ließ bestellen, dass man die Oma am nächsten Nachmittag aus dem Krankenhaus abholen solle. Gertrud überlegte, wie man das bewerkstelligen könnte. Walter war nicht da, sie selbst fuhr nicht gern mit dem Pferdewagen, und Frieda musste rechtzeitig zurück sein, um nicht zu spät ins Lager zu kommen.

Krystof hatte man das Fuhrwerk bisher nicht anvertraut, und Gertrud wusste nicht einmal, ob er Erfahrung mit Pferden hatte. Blieb also der junge Walter, der ja schon immer gern gefahren war. Die Großmutter würde sich sogar sehr darüber freuen, von ihrem Enkel abgeholt zu werden.

Als Gertrud, Frieda und Krystof beim Essen saßen, kam Walter mit verstruwwelten Haaren und verquollenen Augen herein. Ohne zu grüßen, schnappte er sich die Waschschüssel, schöpfte warmes Wasser aus dem Herd und verschwand wieder in seinem Zimmer.

„Aha," sagte Frieda, „unsere Prinzessin muss sich schön machen und hat ihren Lakai geschickt, die notwendigen Utensilien für die Morgentoilette zu besorgen. Hätten wir nicht das Außenklo heizen sollen?"

Gertrud sah sie strafend an. „Jetzt sei nicht ungerecht. Schließlich ist es in Ordnung, wenn man sich morgens waschen kann, und das muss ja nicht vor allen Leuten in der Küche sein. Ich bin ja gespannt, wie unser Essen bei ihr ankommt. Bestimmt hat sie sich vorgestellt, dass wir Bauern jeden Tag Braten und Hähnchen auf dem Tisch haben. Heute gibt es ja wirklich ein anständiges Essen mit Rotkohl und Speck, und morgen müssen wir uns auch für Oma etwas Besonderes überlegen."

Es dauerte eine ganze Weile, bis das junge Paar erschien. Die Töpfe mit dem Rotkohl und den Kartoffeln waren inzwischen warmgestellt auf dem Rand des Herdes, was der Qualität des Essens nicht zuträglich war.

Ingeborg grüßte wenigstens freundlich, und Walter rückte ihr beflissen einen Stuhl zurecht. Gertrud und Frieda blieben sitzen, bis Walter leicht aggressiv fragte, ob es nichts zu essen gäbe.

„Doch, natürlich," sagte Gertrud. „Das Essen steht auf dem Herd. Wir sind fertig."

Krystof verließ die Küche, und Gertrud und Frieda räumten ihr Geschirr ab und stellten es in die Sandsteinspüle.

Immerhin dämmerte es Ingeborg als erste, dass es keine Bedienung gab, und da sie als Frau die Zuständige war, stand sie auf und schöpfte sich und Walter das Essen auf die Teller. Walter zog missmutig die Stirn kraus, und wortlos begannen sie zu essen.

Plötzlich hob Walter den Kopf. „Ich glaube, ich höre die Säge in der Scheune. Wie kann das sein?"

Gertrud drehte sich zu ihm um und antwortete: „Das ist Krystof. Dein Vater hat mit ihm abgesprochen, dass er seine Kammer mit Brettern verkleiden kann, damit bei den offenen Ziegeln der Flugschnee nicht auf sein Bett fällt, wenn der Winter richtig kommt. Die Bretter haben sie zusammen ausgesucht. Sie bleiben natürlich sägerau, aber jemand muss ihm helfen, sie nach oben zu tragen. Machst du das, wenn Krystof mit dem Sägen fertig ist?"

Die Breitenbergs hatten bereits eine moderne Säge auf dem Boden der Scheune installieren lassen, die über eine Transmission elektrisch betrieben wurde. Wie Frieda glaubte, war es die einzige in Wahlberg, die so neuzeitlich und bequem betrieben wurde, sofern der Strom dafür ausreichte. Die Säge hatte noch Walters Vater angeschafft, eine Neuerung aus der Schweiz, und sie hatte viel Geld gekostet.

Walter verzog das Gesicht bei dem Gedanken, Bretter schleppen zu müssen, aber bevor er seinem Unmut Ausdruck verleihen konnte, ergriff Ingeborg das Wort: „Ein paar Bretter kann ich auch tragen," sagte sie.

Walter schüttelte den Kopf. „Was ist los mit dir? Willst du einem Polacken helfen, sich bei uns fürstlich einzurichten?"

Ingeborg sagte dazu nichts und aß weiter.

Frieda stand an der Spüle und dachte sich ihr Teil. Ingeborg bot mit Sicherheit nicht aus Nächstenliebe ihre Hilfe an. Frieda hatte in der kurzen Zeit, die sie alle miteinander in der Küche verbracht hatten, sehr wohl bemerkt, dass Ingeborg begehrliche Blicke auf Krystof warf, und das gemeinsame Tragen der Bretter würde ihr Gelegenheit geben, sich Krystof zu nähern. Damit hatte Frieda aber kein Problem. Sie konnte sich nicht vorstellen, dass Krystof das geringste Interesse an Ingeborg haben könnte, und deshalb sagte sie nichts dazu.

Nach dem Essen wollte Walter ins Dorf ziehen und sehen, was lief. Ingeborg weigerte sich mitzukommen, denn sie wollte lieber Bretter schleppen. Die Stimmung zwischen den beiden war nicht gerade erbaulich, und Frieda fragte sich, wie lange eine solch wackelige Beziehung bestehen würde. Walter merkte jedenfalls nicht, dass Ingeborg ihn offensichtlich in ihrer Notsituation in Dortmund nur geködert hatte, um dem Elend und den Gefahren zu entfliehen, und sie würde auch bei ihm bleiben, wenn sich keine andere Gelegenheit bot. Die jungen Männer, die für sie in Frage kamen, waren Mangelware geworden, und viele Frauen nahmen, was sie kriegen konnten, um nicht allein zu bleiben.

Am späten Nachmittag, als man bereits nichts mehr richtig erkennen konnte, weil die Dunkelheit bei dem anhaltenden Regenwetter sehr früh einfiel, stellte Krystof die Säge ab und kam kurz in die Küche, ohne Ingeborg eines Blickes zu würdigen. Ingeborg war tief enttäuscht, denn sie hatte nicht mal Gelegenheit zum Bretterschleppen bekommen. Walter war auch noch nicht zurückgekommen, und Frieda machte sich auf ins Lager. Krystof verschwand im Stall für das abendliche Melken, wobei Gertrud ihm half, und Ingeborg saß allein und gelangweilt in der Küche.

22. Kapitel

Als Frieda kaum im Lager angekommen war, stürmte einer der Wachsoldaten in die Küche und verkündete brüllend, alle sollten sich sofort im Büro versammeln. Frieda kam nicht mal mehr dazu, ihre Schürze anzuziehen und das Kopftuch aufzusetzen. Sie hastete mit den anderen Richtung Büro, und da auch fast das ganze Wachpersonal erschienen war, stand man dicht gedrängt in dem kleinen Raum und vor der Tür und wartete gespannt auf das Anliegen des neuen Lagerkommandanten.

Er war mittelgroß, nicht mehr jung und hatte ein völlig entstelltes Gesicht. Man hatte ihm den Unterkiefer weggeschossen, und deshalb sprach er nur mit Mühe und sehr undeutlich. Seine Stimme war allerdings nicht betroffen von der Kriegsverletzung. Er begrüßte sie nicht und stellte sich nicht vor, sondern kam gleich zur Sache. „Was für eine Schlamperei herrscht in diesem Laden," donnerte er. „Ein russischer Gefangener ist geflohen, und ihr habt bis jetzt keine Spur von ihm gefunden. Irgend jemand muss ihn verstecken, und ich schwöre, dass ich herausbekommen werde, wer das ist. Der oder die wird standrechtlich erschossen, ebenso die Person, die ihn gesehen hat und nichts gemeldet. Deutschland ist nicht in Auflösung begriffen, und wer das glaubt, ist ein Defätist und wird ebenfalls aus unserer Gesellschaft entfernt."

Er machte eine Pause und wartete ab. Niemand machte auch nur die kleinste Bewegung, und natürlich wagte niemand, sich zu Wort zu melden. „Was habt ihr mir dazu zu sagen?"

Als alle weiterhin schwiegen, und die Atmosphäre immer bedrohlicher wurde, meldete sich Frieda zu Wort: „Herr Oberst," sagte sie, „Wir haben zu wenig Personal. Zur Wachmannschaft gehören immer weniger Soldaten, weil alle eingezogen werden, und wir Frauen in der Küche haben alle Hände voll damit zu tun, das Essen vorzubereiten und auszugeben."

„Wenn das so ist, können wir Abhilfe schaffen. Es wird nicht mehr gekocht, und das hat zweierlei Ziele: Die Gefangenen lernen, dass man es meldet, wenn jemand Anzeichen von Vorbereitungen zur Flucht erkennen lässt, und ihr Frauen werdet euch darin üben, mit dem Gewehr umzugehen und die Wachmannschaft zu verstärken."

Frieda wurde tiefrot und erntete böse Blicke von allen Seiten. Sie hatte geglaubt, etwas zur Verteidigung des Lagerpersonals vorbringen zu können, aber sie hatte das Gegenteil bewirkt. Es war wirklich mutig gewesen, diesem Scheusal etwas zu erklären, aber ihr wurde klar, dass sie von nun an überaus vorsichtig sein musste. Während sie die Küche verließ, sah sie noch, dass der Oberst Sigrun zu sich rief, und sie konnte sich ausmalen, dass er von ihr Informationen über ihre Person einholen würde.

Zu ihrer Erleichterung wurden Kartoffeln geschält wie immer, und das Sauerkraut aufgesetzt. Der Oberst würde wohl nicht wagen, die Gefangenen verhungern zu lassen.

Auf dem Heimweg dachte Frieda die ganze Zeit an den Russen, dem es gelungen war, zu entkommen. Man würde ein paar Tage lang nach ihm fahnden, aber schließlich die Suche aufgeben müssen, weil tatsächlich viel zu wenig Soldaten zur Verfügung standen, um die Zeit mit einer sinnlosen Aufgabe zu vertun. Der Oberst war in seinem deutschen Stolz getroffen, aber im Grunde machtlos. Die Frage war natürlich, wo der Russe sich aufhielt, und wie er sich ernährte.

Frieda erkannte immer deutlicher, dass die Ordnung allmählich zusammenbrach, und in ihr keimte die Hoffnung auf, dass der Alptraum bald zu Ende gehen würde. Sie musste durchhalten, ohne noch einmal aufzufallen und sich vor allem vor Sigrun hüten, aus deren Augen ihr der blanke Hass entgegenschlug.

Als sie nach Hause kam, saßen alle um den Tisch in der Küche außer Krystof und waren in eine hitzige Diskussion vertieft. Offenbar ging es um den Aufenthalt Ingeborgs. Walter hatte einfach vorausgesetzt, dass seine Familie seine Verlobte mit offenen Armen aufnehmen würde. Gertrud erklärte, dass es zwei schwerwiegende Probleme gab: Zum einen schien Ingeborg nicht bereit, sich an den Arbeiten im Haus und im Stall zu beteiligen. Zum anderen war nicht genug Platz, wenn man Erika mit ihrer kleinen Tochter, die gerade fünf Jahre alt geworden war, aufnehmen wollte, um sie aus den schlimmen Zuständen in der Stadt zu befreien. Bisher hatte Erika eine Umsiedlung abgelehnt, aber essen und heizen wurde immer schwieriger, und letztendlich würde sie nicht umhin können, zu den Verwandten aufs Land zu ziehen.

Walter malte Ingeborgs Fähigkeiten im Haushalt in den schönsten Farben aus. Die Arbeiten im Stall würde sie schnell lernen, das musste sie sowieso als künftige Hofbesitzerin. Ingeborg sagte nichts dazu, Friedas Vater verdrehte die Augen bei dem Gedanken, die herausgeputzte Person mit der Mistgabel hantieren zu sehen, und Gertrud führte an, dass sie bis jetzt noch kein Anzeichen gesehen habe, dass Ingeborg beabsichtigte, sich in irgendeiner Weise an den anstehenden Arbeiten zu beteiligen.

„Dann werft mich eben raus und schickt mich zurück nach Dortmund, damit Hunger und Bomben mich umbringen. Ich werde mit dem Transport mitfahren, wenn Walter nach Ende seines Urlaubs abgeholt wird," sagte Ingeborg patzig.

Frieda versuchte zu vermitteln. „Wir behalten Ingeborg auf jeden Fall hier, solange Walter Urlaub hat. Vielleicht sehen wir die Sache ganz falsch?"

Ingeborg seufzte erleichtert, und Gertrud stand auf, um das Geschirr vom Abendessen abzuräumen und abzuwaschen. Und siehe da, Ingeborg nahm ein Geschirrtuch und begann abzutrocknen.

Walter rief in den Stall hinunter, Krystof solle heraufkommen. Krystof hielt sich fast immer im Stall auf, um nicht aufdringlich zu sein und etwas Wärme bei den Kühen zu haben. Frieda sah, dass Ingeborg die Nase rümpfte, als er hereinkam, denn er brachte einen ordentlichen Schwall Stallgeruch mit.

Friedas Vater versuchte Krystof klarzumachen, dass er mit ihm am Samstag die Bretter in der Dachkammer anbringen wollte. Sie brauchten dazu Tageslicht, und Walter musste sicher sein, dass er den Nachmittag frei hatte. Walter und Krystof lachten , weil es Walter sehr schwer fiel, mit Zeichensprache klarzumachen, was er sagen wollte. Frieda hörte zu und dachte, wie einfach es wäre, wenn Krystof endlich zugeben würde, dass er jedes Wort verstand. Sie musste unbedingt herausbekommen, was ihn davon abhielt, die Wahrheit zu sagen.

Während Walter noch damit beschäftigt war, nach oben zu zeigen und mit den Händen das Annageln der Bretter anzudeuten, fiel der Strom aus und unterbrach die wortlose Unterhaltung. Da es bereits spät war, schlug Gertrud vor, die Zeit für den immer zu kurzen Schlaf zu nutzen, und alle erhoben sich. Frieda ging hinüber ins ungeheizte Wohnzimmer und legte sich auf das Sofa. Sie war froh, dass sie bereits am Nachmittag ihr Bettzeug hinüber getragen und einen Teil ihrer Kleidung mitgenommen hatte. Sie hätte gern an dem Pullover weitergestrickt, den sie mittlerweile für Krystof angefangen hatte. Die beiden Pullover ihres Großvaters waren zwar noch nicht vollständig aufgetrennt, aber die Wolle reichte für einen Anfang. Sie kam nicht so schnell voran, wie sie wollte, weil sie ja sogar ihrer Mutter verheimlichte, was sie vorhatte. Sie musste die aufgetrennte Wolle nass machen und wieder straff aufwickeln, damit sie wie neu wirkte, und das machte Schwierigkeiten, weil sie kaum jemals allein war. Sie beschloss, ihrer Mutter zu beichten, dass sie Opas Pullover einfach genommen hatte, und sie zu bitten, ihrer Großmutter nichts zu verraten. Allerdings machte die Anwesenheit ihres Bruders die Sache nicht leichter, denn ihm traute sie zu, dass er der Großmutter brühwarm erzählen würde, dass Frieda sich an ihren Heiligtümern vergriffen hatte. Walter hatte schon immer jede Gelegenheit genutzt, die Großmutter gegen Frieda aufzuhetzen und sich selbst Vorteile zu verschaffen.

Da Frieda in der völligen Dunkelheit nichts machen konnte, legte sie sich auf das Sofa und deckte sich zu. Sie fror, obwohl sie ihre Kleider anbehalten hatte. Sie dachte an Krystof, an seine schönen Hände und die unglaublich blauen Augen. Mit allen Fasern sehnte sie sich danach, fest von ihm in den Armen gehalten zu werden und zärtliche Worte zugeflüstert zu bekommen.

Sie hatte beschlossen, zu Krystof in die Kammer zu schleichen, trotz der Gefahr, erwischt zu werden, die durch die Anwesenheit von ihrem Bruder um ein Vielfaches größer geworden war. Sie konnte nur hoffen, dass Walter mit Ingeborg so beschäftigt war, dass er alles andere nicht mehr beachtete.

Frieda hatte alle Bedenken über Bord geworfen, die sie normalerweise davon abgehalten hätten, mit einem Mann, mit dem sie nicht verheiratet war, den letzten Schritt zu tun. Die Lage war verzweifelt, denn Krystof würde irgendwann in naher Zukunft nicht mehr da sein. Entweder die Gefangenen erhielten nach Kriegsende die Gelegenheit, nach Hause zurückzukehren, oder die Schergen Hitlers würden einfach aus Wut und Rachegefühlen alle Fremdarbeiter erschießen, sobald der Krieg verloren war, ein Gedanke, der sie erschauern ließ.

Sie öffnete die Tür und horchte eine Weile ins Haus. Es war alles still. Sie wusste, dass ihre Eltern tief schliefen, denn sie waren durch das frühe Aufstehen und die schwere Arbeit abends immer sehr müde. Auch aus Walters Zimmer hörte sie keinen Laut, und so wagte sie es, den Gang zu überqueren und leise die Tür zur Bodentreppe zu öffnen. Nachdem sie die Tür wieder geschlossen hatte, tastete sie sich im Dunkeln die Stufen empor und klopfte vorsichtig an Krystofs Tür. Er musste dahinter gestanden haben, denn er öffnete sofort und riss sie ungestüm in seine Arme.

Friedas Traum von zärtlichen Stunden ging in Erfüllung, und als sie gegen Morgen in die Küche schlich, war sie so glücklich, dass sie die ganze Zeit lächelte.

Da das Licht flackernd anging, als sie den Schalter drehte, konnte sie anfangen, das Feuer wieder ordentlich in Gang zu bringen, Wasser aufzusetzen und das Frühstück vorzubereiten. Ihre Mutter kam wenig später herein und fragte, ob Frieda gut geschlafen habe. Frieda nickte und lächelte, und zusammen erledigten sie die notwendigen Arbeiten, bevor die Stallarbeit rief.

Frieda wollte natürlich lieber melken, als Walter und Ingeborg beim Frühstück zu bedienen, falls die beiden vor dem Mittagessen aufstehen sollten. Ihren Vater sah sie noch kurz, dann verschwand sie im Stall. Krystof hatte sich bereits alles vorbereitet und den Melkschemel unter der ersten Kuh, die er melken wollte, zurecht gestellt. Obwohl er den feuchten Lappen in der Hand hielt, mit dem er das Euter abwischen wollte, umarmte er Frieda und lachte sie strahlend an. „Schön, dich nach so langer Zeit wieder zu sehen," sagte er, „Ich hatte Sehnsucht."

Während sie nebeneinander jeweils eine Kuh vorhatten, unterhielten sie sich leise. „Ich finde es schlimm," sagte Frieda, „dass wir nicht offen zu unserer Liebe stehen können. Vielleicht kommt einmal der Tag, an dem das anders wird."

Krystof lächelte. „Bestimmt, und ich werde alles tun, um mit dir zusammen sein zu können. Würdest du mit mir nach Polen gehen, wenn die Verhältnisse es erfordern?"

„Darüber habe ich schon nachgedacht. Es wäre schwierig für mich. Ich kann die Sprache nicht, ich kenne das Land nicht, ich weiß nicht, wie man mich als Deutsche aufnehmen würde. Immerhin gehöre ich zum Feindesland, und es gibt bestimmt viele Polen, die uns den Krieg nicht verzeihen und jeden Deutschen mit Hass überziehen."

„Das ist sicherlich wahr, aber für mich gilt das genauso. Wenn ich hierbleiben könnte, wird man mich immer als den ehemaligen Zwangsarbeiter sehen, der gegen die Deutschen gekämpft hat und nicht dazugehört. Außerdem bin ich katholisch, und das scheint mir in Eurem Dorf Grund genug, mich abzulehnen. Vielleicht müssen wir ins Ausland gehen, wenn der Krieg vorbei ist. Wie wäre es mit Amerika oder Australien? Neuseeland scheint ein schönes Land zu sein, und Kanada könnte ich mir auch vorstellen."

Frieda kam nicht mehr dazu, zu antworten, denn sie hörten die Tür von der Wohnung zum Stall quietschen, und Friedas Vater kam herunter.

„Ich wollte nur noch einmal daran erinnern, dass Großmutter heute geholt wird. Versuche, deine Mutter mit den Vorbereitungen zu unterstützen. Ich hoffe, dass es für Margarete eine gute Heimkehr wird, vor allem, weil sie deinen Bruder um sich hat.

Ich, werde heute früher nach Hause kommen, wenn es irgend geht. Krystof soll die Bretter nach oben schaffen, damit wir damit anfangen können, sie anzubringen. In der Luft liegt Schnee, und du weißt ja, dass das Leben bei richtigem Winterwetter sehr schwierig wird. Ihr solltet auch ein paar Karren Holz ins Haus fahren, damit vorgesorgt ist für hartes Wetter. Omas Zimmer muss ja nun auch geheizt werden, ich glaube nicht, dass sie die ganze Zeit bei uns in der Küche sitzen kann."

Als er ging, rief Krystof „ade" hinterher, und Walter sagte lachend: „Unser Junge fängt an, deutsch zu lernen!"

Als sie mit melken fertig waren, gingen sie gemeinsam mit dem Karren hinunter zur Dorfstraße. Sie liefen so dicht, dass sich ihre Schultern berührten, aber als sie die anderen Landarbeiter aus den Höfen kommen sahen, hielten sie mehr Abstand und redeten nichts mehr. Krystof unterhielt sich für eine Zigarettenlänge mit einem Polen, der auf Oskars Hof arbeitete, und sie kehrten dann gemeinsam zurück. Unterwegs spannen sie den Faden in ihre Zukunft weiter. Was sollte Krystof machen, wenn er in Deutschland blieb? Was würde aus ihnen, wenn die Großmutter tatsächlich Walter den Hof überschrieb? Konnte Frieda mit ihrem Beruf etwas anfangen? Man wusste ja nicht, wann es den Deutschen wieder möglich wäre, sich neue Kleider anzuschaffen, und ob überhaupt. Die Zukunft sah in jedem Fall düster aus, für die Deutschen genauso wie für die Polen. Der Krieg hatte Europa kaputt gemacht, und letztendlich würde vermutlich niemand als strahlender Sieger hervorgehen.

Krystof hatte von dem Polen, mit dem er gesprochen hatte, gehört, dass die Alliierten gewaltige Bombeneinsätze auf den Südwesten planten. Bisher waren die Wahlberger von der Zerstörung ihrer Häuser verschont geblieben, niemand von der Zivilbevölkerung war umgekommen, und insofern konnte man von Glück im Unglück reden.

Am Nachmittag fuhr Walter mit dem verbliebenen Pferd los Richtung Krankenhaus. Die Temperaturen fielen ständig, und der Regen fing an, in Schnee überzugehen. Während Walter einspannte, hatte er eine heftige Auseinandersetzung mit Ingeborg. Seine Verlobte wollte nicht zu Hause bleiben, weil sie sich langweilte, und vor allem den Arbeiten auf dem Hof entfliehen. Walter sah die Schwierigkeit, drei Personen gegen das Wetter zu schützen, und außerdem konnte er sich vorstellen, dass seine Großmutter nicht begeistert sein würde, wenn ihr Enkel mit einer ihr völlig fremden Person erschien.

Ingeborg gewann natürlich die Schlacht. Walter wickelte sie in eine dicke Decke und hängte ihr einen wasserdichten Umhang um. Er selber blieb praktisch ungeschützt, weil schließlich auch die Großmutter sorgfältig verpackt werden musste und nicht genügend Regencapes und wasserdichte Decken vorhanden waren. Gertrud hatte auf der Fläche des Ackerwagens Stroh ausgebreitet, über das sie eine Filzdecke legte, und zum Zudecken opferte sie schweren Herzens ihre Pelzjacke, die warm und wasserdicht war.

Ingeborg saß vergnügt neben Walter. Sie freute sich auf die Abwechslung, war gespannt auf die Stadt Calw und triumphierte innerlich, weil es ihr immer gelang, Walter um den Finger zu wickeln.

Die Fahrt im Regen dauerte, und Calw fand Ingeborg enttäuschend verglichen mit der Innenstadt von Dortmund. Der Marktplatz mit seinen Fachwerkhäusern konnte sich ja sehen lassen, war aber durch das schlechte Wetter nicht sehr belebt.

Die Steige zum Krankenhaus hoch erschien Ingeborg ewig lang. Sie wünschte sich, in einem warmen Auto zu sitzen statt auf dem Kutschbock eines Leiterwagens mit einem einzigen, müden Gaul davor.

Auch die erste Begegnung mit Walters Großmutter war nicht erbaulich. Walter wurde erfreut begrüßt, sofern es Margarete möglich war, Freude zu zeigen, aber Ingeborg wurde zunächst nicht wahrgenommen. Walter beeilte sich, sie als seine Verlobte vorzustellen, aber seine Großmutter zeigte keinerlei Interesse und gab der künftigen Verwandten nicht mal die Hand.

Mit Hilfe einer Krankenschwester wurde Margarete hinten im Ackerwagen zurechtgelegt, und sie fuhren ab. Es regnete weiterhin in Strömen, und das Pferd schien auch zunehmend an schlechter Laune und Unlust zu leiden. Der Holzklotz der Micke quietschte immer lauter, und das Pferd hatte Mühe, den schweren Wagen die Steige abwärts zu halten. Ingeborg verfluchte sich innerlich, dass sie darauf bestanden hatte, die Fahrt mitzumachen. Sie hatte sich erhofft, eine Abwechslung von dem öden Alltag auf dem Hof zu erfahren, aber mittlerweile bangte sie um die Heimfahrt. Immerhin musste das bereits ermüdete Pferd fast zehn Kilometer lang den Wagen nach oben in den Calwer Wald ziehen. Am liebsten wäre Ingeborg abgestiegen und zu Fuß gelaufen, um schneller nach Hause zu kommen.

Die Großmutter war ganz still, und auch Walter sagte nichts. Ingeborg fing wegen der ärmlichen Verhältnisse zu sticheln an, aber Walter ging nicht darauf ein. Er wusste aus Erfahrung, dass er bei Wortgefechten den Kürzeren zog und hielt deshalb den Mund.

Es war bereits fast dunkel, als sie den Hof erreichten. Walter stützte die Großmutter die Außentreppe zur Haustür hinauf. Ingeborg hatte auf der anderen Seite mit anfassen wollen, wurde aber mit einer unwirschen Handbewegung daran gehindert. Gertrud, die den Wagen gehört hatte, öffnete die Haustür und hieß ihre Mutter willkommen.

„Lasst die Zeremonien," sagte Margarete. „Die könnt ihr abhalten, wenn ich gestorben bin. Ich will nur noch ins Bett in meinem warmen Zimmer. Was für eine Zumutung, mich bei diesem Wetter im offenen Leiterwagen abzuholen bei meinem Zustand."

Frieda war hinter ihre Mutter getreten und sagte statt einer Begrüßung patzig: „Wir haben leider keine geschlossene Kutsche, und das Auto ist mit dem Chauffeur unterwegs."

Margarete glaubte, sich verhört zu haben. Solche Töne war sie nicht gewöhnt, aber ihr fehlte die Kraft, ihrem Unmut Ausdruck zu verleihen. Gertrud und Frieda brachten sie ins Bett in ihrem mollig geheizten Zimmer. Ihr Schwiegersohn Walter schaute kurz herein, aber da war sie schon fast eingeschlafen.

Frieda war entsetzt, wie dünn und grau im Gesicht ihre Großmutter geworden war. Unter dem Federbett war kaum eine Wölbung zu bemerken. Es tat ihr leid, dass sie sich im Ton vergriffen hatte, aber sie hatte die ewigen Nörgeleien satt, die oft völlig
ungerechtfertigt waren. Offenbar war die Großmutter durch ihre
Krankheit nicht milder geworden, und der ganzen Familie graute
es davor, zu allem anderen Elend auch noch eine ständig unzufrie-
dene Person im Haushalt zu haben.

Frieda machte sich auf ins Lager. Diesmal traf sie sich mit Liese am Ortsausgang, und sie gingen gemeinsam nach Hochdorf.
Es wehte ein scharfer Wind, aber wenigstens hatte es aufgehört
zu regnen. Frieda hatte einen Regenumhang über ihren Mantel
gezogen, und Liese besaß sogar einen Schirm. Den Weg kannten
sie beide inzwischen so gut, dass sie auch bei dem knappen Däm-
merlicht einigermaßen zurechtkamen.

„Dein Bruder hat sich eine Braut mitgebracht,“ begann Liese das Gespräch. „Walter sagt, dass sie sehr flott und hübsch sei.
Stimmt das?“

„Na ja, ich finde sie etwas aufgetakelt, aber ich muss sie ja nicht
heiraten.“ Frieda wollte sich nicht auf die Beantwortung weiterer
Fragen einlassen, denn sie musste fürchten, dass Liese alles weiter
erzählte und womöglich noch übertrieb. Man brauchte im Dorf
ja nicht zu wissen, dass die Familie Breitenberg mit der Zukünftigen von Walter nicht einverstanden war.

Liese brachte das Gespräch auf den geflohenen Russen. „Hast
du etwas gehört? Ich fürchte mich jetzt schon vor dem Lagerleiter.
Der wird uns nicht verzeihen, dass so etwas passiert ist.“

„Wir aus der Küche können doch nichts dafür,“ antwortete
Frieda. „Ich frage mich, wie jemand unter den jetzigen Umständen durchkommen kann. Niemand wird es wagen, ihm etwas zu
essen zu geben oder ihn gar zu verstecken.“

„Du glaubst doch nicht, dass man einem Russen hilft? Es werden so schreckliche Dinge von den Russen erzählt, sie benehmen
sich wie Bestien. Sie vergewaltigen alle Frauen, die sie kriegen
können, zerschmettern Kindern den Kopf an der Wand, grun-

zen beim Essen wie die Schweine und saufen jeden Tag bis zum Umfallen."

Frieda lächelte im Dunkeln vor sich hin bei diesen undurchdachten Vorurteilen. „Hast du im Lager beim Essen einen Russen grunzen gehört?"

„Das wagen sie nicht unter anständigen Deutschen. Jedenfalls wünsche ich dem geflohenen Russen, dass er verhungert oder erfriert. Den müssen wir schon nicht mehr durchfüttern."

Frieda hatte keine Lust auf ein weiteres Gespräch, aber Liese wechselte schon wieder das Thema. „Was machst du nach dem Krieg? Ich werde mir erstmal schöne Kleider von dir nähen lassen, wenn es wieder Stoffe gibt, und dann werde ich nach Stuttgart fahren. Ich war noch nie woanders als in Calw, und eine Großstadt muss herrlich sein."

„Die Städte waren mal herrlich, aber jetzt sind sie zerbombt. Hast du nicht mitgekriegt, dass es auf Stuttgart im Sommer einen Bombenangriff gegeben hat? Da gibt es nichts mehr zu sehen außer Gräbern, Ruinen, halb verhungerten Leuten und bettelnden Kindern," sagte Frieda trocken. „So wie in vielen anderen Großstädten auch. Was glaubst du denn, warum Ingeborg in unser Dorf gekommen ist? Warum werden die Rheinländer aufs Land in den Osten evakuiert?"

„Woher weißt du das?" fragte Liese ganz naiv. Frieda sagte ihr natürlich nicht, dass Krystof den Feindsender im Radio einstellte, wenn niemand in der Küche war. Es waren schreckliche Nachrichten, die man da zu hören bekam, und wenn alles stimmte, was der Feind berichtete, war Deutschland hoffnungslos verloren, und alles, was in Klumpfüßchens Märchenstunde behauptet wurde, war Lüge. Es gab keinen Endsieg, es gab keine Wunderwaffe, und am deutschen Wesen würde die Welt nicht genesen.

„Willst du denn etwas arbeiten, wenn der Krieg vorbei ist?" fragte Frieda. Liese war entrüstet. „Ich werde heiraten!" sagte sie entschlossen. Frieda verkniff es sich, sie darauf hinzuweisen, dass die in Frage kommenden Männer rar geworden waren. Liese war zudem nicht gerade eine Schönheit, und ihre Beschränktheit merkte man ihr sehr schnell an.

Die anderen jungen Frauen waren schon da, als sie beide in die Küche kamen. Die Stimmung war eisig. Niemand sprach, es wurde nicht gekichert wie sonst, und Marie, die normalerweise lustige Sachen sagte, legte den Finger auf die Lippen und flüsterte: „Sigrun ist schlecht gelaunt. Sie ist gerade beim Oberst und heckt mit ihm Strafen aus, wenn etwas nicht klappt."

Schweigend machte sich Frieda daran, Kartoffeln zu schälen, aber sie kam nicht ungeschoren davon. Kaum war Sigrun in die Küche zurückgekehrt, stellte sie sich hinter Frieda und begutachtete ihr Kartoffelschälen. Nach ein paar unangenehmen Sekunden gab sie Frieda eine Kopfnuss und herrschte sie an: „Jetzt bist du schon so lange in der Küche und weißt immer noch nicht, wie man Kartoffeln schält. Du sollst sie nicht in Würfel hacken, sondern so hauchdünn die Schale entfernen, dass man durchsehen kann. Los, probier's! Wir haben hier nichts an den Feind zu verschenken."

Es gelang Frieda, die nächste Kartoffel hauchdünn abzuschälen, aber es würde eine Ewigkeit dauern, sich mit jeder Kartoffel so sorgfältig abzumühen.

Sigrun schimpfte weiter vor sich hin. Plötzlich sagte sie resolut: „Schmeißt alle die Messer hin. Wozu schälen wir überhaupt die Kartoffeln? Sollen sie doch die Schale mitessen, da steckt sowieso das beste drin.".

Frieda wollte die Kartoffeln wenigstens gründlich mit einer Bürste abschrubben, aber auch das wurde ihr untersagt. Sie warf die erdverkrusteten Kartoffeln in große Töpfe, und als das Wasser anfing zu kochen, färbte es sich rabenschwarz. Frieda spürte förmlich das Knirschen des Sandes auf den Zähnen, wenn sie daran dachte, die ungewaschenen Kartoffeln essen zu müssen.

Nach der Essensausgabe wurde Frieda in das Büro des Lagerkommandanten bestellt. Sie ahnte nichts Gutes, aber das, was kam, traf sie so sehr, dass sie kaum die Tränen zurückhalten konnte.

„Du wirst künftig auch morgens um sechs hier sein, um das Frühstück zu bereiten. Berta, oder wie immer sie heißt, hat eine Lungenentzündung und kann nicht kommen, du wirst sie ersetzen," bellte er.

Frieda versuchte zaghaft, Gründe vorzubringen, warum das nicht ging. Ihre Großmutter war ein Pflegefall, morgens musste gemolken werden, und ihre Mutter brauchte im Haushalt Entlastung.

„Papperlapapp," sagte der Oberst unwirsch. „Ihr habt schließlich einen Polen gestellt bekommen, der arbeiten soll und nicht faulenzen. Deine Mutter wird schon zurechtkommen, sie ist doch gesund und nicht alt?"

Frieda senkte den Kopf und sagte nichts. Das gefiel dem Oberst auch wieder nicht. „Sieh' mich an," herrschte er sie an. „Sag, dass du dich verpflichtet fühlst, in Kriegszeiten dem deutschen Volk zu dienen."

Frieda riss sich zusammen und sagte mit fester Stimme: „Ich werde das schon schaffen." Damit ging sie grußlos hinaus. Als sie Sigruns triumphierendes Lächeln sah, hätte sie am liebsten den nächsten Küchenhocker genommen und ihn ihr über den Schädel geschlagen. Aber sie wusste, dass sie sich damit nur selber schadete, und auf eine Umschulung in Ravensbrück legte sie weiß Gott keinen Wert.

Liese war bereits gegangen. Ihr Vater hatte sie abgeholt, weil man immer mehr fürchten musste, dass den Mädchen im Dunkeln etwas zustoßen könnte. Frieda fand es einerseits nicht nett, dass Liese mit ihrem Vater nicht gewartet hatte, andrerseits war sie froh, nicht dem Geschwätz der beiden ausgesetzt zu sein.

Als sie die Dorfstraße erreichte, sah sie undeutlich, dass ihr jemand entgegenkam. Zunächst erschrak sie, denn es war nicht üblich, dass jemand im Dunkeln herumlief, wenn es sich irgend vermeiden ließ, aber dann hörte sie leise ein paar Töne von einer Mundharmonika, und sie wusste, dass es Krystof war.

Sie fiel ihm in die Arme, und sie standen eine Weile und hielten sich umschlungen. Als Frieda sich löste, sagte sie: „Ich bin so dankbar, dass du gekommen bist. Ich fürchte mich jeden Tag mehr, wenn ich im Dunkeln ins Lager gehen muss. Aber wie konntest du vom Hof kommen?"

Krystof lächelte. „Deine Mutter ist bei der Großmutter, dein Vater ist weggegangen, und Walter und Ingeborg auch. Ich weiß, dass es verboten ist, abends herumzulaufen, aber wer kontrolliert das noch? Hast du etwas von dem geflüchteten Russen gehört?"

Frieda verneinte und wunderte sich, woher Krystof immer auf dem Laufenden war.

„Aber ich habe eine schreckliche Neuigkeit. Ich muss jetzt auch morgens ins Lager, um das Frühstück vorzubereiten. Mir bleibt gar keine Zeit mehr für ein persönliches Leben, und ich muss den Weg zweimal im Dunkeln machen. Das ist offensichtlich eine Strafmaßnahme, die ich Sigrun verdanke."

„Ich werde sehen, ob ich dich morgens im Dunkeln ein Stück weit begleiten kann, ohne dass es bemerkt wird. Du solltest das Fahrrad mitnehmen, dann kannst du wenigstens nach der Arbeit in der Küche im Hellen zurückfahren."

Frieda fühlte sich getröstet, und sie gingen eng umschlungen zurück zum Hof. Krystof trennte sich kurz vor dem Hof von ihr, ging durch das Tor an der Rückseite der Scheune, durchquerte den Hof und verschwand im Stall.

Frieda stieg langsam die Stufen zur Haustür hoch, zog im Gang ihren Mantel und die Gummistiefel aus und sah in der Küche nach, ob jemand da war. Aus dem Altenteilzimmer der Großmutter nebenan hörte sie leises Gemurmel, ihre Mutter war also noch dabei, die Großmutter zu versorgen. Sie klopfte leise an, um ihre Großmutter zu begrüßen, aber sie wurde durch ein unwirsches „nein!" abgewiesen.

Frieda machte sich ein Schmalzbrot und goss einen Pfefferminztee auf. Walter und Ingeborg waren nicht da, und Frieda war dankbar, dass sie allein ihr Abendessen verzehren konnte. Sie schaltete das Radio ein, aber der Empfang war denkbar schlecht. Ein Mann redete, vermutlich Goebbels, aber sie konnte kaum etwas verstehen und legte auch keinen Wert auf die Propagandalügen. Sie machte das Radio wieder aus. Es war ganz still, auch aus dem Zimmer der Großmutter hörte sie nichts mehr.

In Gedanken versunken kaute sie langsam ihr Schmalzbrot. Man hatte sich angewöhnt, sehr bedächtig zu essen und bewusst jeden Bissen zu genießen, den es noch gab.

Ihre Ruhe wurde durch Walter und Ingeborg gestört, die so laut diskutierten, dass Frieda sie bereits hören konnte, bevor sie die Haustür geöffnet hatten. Sie kamen noch in ihren Mänteln in die Küche gestürzt, und Walter rief: „Wo ist Mama?"

Frieda zeigte auf die Tür zu Großmutters Zimmer, und Walter marschierte rücksichtslos darauf zu und riss sie auf. „Mama, wir haben gerade gehört, dass Freiburg bombardiert worden ist. Es gibt viele Tote, und die halbe Stadt ist zerschmissen. Die Schweine sind im Südwesten angelangt, und jetzt können wir uns auf etwas gefasst machen."

Gertrud wurde bleich und erhob sich vom Bettrand ihrer Mutter. Auch Margarete richtete sich auf und sah ihren Enkel erschrocken an. „Von wem hast du das?" fragte Gertrud.

„Wir waren beim Karle, und der als Ortsbauernführer ist immer gut informiert."

Frieda stand vom Tisch auf und sagte leise: „Jetzt kommt das Ende. Von unserem Land wird nichts mehr übrig bleiben, und von uns auch nicht."

„Wie kannst du so etwas behaupten!", sagte Walter. „Wir werden fürchterliche Rache nehmen."

„Wie denn?" fragte Gertrud heftig. „Uns gehen die Männer aus und die Waffen. Sollen jetzt wir Frauen mit dem Kochlöffel das Vaterland verteidigen?"

Frieda hatte ihre Mutter selten so aufgebracht erlebt. Offenbar konnte Gertrud Walters Geschwätz ebenso wenig ertragen wie sie selbst. War es wirklich möglich, dass Walter völlig blind war gegenüber den Tatsachen? Vermutlich schon, und er war nicht der Einzige, der sich der bitteren Wahrheit verschloss.

Wieder einmal bedauerte Frieda, dass das Attentat auf Hitler im Sommer nicht funktioniert hatte. Wie viele Städte wären verschont geblieben, wie viele Menschen würden noch leben!

Walter und Ingeborg setzten sich an den Küchentisch und warteten auf das Abendessen. Frieda stand auf, schürte das Feuer und verschwand mit einem spöttischen Blick im Zimmer ihrer Großmutter. Walter rief ihr noch hinterher, sie solle dableiben und für ihn und Ingeborg auftischen, aber Frieda sagte nur schnippisch von der Tür her: „Ihr habt doch selber Hände, mit denen man arbeiten kann?", Dann schloss sie die Tür und wendete sich ihrer Mutter und Großmutter zu.

Wie nicht anders zu erwarten, war ihre Großmutter dabei zu beten. Der Herr sollte all die unschuldigen Toten im Himmel aufnehmen und dafür sorgen, dass der Feind nicht weitere Gebiete bombardieren konnte, vor allem nicht den Nordschwarzwald. Gertrud und Frieda lächelten sich an ob der Naivität des Gebets, aber da die Großmutter die Augen inbrünstig geschlossen hatte, konnte sie das nicht sehen. Als das Gebet mit einem aus tiefstem Herzen kommenden „Amen" beendet war, fing Gertrud an, über das Thema zu sprechen, das ihr am meisten am Herzen lag: „Wir müssen Erika überreden, zu uns zu kommen. Nach der Bombardierung von Freiburg ist es nicht ausgeschlossen, dass Pforzheim das nächste Ziel ist. Schließlich gibt es in Pforzheim Industrie, und wenn der Feind bei uns einfallen sollte, kann er sich in Pforzheim bedienen an Gold und Diamanten. Ich verstehe nicht, warum Erika so bockig ist. Mama, Du musst an Erika schreiben, du bist schließlich ihre Mutter. Wir können auch versuchen, bei der Post in Pforzheim anzurufen und etwas ausrichten lassen, aber das wird wohl kaum klappen."

„Wie wäre es, wenn wir Walter und Ingeborg nach Pforzheim schicken, um mit Tante Erika zu reden? Es gibt ja immer mal noch einen Bus, und Ingeborg ist ganz wild darauf, in die Stadt zu kommen."

Das hielten Margarete und Gertrud für eine gute Idee, und Frieda ging gleich in die Küche, um ihrem Bruder den Plan auseinanderzusetzen. Ingeborg saß immer noch auf ihrem Stuhl wie vor ein paar Minuten, aber Walter machte sich am Geschirrschrank zu schaffen und schnitt Scheiben von dem minderwertigen Brot ab.

„Sieh da, sieh da," sagte Frieda, „mein Herr Bruder hat nie in der Küche einen Finger gerührt, aber auf einmal kann er seine Prinzessin bedienen."

Walter warf ihr einen wütenden Blick zu, denn er fühlte sich zutiefst in seinem männlichen Stolz getroffen. Als er ansetzte, dazu etwas zu sagen, bedeutete Frieda ihm zu schweigen und trug ihr Anliegen vor.

Ingeborg war sofort begeistert von der Idee, aus dem öden Wahlberg herauszukommen und sich eine schöne Stadt anzusehen. Walter hatte Bedenken wegen der Verkehrsverbindungen, aber er versprach, sich am nächsten Tag um die Möglichkeiten zu kümmern.

Als sie mitten in der Diskussion waren, ob es klug war, die kleine Reise zu versuchen, klopfte es leise an die Tür und Krystof steckte den Kopf herein. Er sagte etwas in schnellem Polnisch, und Frieda stand auf. „Ich glaube, im Stall gibt es ein Problem," sagte sie und folgte Krystof zur Tür hinaus.

„Kannst du seit neuestem polnisch?", rief Walter spöttisch.

Frieda hatte in dem kurzen Moment, in dem Krystof in der Tür verharrte, den begehrlichen Blick von Ingeborg wohl bemerkt, und sie dachte sich, was für ein abscheuliches Weibsbild Ingeborg doch war. Einerseits neigte sie dazu, Walter zu warnen, andererseits gönnte sie ihm die oberflächliche, herzlose Braut, die Walter in der Ehe tyrannisieren würde und sich zudem noch durch äußerste Faulheit und Eitelkeit auszeichnete.

Glücklicherweise hörte sie Krystof sagen, dass Ingeborg ihn anwiderte. Es gab keinen Grund zur Eifersucht. Krystof gab ihr einen schnellen Kuss und wollte dann wissen, was es mit Freiburg auf sich hatte. Da das Gespräch oben laut gewesen war, hatte er mehrfach den Namen Freiburg gehört. Frieda berichtete kurz von dem Bombenangriff, und Krystof war geschockt.

„Es wird Zeit, dass auch ihr euch hier auf Bomben einrichtet. Sie kommen ja jetzt von überall, und die Engländer haben in den Nachrichten schwere Bombardements vorausgesagt."

Sie hatten zwar geflüstert, aber waren doch erschrocken, als Walter die Treppe herunter kam, um zu sehen, was es im Stall gab. Frieda hatte sich blitzschnell unter die Kuh Bertha gesetzt, deren Euter unsymmetrisch gewachsen war und öfter mal Probleme machte.

„Krystof meinte, Bertha hätte vielleicht eine beginnende Entzündung," sagte Frieda, „aber ich glaube, da ist nichts Schlimmes." Walter bückte sich und warf auch einen Blick auf Berthas Euter. „Ich sehe nichts Ungewöhnliches, aber es ist gut, das Krystof so sorgfältig aufpasst. Hast du von Freiburg gehört?"

Frieda nickte. „Weißt du Näheres? Es hört sich ja schlimm an."
„Man spricht von mehreren Tausend Toten, natürlich sehr viele Zivilisten. Ganze Stadtteile sind offenbar zerstört. Das Münster ist verschont geblieben. Sollte das Absicht sein? Haben die Engländer so viel Sinn für Kultur, dass sie ein so herausragendes Bauwerk verschonen?"

Frieda zuckte mit den Achseln. „Allmählich ist es doch egal, was für Bauwerke stehen bleiben. Viel schlimmer ist die Rücksichtslosigkeit, mit der Menschen zu Schaden kommen. Ein Haus oder eine Kirche kann man irgendwann wieder aufbauen, aber ein verloschenes Menschenleben ist für immer dahin."

Frieda schnäuzte sich und ging nach oben. Die anderen kamen bald nach, und sie saßen trübe um den Esstisch in der Küche.

Ingeborg brach nach einer Weile das Schweigen. „Ist euch auch klar, dass Frieda etwas mit Krystof hat?", sagte sie. „Das kann man überdeutlich sehen."

Zunächst herrschte Schweigen, aber schließlich ergriff Friedas Vater das Wort. „Das will ich nicht gehört haben," sagte er scharf. „Komm bloß nicht auf die Idee, so etwas im Dorf herumzuerzählen, Es stimmt natürlich nicht, aber wenn das Gerücht Spitzeln zu Ohren käme, die nur darauf lauern, anderen zu schaden, wäre das das Ende für Frieda und Krystof. Übrigens habe ich dich hier angemeldet, denn du wirst ja offenbar eine Weile bleiben. Der Ortsbauernführer wird vorbeikommen und dir mitteilen, wo du eingesetzt wirst."

Ingeborg erschrak. „Ich arbeite doch hier auf dem Hof," sagte sie bestürzt. „Das könnt ihr alle bezeugen."

„Na ja, bisher ist es damit nicht viel gewesen," sagte Gertrud, „und da werden wir nicht lügen."

Am nächsten Morgen machte Walter eine Busverbindung nach Pforzheim ausfindig. Ingeborg machte sich stadtfein. Sie zog ihre besten Schuhe mit hohen Absätzen an, obwohl Gertrud ihr dringend abriet wegen des hässlichen Schmuddelwetters, und von einem warmen Mantel, der dem Großvater gehört hatte, wollte sie nichts wissen. Sie zog stattdessen eine nicht mal gefütterte, rote Übergangsjacke an und drehte sich wohlgefällig vor dem großen Spiegel neben der Haustür. Sogar Walter versuchte vorsichtig, sie von ihrem unvernünftigen Verhalten abzubringen, aber das machte Ingeborg nur wütend und bissig. Sie dachte nur daran, endlich mal wieder in eine Stadt zu kommen, feine Leute zu sehen und sich bewundern zu lassen.

Als sie losgezogen waren, seufzte Gertrud. „Hoffentlich nimmt der Ausflug kein böses Ende. Ingeborg lässt sich ja absolut nichts sagen, und eigentlich gönne ich es ihr, dass sie richtig friert und nasse Füße bekommt."

Es wurde Abend, und von Ingeborg und Walter war nichts zu sehen. Allmählich machte sich Gertrud Sorgen. Ihr Mann und Frieda gingen ins Bett, aber Gertrud blieb auf, weil sie sowieso nicht hätte einschlafen können.

Ingeborg und Walter kamen erst gegen Mitternacht zurück. Ingeborg war völlig erschöpft und so durchgefroren, dass sie kaum noch stehen konnte. Ihre Zähne klapperten unkontrolliert, und die Tränen liefen ihr die Wangen hinunter.

„Was habt ihr bloß gemacht," schimpfte Gertrud. „Euch kann man nicht allein lassen, obwohl ihr doch erwachsen sein solltet." Sie zog Ingeborg die völlig durchweichten Schuhe aus, die nicht mehr zu retten waren.

Sie steckte Ingeborgs Füße in eine Wanne mit heißem Wasser und rieb ihre Beine mit einem Handtuch ab, um den Kreislauf wieder in Gang zu bringen. Ingeborg stöhnte vor Schmerz, als sie anfing, aufzutauen und jammerte ohne Unterbrechung. Gertrud herrschte sie schließlich an, sie solle den Mund halten, denn sie habe es ja selbst nicht anders gewollt, und steckte sie schließlich mit einer Wärmflasche ins Bett.

Am nächsten Morgen war Ingeborg richtig krank. Sie hustete, hatte starke Halsschmerzen und Fieber. Sie blieb freiwillig im Bett, ließ sich heißen Holundertee bringen und Wadenwickel machen. Walter setzt sich zu ihr und bot an, ihr etwas vorzulesen, aber Ingeborg lehnte heftig ab.

Walter ging in die Küche zu seiner Mutter und berichtete ausführlich von ihrem Ausflug nach Pforzheim. Erika hatte sich weiterhin nicht willens gezeigt, ihre Zuhause zu verlassen. Sie wollte ihrem Mann nicht zumuten, nach der Arbeit in eine kalte Wohnung zu kommen ohne ein Essen vorzufinden oder sich aufheitern zu lassen von der kleinen Monika.

Der Hinweg nach Pforzheim hatte ganz gut geklappt, aber für den Rückweg gab es lange keine Fahrmöglichkeit. Schließlich fand sich ein Lastwagen, der Lebensmittel nach Calw bringen sollte für die vielen Evakuierten aus dem Rheinland. Sie kamen schließlich auch in Calw an, aber dann gab es nur noch die Möglichkeit, zu Fuß nach Wahlberg zu kommen. Ingeborg konnte im Schneematsch mit ihren elegante Schuhen kaum laufen, sie fror erbärmlich und drohte, jeden Augenblick schlapp zu machen. Walter brauchte alle Überredungskunst, um zu verhindern, dass sie sich einfach an den Wegrand legte und abwartete, was geschehen würde.

Gertrud fragte, ob sie auch einen Eindruck von der Stadt bekommen hätten. „Es war schrecklich. Kaum Leute auf der Straße, schlecht angezogen und halb verhungert. Ingeborg wurde wie ein Exot bestaunt mit ihren eleganten Schuhen und der roten Jacke. Das hat ihr natürlich gut getan, aber ich habe mich ein bisschen geschämt."

Gertrud fand ihren Sohn erstaunlich einsichtig. Es tat ihr aber unendlich leid, dass Erika nicht mit sich hatte reden lassen. Sie hatte ein ungutes Gefühl, wenn sie an die Zukunft Pforzheims dachte, und sie sollte mit ihren bösen Vorahnungen Recht behalten.

Die letzten Tage von Walters Fronturlaub gestalteten sich nicht sonderlich fröhlich. Ingeborg stand nach zwei Tagen zwar wieder auf, aber sie war mürrisch und wehleidig.

Schließlich kam ein Militärlaster und sammelte die Soldaten ein, deren Urlaub beendet war, um sie zum Bahnhof zu bringen. Ihnen stand eine lange, unangenehme Zugfahrt bevor. Sie hatten nicht mal die Garantie, in Russland anzukommen, da Militärtransporte häufig aus der Luft angegriffen wurden. Walter machte mit Galgenhumor ein paar dumme Witze, als er sich verabschiedete. Ingeborg hielt er lange im Arm und flüsterte ihr Zärtlichkeiten ins Ohr.

Seiner Großmutter stattete er nur einen kurzen Besuch ab, weil er sich vor ihren Gebeten fürchtete. Margarete sagte, sie würde ihn wohl nicht wiedersehen, weil sie damit rechnete, nicht mehr lange zu leben, wünschte ihm Wohlergehen und bat um Gottes Segen für sein weiteres Leben.

Einige Tage nach Walters Abreise kam der Ortsbauernführer und wollte Ingeborg sprechen. Ingeborg saß am Tisch in der Küche und tunkte unlustig ein Stück hartes Brot in ihren Tee. Der Ortsbauernführer stellte sich höflich vor, fragte nach ihren Personalien und wollte wissen, ob sie beabsichtige, länger im Dorf zu bleiben. Ingeborg antwortete patzig, dass sie aus dem Rheinland geflohen sei, um den Bomben zu entfliehen, und sie sähe keinen Anlass, im Augenblick zurückzukehren in ihre Heimat.

Herr Schierle fragte sie, was für eine Ausbildung sie vorweisen könne. Ingeborg lächelte. „Ausbildung nicht, aber ich kann Maschine schreiben und Lebensmittel verkaufen."

„Haben Sie je mit Kindern gearbeitet?" fragte Herr Schierle weiter.

„Nein," sagte Ingeborg. „Aber ich habe einen kleinen Bruder, mit dem ich nichts anfangen konnte."

„Gut," sagte Herr Schierle. „Dann werden Sie einiges lernen müssen, wenn Sie Ihre Stelle bei den Scheufeles antreten. Frau Scheufele ist sehr krank, und es gibt drei kleine Kinder, die versorgt werden müssen. Außerdem muss der Haushalt gemacht werden und die Landwirtschaft am Laufen gehalten. Die Scheufeles haben ein Zimmer frei, und da Sie morgens sehr früh anfangen werden, ist es am besten, Sie packen Ihre Sachen und ziehen um."

Ingeborg seufzte tief, sah hilfesuchend zu Gertrud und Frieda und erwartete Rückendeckung. „Ich habe hier genug zu tun," sagte sie klagend, „und bin nicht abkömmlich."

Der Ortsbauernführer sah Gertrud an, die den Kopf schüttelte.

„Vielleicht können wir mit Frieda tauschen," schlug Herr Schierle vor. „Die Arbeit im Lager kann ja von jedem ohne Vorkenntnisse gemacht werden."

Jetzt war Ingeborg vollends entsetzt und sagte schnell, sie wolle lieber der armen Frau Scheufele helfen. Es wurde abgemacht, dass sie sofort umziehen musste, um am nächsten Morgen den Dienst anzufangen.

Der Ortsbauernführer bekam noch einen selbstgemachten Obstler serviert, weil Gertrud wusste, dass er sehr dankbar war für ein Tränklein, und dann verabschiedete er sich artig von allen und ging.

Ingeborg packte und hielt sich nicht lange mit Formalitäten auf. Sie zog die Gummistiefel an, die Frieda für sie bereitgestellt hatte, packte ihre Habseligkeiten und ging ohne ein Dankeschön für alles, was man für sie getan hatte. An der Haustür sagte sie nur, sie werde wiederkommen, um den Hof zu übernehmen, wenn Walter aus dem Krieg heimgekehrt war. Es klang wie eine Drohung.

Gertrud und Frieda seufzten erleichtert auf, als Ingeborg verschwunden war. Ihr Leben würde wieder viel friedlicher und einfacher sein ohne den ewig maulenden, anspruchsvollen Gast.

23. Kapitel

Kurz vor Weihnachten teilte Sigrun Frieda mit, dass sie morgens nicht mehr zu kommen brauchte. Frieda sah ihr an, dass ihr das Leid tat, aber offenbar war die Kranke wieder imstande, ihre Pflichten zu erfüllen, und gegen die Entscheidung des Lagerkommandanten konnte Sigrun nichts unternehmen.

Frieda jubelte innerlich, denn ihr zweimaliges, zwangsweises Erscheinen im Lager hatte ihr Leben sehr hart gemacht. Jetzt hatte sie wieder mehr Zeit, um ihre sonstigen Aufgaben zu erfüllen, und vielleicht auch ein bisschen zu nähen.

Der Winter war unerbittlich kalt, und es lag viel Schnee. Ein paar Tage vor den Weihnachtsfestlichkeiten bat Walter seine Tochter und Krystof, in ihrem eigenen Wald einen Weihnachtsbaum auszusuchen und zu schlagen. Sie stapften im Tiefschnee los und fielen sich in die Arme, als sie außer Sichtweise des Dorfs waren. Frieda vergoss ein paar Tränen und beklagte sich, wie schwierig es war, ihre Beziehung geheim zu halten, aber Krystof tröstete sie. „Es wird bestimmt bald besser, und dann halten wir zusammen. Ich werde dich nicht verlassen, gleichgültig, was kommt, auch wenn wir zusammen sterben müssen."

Frieda fühlte sich getröstet, obwohl der Gedanke an ihrer beider Tod natürlich nicht angenehm war. Sie gingen Hand in Hand weiter, suchten einen schönen Baum aus und schüttelten den Schnee ab, wobei sie beide eine ordentliche Ladung weiße Pracht abbekamen. Krystof angelte den Schnee aus Friedas Kragen, und Frieda klopfte Krystofs Jacke ab. Sie lachten beide unbeschwert und hatten für den Augenblick die missliche Lage des Kriegsjahres vierundvierzig vergessen.

Als Frieda und Krystof mit dem Baum, an dem sie sehr zu schleppen hatten, nach Hause kamen, rief die Großmutter nach Frieda. „Ich habe von deiner Mutter gehört, dass es dieses Jahr keinen Weihnachtsgottesdienst in der Kirche geben wird. Festliches Glockengeläut können wir sowieso nicht haben, und offenbar ist kein Heizmaterial da, um die Kirche zu wärmen. Ein Predikant wird in der Wohnstube von einer der Familien des Hauskreises die Weihnachtsgeschichte lesen, aber ich fühle mich nicht in der Lage, das Bett zu verlassen. Kannst du die Damen des Hauskreises bitten, mich am Nachmittag von Heiligabend zu besuchen, so dass wir gemeinsam einen Gottesdienst abhalten können? Das würde mich trösten."

„Das ist schon organisiert," antwortete Frieda. „Vier Frauen aus dem Hauskreis werden kommen. Das haben sie von sich aus angeboten. Einen Pfarrer konnten sie nicht auftreiben, weil die Jüngeren einberufen worden sind und die Älteren sich bei dem miesen Wetter nicht aus dem Haus trauen."

Margarete fand sich klaglos mit der Lösung ab, und Frieda hatte den Eindruck, dass sie wirklich zu krank war, um harte Worte zu finden.

Am Nachmittag des vierundzwanzigsten kamen tatsächlich vier Damen aus dem Hauskreis. Sie brachten eine Kerze und einen Tannenzweig mit. Das Wetter hatte umgeschlagen, der Schnee taute, und überall liefen kleine Bächlein über die Wege. Es war, wie es zu Weihnachten von der Natur gedacht war. Es gab um die Weihnachtstage mit großer Regelmäßigkeit einen Wärmeeinbruch, und die Wunschvorstellung von weißen Weihnachten wurde fast zum Märchen. Frieda hatte schon in der Schule gelernt, wie die Wetterverhältnisse sich tatsächlich verhielten, und sie musste jedes Jahr in Gedanken ihren Lehrer loben, der so kenntnisreich gewesen war.

Gertrud geleitete die Damen in Margaretes Zimmer und schloss leise die Tür. Sie hörte Gemurmel und verhaltenen Gesang. Mit zittrigen Stimmen wurde ein Weihnachtslied gesungen, das viel zu hoch für die Möglichkeiten der alten Frauen angestimmt worden war, aber Gertrud hoffte, dass ihre Mutter das nicht bemerken würde und getröstet einschlafen würde.

Als Frieda aus dem Lager zurückkam, war der Weihnachtsbaum in der guten Stube aufgestellt und geschmückt. Kerzen gab es nicht, aber im Kachelofen bullerte ein mächtiges Feuer und verbreitete heimelige Wärme.

Die Großmutter hatte sich entschuldigt, weil sie sich zu schwach fühlte zum Aufstehen. Da sie starke Schmerzen hatte, und es keinerlei schmerzlindernde Mittel mehr gab, flößte Gertrud ihrer Mutter einen heißgemachten Schnaps mit Zucker ein. Da Margarete Alkohol überhaupt nicht gewöhnt war und eigentlich verabscheute, wirkte das Getränk wie ein Keulenschlag, und sie war sofort eingeschlafen.

Krystof war natürlich zum Fest eingeladen. Es gab am Abend Kartoffelsalat mit einem gekochten Ei als Würstchenersatz, aber sie genossen alle vier das Essen trotzdem.

Nach dem Essen las Walter die Weihnachtsgeschichte vor, sie sangen „Stille Nacht" (Krystof auf polnisch, denn dieses bekannte Weihnachtslied gab es in fast alle Sprachen übersetzt in christlichen Ländern), und dann folgte die Bescherung.

Frieda hatte für ihre Mutter eine Bluse mit Puffärmeln und einem Stehbündchen genäht. Den Stoff hatte sie aus einem kaputten, geblümten Bettbezug zurechtgeschneidert. Ihr Vater erhielt ein Paar Fellhandschuhe, die sie aus einer alten Weste geschnitten hatte und mit Schafwolle zusammengenäht. Krystof erhielt ein Paar dicke Socken, die er dringend brauchen würde, wenn der Winter wiederkommen sollte. Der Großmutter war ein Erbauungsbüchlein zugedacht, das Annemie, die derartige Lektüren verabscheute, Frieda gegeben hatte. Frieda bekam von ihrer Mutter zwei Taschentücher, die liebevoll mit Mauszähnchen umhäkelt waren, und Krystof überreichte ihr lächelnd eine selbst geschnitzte Holzfigur, die ein junges Mädchen darstellte.

Das Mädchen hatte unverkennbar Ähnlichkeit mit Frieda, und Frieda und ihre Eltern staunten über Krystofs künstlerische Fähigkeiten. Frieda freute sich sehr und wagte es, Krystof in Gegenwart ihrer Eltern zu umarmen.

Als alle sich bedankt hatten, schenkte Walter einen heißgemachten Obstler ein, aber diesmal ohne Zucker. Zunächst waren sie überwältigt von dem gelungenen Fest, aber allmählich fiel ihnen der grausame Alltag wieder ein, und die Stimmung trübte sich.

Als Frieda am sich am nächsten Nachmittag dem Lager näherte, hörte sie einen ohrenbetäubenden, blechernen Lärm. Sie beeilte sich, ins Lager zu kommen um herauszufinden, woher dieser Lärm stammte. Die Gefangenen standen im Hof und schlugen mit ihren Blechlöffeln auf Teller und Tassen und schrien dabei eine Forderung in einer Sprache, die Frieda nicht verstand. Der Lagerleiter und Sigrun standen vor der Küche und versuchten, den Lärm zu übertönen. Die wenigen Wachsoldaten, die noch im Dienst waren, hatten sich um die Gefangenen mit dem Gewehr im Anschlag verteilt, verhielten sich aber zurückhaltend.

Schließlich pfiff einer der Russen durch die Finger, und der Lärm erstarb. „Weihnachten," sagte der Russe, der offenbar der Anführer des Aufstands war, „Chunger!"

Jetzt sah Frieda, dass Sigrun einen schweren Revolver in der Hand hielt und in die Menge zielte. „Wenn ihr nicht sofort in eure Baracke zurückkehrt, werde ich anfangen, euch zu erschießen," sagte sie. Natürlich wurden ihre Worte nicht verstanden, aber ihr drohender Ausdruck und der Blick auf die Waffe machten klar, was sie meinte. Aber keiner der Gefangenen rührte sich, bis Sigrun ernst machte und abdrückte. Sie traf einen ganz jungen Polen am Kopf, und damit war der Aufstand beendet. Die Gefangenen kehrten in ihre Baracken zurück, und es wurde unheimlich still.

Als Sigrun mit dem Lagerkommandanten in dessen Büro verschwunden war, fing man in der Küche zu flüstern an.

„Jetzt ist Sigrun zu weit gegangen," sagte eine der Frauen. „Sie wird sich rechtfertigen müssen, denn schließlich gibt es immer noch Gesetze."

Frieda sagte nichts. Sie war überaus bestürzt, dass eine Frau es fertiggebracht hatte, so kaltschnäuzig einen Menschen zu vernichten. Sie kämpfte mit den Tränen, wischte sich kurz mit der Schürze übers Gesicht, als gäbe es einen Schmutzfleck auf ihrer Stirn, atmete tief durch und hatte sich wieder im Griff. Sie war sich immer noch nicht sicher, wie man es aufnehmen würde, wenn sie um einen Polen weinte, und war deshalb froh, dass offenbar niemand ihre Traurigkeit bemerkte.

Wie immer in der letzten Zeit wurden die Kartoffeln ungeschält gekocht, und auf den Pfannen wurden kleine Portionen Leberwurst angebraten, was immerhin vergleichsweise einem Festessen nahekam. Außerdem gab es für jeden Lagerinsassen einen harten Keks, der mangels Weihnachtsgewürzen und Zucker nach nichts schmeckte, aber bei der Essensausgabe dankbar angenommen wurde.

Frieda hörte beim Abwasch, dass die Gefangenen sich bereits morgens geweigert hatten, zur Arbeit auszurücken, aber schließlich ohne Gewaltanwendung dazu gebracht werden konnten, ihren Zwangsdienst anzutreten.

Frieda ging in Gedanken verloren mit Liese nach Hause. Liese wurde auf halber Strecke von ihrem Vater abgeholt, und Frieda war dankbar, dass sie auf Lieses Geschwätz nicht mehr antworten musste.

Die Vorgänge im Lager hatten Frieda tief beeindruckt, und sie fragte sich, was an schrecklichen Aufständen und ebenso schrecklichen Reaktionen noch kommen würde. Die Gefangenen hatten offenbar auf irgendwelchen unerklärlichen Wegen gehört, dass der Krieg sich dem Ende näherte, und Deutschland der Verlierer sein würde, und deshalb fühlten sie sich angestachelt, sich zu widersetzen. Der Vorfall mit der Erschießung beschäftigte Frieda so sehr, dass sie kaum auf den Weg achtete und nicht einmal bemerkte, dass das Thermometer fiel.

Am nächsten Morgen war es wieder so eisig kalt wie vor Weihnachten, und der Temperaturunterschied zu den Tagen zuvor betrug fast zwanzig Grad. Gertrud war in aller Frühe dabei, den Herd in der Küche richtig aufzuheizen, und sie beeilte sich, mit einem Korb Holz in das Zimmer ihrer Mutter zu gehen, um auch dort das Feuer wieder auflodern zu lassen.

Margarete lag reglos im Bett. Sie hatte ihr Federbett bis zum Kinn hochgezogen, und erst, als Gertrud sie auf ihr Befinden ansprach, jammerte sie über Schmerzen. Das war ungewöhnlich, denn normalerweise sagte sie kaum etwas zu ihrem Zustand, aber offenbar waren die Schmerzen so stark, dass sie es nicht fertigbrachte, so zu tun, als sei alles in Ordnung. Gertrud machte einen Obstler heiß und flößte ihn ihrer Mutter ein, aber Margarete erbrach das Getränk sofort wieder und fühlte sich noch schlechter.

Als Gertrud mit einem Haferschleim hereinkam und ihn ihrer Mutter anbot, kniff Margarete die Lippen zusammen und weigerte sich trotz allen guten Zuredens, etwas zu sich zu nehmen. Gertrud ahnte, dass es wohl zu Ende ging. Sie hatte von Nachbarn gehört, dass man eine Sterbenskranke nicht zwingen konnte, etwas zu essen, wenn der Körper es nicht mehr wollte.

Frieda war auch bereits in der Küche und machte sich bereit, mit dem Melken anzufangen. Gertrud sagte ihr, dass sie glaube, dass ihre Mutter es nicht mehr lange machen würde und fügte hinzu, dass es wahrscheinlich besser sei, wenn das Leiden endete, gegen das man machtlos war.

Walter musste wieder im Wald arbeiten, aber der Frost setzte seinem kaputten Bein so zu, dass er kaum laufen konnte. Er quälte sich zu dem Lastwagen, der die Waldarbeiter abholte, und man musste ihn auf die Ladefläche ziehen, da er nicht imstande war, sich auf einem Bein abzustützen und hoch zu springen. Einer seiner Nachbarn meinte kopfschüttelnd, es sei menschenverachtend, auf die Behinderung Walters keine Rücksicht zu nehmen, aber der Vorarbeiter wies ihn scharf zurecht und machte klar, dass auf derlei nichtige Dinge nicht geachtet werden könne.

Um die Mittagszeit setzte ein scharfer Wind mit Schneetreiben ein, und nach kurzer Zeit war der Hof zugeschneit. Man konnte kaum noch etwas sehen.

Frieda fürchtete sich vor dem Weg ins Lager und überlegte, ob sie fernbleiben konnte unter irgendeinem Vorwand. Aber wenn sie an Sigrun dachte, die sie auf jeden Fall bestrafen und keinerlei Erklärungen akzeptieren würde, zog sie es doch vor, sich auf den Weg zu machen, mit dem Risiko, unterwegs stecken zu bleiben und möglicherweise zu erfrieren.

Sie erfror natürlich nicht, aber sie rutschte zweimal aus und fiel in den Schnee. Sie brauchte viel länger als sonst für den Weg und ihr war klar, dass sie zu spät kommen würde und eine Strafpredigt von Sigrun zu erwarten hatte.

Als sie schließlich das Lager erreicht hatte, stand das Tor offen und war unbewacht. Im Hof hielt ein Lastwagen mit laufendem Motor, und die Gefangenen waren dabei, Brennholz abzuladen. Frieda wunderte sich, dass jemand trotz der immer chaotischeren Situation fürsorglich daran gedacht hatte, dass man die Baracken heizen musste. Das Holz war viel zu lang und sperrig für die kleinen Öfen, die in den Baracken standen. Also musste es noch gesägt und gehackt werden. Sigrun lief zwischen den Gefangenen hin und her und trieb sie zur Eile an. Als sie Frieda entdeckte, warf sie ihr einen finsteren Blick zu, hatte aber keine Zeit, sich mit ihr auseinanderzusetzen.

Es gab nicht viel mit der Vorbereitung des Essens zu tun, weil man eine dünne Hafersuppe zusammenrührte, die nur gekocht werden musste. Die Mädchen standen in Grüppchen beieinander und schwätzten lebhaft, da Sigrun nicht in der Küche war, um sie zu maßregeln.

Draußen gab es eine heftige Diskussion zwischen dem Lagerleiter und Sigrun. Der Lagerleiter war der Ansicht, dass die Lagerinsassen ihr Holz selber spalten und hacken sollten, wenn sie nicht frieren wollten. Schließlich sei man nicht der Dienstbote von diesem Geschmeiß.

Sigrun dagegen fürchtete, sie könnten ihre Äxte und Sägen als Waffe benutzen und einen Aufstand machen.

Zunächst konnte das Problem nicht gelöst werden, weil der Lastwagen, als er entladen war, beim Start leicht abrutschte und sich im tiefen Schnee festfraß. Die Räder drehten durch, und einige Gefangenen lachten schadenfroh.

Das Lachen verging ihnen schnell, als sie Holz unterlegen mussten und den Lastwagen anschieben. Liese meinte leise, sie bräuchten nun gar keine Heizung mehr, weil sie sehr ins Schwitzen kamen. Es kostete etliche Anläufe, bis der Lastwagen sich qualmend in Bewegung setzte und langsam den kaum merklichen Hang zum Tor hinauffuhr. Die Gefangenen klatschten Beifall, und es herrschte eine heitere Stimmung wie noch selten.

Nach dem kärglichen Essen wurden im Hof die Lampen eingeschaltet, die eigentlich zur Überwachung dienten. Nach kurzem Flackern gingen sie wieder aus, weil der Strom wie so oft ausgefallen war. Mit dem Dieselgenerator wurde eine Notbeleuchtung eingeschaltet, und die Lagerinsassen begannen, das Holz zu sägen und zu spalten, nachdem man ihnen das entsprechende Werkzeug zugewiesen hatte. Der Lagerleiter hatte die Schlacht gewonnen, und da drei Wachsoldaten mit Gewehr im Anschlag um die arbeitende Gruppe herumstanden, hatte auch niemand eine Chance, mit einer Axt oder Säge Unheil anzurichten. Das fertige Holz wurde sofort in Körben in die Baracken geschleppt, und ein Feuer entfacht. Diejenigen, die im Augenblick nichts zu tun hatten, kauerten in Decken gewickelt auf den Betten in Nähe der kleinen Öfen und unterhielten sich leise, soweit das sprachlich möglich war.

Frieda ging mit zwiespältigen Gefühlen nach Hause. Für eine minimale Heizung war gesorgt, und die Lagerinsassen waren guten Mutes. Aber Frieda fürchtete sich vor weiteren Aufständen, die immer härter geahndet werden würden. Auch auf Sigrun hatte sie einen regelrechten Hass entwickelt. Eine so harte Person, der jede Menschlichkeit abging, hatte sie noch nie erlebt. Sie konnte nicht nachvollziehen, was in Sigrun vorging, die vernagelt und blind für die Entwicklung des Krieges war, und immer noch an die Idee vom Herrenmenschen glaubte. Sie hing weiterhin an dem ihrer Meinung nach vollkommenen System, das bereits am Zusammenbrechen war.

Jedenfalls schloss Frieda Sigrun als Herrenmenschen aus, was sie aber natürlich niemandem anvertraute.

24. Kapitel

Von Ingeborg selbst sahen und hörten die Breitenbergs nichts, nachdem sie ausgezogen war. Aber eine Nachbarin, die morgens kurz bei Gertrud vorbeischaute, nicht aus Freundlichkeit, sondern mit dem Hintergedanken, Klatsch und Tratsch zu verbreiten, erzählte nach kurzer Höflichkeitseinleitung über das Wetter von den Gerüchten, die sich im Ort verbreiteten. Frau Scheufele war wieder halbwegs auf den Beinen, so dass Ingeborg nicht mehr unbedingt gebraucht wurde, aber Ingeborg war anderweitig beschäftigt. Kurt, der älteste Sohn der Scheufeles, war auf Fronturlaub für ein paar Tage nach Hause gekommen, und Ingeborg hatte sich dem gutaussehenden jungen Mann sofort an den Hals geworfen. Kurt war natürlich nicht abgeneigt, mit einem Verhältnis seine Urlaubstage zu versüßen, denn er war ausgehungert nach normalem Leben.

Gertrud wollte das Gerücht zunächst nicht glauben, denn immerhin war Ingeborg offiziell die künftige Frau ihres Sohnes. Bei genauerem Überlegen kam sie aber zu dem Schluss, dass Ingeborg ein unmoralisches und gewissenloses Biest war, und man ihr alles zutrauen konnte.

Sie verteidigte allerdings ihre künftige Schwiegertochter, musste aber insgeheim zugeben, dass ihr Sohn im Grunde froh sein konnte, die schamlose Person loszuwerden, wie auch ihre Nachbarin ihr eifrig erklärte.

Gertrud war froh, dass ihr Besuch bald wieder ging. Sie fand die Information zu Ingeborgs Benehmen anhörenswert, aber sie hatte keine Lust, weiter mit einer Frau, die ihr nicht besonders nahe stand, darüber zu diskutieren. Schließlich handelte es sich um eine Familienangelegenheit, über die man sich nicht öffentlich das Maul zerreißen musste.

Beim Mittagessen informierte sie Frieda und war überrascht, dass Frieda schon davon wusste, aber nichts gesagt hatte.

„Wo hast du das her?" fragte Gertrud.

„Das pfeifen doch die Spatzen vom Dach," antwortete Frieda. „Unsere lieben, christlichen Nachbarn sind schadenfroh und gehässig, obwohl niemand das laut sagt. Immer wird die Moral hochgehalten, die ja bei den meisten alle anderen betrifft, nur nicht die eigene Person. In Ingeborgs Fall wird die Verlobte wegen ihrer Unehrenhaftigkeit, Treulosigkeit und mangelnden Moral verdammt. Gleichzeitig freut man sich wohl auch, dass Walter eine böse Überraschung erleben wird bei seiner Heimkehr. Du weißt ja auch, dass Walter nicht gerade der beliebteste Bub ist, weil er viele Nachbarn mit seinen dummen und nicht ungefährlichen Streichen verärgert hat."

Gertrud hörte das nicht gern, da sie ihren eigenen Sohn lieber gut und brav sehen würde, aber sie wusste natürlich, dass Walter beides nicht war.

„Lass nur die Großmutter nichts von der Geschichte hören. Sie hält ja ihren Enkel für einen Engel und würde schrecklich lamentieren, wenn sie erfahren würde, dass Walter sitzen gelassen worden ist."

Natürlich würde Frieda der Großmutter gegenüber nichts verlauten lassen. Dabei war sie sich gar nicht sicher, ob Margarete überhaupt verstehen könnte, worum es ging. Sie nahm ihre Umwelt immer weniger wahr, stand gar nicht mehr auf und ließ sich jeden Tag bereitwilliger einen heißen Obstler einflößen, wenn die Schmerzen schlimm wurden.

Das eisige Wetter hielt auch in der zweiten Januarhälfte an, und aus den Städten hörte man, dass Menschen erfroren, die sich kein warmes Essen bereiten konnten und über keinerlei Heizmaterial verfügten.

Walter hatte beim Holzmachen von seinen Leidensgenossen gehört, dass vor allem Kinder Opfer von der Kältewelle waren. Es gab in der Stadt keine Milch mehr oder andere nahrhafte Lebensmittel, und so waren die kleinen Körper geschwächt und wurden von einer Lungenentzündung oder Diphterie dahin gerafft.

Die Zahl der Kleinkinder war in den Jahren vierundvierzig und fünfundvierzig deutlich zurückgegangen, zum einen, weil die potentiellen Väter im Feld standen oder bereits gefallen waren, zum anderen, weil man sich scheute, Nachwuchs in die kaputte Welt ohne Zukunft zu setzen.

Frieda und Gertrud sprachen auch über die Flüchtlinge, die begonnen hatten, aus Ostpreußen, Westpreußen, Pommern und Schlesien vor den Russen zu fliehen. Es war einfach unvorstellbar, was sie unterwegs aushalten mussten bei den eisigen Temperaturen, ohne zu wissen, ob sie einen warmen Platz für die Nacht finden würden oder eine barmherzige Bäuerin, die ihnen etwas zu essen anbot. In den Städten bemühte sich die Bahnhofsmission, wenigstens eine Suppe anzubieten, aber auf dem Land waren die Flüchtlinge meist auf private Hilfe angewiesen.

Frieda und ihre Mutter waren unendlich traurig über die schweren Schicksale und schätzten sich glücklich, bis dahin glimpflich davon gekommen zu sein. Ihr Dorf wurde nicht bombardiert, der Hof bot immer noch etwas zu essen, Heizmaterial war genügend vorhanden, und bisher waren sie von Einquartierungen verschont geblieben.

Gertrud hatte zwar eingeplant, welche Räume sie abtreten konnte, falls ihnen eine Flüchtlingsfamilie zugeteilt wurde, aber im Augenblick war das kein Problem.

Frieda dachte auch immer wieder an den Feind, dem es bestimmt nicht besser ging als den Deutschen. Die Franzosen hatten Besatzung, den Engländern wurden ohne Vorwarnung die Städte bombardiert, die Russen hatten nichts mehr zu essen , und wenn die Berichte aus dem Radio stimmten, waren die Verluste an Menschen ungeheuer.

Frieda schlief jetzt jede Nacht in Krystofs Kammer. Die Großmutter konnte sie nicht erwischen, und falls ihre Eltern etwas bemerkten, wollte sie sich mit ihnen auseinandersetzen und erklären, warum sie ihrer Liebe nachgegeben hatte.

Krystof hatte mehrfach angedeutet, dass er gehen würde, sobald es die Möglichkeit gab, nach Polen zurückzukehren. Er wollte wissen, was aus seiner Familie geworden war, wie es um seine

Heimatstadt stand, und welche Möglichkeiten es gab, in Polen zu leben.

Als Frieda verstand, weinte sie. Krystof tröstete sie und versprach, auf jeden Fall wieder zu kommen, um entweder bei ihr zu bleiben oder sie nachzuholen. Beide hatten das Gefühl, die verbleibende Zeit nutzen zu müssen und so häufig wie möglich zusammen zu sein.

An einem besonders kalten Tag stand Ingeborg mit ihrem Gepäck vor der Tür und wollte wieder einziehen. Frieda machte ihr auf und bat sie nicht einmal in den Gang.

„Ist Kurt wieder weg?", fragte sie gerade heraus.

Ingeborg wirkte verblüfft, mit einer so direkten Frage hatte sie wohl nicht gerechnet.

„Ja, er ist weg," antwortete sie, „aber das ist egal, Die Scheufeles brauchen mich nicht mehr, weil es Frau Scheufele wieder besser geht, und sie ihre Arbeiten selbst verrichten kann. Lässt du mich jetzt rein? Ich erfriere sonst."

Frieda ließ sie in den Gang treten, rief aber nach ihrer Mutter. Gertrud kam nach einer Weile und sah unverblümt mit Entsetzen auf ihren Gast.

„Es kommt überhaupt nicht in Frage, dass du hier wieder einziehst und die Prinzessin spielst," sagte sie scharf. „Wir haben in den ganzen Wochen, in denen du bei den Scheufeles warst, kein Wort von dir gehört, du hast dich für nichts bedankt und außerdem deinen Verlobten hintergangen, wie man hört. Suche dir ein anderes Quartier oder geh nach Hause zurück, hier bist du nicht willkommen."

Frieda war verwundert, wie hart ihre Mutter sein konnte. Sie war aber sehr froh darüber, dass Ingeborg offenbar keine Chance hatte, wieder aufgenommen zu werden. Sie dachte an Ingeborgs Faulheit, ihre Versuche, sich Krystof zu angeln, ihre Eitelkeit und Unverträglichkeit. Sie war einfach nur eine Belastung gewesen, und Frieda hatte genug mit der Krankheit ihrer Großmutter, der Arbeit im Lager und ihren Sorgen um Krystof zu tun.

Ingeborg fing zu weinen an und drängte in die warme Küche. „Ihr habt alles falsch verstanden," sagte sie unter Tränen. „Ich bin ja dankbar, und ich wollte Walter nicht Unrecht tun. Kurt hat mich verführt, und in meiner Situation konnte ich gar nicht anders, als ihm nachzugeben. Lasst mich nur bleiben, ich will auch alles tun, was ihr von mir verlangt."

„Das wirst du bestenfalls zwei Tage lang durchhalten," sagte Frieda. „Mit dir sind wir fertig und lassen uns nicht wieder das Leben vermiesen. Warte, bis mein Vater kommt, der muss entscheiden, was mit dir geschehen soll. Spar dir auch deine Krokodilstränen, die beeindrucken hier niemanden."

Ingeborg weinte unbeirrt weiter und hörte erst auf, als Walter und Krystof aus der Scheune hereinkamen.

„Was ist hier los?", fragte Walter unfreundlich. „Wer hat die Ziege eingeladen?"

Ingeborg prallte zurück, als sie die wenig ermutigenden Worte hörte und schluchzte auf. „Ich bin zurückgekommen, weil meine Aufgabe bei den Scheufeles beendet ist."

„Das habe ich aber von Georg Scheufele anders gehört," sagte Walter. „Sie haben dich rausgeschmissen, weil du mit ihrem Sohn angebändelt hast und sonst zu nichts zu gebrauchen warst. Ich werde zusehen, dass du morgen zu meinem Vetter nach Calmbach kommst. Der hat ein Sägewerk und kann dich sicher gut gebrauchen."

Ingeborg übernachtete also, und Frieda traute sich nicht zu Krystof, weil sie sicher war, dass Ingeborg sie bewachte und nur auf den Augenblick wartete, an dem sie sie erwischte und denunzieren konnte.

Am nächsten Morgen fuhr ein Lastwagen mit Holz ins Tal, und Ingeborg wurde mit dem Fahrer und Beifahrer in die enge Kabine verfrachtet. Sie sagte nichts mehr, warf aber einen hasserfüllten Blick auf die Familie, Krystof eingeschlossen.

„Hoffentlich ist sie jetzt endgültig verschwunden," sagte Walter. „Ich nehme doch an, dass unser Sohn sie nicht mehr haben will, wenn er zurückkommt. Ich wünsche meinem Vetter viel Spaß mit ihr. Er kann jedenfalls ganz schön hart sein."

Damit war das Thema Ingeborg erstmal beendet.

25. Kapitel

Zwei Tage später ging Frieda mit dem Haferschleim und dem morgendlichen Kräutertee ins Zimmer ihrer Großmutter. Sie hatte noch keinen Laut von der Großmutter gehört, die sich sonst sofort mit schwacher Stimme bemerkbar machte, wenn sie aufgewacht war.

Frieda sah zunächst nur das Deckbett mit einer kleinen Wölbung, wo die Großmutter lag. Da immer noch keine Reaktion kam, hob Frieda vorsichtig einen Zipfel des Federbetts an, um die Großmutter zu wecken. Sie ahnte sofort, dass Margarete über Nacht gestorben war. Sie tastete vorsichtig nach einer Hand unter der Decke. Die Hand war eiskalt und starr.

Frieda rief nach ihrer Mutter, die sofort aus der Küche hereingestürzt kam, und auch der Vater eilte vom Stall hoch um zu hören, was es gab. Gertrud war sehr bestürzt und schluchzte laut auf. Sie hatte zwar kein gutes Verhältnis zu ihrer Mutter gehabt, aber immerhin war Margarete die einzige Person, die sie vom ersten Tag an begleitet hatte, und es war hart, diese Person zu verlieren.

Sie beratschlagten, was sie machen könnten, um alles ordnungsgemäß abzuwickeln. Einen Arzt gab es nicht, der den Totenschein hätte ausstellen können, und deshalb wurde Frieda zur Hebamme Annemarie geschickt, die einige medizinische Kenntnisse hatte und vermutlich stellvertretend den Totenschein ausfüllen konnte.

Frieda wartete eine ganze Weile in der kaum geheizten Küche der Hebamme und fragte sich, wofür Annemarie so lange brauchte. Die Erklärung kam mit Annemaries Erscheinen in der Küche. Sie hatte sich vollkommen umgezogen für den Trauerfall, und Frieda hatte den Eindruck, mit einer schwarzen Krähe zu ihrem Haus zu laufen.

Annemarie warf einen Blick auf Margarete, nickte mit dem Kopf und füllte ein Formular aus, das sie mitgebracht hatte: Name, Adresse, Datum und Ursache des Todes.

„Ich werde den Schein beim Schultes abgeben und veranlassen, dass die Verstorbene abgeholt wird und auf dem Friedhof aufgebahrt. Ihr solltet sofort beim Schreiner einen Sarg in Auftrag geben. Es wird in Anbetracht der Lage keine Auswahl geben, und falls Margarete Wünsche geäußert haben sollte, können sie sicher nicht erfüllt werden."

Sie drückte allen die Hand und sprach ihr Beileid aus. Gertrud zog sich Stiefel und einen Mantel über und ging mit ihr zusammen aus dem Haus. Bei der Kirche trennten sie sich, Annemarie wohnte am anderen Ortsende.

Sie sollte Recht behalten. Der Schreiner konnte nur einen einfachen Fichtensarg herstellen. Gertrud wollte ein schönes Tuch heraussuchen, um den Sarg auszuschlagen, und sie bat gleich die Frau des Schreiners, mitzukommen und die Großmutter zu waschen und schön anzuziehen. Diese Dienste wurden von Dorfbewohnern übernommen, da brauchte man kein Beerdigungsunternehmen wie in der Stadt.

Es gab aber einige Probleme, die zu lösen waren. Mangels Pferden musste der Leichenwagen von einem Kuhgespann gezogen werden, was der Großmutter sicher sehr schmerzlich gewesen wäre. Viel schlimmer war aber die Tatsache, dass der Boden so tief gefroren war, dass an ein Ausheben des Grabes gar nicht zu denken war. Der schlichte Sarg stand in der Leichenhalle, durch das Fehlen von Blumen nur mit Tannenzweigen und weißen Schleifen geschmückt. Nach zwei Tagen, als einige Dorfbewohner vorbeigekommen waren und Abschied genommen hatten, wurde der Deckel zugeschraubt.

Frieda hatte ein schlechtes Gewissen, weil sie eigentlich keine Trauer verspürte. Die Großmutter hatte sie ständig drangsaliert, immer Walter vorgezogen, und trotz allen Bemühens war Frieda das Gefühl nie losgeworden, dass es ihrer Großmutter lieber gewesen wäre, wenn sie nicht auf die Welt gekommen wäre. Den Grund dafür wusste Frieda nicht und würde ihn auch nun nie erfahren.

Frieda hatte sich morgens von der Großmutter verabschiedet, bevor der Deckel geschlossen wurde, und kündigte an, dass sie am frühen Nachmittag nach Hochdorf gehen würde, um endlich wieder einmal Annemie zu besuchen und alle Neuigkeiten zu erzählen.

Als sie bei den Brückers ankam, fand sie Annemie allein in der Küche vor. Annemie hatte einen Haufen Kleider vor sich liegen, die ausgebessert werden mussten. Sie bot Frieda einen Kaffee an, aber Frieda hatte keine Lust auf den scheußlichen Ersatzkaffee und schöpfte sich lieber ein Glas Wasser aus dem Eimer.

„Wie geht es dir bei dem eisigen Wetter?" fragte Frieda, als sie sich einen Küchenstuhl in die Nähe des Herdes gerückt hatte.

„Mir geht es schlecht," sagte Annemie. „Meine Beine wollen bei den Temperaturen gar nicht mehr, und jeder Schritt tut mir weh. Deshalb sitze ich hier und flicke Lumpen, die wir als Kleidung bezeichnen."

„Wenn der Krieg vorbei ist, werde ich euch ein paar schöne Sachen nähen," versprach Frieda, um ihre Freundin aufzuheitern.

Zunächst erzählte Frieda von Ingeborg, und Annemie konnte sich nicht verkneifen, zu deren Werdegang eine schadenfrohe Bemerkung zu machen. Sie hatte durch Friedas Erzählungen mitbekommen, was für eine Person Walters Verlobte war, und sie meinte wie alle anderen, es wäre doch gut für Walter, wenn er diesen schamlosen Faulpelz nicht heiraten musste.

Dann erzählte Frieda vom Tod ihrer Großmutter und dem Problem, sie unter die Erde zu bringen.

„Es wäre geheuchelt, wenn ich dir jetzt mein Beileid aussprechen würde. Euch geht es vermutlich allen besser ohne ständige Nörgeleien und moralische Vorhaltungen. Eigentlich kann einem deine Großmutter mit ihrem Charakter, der ihr ja wohl angeboren war, leid tun. Sie hat sich selber immer Steine in den Weg gelegt und sich jede Freude verkniffen. Die Frau Pfarrer meint, dass es einem im Jenseits richtig gut geht, wenn man sich hier nur abgemüht hat, aber wir werden nicht erfahren, ob das stimmt. Jedenfalls bleibt deiner Großmutter auch nach dem Tod nichts erspart. Jetzt muss sie auch noch eingefroren auf besseres Wetter warten."

„Du bist gewaltig respektlos," sagte Frieda mit leisem Vorwurf. „So etwas wage ich nicht mal zu denken."

Frau Brücker kam herein und bot ebenfalls einen Kaffee an, den Frieda wieder ablehnte. Annemies Mutter drückte Frieda allerdings die Hand und sprach ihr Beileid aus. „Wann wird denn die Beerdigung sein?" fragte sie.

„Wenn der Frühling kommt," antwortete Frieda und lächelte unschuldig.

Das Gespräch kam natürlich wieder auf die katastrophale Lage, auf die Soldaten, die in Russland erfroren, wenn sie nicht erschossen wurden oder von Minen zerfetzt, und auf das Schicksal der vielen Kriegsgefangenen, die immer noch Zwangsarbeit leisteten und unter immer schrecklicheren Bedingungen in ihren keineswegs für einen harten Winter geeigneten Baracken hausen mussten.

Frieda erzählte auch, dass Sigrun im Zorn über den Ungehorsam der Lagerinsassen einen Gefangenen erschossen hatte, nicht mal ausgewählt, sondern einfach abgedrückt.

Annemie war entsetzt. „Sigrun ist wirklich eine Bestie," sagte sie. „Man kann nur hoffen, dass sie nach Kriegsende zur Rechenschaft gezogen wird und wegen Mordes bestraft. Ich glaube, die Alliierten werden nicht lange fackeln und Kriegsverbrecher zum Tode verurteilen, sofern sie ihnen die Verbrechen gegen die Menschlichkeit nachweisen können."

Über die Juden wurde nicht gesprochen, obwohl inzwischen jeder wusste, was mit ihnen geschah. Es zu wissen war die eine Sache, etwas dagegen zu tun die andere.

Schließlich musste Frieda ihren Dienst im Lager antreten und verabschiedete sich. Annemie wirkte weniger bedrückt als bei Friedas Ankunft. Der Besuch hatte sie angeregt und von ihren Schmerzen abgelenkt.

Frieda hasste ihre Arbeit im Lager wie nie zuvor. Die Gefangenen waren schwach und ausgemergelt, in der Küche wurde nicht mehr getuschelt und gekichert, weil die Mädchen Sigruns Ausbrüche immer mehr fürchteten.

Frieda musste auch einsehen, dass sie für die Lagerinsassen gar nichts ausrichten konnte, um ihre Situation zu verbessern. Seit der neue Kommandant für Leutnant Gerster die Leitung übernommen hatte, herrschte ein strenger Ton. Der Oberst wurde selten laut, und er hatte sich besser im Zaum als Sigrun. Aber er strahlte eine Kälte aus, die einen schaudern ließ. Frieda fragte sich, ob er vielleicht durch seine Kriegsverletzung hart und bitter geworden war, aber sie konnte ihn natürlich nicht danach fragen.

An diesem Abend verlief der Heimweg mit Liese sehr schweigsam. Liese konnte offenbar auch mal den Mund halten, wenn ihr die Situation brenzlig erschien. Bisher hatte Frieda nicht den Eindruck gehabt, dass Liese sich allzu große Sorgen um die Zukunft machte, aber allmählich dämmerte auch ihr, dass es Grund zum Nachdenken gab. Sigruns Tat vom Vortag hatte sie jedenfalls sehr beeindruckt, und sie war offenbar nicht mehr so sicher, dass das Verhalten von fanatischen Befürwortern des Systems immer richtig war.

Zum Abschied sagte sie nur: „Da waren die Zeiten mit Leutnant Gerster doch sehr viel besser," und sie warf Frieda einen bedeutsamen Blick zu. „Von ihm gehört?"

Frieda schüttelte den Kopf und fragte sich, was Liese wohl für Hintergedanken haben mochte.

Nach zwei Wochen eisigen Frosts wurde es etwas wärmer, und nach ein paar Tagen Sonnenschein und Temperaturen über null, war es endlich möglich, die Großmutter unter die Erde zu bringen.

Walters Vetter sprach mit dem Pfarrer aus Calmbach und erreichte nach einigem Widerstand dessen Einverständnis, die Beerdigung zu übernehmen. Walters Vetter hatte ein paar wichtige Daten aus Margaretes Leben aufgeschrieben und dem Pfarrer klargemacht, wie wichtig für Margarete eine ordnungsgemäße Beisetzung gewesen wäre, zumal auf das Geläut der Glocken verzichtet werden musste. Und so wurde ein Termin angesetzt.

Das Loch auszuheben war immer noch Schwerstarbeit mit Pickel, Spaten und Schaufel. Aus jedem Haus in Wahlberg pflegte mindestens ein Vertreter zu Beerdigungen zu kommen, so dass Margarete sich über die große Anzahl an Trauergästen gefreut hätte.

Frieda saß mit ihren Eltern in der Aussegnungshalle in der ersten Reihe. Der Kirchenchor leitete mit einem Lied die Trauerfeier ein, und Frieda wurde ganz feierlich zumute.

Der Pfarrer holte den Zettel mit den wichtigsten Daten aus Margaretes Leben aus seiner Aktentasche, aber auf die ging er fast gar nicht ein. Frieda packte die kalte Wut, als sie hören musste, was er stattdessen verlauten ließ: Ihre Großmutter war offenbar schon zu Lebzeiten ein Engel gewesen, großmütig, tolerant, freigebig und hilfsbereit und deshalb sehr beliebt und angesehen. Kurz, alles wurde aufgelistet mit schwülstigen Worten, was sie nicht gewesen war.

Es gehörte sich sicher nicht, Verstorbene zu kritisieren, aber Frieda fand doch, man könne in Maßen die Vorzüge erwähnen, ohne wohlmeinende Lügen zu erzählen.

Frieda war wohl nicht die Einzige, die die Predigt für völlig unangebracht hielt. Sie drehte sich um und sah einige Dorfbewohner schmunzeln, und andere den Kopf schütteln.

Frieda ließ die Zeremonie über sich ergehen und war froh, als es vorbei war. Da die vier Gaststätten im Dorf geschlossen hatten mangels Angebot an Speisen und Getränken, lud Gertrud zu sich nach Hause zum Kaffee ein.

Viele folgten der Einladung, und die Wohnstube, in der ordentlich eingeheizt worden war, war so voll, dass einige stehen mussten, obwohl man auf den Bänken an den Wänden so gut es ging zusammen gerückt war. Es gab ja keine Dicken mehr, die zwei Plätze einnehmen würden, denn von der schlechten Ernährung waren die Bäuche der Männer verschwunden, und viele der Frauen hatten ihre stattliche Figur eingebüßt und waren dünn bis mager.

Natürlich gab es keinen echten Kaffee, sondern nur den Gerstenersatzkaffee, und Gertrud hatte Haferplätzchen gebacken, die man sogar mit einem Klecks Butter bestreichen konnte.

Nach kurzer Zeit kam Walter mit einem Tablett herein und bot einen selbstgebrannten Obstler an. Dem wurde eifrig zugesprochen, und die Stimmung hellte sich zusehends auf. Wie üblich fing man an, sich Geschichten über die Verstorbene zu erzählen, und es wurde gelacht. Gertrud war froh, dass niemand bösartig über ihre Mutter herzog, die Gespräche waren vielmehr freundlich und harmlos.

Irgendwann tauchte allerdings die Frage nach Krystof auf.

„Wieso sitzt der Polacke hier mit uns bei der Trauerfeier? Er gehört doch nicht zu den Dorfbewohnern oder gar der Familie?", fragte eine Nachbarin.

Gertrud verbarg ihren Ärger und erklärte ganz ruhig, dass Krystof nun mal bei ihnen arbeitete und wohnte und die Großmutter gekannt habe. Sie sei der Ansicht, man könne ihn doch nicht jedes Mal, wenn Besuch kam oder die Familie etwas zu besprechen hatte, in den Stall verbannen. Einige nickten und lächelten, bei anderen konnte Gertrud aber deutlich am Gesichtsausdruck ablesen, dass sie nicht einverstanden waren.

Frieda hatte erwartet, dass irgend jemand mit dem Thema Politik, Krieg oder Feinde anfangen würde, aber nichts dergleichen geschah. Man war in größerem Kreis immer vorsichtig mit dem, was man sagen durfte, denn man wusste nie, ob nicht ein Zuträger in den eigenen Reihen saß, der einen ganz schnell ins Gefängnis oder an den Galgen bringen konnte. Frieda hätte gern gewusst, wo die anderen Dorfbewohner standen. Glaubten sie wirklich noch an die Wunderwaffe und den Endsieg? Hatten sie alle von Herzen „ja" geschrien, als Goebbels in seiner Rede am 18. Februar 1943 die Frage stellte: „Wollt ihr den totalen Krieg?"

Nach dem Krieg wusste sie es: Sie waren alle dagegen gewesen.

27. Kapitel

Einer der schlimmsten Tage seit Ausbruch des Krieges kam für die Wahlberger mit dem Luftangriff der Engländer auf Pforzheim. Die Bomberverbände näherten sich Pforzheim von Westen, aber einige Verbände flogen über Wahlberg hinweg. Zwei Bomben fielen: Eine riss einen riesigen Krater in das Hochmoor in der Nähe des Ortes, die andere zerstörte das Dachgeschoss des Kolonialwarenladens. Es wurde nie geklärt, ob es Absicht oder eher ein Versehen war. Personen kamen nicht zu Schaden, aber das Haus von Lisbeth war so schwer beschädigt, dass man im Dachgeschoss nicht mehr wohnen konnte. Der Feuerwehr, die immer noch funktionierte, gelang es, das Feuer einzudämmen, bevor auch der Laden zerstört war. Hilfreiche Nachbarn stellten Lisbeth ein paar Möbel zur Verfügung, und so konnte der Laden zum Wohnen genutzt werden, wenn auch nicht mehr als Verkaufsstelle.

Die Schreckensnachrichten aus Pforzheim verbreiteten sich schnell. Die Stadt gab es nicht mehr. Alle wichtigen Gebäude wie Rathaus, Kirchen und Krankenhaus waren dem Erdboden gleichgemacht. Man hörte von entsetzlich vielen Toten, die von den herabfallenden Trümmern ihrer Häuser erschlagen worden waren, verschüttet, erstickt oder verbrannt. Angeblich sollte es an zwanzigtausend Opfer gegeben haben, was Frieda kaum glauben konnte. Das würde ein Drittel der Bevölkerung von Pforzheim ausmachen – unvorstellbar.

Sie dachte an Tante Erika und ihre Familie. Warum hatte Erika sich geweigert, die heimgesuchte Stadt zu verlassen? Immerhin gab es einen Hoffnungsschimmer, da Erika in einem alten Haus mit einem massiven Keller wohnte, den sie hoffentlich beim Fliegeralarm noch rechtzeitig hatte aufsuchen können.

Nach zwei Tagen kam Erikas Mann Paul nach Wahlberg. Er war völlig am Ende, grau und verhärmt.

Er konnte ein Schluchzen nicht unterdrücken, als er anfing zu erzählen. Erika und die erst fünfjährige, sonnige Monika waren umgekommen. Der Keller hatte gegen die einstürzenden Steinmassen des Hauses nicht standgehalten, weil ein Volltreffer auf das Haus niedergegangen war.

Hausbewohner waren erschlagen worden, bis auf ein Baby im Kinderwagen, dessen Verdeck den Kopf des Babys freigehalten hatte.

Gertrud nahm ihren Schwager in den Arm und weinte mit ihm. Frieda war zunächst wie versteinert, aber als sie sich klarmachte, was mit ihrer kleinen Base Monika geschehen war, die ihr Leben ja noch nicht einmal richtig begonnen hatte, konnte auch sie die Tränen nicht zurückhalten.

Paul sagte unter Tränen, er habe gar keine Lust mehr weiterzuleben. Die erste schmerzliche Erfahrung der Familie war gewesen, als die kleine Tochter, die etwas jünger als Frieda gewesen wäre, bei der Geburt gestorben war. Der Krieg hatte alles kaputtgemacht, aber vielleicht würden die beiden Söhne aus dem Krieg heimkehren, und ihnen wollte Paul nicht zumuten, auch noch den Vater zu verlieren.

Paul war fast die ganze Strecke von Pforzheim zu Fuß gekommen, da es keinerlei öffentliche Verkehrsmittel mehr gab. Die Bahnlinie wurde nur noch für Güterverkehr oder Soldatentransporte genutzt, die Busse fuhren nicht mehr, weil es keinen Treibstoff gab, und Pauls Fahrrad war defekt, und Ersatzteile waren nicht aufzutreiben. Ein Stück weit hatte er mit einem Militärlastwagen fahren können, der auf dem Weg nach Wildbad war, aber viel hatte das nicht geholfen.

Um den Onkel abzulenken, fragte Frieda nach der schönen Villa, in der sie das Tanzfest mit Leutnant Gerster gefeiert hatte. Nichts davon war übrig, aber im Vergleich zu den menschlichen Opfern spielte das überhaupt keine Rolle.

Paul blieb über Nacht und machte sich am frühen Morgen wieder auf den Weg. Er wollte helfen, Schutt zu beseitigen in der Hoffnung, vielleicht noch Lebende bergen zu können. Erika und Monika waren mit vielen anderen auf einem Friedhof aufgebahrt und sollten in den nächsten Tagen beigesetzt werden. Der Gedanke, seine Lieben wenigstens beerdigen zu können, war für Paul tröstlich.

Walter wäre gern mit seinem Schwager nach Pforzheim gegangen, um ihm beizustehen, aber er war nicht abkömmlich, und sein Bein machte ihm immer mehr Probleme bei der scharfen Kälte. Er hätte die Strecke nicht zu Fuß bewältigt, und die Aussicht auf eine Fahrgelegenheit war gering.

Nachdem Paul gegangen war, herrschte bei den Breitenbergs eine gedrückte Stimmung, und Gertrud musste immer wieder weinen. Frieda nahm sich zusammen, aber sie kam nicht von der entsetzlichen Vorstellung los, dass ihre Tante und das Bäsle für den Wahnsinn des Krieges hatten bezahlen müssen, obwohl sie sich nie etwas hatten zuschulden kommen lassen.

Im Lager waren auch alle kleinlaut, und Frieda wurde sehr bedauert, als die Frauen in der Küche vom Schicksal ihrer Verwandten hörten. Es gab auch andere Frauen, die freundschaftliche oder verwandtschaftliche Beziehungen zu Pforzheimern hatten, aber sie waren alle noch im Ungewissen, ob ihre Freunde oder Verwandten überlebt hatten.

Von Paul hörten die Breitenbergs tagelang nichts, aber dann wurde ihnen erstaunlicherweise ein Brief ausgehändigt, den Paul einem Soldaten, der nach Calmbach kommandiert worden war, mitgegeben hatte. Erika und Monika waren in einer ergreifenden Zeremonie mit vielen anderen beigesetzt worden.

Auch die Lagerinsassen hatten von dem verheerenden Fliegerangriff auf Pforzheim gehört. Es gab vermutlich doch den einen oder anderen, der etwas Deutsch verstand. Die Soldaten der Wachmannschaft hatten sich im Hof lauthals über die Katastrophe ausgetauscht, ohne zu bedenken, dass das vielleicht nicht klug war.

Das Klima unter den Gefangenen begann umzuschlagen. Ein gewisser Optimismus lag in der Luft. Man unterhielt sich wieder, und es wurde sogar vereinzelt gelacht, was Sigrun veranlasste, einen jungen Russen, der fast noch ein Kind war, zornig anzufahren: „Euch wird das Lachen schon noch vergehen, wenn der Endsieg kommt," sagte sie. Der Russe verstummte sofort mit schuldbewusster Miene, und Sigrun war zufrieden.

In der Nacht schlich Frieda wieder wie fast jeden Tag zu Krystof in die Kammer. Sie weinte in Krystofs Armen und fühlte sich wunderbar getröstet von seinen zärtlichen, polnischen Worten.

28. Kapitel

Im März begannen die Deutschen auf Grund von Hitlers „Nerobefehl" alles zu zerstören, was dem Feind hätte dienlich sein können. Vor allem Brücken wurden zerstört, Straßen unpassierbar gemacht, die Durchfahrt von Feldwegen durch Gräben und Wälle erschwert, ein Vorgehen, das auf die eigenen Landsleute zurückschlug. Die Flüchtlinge aus den östlichen Gebieten hatten unvorhergesehene Hindernisse zu überwinden, die Flüsse konnten nur mit Booten überquert werden, wodurch die Familien ihr letztes Hab und Gut zurücklassen mussten und häufig Familienmitglieder verloren, weil die Boote überfüllt waren. Letztendlich wurde der Feind durch den Nerobefehl nicht aufgehalten, die Deutschen aber schon.

An der Ostsee waren die Soldaten vorwiegend damit beschäftigt, die deutsche Bevölkerung in den Westen zu evakuieren, denn dem Vordringen der Russen war kein Einhalt mehr zu bieten.

Die Todesurteile an Deutschen nahmen zu. Jeder, der es an Kampfgeist mangeln ließ oder Bedenken wegen des Ausgangs des Krieges äußerte, wurde als Defätist angesehen und standrechtlich erschossen.

Walter war nach dem Kälteeinbruch nicht mehr zur Waldarbeit abkommandiert worden, sondern er musste mit Kindern und alten Männern Gräben ausheben gegen das Vordringen der Alliierten mit Panzern. Es war ein sinnloses, aus der Verzweiflung heraus geborenes Unterfangen. Die Angriffe aus der Luft wurden massivst fortgesetzt, und dagegen half kein Graben und ein alter Mann mit Spaten oder Hacke.

Die Wehrmacht hatte den feindlichen Bombern und Jagdfliegern nichts mehr entgegenzusetzen. Frieda hoffte nur noch auf ein schnelles Ende des Krieges, gleichgültig in welcher Form, damit nicht noch mehr Menschenleben sinnlos geopfert wurden.

Mitte März begann die Auflösung des Lagers. Es konnten nur noch wenige Wachen rekrutiert werden, und die Arbeiten in der

Munitionsfabrik mussten eingestellt werden mangels Material zur Herstellung von Panzerfäusten und Abwehrgeschossen.

Die Gefangenen hingen den ganzen Tag zwischen den Baracken herum und lauerten auf eine Gelegenheit, sich abzusetzen. Frieda beobachtete mit Genugtuung, dass die Aufmerksamkeit der Wachen nachließ, sobald ein Lastwagen mit Lebensmitteln oder Heizmaterial im Hof einfuhr. Das Tor stand dann minutenlang offen, und jedes Mal, wenn sich diese unerwartete Gelegenheit ergab, fehlten ein, zwei oder drei Lagerinsassen.

Die Wachen waren es offenbar müde, ihnen zu folgen und zu versuchen, sie zu erschießen. Trotz aller Versprechungen und Drohungen fehlte es an Kampfgeist. An den Endsieg glaubte niemand mehr.

Die Zustände wurden immer chaotischer. Flüchtlingsströme trafen in großer Zahl in Städten wie Stuttgart, Calw und Wildbad ein, und es kostete große Mühe, sie in den wenigen noch intakten Häusern unterzubringen.

Ende März, als Frieda und Krystof morgens die Kühe melkten, und Frieda ihre unerfreulichen Gedanken schweifen ließ, sagte Krystof unvermittelt: „Frieda, ich muss gehen." Frieda machte vor Schreck eine ungeschickte Bewegung mit der Hand und fügte der Kuh wohl einen unangenehmen Schmerz zu. Jedenfalls trat die Kuh mit einem unwilligen Stoß den halb gefüllten Eimer um.

„Warum musst du gehen?", fragte Frieda mit erstickter Stimme.

„Ich muss herausfinden, was aus meiner Familie, meinen Freunden und meiner Stadt geworden ist.

Ich habe seit über einem Jahr keinen Kontakt mehr gehabt. Wir durften ja vom Lager aus nicht schreiben, und meine Eltern und Geschwister machen sich bestimmt die größten Sorgen."

„Das verstehe ich," sagte Frieda leise. „Aber willst du nicht warten, bis sich die Verhältnisse normalisiert haben? Vielleicht können wir bald schon wieder schreiben, und man darf sich besuchen."

„Du bist wirklich sehr optimistisch. Wie bald wird das sein? In einem Jahr, in zehn Jahren oder gar nicht? Darauf kann ich nicht warten. Ich verlasse dich mit Schmerz, aber ich gebe dir das Versprechen, wiederzukommen."

Frieda kämpfte mit den Tränen, aber sie fing tapfer an, weiter zu melken.

„Wie wirst du es machen? Ich meine, wie wirst du nach Polen kommen? Zu Fuß? Immer versteckt? Nachts orientierungslos umherirren? Wahrscheinlich erschossen werden?"

„Ich weiß es nicht. Heute Abend werde ich nicht von der Milchsammelstelle zurückkommen. Mein polnischer Freund Stanislaw begleitet mich. Auf ihm habe ich Vertrauen." Frieda lächelte unter Tränen. „Nicht auf ihm, zu ihm habe ich Vertrauen."

Krystof lachte. „Du hast auch Vertrauen zu ihm? Das ist meine Frieda, immer mit Grammatik bei der Hand."

Sie beschäftigten sich schweigend weiter mit den Kühen, aber Frieda weinte leise dabei.

Als das Melken beendet war, und Krystof den Milchkarren belud, umarmte Frieda ihn innig und klammerte sich an ihn.

„Willst du meinen Eltern sagen, was du vorhast?", fragte sie.

„Ja, es ist ja nur fair, ihnen die Wahrheit zu sagen und mich für die gute Zeit zu bedanken. Vielleicht kann ich sie auch bitten, mir etwas zu essen mitzugeben."

„Mach dir darum keine Sorgen. Mama wird für Lebensmittel sorgen, und ich will sehen, was sich an Essen finden lässt, das nicht gleich verdirbt. Du kannst den alten Rucksack meines Großvaters nehmen. Der Großvater hat ihn für die Jagd benutzt und gesagt, er sei sehr bequem zu tragen. Du musst ihn aber auf jeden Fall zurückbringen."

„Das werde ich tun," sagte Krystof ernst. „Deine Eltern waren so nett zu mir, dass ich mich wie ein Sohn des Hauses fühlte, was ich ja irgendwann auch sein werde. Ohne euch hätte ich vielleicht das Lager nicht überlebt, und durch die Arbeit auf eurem Hof werde ich meinen Aufenthalt in Deutschland in guter Erinnerung behalten. Würdet ihr mir ein paar Kleidungsstücke einpacken, die ihr entbehren könnt?"

„Ich will sehen, was sich an Kleidung finden lässt. Gott sei Dank ist es nicht mehr so kalt, so wirst du wenigstens nicht erfrieren."

Als Krystof von der Dorfstraße zurückkam, nachdem er die Milch abgeliefert hatte, rief Frieda ihre Eltern in die Küche, die gerade aufgestanden waren. Bevor Frieda etwas Einleitendes hätte sagen können, hatte Krystof das Wort ergriffen.

„Ich werde mich heute Abend auf den Weg nach Polen machen," sagte er. „Ich muss wissen, wie es meiner Familie geht und sehen, was aus unserem Land geworden ist."

Walter war völlig sprachlos, als er Krystof in fließendem Deutsch reden hörte, allerdings mit einem harten Akzent. Gertrud dagegen lächelte. „Ich habe mir schon lange gedacht, dass Sie viel von dem verstehen, was geredet wurde, und es war mir mitunter sehr peinlich. Warum haben Sie nie mit uns gesprochen?"

Krystof erklärte sein Verhalten mit seiner Angst, zu irgendwelchen unangenehmen Diensten herangezogen zu werden, wenn man auf seine Sprachkenntnisse aufmerksam geworden wäre. Er hatte sich weder Unannehmlichkeiten noch Privilegien einhandeln wollen. Unauffällig zu bleiben war die beste Strategie, um in Gefangenschaft zu überleben.

„Ich danke Ihnen von Herzen für die gute Behandlung," sagte Krystof. „Im Lager hätte ich den Krieg vielleicht nicht überlebt."

Walter schüttelte besorgt den Kopf. „Es ist noch nicht vorbei, und ich würde nicht versuchen, bei diesen chaotischen Zuständen nach Osten aufzubrechen, wo offenbar bereits die Russen wüten. Sind Sie sicher, dass Sie gehen müssen?"

Krystof nickte, woraufhin sie die Einzelheiten der Flucht besprachen. Walter fand eine alte Landkarte, die vielleicht hilfreich sein könnte, und Gertrud suchte einige Lebensmittel zusammen, die haltbar waren.

Bevor Frieda zum Lager aufbrechen musste, stieg sie noch einmal die Stiege hoch in Krystofs Kammer. Sie weinte an seiner Schulter, und Krystof strich ihr zärtlich über die Haare.

„Du wirst auf mich warten?", fragte er. „Ich möchte dich heiraten, wenn ich wiederkomme. Willst du das auch?"

Sie küssten sich ein letztes Mal, und dann löste sich Frieda heftig von ihm.

„Machen wir den Abschied nicht zu lang," sagte sie. „Ich warte auf dich und werde jeden Tag in der Hoffnung überleben, dass du zurückkehrst. Sei vorsichtig und lass nicht zu, dass etwas Schlimmes passiert."

Sie stolperte die Treppe hinunter, griff hastig im Gang ihre Jacke und stürzte aus dem Haus.

Auf dem Weg zum Lager konnte sie vor Tränen kaum etwas sehen, aber sie wusste, dass sie sich zusammennehmen musste. Niemand durfte ihr etwas anmerken, denn der kleinste Verdacht würde Krystofs Flucht sofort vereiteln und sie und ihre Eltern den schlimmsten Repressalien aussetzen.

Die Arbeit in der Küche lenkte sie ab, zumal Sigrun besonders giftig war. Irgend etwas musste passiert sein, denn auch der Kommandant war eisiger denn je.

Während der Vorbereitung des Frühstücks wurde nur das Notwendigste gesprochen, und als Frieda von Sigrun angeschrien wurde, weil ihr ein Schöpflöffel heruntergefallen war, sah Frieda die Küchenchefin mit einem kalten Blick an und fand kein Wort der Entschuldigung, das von Sigrun mit Sicherheit erwartet wurde.

Die Arbeit war früher beendet als noch vor kurzer Zeit, weil die Zahl der Gefangenen deutlich reduziert war. Die Essensausgabe ging schneller vonstatten, weniger Abwasch fiel an, und deshalb musste weniger Wasser gepumpt werden und in Eimern in die Küche getragen.

Als die Frauen gerade gehen wollten, kam Sigrun aus dem Büro gestürzt.

„Hier geht jetzt niemand," sagte sie. „Der Oberst hat etwas Wichtiges mitzuteilen."

Nach einigen Minuten gespannten Wartens kam der Lagerkommandant in die Küche. Mit hochrotem Kopf teilte er mit, dass das Lager aufgelöst würde und die Insassen auf andere Lager verteilt, wo es noch Arbeit gab. Er befahl den Küchenhilfen, am nächsten Morgen noch einmal pünktlich zu erscheinen um sechs Uhr, das Frühstück zu bereiten und anschließend die Küche gründlich aufzuräumen und zu putzen. Die Lagerinsassen würden ihre Baracken selbst in Ordnung bringen und ihre Habseligkeiten wie Essgeschirr und Decken zusammenpacken und mitnehmen.

„Sie werden morgen anderweitig eingesetzt. Die Pläne machen wir gleich und teilen Ihnen heute Abend mit, wo Sie benötigt werden."

Nach dieser Ankündigung waren sie entlassen. Frieda verstand jetzt, warum Sigrun und der Kommandant so misslaunig waren. Sie würden mit Sicherheit auch anderweitig eingesetzt, und es behagte ihnen offenbar nicht, den Ortswechsel mit neuen Aufgaben hinnehmen zu müssen.

Frieda ging wieder mit Liese zurück nach Wahlberg. Diesmal war sie froh, dass Liese ihren Gedanken freien Lauf ließ und redete wie ein Wasserfall. Sie legte alle Möglichkeiten dar, die ihr einfielen, wie man sie einsetzen könnte. Am wahrscheinlichsten schien ihr, dass man sie nach Pforzheim schicken würde, um Trümmer aufzuräumen.

Frieda sagte nichts dazu, hielt aber die Idee aus einer Reihe von Gründen für abwegig. Wer konnte sie morgens hinfahren und abends wieder abholen? Wie konnte man sie versorgen in einer Stadt, in der es nichts mehr gab?

Eine weitere Idee, die Liese einfiel, hatte mit der Kleidung der Soldaten zu tun. Vielleicht beauftragte man sie als Frau, warme Pullover, Socken und Handschuhe für die frierenden Soldaten in Russland zu stricken.

Frieda musste sich ob der Naivität von Liese ein Lächeln verkneifen.

„Liese," sagte sie, „der Winter ist fast vorbei, auch in Russland."

„Aber nächsten Winter werden unsere tapferen Soldaten die Sachen gebrauchen können. Oder glaubst du, der Krieg ist bis dahin aus?"

„Allerdings," antwortete Frieda. „So lange wird kein Land mehr durchhalten."

„Was heißt hier kein Land? Wir schon mit unserer Wunderwaffe, die den Endsieg bringen wird."

Es war hoffnungslos, und Frieda ließ Liese weiter spekulieren, ohne sich noch einmal dazu zu äußern. Das war klug von Frieda, denn Liese würde in ihrer Naivität alles ausplaudern, was Frieda hätte sagen können, und das ohne jede Bösartigkeit.

Während des Heimwegs war Frieda durch Lieses Geschwätz von ihren Sorgen um Krystof abgelenkt gewesen, aber als sie das elterliche Haus betrat, traf die Wirklichkeit sie mit voller Wucht. Kein Krystof mehr in der Küche, im Stall oder in seiner Kammer. Kein Krystof mehr, zu dem sie nachts ins Bett schleichen konnte und selige Stunden verbringen. Keine schönen blauen Augen mehr, die sie verliebt ansahen, und keine Hände mehr, die sie zart liebkosten, auch wenn sie von der Stallarbeit hart und schwielig waren.

Friedas Eltern saßen im Dunkeln in der Küche. Nur der flackernde Feuerschein aus dem Herd gab ein wenig Licht, da die Feuerklappe offen stand.

Frieda wagte nicht zu fragen, ob alles gut gelaufen war. Ihre Eltern konnten auch nicht mehr wissen, als dass Krystof nach dem Abliefern der Milch nicht zurückgekommen war. Der Rucksack, in den Gertrud Lebensmittel für ein paar Tage gepackt hatte, war am Nachmittag im Wald versteckt worden. Walter hatte sich an der Suche nach passender Kleidung beteiligt. Er hatte ein Paar Socken abgetreten und wollte Krystof seine guten Stiefel überlassen, die ganz gut in Ordnung waren und mit Filz gefüttert. Leider waren die Stiefel für Krystof zu eng, und so musste er mit

Gummistiefeln vorlieb nehmen. Krystof meinte lächelnd, er wolle lieber in Gummistiefeln laufen als barfuß im Schneematsch.

Frieda ging früh zu Bett, um morgens rechtzeitig aufstehen zu können. Sie konnte allerdings lange keine Ruhe finden, weil ihre Gedanken sich im Kreis drehten, und es ihr auf keine Weise gelang, sich abzulenken. Schließlich weinte sie sich in einen kurzen, unruhigen Schlaf.

Als sich die Frauen am nächsten Morgen in der Lagerküche einfanden, spürte man sofort die Spannung, die in der Luft lag. Sigrun las in alphabetischer Reihenfolge aus einer Liste vor, wer zu welcher Arbeit eingeteilt war. Frieda erfuhr als erste, was für sie geplant war. Sie sollte in Calw eingesetzt werden, um bei der Arbeit mit Flüchtlingen und Evakuierten zu helfen, deren Zahl täglich zunahm.

Das gleiche Schicksal widerfuhr auch Liese. Als Liese das hörte, schnappte sie nach Luft und fragte empört: „Und wie soll ich da hinkommen? Vielleicht laufen?"

„Auf Sigruns Gesicht erschien ein hartes Lächeln. „Wenn du net laufen kannst, dann fliegst halt!"

Es wurde gekichert, denn alle kannten und hassten den Spruch aus ihrer Kindheit. Nicht mehr laufen können gab es nicht.

Nach den Frühstücksvorbereitungen waren die Frauen den ganzen Vormittag damit beschäftigt, die Küche aufzuräumen, die Töpfe zu scheuern und den Boden zu schrubben. Frieda fragte sich, ob diese Arbeiten einfach als Schikane erdacht worden waren, denn es war keine Rede davon, dass die Lagerbaracken in nächster Zeit weiterhin genutzt werden sollten.

Die Lagerinsassen wurden von Lastwagen abgeholt und auf der Ladefläche zusammengepfercht. Einige winkten zum Abschied, andere waren düster in Gedanken versunken an eine völlig unsichere, vermutlich schreckliche, Zukunft.

Frieda hätte gern gewusst, was man mit ihnen vorhatte, aber das erfuhr das Küchenpersonal natürlich nicht.

Schließlich kam der Augenblick, an dem alles fertig war, und man sich zum Verlassen des Lagers bereit machte. Frieda hatte richtig Angst davor, sich von Sigrun und dem Kommandanten zu verabschieden, weil sie ihnen womöglich die Hand geben musste.

Die jungen Frauen verabschiedeten sich nach und nach, und einige machten sogar vor Sigrun und dem Kommandanten einen Knicks. Der Respekt vor Erwachsenen und Vorgesetzten war den Mädchen von klein auf eingebläut worden und in Fleisch und Blut übergegangen. Frieda war mit höflichen Umgangsformen einverstanden, aber den Knicks hatte sie immer als unterwürfig empfunden.

Sie war die letzte in der Reihe der Frauen, die sich verabschiedeten. Sigrun signalisierte eindeutig, dass sie auf einen Händedruck mit Frieda verzichtete. Stattdessen sagte sie unfreundlich, Frieda und Liese sollten am nächsten Morgen pünktlich um acht bei der Schule sein, wo ein Jeep sie abholen würde. Also würden sie nicht fliegen müssen.

Der Kommandant gab Frieda die Hand und rang sich ein „ade und danke" ab.

Die Küchenhilfen standen noch kurz vor dem jetzt offenen Lagertor und nahmen ihrerseits voneinander Abschied. Einige meinten, es sei doch eine ganz schöne Zeit gewesen, eine Bemerkung, der Frieda in Gedanken heftig widersprach, sich aber nicht laut dazu äußerte.

Liese und Frieda traten gemeinsam den Heimweg an, aber Frieda scherte nach kurzem in Richtung Hochdorf aus, da sie Annemie besuchen wollte. Vor ihr lag ein freier Nachmittag, und diese Zeit wollte sie nutzen, um Annemie auf den neuesten Stand der Ereignisse zu bringen.

29. Kapitel

Am nächsten Morgen wurden Frieda und Liese nach Calw gefahren und vor einem alten Gebäude am Ufer der Nagold abgesetzt, in dem sich das Büro für die Angelegenheiten der Flüchtlinge und Evakuierten befand.

Frieda und Liese wurden herzlich aufgenommen und vorgestellt. Das Personal bestand aus vier Frauen und einem älteren Herrn, der vor dem Krieg, als die Welt noch in Ordnung war, eine Bank geleitet hatte. Wie nicht anders zu erwarten, war der Herr der Chef der Gruppe. Frieda fand ihn ganz sympathisch, obwohl er eine gewisse Arroganz ausstrahlte und sie mit Blicken musterte, die sie erröten ließen.

Zum einen wurden in dem Büro die Unterkünfte eingeteilt, was eine schwierige Aufgabe war, wie Frieda sehr schnell feststellte. Es gab viel Ärger, weil einige Familien, bei denen man einen nicht unbedingt benötigten Raum gefunden hatte, nicht bereit waren, diesen Raum abzutreten. Es gab alle Arten von Entschuldigungen: die Großmutter war krank und brauchte ein eigenes Zimmer, die Kinder konnte man nicht zusammen schlafen lassen, weil sie sich nicht vertrugen, eine Tante aus dem Rheinland hatte sich angesagt.

Mit einiger Härte wurden solche Entschuldigungen zurückgewiesen, und man versuchte, den unwilligen Wohnungseigentümern klarzumachen, dass die Flüchtlinge nicht freiwillig gekommen waren, sondern alles verloren hatten, vor allem die Heimat.

Viele der einbestellten Einwohner Calws konnten die schreckliche Notlage nicht nachvollziehen. Hinter vorgehaltener Hand sprachen sie von den Rucksackdeutschen, dem Pack aus dem Osten, und sogar von Polacken, die bei ihnen nichts zu suchen hatten.

„Sie sollen nach Hause gehen," war ein Spruch, den man oft hören konnte. Frieda musste sich bezähmen, um nicht ausfällig zu werden, wenn sie solche unüberlegten, dummen Äußerungen hörte.

Wenn im Strom der Einwohner, die sich beklagen wollten, oder der Bittsteller eine Pause eintrat, was allerdings selten vorkam, ging es im Büro erstaunlich locker zu. Man erzählte sich sogenannte Flüsterwitze, vermutlich um die Anspannung abzubauen, und Frieda hörte zum ersten Mal Respektlosigkeiten über die hohen Herren. So etwas kannte sie aus Wahlberg nicht, nicht mal hinter vorgehaltener Hand. Vielleicht wurden unter Männern auch Witze über das Regime ausgetauscht, aber davon erfuhren wohlerzogene, junge Mädchen nichts.

Hitler ist verkleidet auf der Flucht mit Goebbels, und sie werden in einem Bauernwagen mitgenommen. „Psst," sagt Hitler, „ich bin der Führer." „Und der kleine Judenjunge da hinten ist Goebbels, gell?", lacht der Bauer.

Viele Parteigenossen sind blasenkrank. Sie möchten gerne austreten, können aber nicht.

Wer ist der größte Bauer? Hitler. Er hat 48 Millionen Rindviecher und einen Saustall.

Wann gibt es wieder Schlagsahne? Wenn alle Hitlerbilder entrahmt sind.

Frieda wagte nicht, richtig zu lachen wie die anderen, und sie fühlte sich völlig verwirrt. Sobald es klopfte, verstummten die Witzeerzähler, man setzte ernste, verständnisvolle Minen auf und hörte sich Klagen oder Forderungen an.

Es ging bei den Problemen des unfreiwilligen Zusammenlebens nicht nur um die räumliche Enge, sondern um tägliche Ärgernisse, die zum großen Teil daher rührten, dass die Kehrwoche nicht gemacht wurde, weil die Flüchtlinge von diesem schwäbischen Brauch befremdet waren, und sich über die Putzwut vieler Calwerinnen lustig machten.

Die unfreiwilligen Neubürger dagegen waren zornig, weil man ihren Kindern das Spielen im Treppenhaus verbot, weil man ihnen Vorschriften machte, was die Nutzung der Küche anging, und sie aufforderte, sich so zu verhalten, dass sie gar nicht bemerkt wurden.

Ein großes Problem war auch die Sprache. Die einen verstanden die anderen oft nicht richtig, und beide Seiten warfen sich vor, die deutsche Sprache nicht zu beherrschen.

Frieda war schockiert, mit was für Kleinigkeiten sich die Leute auseinandersetzten, statt gemeinsam die schlimmste Not zu lindern. Aber vielleicht waren die Geplänkel und Zänkereien ein Ventil, um die wirklichen Probleme unter Verschluss zu halten.

Am Nachmittag wurde Frieda mit Frau Greule, einer sehr netten, älteren Frau, losgeschickt, um ein Quartier für eine Familie mit vier Kindern zu suchen. Sie sollten wenigstens zwei Zimmer haben, aber das war schwierig zu bewerkstelligen. Die Lösung fand sich durch zwei benachbarte Häuser in der Altstadt, deren Bewohner sich bereit erklärten, je ein Zimmer abzutreten. Die beiden großen Mädchen der Familie, die eigentlich auch noch recht klein waren, würden zum Schlafen abends ins Nachbarhaus gehen, den Tag aber mit ihren Eltern und Geschwistern verbringen.

Nach einem erfüllten Tag wurden Frieda und Liese wieder mit einem Jeep abgeholt. Der Fahrer des Jeeps wirkte wie ein Kind, behauptete aber, schon achtzehn zu sein und einen Führerschein zu besitzen. Wie viele Jugendliche hatte er sich offenbar älter gemacht, um dem Führer dienen zu können.

Unterwegs wurde noch eine ältere Frau aufgelesen, die in einem Vorort von Calw wohnte und ihre Tochter besucht hatte, die mit einer schweren Lungenentzündung im Bett lag. Die Frau wirkte scharf und verbittert und erzählte auf der kurzen Fahrt ohne Punkt und Komma, wie schlimm es ihr erging.

Liese hörte gespannt zu, aber Frieda dachte sich, man müsste mit all den Schrecknissen nicht hausieren gehen. Die Frau war schließlich keine Ausnahme, aber sie schien sich für die Einzige zu halten, die so viel hatte durchmachen müssen.

Frieda war froh, als sie ausgestiegen war, und der Rest der Fahrt verlief ruhig. Frieda dachte darüber nach, wie man es bewerkstelligte, dass das eine oder andere noch funktionierte. Wie hatte der junge Chauffeur erfahren, wen er abholen sollte und zu welcher Zeit? Wo kam der Kraftstoff her, der so knapp geworden war, dass nicht mal ein Arzt noch sein Auto benutzen durfte?

Liese machte hin und wieder eine ziemlich unpassende Bemerkung, natürlich für den Fahrer bestimmt. Entweder verstand er nicht, was Liese von ihm wollte, oder er hatte keine Lust auf oberflächliche Unterhaltung.

Als Frieda zu Hause ankam, hatte ihre Mutter bereits das Abendessen vorbereitet. Friedas Vater war noch im Stall, und so warteten sie mit dem Essen, bis er fertig war mit der Arbeit und in die Küche kam. Gertrud fragte ihre Tochter aus über ihren Tag in Calw und die Situation in der Stadt. Sie hungerte förmlich nach Neuigkeiten von außen, denn sie war den ganzen Winter nicht aus Wahlberg herausgekommen und konnte nicht beurteilen, wie authentisch die Berichte waren, die ihr von Nachbarinnen zugetragen wurden.

Frieda berichtete ausführlich und erzählte ihrer Mutter auch, dass sie das Klima im Büro angenehm freundlich fand, und ihre Arbeit eine wirkliche Herausforderung war und zu guten Ergebnissen führen konnte, anders als im Lager. Von den Flüsterwitzen sagte sie nichts, sie fürchtete doch ein bisschen, dass ihre Mutter schockiert sein könnte.

Gertrud versuchte sich vorzustellen, wie es sein würde, wenn man anfinge, die Heimatlosen auf dem Land unterzubringen. Welchen Raum konnten sie verschmerzen? Wie würde es sein, eine fremde Frau in der Küche herumwirtschaften zu sehen? Wie würde sie damit fertig werden, plärrende kleine Kinder um sich zu haben, die durch Bombenangriffe und Flucht völlig durcheinander waren?

Frieda lächelte. „Das musst du dir im Moment nicht überlegen. Es sieht nicht so aus, als würde man Flüchtlinge oder Evakuierte zu uns ins Haus schicken. Wir haben zwar mehr zu essen als die Stadtbewohner, aber es ist äußerst schwierig, hier bei uns mit der Organisation fertig zu werden."

Als Walter aus dem Stall heraufgekommen war und sich die Hände gewaschen hatte, setzte man sich zu Tisch. Frieda musste noch einmal mit ihrem Bericht anfangen, und Walter fragte vorsichtig nach der Einstellung der Leute in ihrem Büro. Daraufhin erzählte Frieda doch zögerlich von den Flüsterwitzen, und überraschenderweise lachte ihr Vater.

„Da erzählst du mir nichts Neues," sagte er. „Bei uns im Wald waren wir nicht zimperlich, man musste sich ja bei Laune halten."

Frieda vermisste Krystof schmerzlich und sah immer wieder zu dem Stuhl hinüber, auf dem Krystof normalerweise beim Essen oder auch bei abendlicher Unterhaltung gesessen hatte. „Habt ihr irgendetwas gehört?" fragte sie.

„Nein," antwortete ihr Vater „aber Krystof und Wladimir sind bereits vermisst worden. Man hat sich gewundert, dass ich persönlich heute Abend die Milch abgeliefert habe. Ich wollte zuerst sagen, Krystof sei krank, aber da Wladimir auch fehlte, war das keine gute Ausrede. Ich denke aber nicht, dass man die beiden suchen wird. Wer sollte das tun, jetzt, wo jede Arbeitskraft gebraucht wird, und die Soldaten nicht verfügbar sind?"

Frieda ging früh schlafen. Sie hätte gern noch gelesen, aber es war bereits dunkel, und Licht stand nicht zur Verfügung in ihrem Zimmer. Der letzte Rest Petroleum wurde für die Küchenlampe gebraucht. Frieda musste sich mal wieder abfinden und versuchte, einzuschlafen.

Sie dachte voller Sehnsucht an Krystof und zählte die positiven Seiten seiner Flucht auf: Er würde sich durchschlagen, und je früher er die Heimat erreichte, desto eher konnte er wieder nach Westen aufbrechen. Seine Familie würde sich unendlich freuen, ihn wohlbehalten wiederzusehen, und er könnte von den Schicksalen der anderen Bewohner seiner Heimatstadt erfahren, vor allem, was aus seiner deutschen Adoptivfamilie geworden war. An Krystofs Aufrichtigkeit zweifelte Frieda keine Sekunde, er würde wiederkommen und alles würde ein gutes Ende nehmen.

Es gab aber ein Problem, das ihr Sorgen machte. Ihre Blutung war zum zweiten Mal ausgeblieben, und sie war immerhin so weit aufgeklärt, dass sie wusste, was das bedeutete: Sie erwartete ein Kind. Zunächst dachte sie voller Panik an die Konsequenzen. Ein Kind in diese kaputte Welt zu setzen war unverantwortlich. Ein Kind möglicherweise allein aufzuziehen bedeutete eine riesige Aufgabe, zumal sie selbst ja kaum erwachsen war. Ihr Leben lang eine schwere Verantwortung zu tragen war eine Bürde, der sie sich nicht gewachsen fühlte. Die Hänseleien und Gehässigkeiten der Nachbarn würden allerdings an ihr abgleiten. In der letzten Zeit hatte es viele Frauen gegeben, die ein vaterloses Kind aufziehen mussten, weil der Bräutigam gefallen war, oder das Kind die Folge einer heißen Nacht mit einem Soldaten war, der ausgehungert nach der Liebe einer Frau war, aber am nächsten Tag oder in der nächsten Woche zurück an die Front geordert wurde. Die abfälligen Bemerkungen der Nachbarinnen unter dem Deckmantel der Religion würden irgendwann aufhören, und Frieda war auf jeden Fall entschlossen, den Namen des Vater des Kindes geheim zu halten. Ein polnischer Bankert wurde vielleicht doch nicht verziehen.

Vor einer Auseinandersetzung mit ihren Eltern hatte sie keine Angst. Ihre Mutter würde Verständnis haben und ihre Hilfe anbieten, ihr Vater würde zunächst mit Unverständnis und Empörung reagieren, aber sich bald an den Gedanken gewöhnen, Großvater zu werden, zumal an der Sache ja nichts zu ändern war. Die Breitenbergs waren eine Familie, die sich wenig um Gerede scherte. Die Einzige, die es schwer getroffen hätte, war die Großmutter, und die musste die Schande nicht mehr miterleben.

Frieda beschloss, die positiven Seiten zu sehen. Es vermittelte ihr ein Glücksgefühl, ein kostbares Andenken von Krystof empfangen zu haben. Der Gedanke daran machte ihr Mut, aber gleichzeitig quälte es sie, dass sie Krystof nicht erreichen konnte, um ihm mitteilen zu können, wie es um sie stand. Sie war sicher, dass Krystof sich riesig freuen würde, und schließlich konnte sie mit einem guten Gefühl einschlafen.

Beim Frühstück am nächsten Morgen sagte sie nichts. Wie am Tag zuvor abgesprochen, wurde sie wieder bei der Kirche von einem Jeep erwartet. Liese war nicht da. Sie warteten eine Weile, der Fahrer fluchte, und schließlich fuhren sie los. Diesmal hatten sie einen alten Bauern im Auto, der in Calw versuchen wollte, die Socken und die warmen Unterhosen, die seine Frau gestrickt hatte, gegen eine Sense einzutauschen, da bei seiner eigenen die Schneide abgebrochen war, und er im Ort keinen Ersatz finden konnte .

Im Büro äußerte man sich ungehalten über Lieses Fernbleiben, aber Frau Greule meinte, sie sei sowieso nicht die Schnellste im Begreifen, und man würde ohne sie auskommen.

Der Tag war so hektisch, dass an Privatgespräche oder gar Witze erzählen nicht zu denken war. Ein Lastwagen mit ausgebombten Rheinländern war morgens eingetroffen, und es wurde immer schwieriger, Unterkünfte zu finden. Man brachte die Neuankömmlinge zunächst in der Turnhalle des Gymnasiums unter, teilte mit Decken provisorisch Räume ab, um wenigstens ein klein wenig Privatsphäre zu schaffen und versprach, für Essen in den nächsten Tagen zu sorgen. Es gab eine Damen – und eine Herrentoilette mit jeweils einem Waschbecken, aber Duschen waren nicht vorhanden. Das war mager für dreißig Personen, aber besser als von einstürzenden Häusern erschlagen zu werden oder zu verbrennen.

Der Tag kam Frieda unendlich lang vor, und abends war sie todmüde. Normalerweise hätte sie viel Arbeit gut aushalten können, aber jetzt machte sich wohl schon ihr Zustand bemerkbar. Sie fragte sich, ob das schlimmer werden würde. Vermutlich schon.

Beim Abendessen fasste sie allen Mut zusammen und klärte ihre Eltern auf. Zunächst herrschte Schweigen, dann sagte ihr Vater mit harter Stimme: „Wie kannst du uns das antun? Wie willst du unter diesen widrigen Umständen ein Kind aufziehen? Wer ist der Vater? Ist es der Leutnant, oder weißt du es gar nicht?"

Friedas Mutter unterbrach Walter, bevor er richtig ausfällig wurde. „Rede keinen Unfug," sagte sie. „Frieda ist ein vernünftiges Mädchen und hat nicht herumgeschlafen. Frieda, Krystof ist der Vater, habe ich Recht?"

Frieda nickte mit Tränen in den Augen. „Ich liebe ihn und freue mich," sagte sie.

„Das ist mir völlig neu, dass du ein Verhältnis mit Krystof hattest. Gertrud, hat sie es dir erzählt?"

Gertrud schüttelte den Kopf. „Ich habe es schon lange geahnt, so etwas spürt eine Frau. Ich glaube, ihr Männer seid manchmal auf beiden Augen blind. Ich hoffe nur, dass niemand im Dorf genauso gut sieht wie ich, aber das halte ich eigentlich für ausgeschlossen. Schließlich haben wir jeden Tag Umgang mit Krystof gehabt, und ich konnte die beiden täglich beobachten. Frieda, wie wirst du es halten? Wirst du sagen, dass Krystof der Vater ist?"

Frieda schüttelte den Kopf. „Das werde ich für mich behalten, denn wenn man es erfährt, nimmt man mir das Kind weg und schickt mich ins Straflager. Die Leute sollen glauben, es sei der Leutnant gewesen, und das ist immerhin einigermaßen ehrenhaft, auch wenn ich ihn nicht heiraten werde, sofern er aus dem Krieg zurückkommt und immer noch Interesse an mir zeigt. Ich werde schon allein fertig, und außerdem kommt Krystof zurück, und dann wird alles gut."

Walter brummelte vor sich hin und holte sich ein Glas Obstler. „Den brauche ich jetzt," sagte er. „Gertrud, willst du auch einen?"

Anschließend wurde über das weitere Vorgehen gesprochen. Annemarie sollte die Überwachung der Schwangerschaft übernehmen mangels eines Arztes. Es war sowieso nicht unbedingt notwendig, einen Arzt zu konsultieren, wenn es keine Schwierigkeiten gab. Mit Annemarie als Hebamme konnte man beruhigt zu Hause entbinden. Annemarie würde auch den Mund halten, wenn man sie darum bat, und Frieda würde so lange wie möglich ihren Zustand verschweigen. Sie hoffte darauf, ihren Bauch lange verbergen zu können, was ihr vermutlich gelingen würde, weil sie groß war und überhaupt nicht zu Gewichtszunahme neigte. Als Frieda schlafen ging, umarmte sie ihre Eltern, was sonst nicht üblich war. Mit Tränen in den Augen sagte sie ihnen, wie froh sie sei, so liebe und verständnisvolle Eltern zu haben. Ihr Vater zog sie aus Verlegenheit etwas ruppig an ihrem Zopf, und ihre Mutter lächelte. „Du bist ja auch unser gutes Mädchen. Schlaf jetzt schön und träume von deinem Krystof."

30. Kapitel

Am nächsten Morgen war Liese wieder am vereinbarten Treffpunkt und erklärte patzig, dass sie verschlafen hatte und tagsüber
keine Möglichkeit gefunden, nach Calw zu kommen. Frieda
riet ihr, sich zu entschuldigen und sich vielleicht eine kleine
Notlüge auszudenken. Das sah Liese überhaupt nicht ein. „Mein
Wecker ist kaputtgegangen, und natürlich gibt es keinen neuen.
Ich weiß nicht, wie ich in der nächsten Zeit immer pünktlich aus
dem Bett kommen soll. Die Abfahrt ist auch wirklich früh, und
ich bin immer morgens müde."

Frieda lachte. „Ich stehe fast immer um fünf auf, um im Stall
zu helfen. Meine innere Uhr funktioniert."

„Habt ihr etwas von Krystof gehört?" fragte Liese unvermittelt.
Frieda schüttelte den Kopf. „Er ist einfach nicht zurückgekommen, nachdem er abends die Milch abgeliefert hat".

„Hoffentlich ist ihm und Wladimir nichts passiert, man hört
so oft, dass Leute hinterrücks erschossen werden. Krystof war
doch ein netter Mensch und hat keinem was getan. Was glaubst
du, wo er abgeblieben ist?"

Frieda blieb stumm. Sie hatte keine Lust, sich auf irgendwelche
Spekulationen mit Liese einzulassen.

Die Arbeit in Calw wurde zur Routine. Liese verschlief nicht
mehr, nachdem man ihr sehr ernst gesagt hatte, dass sie sich das
in der derzeitigen Situation nicht leisten konnte. Jeder wurde gebraucht, und das Team, das sich mit den Flüchtlingen beschäftigte, war inzwischen angewachsen.

Der Sonntag war natürlich frei. Eines Sonntagmorgens beschloss Frieda, in der guten Stube, die schon lange nicht mehr
benutzt worden war, abzustauben. Sie öffnete die Tür und sah sofort mit Entsetzen, dass ihre Puppe zwar auf ihrem angestammten
Platz saß, aber der Kopf fehlte. Ihr kamen die Tränen, denn trotz
der Verschandlung durch ihren Bruder, hatte sie immer die Puppe geschätzt, allerdings nie mit ihr gespielt. Sie nahm die Puppe

hoch, die gruselig aussah, und drückte sie an sich. Dann entdeckte sie den Zettel, der unter der Puppe versteckt gewesen war. Sie erkannte sofort Krystofs Handschrift, und ihr war, als sei er leise in den Raum getreten.

Krystof schrieb, dass er den Puppenkopf mitgenommen hätte und ihn mit neuem Haar zurückbringen würde. Unter den Text hatte er die Puppe naturgetreu mit einer langen, wallenden Mähne gezeichnet.

Frieda war zu Tränen gerührt. Sie setzte die kopflose Puppe zurück an ihren Platz. Wie hatte er es geschafft, in seinen Rucksack den Puppenkopf zu stecken bei all den lebensnotwendigen Dingen, die er mitgenommen hatte? Frieda überfiel erneut das sichere Gefühl, dass er wiederkommen würde.

Gertrud kam leise herein. „Hast du die Puppe entdeckt?" fragte sie. „Krystof hat mich gefragt, ob es dir wohl recht wäre, wenn er den Puppenkopf mitnimmt. Ich dachte, das sei eine gute Idee. Dabei fällt mir Richard ein. Wir haben schon sehr lange nichts von ihm gehört, aber es klappt ja mit den Feldpostbriefen überhaupt nicht mehr, das heißt also nichts Schlimmes. Ich wünsche mir so sehr, der Krieg wäre vorbei. Wir haben ihn sowieso verloren, und an die Wunderwaffe glaubt niemand mehr. Hast du von den Konzentrationslagern gehört? Ich habe immer gedacht, die Juden seien nach Israel oder Amerika ausgewandert, aber jetzt hört man anderes, das so schrecklich ist, dass man es nicht glauben kann. Wie konnte Hitler es wagen, alle sogenannten Volksschädlinge auszumerzen? Ich kann es jetzt ja offen sagen, dass ich anfangs sehr angetan war von dem neuen Regime, aber sehr schnell Zweifel bekam. Vor allem der Krieg war ja ganz offenbar ein Angriffskrieg und diente nicht, wie uns weisgemacht wurde, zur Verteidigung des Vaterlandes. Wie hast du das alles gesehen?"

Frieda senkte den Kopf. „Ich war ja noch sehr jung, als der Krieg anfing, und zunächst haben wir hier ja kaum etwas davon gemerkt. Aber ich fand es bald richtig schlimm, als die jungen Männer eingezogen wurden, man den Mund nicht mehr aufmachen durfte, weil man Gefahr lief, eingesperrt und umerzogen zu werden, und viele Nachbarn sich ehrgeizig, gehässig und egoistisch verhielten. Richtig schlimm war es für mich, als ich in der Lagerküche arbeiten musste. Ich habe euch nie erzählt, wie schlecht die Gefangenen behandelt wurden, wie kalt und ungerecht Sigrun und später auch der neue Lagerleiter mit dem Personal umgingen. Es ist mir unverständlich, warum man in der schlimmen Kriegssituation auch noch die eigenen Leute drangsalieren musste. In Calw sind einige Leute warmherzig und hilfsbereit, aber andere wollen nicht einsehen, dass wir jetzt zusammenstehen sollten und uns gegenseitig die Situation erleichtern. Ich habe überlegt, ob wir doch anbieten sollten, eine Flüchtlingsfamilie aufzunehmen. Wir haben schließlich Platz, und am Verhungern sind wir auch nicht wie so viele andere. Jetzt wird es wärmer, und da macht es nicht so viel aus, dass einige Räume nicht beheizbar sind."

Gertrud versprach, mit Walter darüber zu reden, obwohl ihr die Vorstellung, eine wildfremde Familie im Haus zu haben, nicht gerade angenehm war. Walter und Gertrud diskutierten Friedas Vorschlag ausführlich und kamen zu dem Schluss, dass sie nicht nur verbal ihr Bedauern und ihr Mitleid äußern müssten, sondern etwas tun. Sie beauftragten Frieda, sich am Montag in Calw um eine einzelne Person oder eine kleine Familie zu kümmern, vielleicht eine Mutter mit einem Kind. Sie trauten Frieda zu, dass sie es gut machen würde.

Frieda unterbreitete gleich morgens im Büro ihren Vorschlag, und trotz einiger Bedenken hinsichtlich der Abgelegenheit von Wahlberg, war man dankbar für die Hilfe. Frau Greule sah die Listen durch, in denen die Heimatlosen, die noch kein Zimmer gefunden hatten, aufgeführt waren, und schlug eine verzweifelte, junge Mutter aus Rumänien vor, die schlecht zu vermitteln war, weil sie und ihre beiden kleinen Mädchen nicht aufhören konnten zu weinen. Sie waren in der Turnhalle untergebracht, aber die anderen Flüchtlinge hatten sich beklagt über das ständige Jammern und Schluchzen. In den mit Decken abgetrennten Verschlägen gab es ja praktisch kein Privatleben, weil jedes Geräusch von allen von allen Mitbewohnern gehört wurde.

Frieda wurde sofort in die Turnhalle geschickt, um mit der jungen Frau Gerber zu reden und ihr den Vorschlag zu unterbreiten, auf den Hof der Breitenbergs zu ziehen. Die Unterhaltung gestaltete sich etwas mühsam, weil beide Frauen unterschiedliche Dialekte sprachen. Vor allem die sogenannte „Volksdeutsche" hatte mit dem Schwäbischen Probleme. Sie verständigten sich schließlich darauf, dass die junge Familie abends zum Büro kommen sollte mit ihren spärlichen Habseligkeiten, um mit Frieda nach Wahlberg zu fahren.

Frieda schilderte mit knappen Worten den Hof und das Leben mit ihrer Familie, und das Gesicht von Frau Gerber hellte sich auf. Sie erzählte, dass ihr Mann vermisst sei, und sie unterwegs auf der Flucht den Anschluss an den in ihrem Dorf zusammengestellten Treck verloren hatte, weil ihre kleine Tochter an Diphterie erkrankt war und bei einer freundlichen Bauernfamilie im Bett bleiben musste. Die Kleine hatte glücklicherweise überlebt, und trotz ihrer Mutlosigkeit hatte Frau Gerber es schließlich geschafft, in den Westen zu gelangen. Eigentlich war Stuttgart ihr Ziel gewesen, denn dort lebte ein befreundeter Pfarrer, der mit Herrn Gerber in Tübingen Theologie studiert hatte. Frau Gerber war auch nach Stuttgart gekommen, aber die Straße, in der der Freund gewohnt hatte, gab es bis auf wenige Häuser nicht mehr, und so war sie weitergezogen.

Am Abend wartete die kleine Familie im Büro, in dem gut eingeheizt war, und stieg schließlich mit Frieda und Liese in den Jeep. Die kleinen Mädchen sahen gespannt aus dem Autofenster, aber da es bereits dämmerte, konnte man nicht mehr gut erkennen, was es draußen zu sehen gab. Als sie durch den Wald auf Wahlberg zufuhren, bemerkte Frieda, dass sich die beiden Mädchen verängstigt an ihre Mutter klammerten. Vermutlich hatten sie während der Flucht schlechte Erfahrungen mit Wald gemacht, und Frieda beschloss deshalb, ihnen ein positives Bild vom Wald zu vermitteln, sobald das möglich sein würde.

Gertrud hatte vorsorglich Bettzeug in die beiden Zimmer gebracht, die eigentlich die Zimmer ihrer Kinder waren. Frieda würde endgültig in die Stube der Großmutter umziehen, mit dem Ziel, für sich zu sein und jederzeit unbemerkt in die Küche gehen zu können, um sich morgens zu waschen und das Frühstück vorzubereiten.

Frau Gerber brach in Tränen aus, als Gertrud nach einer herzlichen Begrüßung ihr die beiden Kammern zeigte, in denen sie für die nächste Zeit mit ihren Töchtern wohnen konnte. Bevor sie sich an den Tisch in der Küche setzten, der bereits für das Abendessen gedeckt war, zeigte Frieda den Flüchtlingen das Haus, damit sie sich zurechtfinden konnten. Wichtig war natürlich das Klo, das am Ende des Quergangs in einem Bretterverschlag untergebracht war, und die Küche mit dem großen Herd und dem Warmwasserbehälter, aus dem man Wasser zum Kochen und zum Waschen schöpfen konnte.

Da Gertrud nicht wissen konnte, wie viele Personen Frieda mitbringen würde, fehlte ein Teller auf dem Tisch, und ein zusätzliches Bett musste noch in eine der Kammern geschafft werden. Da es bereits dunkel war, verschob Walter das Herunterholen des Gitterbettchens, das auf dem Dachboden eingelagert war, auf den nächsten Tag. Die Fenster waren wie immer mit Decken verhängt, eine Maßnahme, die eigentlich unsinnig geworden war, da es sowieso keine Lichtquellen im Haus mehr gab. Überraschenderweise zündete Gertrud eine Kerze an, die sie bisher zurückgehalten hatte, und so war der Tisch zum Abendessen beinahe feierlich.

Vor Beginn des Essens sprach Frau Gerber ein inniges Gebet, und ihre beiden Mädchen saßen andächtig mit gefalteten Händen da. Das Abendessen war eher karg, aber Familie Gerber aß mit großem Appetit, da sie völlig ausgehungert war. Walter bemühte sich um ein Gespräch, vor allem mit den Kindern. Er schlug vor, ihnen am nächsten Tag den Kuhstall zu zeigen und ihnen die verbliebene Katze vorzustellen. Die beiden Mädchen nickten artig, aber irgendwelche Begeisterungsausrufe konnte er ihnen nicht entlocken. Sie waren wohlerzogen, aber erschreckend eingeschüchtert. Die Breitenbergs hofften, dass sich das ändern würde. Vermutlich würde es seine Zeit brauchen.

Nach dem Essen gab Gertrud Frau Gerber die Kerze, damit sie den Weg zur Toilette finden konnte und anschließend in die Kammern. Einen Nachttopf hatte Gertrud fürsorglich unter eins der Betten gestellt, denn den Kindern war nicht zuzumuten, nachts im kalten Haus herumzustolpern, in dem sie sich noch nicht zurechtfinden konnten.

Frieda hatte sich im Altenteil der Großmutter eingerichtet. Ihre Bücher standen in einem grob gezimmerten Regal, ihre Kleidung hatte sie in den scheußlichen, alten Kasten geräumt. Am besten fand sie, dass die Nähmaschine nun in ihrem Zimmer stand und darauf wartete, wieder benutzt zu werden. Auch für die Kleiderpuppe hatte sie eine freie Ecke gefunden, und die Stoffreste, die sie noch übrig hatte, waren in einer Truhe verstaut. Frieda war zufrieden und hoffte nur, die Gerbers würden sich einleben und wieder ein bisschen Hoffnung schöpfen.

Am nächsten Morgen warteten sie und Liese vergeblich auf den Jeep, der sie nach Calw bringen sollte. Sie standen vor der Kirche fast eine Stunde im Schneeregen, und schließlich beschlossen sie, unverrichteter Dinge nach Hause zu gehen. Auf dem Weg zum Hof sprach ein Nachbar sie an, mit dem die Familie Breitenberg wenig Kontakt hatte, weil er immer unzufrieden war und über seine missliche Lage jammerte. Dabei ging es ihm verhältnismäßig gut. Sein Sohn lag im Lazarett und konnte vorläufig nicht wieder an der Front eingesetzt werden, und er hatte mehr Vieh als die meisten.

„Grüß Gott, Frieda," sagte er einigermaßen freundlich. „Ihr habt bestimmt auf euer Taxi gewartet. Das wird nicht mehr fahren, ich habe gehört, dass von oben der Befehl kam, Diesel zu sparen bei überflüssigen Fahrten. Jetzt könnt ihr nach Calw laufen, oder es bleiben lassen."

Frieda wunderte sich, wie gut er Bescheid wusste, da er eigentlich nicht zu Gesprächen neigte. Sie bedankte sich und ging weiter.

Ihre Eltern waren natürlich überrascht, sie so schnell wieder im Haus zu haben. Als Frieda den vermutlich richtigen Grund erklärt hatte, meinte ihr Vater, so allmählich würde sich alles auflösen, und nicht die einfachsten Dinge mehr klappen. Er fragte sich, wohin das noch führen sollte. Schließlich würden sie alle wieder in Höhlen wohnen und möglicherweise verhungern.

Frieda ging mit ihrer Mutter auf die Bühne, um die Kiste hervorzuholen, in der Kinderkleidung aufbewahrt wurde. Es fanden sich Wäsche, Kleidchen und Friedas Fellmantel, der noch gute Dienste leisten würde. Was fehlte, war passende Fußbekleidung. Walter hatte alle seine Schuhe kaputt gekriegt, indem er mit Steinen herumkickte, die Füße schleifen ließ, und die Schuhe, wenn sie nass geworden waren, versteckte, damit seine Mutter nicht schelten konnte. Die Schuhe kamen irgendwann zum Vorschein, verschimmelt und verzogen.

Die Kleidungsstücke rochen alle stark nach Mottenpulver und mussten zunächst gewaschen werden. Frieda heizte den Waschkessel an, aber ohne Seife würde wohl der Geruch nicht herausgehen. Frieda holte die beiden kleinen Mädchen und bot ihnen an, in dem warmen Wasser zu baden, aber sie drehten sich verschämt weg und schüttelten den Kopf. Das kannten sie schon lange nicht mehr, und der dampfende Kessel machte ihnen Angst.

Vor dem Abendessen zog die kleine Helene, die etwa fünf Jahre alt sein mochte, Frieda Richtung Stube und flüsterte: „Ich will dir etwas zeigen." Frieda folgte ihr. Helene zeigte auf die Puppe und fragte zögerlich: „Die Puppe hat keinen Kopf. War sie im Krieg?"

Frieda erschauerte. Was musste die Kleine erlebt haben, um eine solche Frage zu stellen! Frieda erzählte vom „Friseurbesuch" ihrer Puppe und schilderte die wüsten Haare, die übrig geblieben waren. Zuletzt erklärte sie, dass ein guter Freund den Kopf mitgenommen hatte und ihn mit einer wunderschönen neuen Frisur zurückbringen würde.

Helene war erleichtert, und zum ersten Mal erschien der Anflug eines Lächelns auf ihrem Gesicht. „Darf ich dann mit der Puppe spielen? Ich halte sie auch schön sauber und mache nichts kaputt." Frieda versprach, ihr die Puppe zum Spielen zu überlassen, und die beiden kamen ganz einträchtig in die Küche zurück.

Der Anfang war gemacht, und Frieda nahm sich vor, das Eis zum Tauen zu bringen.

31. Kapitel

Frieda wurde nicht mehr eingeteilt für irgendwelche Aufgaben, und das war auch gut so. Anfang April fing die morgendliche Übelkeit an. Sie konnte das Frühstück nicht bei sich behalten, und erst gegen Mittag halfen eine Tasse Kamillentee und ein Stück trockenes Brot, ihren Magen zu beruhigen. Gertrud tröstete sie und meinte, das würde vorbeigehen, wenn der Körper sich an die Schwangerschaft gewöhnt hatte. Trotzdem fand Frieda es ziemlich scheußlich, Essen in irgendeiner Form nur zu riechen, weil sie sich sofort übergeben musste. Sie nahm im Lauf des April ständig ab und fragte sich, wie sie ein Kind ernähren sollte, wenn sie selbst fast am Verhungern war.

Gertrud schlug vor, zu Annemarie zu gehen und sie um Rat zu fragen. Annemarie würde mit Sicherheit nichts ausplaudern und kannte sich bei allen Schwangerschaftsbeschwerden sehr gut aus. Frieda willigte ein, obwohl ihr der Besuch bei der Hebamme doch ein bisschen peinlich war, aber sie hatte sich umsonst Sorgen gemacht. Annemarie untersuchte sie, indem sie sie abhörte, ihren Bauch abtastete und feststellte, dass alles bestens in Ordnung sei. Sie lächelte erfreut und gratulierte Frieda. „Schön, dass du Hitler ein Kind schenken wolltest. Vielleicht ist es jetzt dafür ein wenig zu spät?"

Frieda fragte lieber nicht nach, wie ernst diese Bemerkung gemeint war. Man sprach inzwischen seine Gedanken etwas offener aus, aber es war immer noch gefährlich, etwas zu sagen, was vielleicht Anstoß erregen könnte. Annemarie deutete mit einem Lächeln an, dass der Vater Leutnant Gerster sich freuen würde, wenn er aus dem Krieg zurückkam, und Frieda schwieg dazu. Annemarie schlug vor, das Frieda etwa einmal im Monat kommen sollte, um kontrollieren zu lassen, ob alles in normalen Bahnen verlief. Frieda zog unter ihrer Schürze einen kleinen Schinken als Bezahlung hervor, und Annemarie wurde ganz vergnügt vor Freude. Nach einem kurzen Schwätzle ging Frieda zufrieden nach

Hause. Nach einem Mittel gegen die Übelkeit zu fragen, hatte sie vergessen.

Mit Familie Gerber lief es gut. Frau Gerber weinte nicht mehr, jedenfalls nicht tagsüber, und die beiden kleinen Mädchen fassten allmählich Vertrauen. Besonders gern folgten sie Walter, da ihnen wohl die Vaterfigur fehlte. Walter nahm sie mit in den Stall und in die Scheune. Er erklärte ihnen geduldig die landwirtschaftlichen Tätigkeiten, zeigte ihnen den Ackerwagen und das Geschirr für die Pferde, ebenso wie das Joch für die Kühe, und nahm sie mit zum Milchabliefern.

Gertrud kam auch mit Frau Gerber gut zurecht. Frau Gerber half in der Küche, bot immer wieder an zu kochen, machte den Abwasch und unterstützte Gertrud beim Kochen der Wäsche. Nur von der Landwirtschaft verstand sie gar nichts und zeigte auch keinerlei Interesse. Wie sich herausstellte, hatte sie in Rumänien eine Hochschule für Lehrerausbildung besucht, allerdings ihren Beruf nie ausgeübt, weil ihr die kleine Helene dazwischenkam. Gertrud hatte großen Respekt vor so einer gebildeten Frau.

Eines Abends beim Essen kam zufällig heraus, dass Frau Gerber von ihrer Schullaufbahn im Gymnasium her gut Englisch konnte. Frieda war elektrisiert. „Ich wollte schon immer Sprachen lernen," sagte sie. „Aber hier in Wahlberg gab es keine Möglichkeit, und das habe ich immer bedauert. Kann ich mal ganz unverschämt fragen, ob Sie mir Stunden geben würden?"

Walter sagte entrüstet „Aber Frieda!" Frau Gerber lächelte und meinte, das würde ihr großen Spaß machen und ihr ein bisschen von der Schuld nehmen, die ständig auf ihr lastete. Sie wohnte bei den Breitenbergs, aß bei ihnen, wurde eingekleidet, und die Kinder waren in die Familie aufgenommen wie eigene Kinder.

Jeden Morgen fand nun eine Englischstunde statt. Gertrud beschäftigte sich mit den Mädchen, so dass Frau Gerber und Frieda in Ruhe ihre Stunde abhalten konnten. Frieda lernte leicht, obwohl ihr anfangs die Aussprache wie das englische „r" und das „th" Probleme machten. Nach vielem Üben klappte es. Frieda sprach die neu gelernten Wörter abends vor dem Schlafengehen vor sich hin, um sie zu behalten. Denn leider konnte nichts aufgeschrieben werden, da es an Papier mangelte. Frau Gerber lachte häufig, wenn sie Frieda komische englische Sprüche und Gedichtchen beibrachte und versuchte, sie adäquat ins Deutsche zu übersetzen. Frau Gerber wurde allmählich zugänglicher, und Frieda vergaß für kurze Zeit während der Englischstunden die Probleme von Deutschland und ihre Sorge um Krystof.

Ein paarmal wurde Frieda während des Unterrichts schlecht, und Frau Gerber fragte vorsichtig, ob sie ein Kind erwarte. „Ich denke das nicht nur, weil Ihnen manchmal übel ist, sondern man sieht es Ihnen im Gesicht an. Manche Frauen strahlen etwas aus, das ich nicht benennen kann, aber es ist unverkennbar."

Frieda lächelte. „Wahrscheinlich sieht man mir mein Glück an, denn ich freue mich sehr. Es wird sicher schwierig, allein ein Kind großzuziehen, aber das kennen Sie ja. Ich bin immerhin bisher wohlbehütet zu Hause und habe meine Eltern zur Seite. Ich kann mir gar nicht vorstellen, wie es Ihnen ergehen muss."

Sie bedauerte sofort ihre Worte, denn Frau Gerber fing zu weinen an. „Entschuldigen Sie," sagte sie. „Mir geht es ja hier richtig gut, aber manchmal überfällt mich der Kummer über die verlorene Heimat und meinen Mann, von dem ich gar nichts weiß."

„Wenn der Krieg zu Ende ist, können Sie bestimmt wieder nach Hause, und für Ihren Mann gibt es doch alle Hoffnung. Die meisten Vermissten werden nach den Wirren des Krieges wieder zu ihren Familien zurückkehren, und gemeinsam werden wir die Trümmer aufräumen und die Schäden beseitigen. Glauben Sie das nicht?"

Frau Gerber schüttelte den Kopf, denn sie merkte, dass Frieda selbst nicht an das glaubte, was sie eben behauptet hatte. Frieda versuchte zu trösten, aber offenbar war sie wenig überzeugend. Frau Gerber beruhigte sich nach einer Weile, und sie fuhren mit ihren Englischübungen fort.

Die schrecklichen Nachrichten überschlugen sich inzwischen. Natürlich wurden die Niederlagen nicht im Radio berichtet, aber sie sprachen sich schnell herum, als würde eine Buschtrommel alles verkünden: Der Untergang der „Wilhelm Gustloff", bei dem neuntausend Menschen umkamen, die versucht hatten, aus Ostpreußen zu fliehen; die Russen nicht mehr weit von Berlin; die Auflösung des Konzentrationslagers Auschwitz durch die Russen, bei der die schreckliche Wahrheit ans Licht kam; die schweren Bombardierungen Berlins. Goebbels hatte einmal gesagt, wenn auch nur eine Bombe auf die Hauptstadt fiele, würde er sich umbenennen in Meier. Einige forsche Deutsche nannten ihn nach den Bombardements tatsächlich Meier, aber sie durften sich nicht erwischen lassen, sonst hätte die Gestapo sie mundtot gemacht.

Da Frieda keinerlei Verpflichtungen außer Hauses hatte, ging sie oft nach Hochdorf, um Annemie zu besuchen und mit ihr die Lage durchzusprechen. Annemie war nach wie vor gut informiert, obwohl sie kaum aus dem Haus kam. Ihre Beine machten ihr immer noch sehr zu schaffen, vermutlich wegen de nasskalten Wetters, das die Schwarzwälder kaum auf einen baldigen Frühling hoffen ließ.

Friedas Übelkeit legte sich Anfang April, und sie konnte wieder essen. Sie musste auch einiges aufholen, denn bis zu diesem Zeitpunkt hatte sie einige Kilo abgenommen.

Die Listen der Gefallenen und Vermissten wurden in Wahlberg immer länger. Wenn der Bürgermeister durch den Ort ging, um die Briefe mit den Todesnachrichten zu überbringen, schauten die Leute weg in der Hoffnung, dass er an ihrem Haus vorbeigehen würde. Von Friedas Bruder Walter hatte man nichts gehört, und das wurde als gute Nachricht interpretiert.

Ende April fuhren mit Kettengerassel und Dröhnen ein paar deutsche Panzer durch Wahlberg, darauf folgen einige französische Panzer, aber niemand konnte verstehen, was eigentlich ablief. Lisbeth kam eines Sonntagmorgens zu den Breitenbergs, um ihnen zu empfehlen, alles, was mit dem Tausendjährigen Reich zusammenhing, zu vernichten. „Überall werden Hitlerbilder verbrannt, und ‚Mein Kampf' landet auf dem Scheiterhaufen. Vor allem solltet ihr Waffen, sofern ihr welche besitzt, im Mist vergraben oder im Wald. Die Sieger werden hier bald Einzug halten, und wehe dem Deutschen, bei dem man ein Parteiabzeichen oder Ähnliches findet. Wir waren doch alle schon immer dagegen, und das sollte der Feind auch wissen."

Frieda fand es mutig, dass Lisbeth von Haus zu Haus ging, um ihre Nachbarn zu warnen, und sie und ihre Eltern waren auch der Meinung, man sollte lieber alles vernichten, das auf Zustimmung zum Dritten Reich hinwies. Walters Gewehr wurde im Mist vergraben, das Hitlerbild aus Margaretes Zimmer, das Frieda schon vor langer Zeit umgedreht hatte, um das Gesicht des Führers nicht sehen zu müssen, wanderte in den Herd, ebenso wie „Mein Kampf." Es war ein gutes Gefühl, die Reliquien loszuwerden und damit ein bisschen Freiheit zurückzugewinnen.

32. Kapitel

Am 8. Mai war der Krieg zu Ende. Hitler hatte sich gleich nach seiner Hochzeit mit Eva Braun umgebracht, Goebbels und seine Frau Magdalena hatten Selbstmord begangen, nachdem seine sechs Kinder mit seinem Einverständnis von einem Arzt vergiftet worden waren. Der Mörder und sein Scherge konnten niemandem mehr etwas antun, aber sechzehn Millionen Deutsche hatten ihre Heimat verloren, die Städte lagen in Schutt und Asche, Maschinen und technische Ausrüstungen wurden demontiert und von den Siegermächten ins Ausland gebracht, vor allem nach Russland.

Man erzählte sich, dass die Russen so hinterwäldlerisch waren, dass sie glaubten, wenn man die Steckdose aus der Wand riss und mitnahm, hätte man zu Hause Strom, ebenso den Wasserhahn, der womöglich gleich warmes Wasser liefern würde. Darüber wurde gespottet, aber insgesamt blieb den Deutschen das Lachen im Hals stecken, und Witze wurden nicht mehr erzählt.

Der Krieg war zwar vorbei, es fielen keine Bomben mehr, und Häuser brannten nicht mehr nieder. Aber in den ersten Tagen nach Kriegsende wurden Männer hinterrücks erschossen, wobei niemals herauskam, wer so etwas machte und aus welchen Gründen. Der Verdunklungszwang war aufgehoben, aber da es sowieso keinen Strom und keine Kerzen mehr gab, war das nicht mehr wichtig.

Es herrschte eine große Anspannung, weil niemand wusste, wie es weitergehen würde. Frau Gerber ging der Familie auf die Nerven, weil sie dauernd betete, die kleinen Mädchen waren unruhig und weinten viel. Frieda traute sich gar nicht mehr aus dem Haus, weil Schreckensgeschichten erzählt wurden von Soldaten in abgerissenen Uniformen, die Mädchen und auch ältere Frauen überfielen. Es waren oft ganz junge Kerle, die man fast als Kinder eingezogen hatte, und die jede Lebensorientierung verloren hatten.

Man munkelte, die Franzosen würden den Schwarzwald besetzen. Einige waren froh darüber, denn schließlich waren die Franzosen Nachbarn und ein zivilisiertes Volk. Andere hatten schlimmste Befürchtungen. Schließlich hatte man Frankreich besetzt, und dafür würden die Franzosen sich bitter rächen. Frankreich war sowieso der Erzfeind, und die Gelegenheit, Deutschland zu erniedrigen, würde man sich nicht entgehen lassen. Die Pessimisten sollten recht behalten.

Kurz nach der Kapitulation kamen die französischen Soldaten mit Panzern und Geschützen im Nordschwarzwald an. Die Wahlberger hatten weiße Laken aus den Fenstern gehängt, um zu signalisieren, dass sie keinen Widerstand mehr leisten würden.

Bereits nach einem Tag wurden die Soldaten ausgetauscht. Statt der Franzosen kamen Marokkaner, von denen viele dunkelhäutig waren. Vermutlich wollte man der Bevölkerung Angst einjagen, denn dunkelhäutige Menschen kannte man nur von Bildern aus Geschichtsbüchern oder von der Propaganda. Die ‚nichtarischen‘ Menschen wurden als stumpfsinnig und brutal dargestellt, und so war es gelungen, jedem Farbigen mit Misstrauen zu begegnen.

Am Nachmittag stürmten vier Marokkaner ins Haus der Breitenbergs und fingen an, Schränke aufzureißen, Schubladen herauszuziehen und Bilder von der Wand zu zerren. Die Breitenbergs wussten nicht recht, wonach sie suchten: Waffen, Hitlerdevotionalien oder einfach Wertsachen, die sie an sich nahmen. Gertrud besaß fast keinen Schmuck außer einer alten Brosche, die bereits über mehrere Generationen vererbt worden war. Walter musste seine Taschenuhr abgeben.

Leider gingen die vier Marokkaner nicht, nachdem sie das ganze Haus in Unordnung gebracht hatten und einiges eingesteckt. Der Soldat, der wohl den höchsten Dienstgrad hatte, bedeutete den Breitenbergs mit Gesten, dass das Schlafzimmer und die Stube konfisziert seien. Gertruds Versuch, ihnen klarzumachen, dass die Familie selbst dann nicht wusste, wo sie bleiben sollte, stieß auf Unverständnis oder Gleichgültigkeit. Also zog Gertrud die Betten ab und trug Laken und Bezüge in Margaretes altes Zimmer. Frieda musste wieder mal umziehen. Sie wäre gern auf der Bühne in Krystofs Dachkammer gezogen, aber ihr Vater machte ihr klar, dass das nicht in Frage kam. Sie wäre da oben ganz allein, und es würde nicht lange dauern, bis ihre Einquartierung das bemerkte und ausnutzte. Frieda sah das sofort ein und bezog Walters alte Kammer neben den Gerbers. Die Mädchen mussten im Zimmer ihrer Mutter schlafen, aber die Enge waren sie gewöhnt und fühlten sich bei ihrer Mutter sicherer.

Als die Marokkaner gekommen waren, hatten Frieda und Frau Gerber je ein Kind auf den Arm genommen in der Hoffnung, dass die Soldaten kinderlieb waren. Frieda zwickte Helene ordentlich, um sie zum Weinen zu bringen, und die kleine Karin stimmte mit ein. Einer der Soldaten strich Helene über den Kopf, aber die beiden Frauen wurden in Ruhe gelassen.

Die Marokkaner gingen wieder, aber am nächsten Morgen kamen sie mit einem Jeep voller Sachen. Sie luden zwei Feldbetten und Decken aus, und jeder trug einen Tornister mit den spärlichen, persönlichen Habseligkeiten ins Haus. Die Breitenbergs hatten inzwischen die Sachen aus dem Kleiderschrank, die auf dem Fußboden verstreut lagen, in Margaretes Zimmer getragen und in der Stube die Bilder abgehängt. Frieda bemerkte, dass sie ihre kopflose Puppe vergessen hatte, denn sie kam darüber zu, wie die Tür aufging und die Puppe begleitet von einem Fluch in den Hausgang flog. Sie hob die Puppe auf und brachte sie in ihre Kammer. Ein Arm hatte sich gelöst, und jetzt sah die Puppe wirklich sehr kriegsgeschädigt aus.

Frieda hatte inzwischen mit ihren Eltern die Probleme des engen Zusammenlebens ausführlich besprochen. Einer der Soldaten war bereits im Stall verschwunden und hatte vermutlich in den Mist gepinkelt. So etwas konnte Gertrud nicht dulden, und so zeigte sie den Soldaten das am Ende des Quergangs angebaute Klohäuschen.

Auch die morgendliche Toilette wollte sie nicht in der Küche haben. Frieda schlug vor, dass man den Kessel in der Schweineküche anheizen könnte, und auf die Art eine Heizung und Warmwasser hätte. Der Gedanke, die Fremden könnten morgens in die Küche kommen und sich in der Familienwaschschüssel waschen und rasieren, während die Breitenbergs mit Frau Gerber und den Kindern beim Frühstück saßen, war unerträglich.

Die Frage der Mahlzeiten war noch nicht geklärt. Gertrud hoffte, dass für die Besatzungssoldaten eine Kantine eingerichtet würde, denn vier Männer mehr zu verköstigen erschien ihr gänzlich unmöglich.

Die Soldaten verschwanden für den Tag, aber am Abend waren sie wieder da und machten deutlich, dass sie etwas essen wollten. Gertrud deckte den Tisch, schnitt ein paar Scheiben von dem jämmerlichen Brot ab und stellte ein Töpfchen mit Schmalz dazu. Sie füllte einen Steingutkrug mit Wasser und bedeutete den Soldaten, zuzulangen. Zunächst herrschte Schweigen. Dann nahm einer den Wasserkrug und kippte das Wasser verächtlich auf den Boden. Der Anführer fegte den Schmalztopf vom Tisch und verlangte offenbar etwas Besseres. Gertrud ging schweren Herzens zum Küchenschrank und schnitt ein paar Scheiben von dem letzten Schinken ab, der von Weihnachten stammte und sorgfältig gehütet wurde. Gertrud hatte immer gehört, dass die Marokkaner Mohammedaner waren und auf keinen Fall Schweinefleisch essen durften. Offenbar war sie einem Märchen aufgesessen.

Mit dem Trinken war es ähnlich. Sie bot Kräutertee an, konnte damit aber nicht landen. Der Anführer sagte „bière, vin", was gut zu verstehen war, aber Gertrud schüttelte den Kopf. „Haben wir nicht," sagte sie, immer mehr fürchtend, sie könnten wütend werden. Frieda hatte den rettenden Gedanken. Sie ging in den Gewölbekeller und brachte einen Krug Most. Alle vier probierten, verzogen das Gesicht, aber gaben sich schließlich zufrieden.

Gertrud hatte geglaubt, die Mohammedaner würden keinen Alkohol trinken dürfen, aber auch hier hatte sie sich getäuscht. Offenbar hielten sich nicht alle an die Gebote, oder man hatte den Christen Unsinn erzählt. Gertrud überlegte verzweifelt, wie sie den selbstgebrannten Obstler verstecken könnte. Daran hatte sie nicht gedacht, als die Familie alle verdächtigen Gegenstände aus dem Dritten Reich vernichtet hatten.

Walter schlug vor, den Obstler in den Spitzboden über der Bühne im Südgiebel zu schaffen. Dort war ein Taubenschlag eingebaut., der schon seit dem Tod von Gertruds Vater nicht mehr benutzt wurde und völlig verdreckt war. Am nächsten Morgen, wenn die Soldaten außer Haus waren, würden sie das Fässle mit dem restlichen Schnaps hinaufschaffen.

Die Nacht war ruhig, und am nächsten Tag klappte die Morgentoilette gut. Frieda hatte sehr früh unter dem Kessel in der Schweineküche Feuer gemacht, und offenbar waren die einquartierten Gäste mit der Lösung zufrieden. Am Vormittag fuhr ein Jeep durch den Ort, und der Beifahrer machte eine Ansage mit einem Megaphon. Leider war die Ansage auf französisch, und niemand verstand etwas. Offenbar gab es bei der Besatzung auch niemanden, der deutsch konnte, und so war die laute Verkündung irgendwelcher Vorschriften sinnlos.

Am Nachmittag war alles geklärt. Die Franzosen hatten offenbar darauf hingewiesen, dass an der Schule eine Liste ausgehängt war mit Vorschriften. Die Liste war in einwandfreiem Deutsch, es gab also doch Besatzer, die Fremdsprachen konnten.

Nach und nach versammelten sich die Einwohner von Wahlberg vor der Liste: Ausgehverbot von abends um sieben bis morgens um sieben (ausgenommen die Bauern, die die Milch abliefern mussten), Versammlungsverbot, Radioverbot, Verbot, den Ort zu verlassen ohne Genehmigung der Kommandantur. Vorschriften über Vorschriften. Einige Verbote gingen den Wahlbergern nicht sehr nah, aber anderes machte ihnen Sorgen. Sie hatten in großer Menge Lebensmittel abzuliefern, und wussten selber nicht, wovon sie satt werden sollten. Außerdem mussten sie Heizmaterial stellen für die Unterkünfte in der Schule und dem Rathaus, und für die Büros, in denen die Verwaltung saß.

Die Kommandantur hatte ihren Sitz in Hochdorf. Walter wurde gebeten, mit zwei Soldaten als Bewachung nach Hochdorf zu gehen und ein Papier zu besorgen, das den Wahlbergern erlaubte, sich bei Bedarf zur Kommandantur zu begeben. Wie sollte man sonst an eine Genehmigung kommen, den Ort zu verlassen? Es gab einige Scherereien, aber schließlich konnte Walter den Kommandanten überzeugen, dass der Passierschein nach Hochdorf allgemein gelten sollte.

Es gab einige Verhaftungen. Als erster wurde der Ortsbauernführer abgeführt, denn er hatte eine wichtig Position eingenommen und war im Allgemeinen linientreu und pflichtbewusst gewesen, wenn er auch nicht seine Mitbewohner absichtlich drangsaliert hatte. Lisbeth wurde ebenfalls abgeholt. Irgendjemand hatte sie angeschwärzt, weil sie in letzter Minute die Einwohner darauf hingewiesen hatte, dass sie ihre Wertsachen verstecken sollten, ihre Waffen vernichten und alle Hitlerbilder und nationalsozialistische Literatur entsorgen

Frieda wollte nicht begreifen, warum jemand so gemein sein konnte, die sowieso schwierige Situation noch zu verschärfen. Aber Lisbeth war ja nicht bei allen beliebt gewesen, weil einige - vor allem Frauen - ihre Heilkünste mit Kräutern nicht gutheißen konnten und ihr misstrauten, nicht anders, wie man seit Jahrhunderten mit heilkundigen Frauen umgegangen war.

Auch wenn die Breitenbergs noch einige Hühner behalten hatten, die wieder zu legen anfingen wegen des wärmeren Wetters, und mit Milch ganz gut versorgt waren, wurde die Ernährung immer schwieriger. Die Eier mussten zum großen Teil an die Besatzung abgeliefert werden, und aus dem Gewölbekeller hatte man ihnen fast alle eingemachten Gemüse- und Obstgläser entfernt, einen Großteil der Kartoffeln, die bereits zu keimen anfingen, mitgenommen, und nicht eine einzige Wurstdose aus der letzten Schlachtung war übrig geblieben. Etwas von dem wenigen, das die Besatzer nicht anrührten, war das Sauerkraut. Es wurde in einem großen Sandsteintrog im Gewölbekeller aufbewahrt, und die Breitenbergs waren froh, dass die Marokkaner offenbar Sauerkraut nicht kannten und keine Lust verspürten, es zu probieren. So gab es mittags alte Kartoffeln mit Zwiebeln oder Sauerkraut, hin und wieder ein Rührei oder Steckrüben, und damit war der

Speiseplan ausgeschöpft. Wenigstens waren noch ein paar Marmeladengläser übrig geblieben, aber da man im letzten Sommer nicht mehr in den Wald gegangen war zum Sammeln, war auch da der Vorrat mager.

Frieda bereitete ein paar Beete im Gemüsegarten vor und säte die Samen aus, die sie in beschrifteten Tütchen im letzten Jahr gesammelt hatte. Sie hoffte sehr, dass keiner von den Soldaten auf die Idee käme, über die Erde zu trampeln, die geradezu dazu einlud, sie zu verwüsten, weil Frieda sie so ordentlich bearbeitet hatte. Immerhin war der Gemüsegarten wegen der freilaufenden Hühner eingezäunt, und so war es nicht zu erwarten, dass einer der Marokkaner das Tor öffnen und mutwillig die Beete zerstören würde.

Das Leben im Haus spielte sich einigermaßen ein. Tagsüber waren die Marokkaner verschwunden. Sie aßen in der Kantine, die in der Schule eingerichtet worden war. Gelegentlich sah man einen von ihnen mit Maschinengewehr im Arm auf den Straßen patrouillieren, und hin und wieder wurde es abends sehr laut, wenn andere Soldaten zu Besuch kamen und Schnaps mitbrachten. Walters Obstler war immer noch sicher verwahrt, und wenn einer der Marokkaner versuchte, von ihm Schnaps zu ergattern, schüttelte er nur den Kopf. Allerdings hörte man, dass Kinder herumgeschickt wurden, um Schnaps von den Höfen zu holen. Wenn sie mit einer Flasche zurückkamen, gab es ein Stück Schokolade, und das war für die Kinder ein unwiderstehlicher Anreiz, sich zu .bemühen.

Die Breitenbergs hatten im Keller noch Zuckerrüben, und Gertrud tat sich mit einer Nachbarin zusammen, um Sirup zu kochen. Ihren eigenen Kessel konnte sie nicht benutzen, weil er zum Waschbecken und Bad umfunktioniert worden war, und so brachte Walter die Rüben im Handkarren auf den Hof der Nachbarin. Dort wurden die Rüben mit einer handbetriebenen Maschine geschnitzelt und dann zwei Tage lang, ohne das Rühren zu unterbrechen, im Kessel gekocht. In einem bestimmten Stadium bildete sich Schaum, und dann durften die Kinder der umliegenden Höfe sich etwas zum Lecken herausfischen. Helene und Karin erinnerten sich überhaupt nicht an Süßigkeiten, und leckten mit Begeisterung immer wieder ihre Finger ab, die sie in den Schaum eingetaucht hatten. So gab es trotz allem kleine Freuden. Gertrud war sehr zufrieden, als sie nach der mühsamen Arbeit des Sirupkochens mit einem Dutzend Gläser nach Hause gehen konnte.

33. Kapitel

Während der nächsten Wochen trafen die ersten deutschen Soldaten zu Hause ein. Sie waren müde, traumatisiert, abgerissen und mager. Keiner von ihnen wollte Näheres erzählen, und man ließ sie in Ruhe. Die Familien waren froh, ihre Söhne, Ehemänner und Brüder wieder bei sich zu haben und hofften darauf, dass sich die innere Starre der jungen Männer im Lauf der kommenden Wochen so weit stabilisiert haben würden, dass sie in der Lage wären, durch Berichte ihr Leiden erträglicher zu machen.

Besonders bei den Brückers war die Freude groß, als Annemies Bruder zu Hause eintraf. Er hatte einen Schulterdurchschuss erlitten und würde den linken Arm nie mehr voll einsetzen können, aber er war mit dem Leben davongekommen. Annemies Vater beantragte einen Passierschein, um persönlich seine ältere Tochter, die in einem Nachbarort verheiratet war, vom Glück der Familie unterrichten zu können, aber die Kommandantur fand, das sei kein Grund für einen Passierschein. Post und Telefon funktionierten noch nicht, folglich konnte die Nachricht nicht weitergegeben werden.

Eigentlich hatte Frieda nicht das Recht, nach Hochdorf zu gehen, nur um eine Freundin zu besuchen. Sie tat es trotzdem hin und wieder, und als sie einmal angehalten wurde, erzählte sie eine Geschichte von einer Kranken, die der Soldat, der sie kontrollieren wollte, nicht verstand. Nach einigem Hin und Her ließ er sie passieren und Frieda dachte sich, dass die Franzosen doch nicht solche Unmenschen waren, wie man ihnen jahrelang weisgemacht hatte.

Allmählich sah man bei Frieda einen kleinen Bauchansatz, und den betonte sie, weil sie wusste, dass die Marokkaner kinderlieb waren und sie in ihrem Zustand in Ruhe lassen würden. Man hörte von Vergewaltigungen in Calw, und um die jungen Frauen zu schützen, zog man ihnen Schwesternuniformen an. Vor Krankenschwestern hatten die Besatzer Respekt, und da die meisten jungen Frauen und Mädchen es vermieden, auf die Straße zu gehen, fiel es nicht auf, dass die paar Schwestern, die gelegentlich durch die Stadt liefen, nicht echt waren.

Anfang Mai spürte Frieda eine ganz zarte Bewegung im Bauch wie ein leises Flattern, und sie freute sich unbändig, dass das kleine Wesen bereits imstande war, mit den Ärmchen und Beinchen zu zappeln. Sehnsüchtig dachte sie an Krystof und wünschte sich, er könnte sein Kind streicheln und vielleicht die Herztöne hören. Annemarie war jedenfalls bei ihren Routineuntersuchungen mit der Entwicklung sehr zufrieden. Das beruhigte Frieda, obwohl sie eigentlich nie ein ungutes Gefühl gehabt hatte.

Das Wetter im Mai 45 war milde, und alle waren froh, dass man nicht mehr ständig frieren musste und nicht wusste, wo man warme Sachen herbekommen sollte. Die Lage der Lebensmittelversorgung besserte sich allerdings nicht. In den Kriegsjahren war viel weniger angebaut worden als zuvor, und die Flüchtlinge, die Versprengten, und die Besatzer mussten ernährt werden. Die Breitenbergs mussten immer mehr Produkte aus der Landwirtschaft abliefern, so dass ihnen selbst kaum noch etwas blieb. Die Marokkaner hatten an einem Sonntag befohlen, zwei Hühner für sie zu schlachten, und so nahm die Anzahl der Eier ab. Auch eines der Schweine musste geopfert werden, allerdings nicht für die Besatzer, sondern für die Flüchtlinge und Städter.

Die Marokkaner tranken zwar Alkohol, aber Schweinefleisch war ihnen offenbar regelrecht zuwider. Die Breitenbergs hatten nur noch eine Sau, die unter der aus Sandstein gebauten Eingangstreppe untergebracht war. Die arme Sau war einsam und wurde nie ins Freie gelassen. So hatte man es immer gehandhabt, ohne an das Wohlergehen des Tieres zu denken. Frieda aber hatte Mitleid und öffnete häufig die hölzerne Futterklappe, um Luft in den Verschlag zu lassen und das Schwein zu trösten. Sie hatte den Eindruck, dass das Schwein sie verstand, denn es grunzte zufrieden und sah Frieda aus schlauen Äuglein an.

Im Gemüsegarten zeigten sich allmählich zarte Keimblättchen, und das ließ die Familie auf bessere Zeiten hoffen. Wenn es ein paar Tage nicht regnete, lief Frieda mit der Gießkanne zum Brunnen und verpflegte die Pflänzchen. Dabei erlebte sie eines Tages eine Überraschung. Einer der Marokkaner, der gerade ins Haus gehen wollte, verhielt bei ihr und nahm ihr freundlich lächelnd die Gießkanne ab. Frieda war sehr froh über diese Geste und bedankte sich mit einem herzlichen „merci".

Im Dorf blieb natürlich nichts verborgen, und so sprach sich herum, dass Frieda ein Kind erwartete, nachdem eine Nachbarin die Schwangerschaft entdeckt hatte, und Frieda ihren Zustand nicht leugnen wollte. Die Meinungen dazu waren geteilt. Die einen hingen an ihren strengen, moralischen Vorstellungen fest und zeigten deutlich, was sie von Frieda hielten. Sie grüßten sie nicht mehr, und beim Getuschel an der Milchablieferungsstelle konnte Frieda deutlich das Wort „Hure" hören. Obwohl Frieda eiserne Vorsätze gefasst hatte, hässliches Gerede an sich abgleiten zu lassen, fiel es ihr schwer, sich nicht getroffen zu fühlen. Sie machte sich immer wieder klar, dass die Frauen, die sie verurteilten, auch keine Engel waren, aber es wäre ihr lieber gewesen, wenn man sich zumindest bemüht hätte, Verständnis aufzubringen.

Andere freuten sich mit Frieda, vor allem wegen des vermeintlichen Vaters Leutnant Gerster. Frieda dementierte die Gerüchte über den Vater nicht, denn wenn herausgekommen wäre, dass sie mit einem polnischen Kriegsgefangen ein Verhältnis gehabt hatte, wäre wohl niemand ihr mehr wohlgesonnen geblieben.

Umso mehr war sie dankbar für das Verständnis und die Unterstützung ihrer Eltern. Gertrud suchte mit Frieda auf dem Dachboden nach Babykleidung und Wäsche für die Wiege. Eine wunderschöne alte Bauernwiege war aufbewahrt worden, in der seit mindestens drei Generationen die kleinen Nachkommen der Breitenbergs in den ersten Monaten schliefen. Die Seitenteile waren gedrechselt, und mit Hilfe der Kufen konnte man das Baby schaukeln bei Bedarf. Über dem Kopfende war ein Gestänge angebracht, auf dem man einen Vorhang und bei Bedarf eine Gaze gegen Fliegen und Mücken aufhängen konnte. Frieda wurde richtig verträumt, als ihre Mutter ihr erzählte, wie niedlich sowohl

Walter als auch Frieda in der Wiege gelegen hatten. Frieda hätte am liebsten die Wiege gleich mit heruntergenommen, um sie zu waschen und im Hof zu bewundern, aber Gertrud meinte, das hätte noch den ganzen Sommer Zeit, und man müsste nicht zu offensichtlich die Vorbereitungen treffen.

Friedas Englisch machte Fortschritte, und sie konnte bereits ein paar kurze Sätze sagen und einige Fragen stellen. Frau Gerber freute sich über ihre gelehrige Schülerin. Manchmal saßen Helene und Karin beim Unterricht dabei und wiederholten Wörter, die ihnen besonders gut gefielen, wofür sie gelobt wurden.

Ende Juni zogen die Marokkaner unvermittelt aus. Sie packten ihre Sachen und standen im Hof, offensichtlich auf ein Transportfahrzeug wartend. Sie gaben den Breitenbergs zum Abschied die Hand und signalisierten mit ihren wiederholten „merci, merci", dass sie offenbar mit ihrem Aufenthalt zufrieden gewesen waren. Niemand von den Breitenbergs verstand, warum sie auszogen, und wohin sie gehen würden, aber die Erleichterung stand der ganzen Familie ins Gesicht geschrieben. Sie hofften nur, dass nicht eine neue Einquartierung nachfolgen würde, aber das war nicht der Fall.

Ende Juni holte sich Frieda eine Genehmigung zum Heidelbeeren sammeln. Das war ganz wichtig und würde den Speiseplan enorm bereichern. Frau Gerber und die kleinen Mädchen zogen mit Frieda in den Wald, bewaffnet mit Körbchen und einem großen Eimer. Frieda fühlte sich immer noch nicht so unbeschwert im Wald wie vor Kriegsbeginn, denn man hörte immer noch von Zwischenfällen mit aus der Kriegsgefangenschaft entlaufenen deutschen Soldaten oder versprengten Polen oder Rumänen, aber um Wahlberg war es in der letzten Zeit wohl ruhig geworden.

Leider gab es nicht viele Heidelbeeren, weil der späte Frost einen Großteil der Blüten zerstört hatte. Die Suche war mühsam, aber für einen Kuchen und ein Glas Marmelade würde es reichen. Die kleine Karin langweilte sich schnell, aber Helene half eifrig und steckte sich immer wieder eine Heidelbeere in den Mund, bis ihr Gesicht ganz blau verschmiert war. Als ihre Mutter sie streng darauf ansprach, weil sie ihr das Naschen streng verboten hatte, behauptete Helene überzeugend, sie hätte nur eine einzige Beere probiert, um zu sehen, wie so etwas schmeckt. Frieda lächelte in sich hinein und hatte Freude an der Unternehmung und an Helene insbesondere.

Sie machten sich nach einer Weile auf den Heimweg, weil Karin quengelte. Eigentlich hätten sie noch weiter sammeln wollen, aber Frau Gerber hielt es schlecht aus, wenn ihre Kinder unzufrieden waren. Sie meinte, die Kinder hätten so viel Schlimmes mitgemacht, dass man ihnen auch mal nachgeben konnte.

Karin wollte getragen werden, und so gab ihre Mutter ihren Eimer mit den gesammelten Beeren Frieda. Helene trug zufrieden das kleine Körbchen, das sie selbst voll gesammelt hatte. Immer wenn sie glaubte, ihre Mutter würde es nicht bemerken, steckte sie sich eine Beere in den Mund. Als sie am Ortsrand ankamen, stellte sich ihnen ein französischer Soldat in den Weg und bedeutete ihnen, ihm zu zeigen, was sie in ihren Gefäßen hatten. Er nahm zuerst Helenes Körbchen und schleuderte die Heidelbeeren in die Wiese. Danach griff er nach Friedas Eimer. Frieda versuchte, den Eimer festzuhalten, aber sie war machtlos. Nach einem kurzen Gerangel wurden auch ihre Beeren in der Wiese verstreut. Frieda bekam mit dem Gewehrkolben einen schmerzhaften Stoß auf die Schulter, und der Soldat grinste, als sie einen empörten Schmerzensschrei ausstieß. Das Verstreuen der Beeren war völlig sinnlos und einfach boshaft, aber Frieda und Frau Gerber hatten wieder einmal erfahren, wer Herr im Haus war. Der Soldat hatte vermutlich nicht ernsthaft angenommen, dass die beiden jungen Frauen mit den kleinen Kindern Waffen unter den Beeren versteckt hatten.

Helene weinte verzweifelt, bis sie am Haus ankamen. „Siehst du, Mama", sagte sie, „hätte ich die Beeren gegessen, hätte er sie nicht wegwerfen können, und das wäre viel nützlicher."

Frieda musste über Helenes Argumentation lachen, obwohl sie auch sehr enttäuscht war und böse Schmerzen hatte. Sie nahm sich vor, in den nächsten Tagen einen neuen Versuch im Wald zu machen, denn sie brauchten dringend die Beeren, um für den Winter vorzusorgen.

Ebenso wollte sie später Pilze suchen, aber bis die Pilze zum Vorschein kamen, würde noch einige Zeit vergehen, und vielleicht war bis dahin die strenge Besatzungszeit mit Ausgehverbot und Einschränkungen aller Art vorbei.

In der Woche darauf erlebten die Einwohner von Wahlberg und Hochdorf eine böse Überraschung. Es hing eine Liste aus mit den Namen aller jungen Mädchen zwischen sechzehn und fünfundzwanzig. Alle auf der Liste angeführten Mädchen hatten sich am nächsten Wochenende zu einer Tanzveranstaltung in Hochdorf im Saal des Gasthauses „Krone" einzufinden als Tanzpartnerinnen für die Besatzungssoldaten.

Die Aufregung war groß, sowohl bei den Betroffenen als auch bei deren Eltern. Man fand es unmoralisch, dass sich die Soldaten auf Kosten der deutschen Mädchen verlustieren würden, und die Mädchen selbst hatten große Hemmungen sich vorzustellen, die dunkle Hand eines Marokkaners zu berühren und womöglich beim Tanzen auf Tuchfühlung gehen zu müssen. Sofort wurden Ausflüchte erdacht und bei der Kommandantur vorgetragen: Gisela konnte nicht tanzen, Hedwig durfte aus religiösen Gründen an keinem Tanzfest teilnehmen, Ursula war krank, Liese hatte sich den Knöchel verstaucht.

Die Unterhaltung mit dem Kommandanten gestaltete sich äußerst schwierig, denn er verstand plötzlich überhaupt kein Deutsch mehr und schmetterte alle Versuche ab, der Zwangsveranstaltung zu entgehen. Nur Annemie und Frieda wurden ausgenommen. Annemie hatte sich selbst zur Kommandantur geschleppt und ihre Beine ohne Scheu vorgezeigt, deren Anblick den Kommandanten schaudern ließ. Sie wurde sofort von der Liste gestrichen, ebenso wie Frieda, die ihren Bauch durch ein kleines Kissen noch deutlicher sichtbar gemacht hatte.

Trotz aller Bedenken versuchten die Mädchen sich für den Samstag herauszuputzen, soweit sie die Möglichkeit hatten. Frieda bekam mal wieder während der ganzen Woche zu tun, denn die meisten Kleider, Röcke und Blusen mussten enger gemacht werden oder auch verlängert, wenn es sich um junge Mädchen handelte, die seit Kriegsbeginn gewachsen waren. Frieda wollte keine Bezahlung für ihre Arbeiten, aber die angehenden Tänzerinnen mussten Garn und Stoffreste mitbringen. Ohne diese Zutaten war es Frieda nicht möglich, etwas umzuändern oder mit einer Bordüre oder einem Spitzenbesatz zu versehen, da sie selbst fast keine Vorräte mehr hatte. Vor allem Nähgarn war wie bei den Breitenbergs in allen Haushalten absolute Mangelware.

Es stellte sich während der Anproben heraus, dass die meisten Mädchen oder jungen Frauen immer noch so viel weibliche Eitelkeit besaßen, dass sie sich an einem veränderten Kleidungsstück erfreuen konnten. Es wurde gekichert und gelacht, die beiden Gerbermädchen durften bei den Anproben dabei sein und sogar beraten, was zu putzigen Vorschlägen führte, und die Nachmittage, an denen man sich bei Frieda traf, waren Lichtblicke in dem sonst völlig tristen Alltag.

Frieda dachte mit Sehnsucht an Krystof, der ihr die ersten Tanzschritte beigebracht hatte. Tanzen war so schön, aber auf einen Ball mit Besatzungssoldaten hatte sie doch keine Lust, auch wenn sie durchaus noch beweglich war und überhaupt nicht unter ihrer Schwangerschaft litt.

Frieda beschäftigte sich wieder sehr gern mit den Stoffen, die die Mädchen mitgebracht hatten und plante in die Zukunft. Sie würde natürlich als Schneiderin arbeiten, aber den Schwerpunkt ihrer Tätigkeit auf Entwürfe legen. Sie begann davon zu träumen, ein richtiges Atelier zu haben mit Näherinnen, die ihre Entwürfe ausführten. Die Kundschaft würde aus den umliegenden Dörfern und sogar Städten anreisen, und man würde ihre Modelle überall mögen und loben.

Frieda musste bei diesen Gedanken lächeln. Ein Atelier in Wahlberg? Was sollte sie den Bäuerinnen Schönes nähen, die vermutlich ein einziges besseres Kleid besitzen würden und außer zu seltenen, festlichen Anlässen mit praktischer Arbeitskleidung und Kittelschürze auskommen? Zudem wusste man ja überhaupt nicht, wie sich die Dinge entwickeln würden. Wäre es in absehbarer Zeit wieder möglich, Stoffe und Garn einzukaufen? Passende Schuhe dazu? Im Augenblick richtete sich das Augenmerk nur darauf, satt zu werden und nicht zu erfrieren, alles andere war Utopie und Luxus.

Am Sonntag nach dem Tanzabend bekam Frieda von mehreren Mädchen Besuch, die das Tanzfest hatten besuchen müssen. Die Stimmung war umgeschlagen, wie Frieda den aufgeregten Erzählungen entnahm. Statt der erwarteten Erniedrigungen waren die Tanzpartnerinnen freundlich empfangen worden mit einem kleinen Imbiss. Das Tanzen mit den Marokkanern war keineswegs unangenehm gewesen. Die dunkle Hautfarbe hatten die Mädchen offenbar vergessen können, während sie sich der Musik und den rhythmischen Bewegungen hingaben, und die Sprache war kein Problem gewesen, da es sowieso keine Themen gab, über die man gern mit den jungen Tänzern reden wollte.

Frieda wurde gebeten, nichts von dem weiterzuerzählen, was sie hörte. Den Eltern gegenüber wurde der Tanzabend negativ dargestellt, denn die Mädchen hatten Angst, gerügt zu werden, wenn sie zugaben, dass ihnen der Abend Spaß gemacht hatte. Vor allem die Töchter aus tiefgläubigen Familien hüteten sich zuzugeben, dass ihnen das Tanzen gefallen hatte. Sie hatten vorher nie getanzt, denn diese Art von Vergnügen wurde prinzipiell als unmoralisch abgelehnt, und so würde für einige Mädchen der zwangsverordnete Tanzabend der einzige in ihrem Leben bleiben.

Lisbeth war inzwischen nach Wahlberg zurückgekehrt. Die Franzosen hatten sie zu ihrer Haltung Hitler gegenüber befragt, aber sehr schnell festgestellt, dass sie sich nichts hatte zuschulden kommen lassen außer der Empfehlung an ihre Nachbarn, alles zu vernichten, was verräterisch sein konnte. Die französischen Gerichte befassten sich mit wichtigeren Befürwortern des Nationalsozialismus, die große Schuld auf sich geladen hatten.

Lisbeth war nicht schlecht behandelt worden, aber die Wochen in einer Haftanstalt hatten sie gezeichnet. Ihr fehlte jeder Lebensmut, und wenn die Nachbarn versuchten, sie wieder aufzubauen, indem sie versprachen, sich in besseren Zeiten um das zerbombte Haus zu kümmern, war ihr das kein Trost.

Frieda war zutiefst erschüttert, als sie hörte, dass Lisbeth sich wenige Tage nach ihrer Rückkehr erhängt hatte. Wie verzweifelt musste sie gewesen sein, um einen so tragischen Ausweg zu suchen! Frieda würde sie schmerzlich vermissen, denn Lisbeth war Teil ihrer Kindheit als ältere Freundin und Lehrherrin in Kräuterkunde gewesen.

Man sprach tagelang in Wahlberg von nichts anderem und gab natürlich der Besatzung die Schuld. Da Lisbeth kinderlos gewesen war, übernahm die Kirchengemeinde die Beerdigung. Ein Gemeindemitglied hielt mangels Pfarrer die Rede, der Kirchenchor sang zwei feierliche Lieder, und der einfache Brettersarg wurde in die Grube gelassen. Einige Dorfbewohner hatten Blumen mitgebracht, aber in Anbetracht der schlimmen Lage, hatte man keine Blumen mehr im Garten angepflanzt. Die wenigen Blumen, die man mitbrachte, waren Überbleibsel aus den letzten Jahren, oder am Wegrand gepflückt. Der Garten diente dem Anbau von Gemüse, für Luxusgüter wie Blumen war kein Platz.

Es gab auch keine Einladung zum Kaffee nach der Beerdigung. Man stand noch ein bisschen auf dem Friedhof beieinander, redete ein paar Worte und ging gedankenverloren nach Hause. Frieda kämpfte gegen die Tränen, aber sie war wohl die Einzige, der Lisbeths Tod und die traurige Beerdigung richtig nah gingen.

34. Kapitel

Anfang September erschien eines Tages Albert, Walters Vetter aus Calmbach, bei den Breitenbergs. Er wollte nicht verraten, wie er es gemacht hatte, nach Wahlberg zu gelangen, aber die Kontrollen waren nicht mehr ganz so streng wie zu Anfang, und es war inzwischen möglich, den französischen Soldaten im Wald auszuweichen.

Albert berichtete von ihren Schwierigkeiten, sich zu ernähren und drückte die Hoffnung aus, bei der Familie seines Vetters vielleicht ein paar Lebensmittel mit nach Hause nehmen zu können. Gertrud packte ihm in den Rucksack, was sie zur Not entbehren konnte: Ein paar Zwiebeln, zwei Eier, Radieschen und vor allem einen kleinen Topf mit Schmalz. Fett fehlte vor allen Dingen in den Städten, und Albert war überaus dankbar für die Hilfe.

Er war aber nicht nur gekommen, um ein paar Lebensmittel zu ergattern, sondern er wollte den neuesten Stand berichten, was Ingeborg betraf. Ingeborg hatte sich sehr schnell mit einem Marokkaner eingelassen, der sie wegen ihrer Dienste im Bett reichlich beschenkte. Sie bekam Bohnenkaffee, Schokolade und Seidenstrümpfe. Allerdings versteckte Ingeborg ihre Schätze und war nicht bereit, mit der Familie, bei der sie lebte, zu teilen. Alberts Frau hatte durch Zufall das Versteck entdeckt, aber gegenüber Ingeborg nichts verlauten lassen. Das Verhältnis von Ingeborg zu ihren Gastgebern war mehr als unterkühlt, und so sprach man nur das Notwendigste.

Als die ersten Besatzungssoldaten abgezogen wurden, war Ingeborgs Freund dabei, und er nahm sie mit. Albert wünschte ihr von Herzen, dass er mit ihr nach Marokko zurückkehren würde, und sie das Schicksal aller marokkanischer Frauen teilen würde: Nämlich keinerlei Rechte haben, einen Schleier tragen zu müssen und jedes Jahr ein Kind zu bekommen.

Frieda war schockiert, als sie von Ingeborgs Dummheit hörte. Es beruhigte sie jedoch ein bisschen, dass Ingeborg vermutlich nie zurückkehren würde und deshalb auch nicht Walters Frau werden konnte. Walter würde enttäuscht und entsetzt sein, wenn er nach Hause kam, aber wenigstens blieb ihm eine Ehe mit einer absolut gewissenlosen und egoistischen Frau erspart.

Walter hatte eine Karte geschickt, die wochenlang unterwegs gewesen war, aber schließlich ihr Ziel erreichte. Es war unverletzt und bei den Amerikanern irgendwo in Bayern interniert. Er hatte die Hoffnung, bald entlassen zu werden, wenn man seinen Werdegang während der Nazizeit überprüft hatte und ihn für nicht schuldig erklärte. Sein Vater vermutete, dass er schlau genug war, seine Gesinnung zu verschweigen, aber die hatte er wie so viele andere wohlweislich bereits vergessen.

Eine Woche nach der Ankunft der Karte von Walter kam ein Brief von Leutnant Gerster an Frieda. Er schrieb, dass er in einem amerikanischen Lager in Hammelburg bei Aschaffenburg interniert sei und wohl nicht so schnell mit seiner Entlassung rechnen könne, weil er einen Offiziersrang bekleidete und zudem Kommandant eines Kriegsgefangenenlagers gewesen war. Das waren schwerwiegende Vorwürfe, und er würde Zeugen brauchen, die ihm bescheinigten, dass er sich nie unmenschlich verhalten hatte. Er bat Frieda um ein entsprechendes Schreiben.

Frieda war natürlich sofort bereit, ein Schreiben für den Leutnant aufzusetzen. Es war nicht leicht, die richtigen Worte zu finden. Sie konnte ihm bescheinigen, dass er immer korrekt gehandelt und nie zu irgendwelchen ungerechtfertigten Schikanen gegriffen hatte, um die Gefangenen zu maßregeln. Sie wusste aber nicht, wie seine wahre Gesinnung gegenüber dem Regime gewesen war. Er hatte sich anständig verhalten, und sie musste vermutlich auch nicht über seine Einstellung berichten, sondern sich auf sein Verhalten konzentrieren.

Da das Schreiben ihr erhebliche Kopfschmerzen bereitete, ging sie zu Annemie, um sich zu beraten. Sie wurde unterwegs nicht angehalten, und da sie ganz offensichtlich schwanger war, sahen die Besatzungssoldaten sowieso davon ab, ihr Schwierigkeiten zu machen.

Annemie war wie fast immer zu Hause. Sie war guter Dinge, weil die Familie Nachricht erhalten hatte, dass ihr Bruder, der lange Zeit vermisst gewesen war, sich in Kanada in einem Lager aufhielt und in nächster Zeit für eine Arbeit in einer Bäckerei abgestellt werden würde. Es würde wohl dauern, bis er nach Hause zurückkehren konnte, aber er war unverletzt und offenbar guten Mutes.

Da Annemie von Friedas Erzählungen den Leutnant gut kannte, war es nicht schwierig, das Schreiben aufzusetzen. Annemie konnte gut formulieren, und schließlich waren beide mit dem Ergebnis zufrieden. Der Leutnant wurde entlastet, was an sich gut war, aber Frieda fürchtete ein wenig, er würde daraus den Schluss ziehen, dass sie ihm Gefühle entgegenbrachte, die sie nicht empfand.

Nachdem das Dokument fertiggestellt war, unterhielten sich die beiden noch bei einer Tasse Pfefferminztee. Frieda äußerte sich einigermaßen optimistisch über die Zukunft Deutschlands, aber Annemie antwortete voller Ironie

„Wo nimmst du deinen Optimismus her? Ah ja, ich verstehe. Alles funktioniert bestens. Die jungen Männer, die eine Familie gründen wollen, kommen alle ohne eine äußerliche oder seelische Beschädigung zurück, im nächsten Jahr werden die Felder wieder blühen und uns sattmachen. Die Flüchtlinge kehren in ihre Heimat zurück, und bald ist die schreckliche Zeit vergessen. Nur unsere Familie wird sich nicht erholen, da mein gefallener Bruder nicht zurückkommen wird."

„Du bist bitter," sagte Frieda. „Hast du denn nähere Informationen über das weitere Vorgehen der Franzosen? Du weißt doch immer alles, obwohl du kaum aus dem Haus kommst."

Annemie lächelte. „Vielen Dank, dass du mich an mein Gebrechen erinnerst. Ich habe ganz vergessen zu erwähnen, dass man in ein paar Jahren Kinderlähmungsbeine heilen kann. Aber Scherz beiseite: Ich habe gehört, dass das Ausgehverbot abends aufgehoben werden soll, und die Marokkaner werden bald abziehen. Natürlich wird die Kommandantur bleiben, und wir werden uns nach den Regeln der Franzosen richten müssen. Die Schulen sollen bald wieder eröffnet werden, und zwar nach französischem Vorbild. Da bin ich gespannt. Deutsche Lehrer, die auf französisch unterrichten können, wird man wohl kaum finden, wenn man überhaupt Lehrer findet, und ich glaube nicht, dass viele französische Lehrer Lust haben, in unserem kaputten Land zu wohnen und bei verhassten Kindern Unterricht zu erteilen."

„Von all dem habe ich nichts gehört, aber man darf gespannt sein. Jetzt will ich aber auf meine eigenen Probleme kommen. Der Kleine meldet sich schon mit Senkwehen an, wie Annemarie sagt, und ich kann dank meines Bauchs manche Arbeiten nicht mehr machen. Zum Beispiel habe ich das Melken aufgegeben, ich kann mich nicht mehr unter die Kuh bücken. Schuhe zumachen ist auch nicht leicht, und nachts finde ich keine bequeme Lage. Na ja, es ist ja hoffentlich bald überstanden. Willst du mal fühlen, wie der Kleine strampelt?"

Annemie legte ihre Hand ein bisschen zaghaft auf Friedas Bauch und fühlte begeistert die lebhaften Bewegungen. „Ich weiß nicht, was deine Großmutter sagen würde über deinen Umgang mit der Schwangerschaft. Du solltest eigentlich deinen Bauch verstecken und nicht andere Leute auffordern, das Baby sozusagen anzufassen. Wieso redest du eigentlich immer von dem Kleinen? Es könnte doch auch ein Mädchen werden?"

„Meine Mutter behauptet, wenn der Bauch ein bisschen spitz ist, steckt ein Bub drin, und meine Mutter hat meistens recht. Aber das ist natürlich Unsinn. Ich denke einfach immer an einen Jungen, der hoffentlich Krystofs Ebenbild wird, aber ein Mädchen wäre natürlich genauso willkommen. Ich habe mir auch für beide Sorten Namen überlegt, aber die verrate ich dir nicht und auch sonst niemandem. Du kannst ja schon mal blaue Mützchen häkeln, falls du Wolle hast. Aber jede andere Farbe tut es auch, auch wenn es schwierig ist, Buben und Mädchen zu unterscheiden, wenn sie nicht in hellblau oder rosa gekleidet sind."

Annemie lachte. „Daran erinnere ich mich," sagte sie. „Ich habe mich als Kind immer gefragt, wie meine Mutter uns Buben und Mädels auseinanderhalten konnte, wenn wir nicht blau oder rosa angezogen waren. Hast du eigentlich bis auf den unförmigen Bauch noch andere Beschwerden?"

Frieda lachte. „Ja, ich habe Wasser in den Beinen, sie sind richtig angeschwollen. Ich finde, jetzt könnte die Zeit, wo ich das Kind im Bauch herumtrage, langsam vorbei sein. Ich kann nachts nicht richtig liegen, der Kleine hält mich wach, weil er immer nachts munter ist und tagsüber dafür schläft. Aber ich spiele nachts mit ihm. Wenn sich ein Fäustchen oder ein Füßchen herausbeult, schiebe ich es weg, und es ist gleich wieder an der gleichen Stelle zurück. Ich denke, das macht dem Kleinen auch Spaß. Ich rede auch viel mit ihm, schließlich soll er lernen, dass er geliebt wird."

Annemie seufzte. „Ich beneide dich so sehr! Das werde ich nie kennenlernen, und dabei empfinde ich wie eine ganz normale Frau. Aber ich werde nicht mal von einem Marokkaner vergewaltigt wegen meiner gelähmten Beine."

Frieda war nun doch etwas entrüstet über so viel Unverfrorenheit und tadelte Annemie. „Du bist schon wieder bitter. Wo bleibt dein fröhlicher Optimismus?"

„Der ist weg, das war eine Kinderkrankheit. Ich leide immer mehr darunter, dass ich nicht wie ein normales Mädchen leben kann. Lange Spaziergänge konnte ich noch nie machen, tanzen ist ausgeschlossen, beim Klavierspielen kann ich nicht mal die Pedale treten und Radfahren werde ich nie lernen können. Stell dir nur mal vor, du hättest nie mit einem Ball spielen können, außer ihn hundertmal an die Wand werfen und manchmal wieder auffangen, oder auch nicht. Stell dir vor, niemals Sport treiben zu können, obwohl ich mir so sehr wünsche, mal einfach rennen zu können. An Rennen habe ich eine dunkle Erinnerung, aber vielleicht denke ich auch nur, dass ich einmal gerannt bin, weil meine Mutter es mir erzählt hat. Aber lassen wir das Gejammer. Wie geht es deinen Eltern?"

Frieda erzählte ein bisschen von der Landwirtschaft, die eigentlich kaum noch existierte, weil es kein Saatgut mehr gab und nur noch ein müdes Pferd, das das Heu einzubringen musste und die Äcker umpflügen. Die Kühe waren dank der Besatzung auf drei reduziert, das heißt, es gab auch kaum noch Milch. Es war nur noch ein Schwein übriggeblieben, der Rest war geschlachtet und fast das gesamte Fleisch abgeliefert worden. Auch der Hühnerhof war nur noch dürftig ausgestattet, und Frieda fragte sich, wie man über den nächsten Winter kommen sollte, ohne zu verhungern. Es gab bei den Breitenbergs nur einen Lichtblick: Der Garten hatte letztendlich einiges an Gemüse hervorgebracht, und mit der Obsternte und den Nüssen sah es nicht schlecht aus. Im Winter würde man zumindest immer wieder Rosenkohl ernten können, und Zwiebeln hingen zur Genüge im Gewölbekeller. Sauerkraut war von den letzten Jahren in dem gewaltigen Sandsteinfass eingelagert. Annemie lachte, als Frieda ihr den Spruch vortrug, der auf einer Kachel eines der für die Orte des Calwer Waldes typischen Kachelöfen stand. „Schweinefleisch mitsamt der Haut, ess ich gerner wie das Kraut". Bei den Breitenbergs würde es viel Sauerkraut geben, aber wenig knusprig gebratenes Schweinefleisch.

Frieda machte sich rechtzeitig auf den Weg, um die Sperrstunde nicht zu überschreiten. Sie ging mit einem unguten Gefühl nach Hause. Annemies Familie ging es viel schlechter als den größeren Bauern, und die Zukunftsaussichten waren tatsächlich düster. Frieda wusste, dass ihre Eltern aus dem jahrzehntelangen Holzverkauf Geld zurückgelegt hatten, aber was fing man mit Geld an, wenn es nichts zu kaufen gab?

Als sie nach Hause kam, spürte sie ein leichtes Ziehen im Rücken und führte es auf ihren Fußmarsch nach Hochdorf zurück. Sie fühlte sich müde, obwohl es noch nicht einmal sieben Uhr war, und das war ungewöhnlich. Ihre Mutter hatte bereits gemolken, und ihr Vater war mit dem Milchkarren zurück. Frieda hatte ein schlechtes Gewissen, weil sie den ganzen Nachmittag nicht auf dem Hof geholfen hatte. Aber ihre Mutter lachte, als Frieda sich entschuldigte.

„Du bist zwar nicht krank," sagte sie, „aber in einem Ausnahmezustand. Demnächst wirst du dein Kind in den Armen halten, und dann kannst du wieder alles machen wie früher. Wie fühlst du dich?"

„Schwerfällig und von kleineren Wehwehchen geplagt," antwortete Frieda. „Es ist zwar eine Schande, aber ich glaube, ich lege mich hin. Mir ist ein bisschen wackelig."

Frieda verschwand in ihrem Zimmer, fand eine einigermaßen bequeme Lage im Bett, nachdem sie alle möglichen Positionen ausprobiert hatte, und schlief sofort ein.

Sie erwachte mitten in der Nacht, weil ihr Laken warm und nass war. Sie war froh, dass Annemarie sie über den Geburtsvorgang aufgeklärt hatte. Sie hatte nicht ins Bett gemacht, wie ihr erster Gedanke war, sondern das Fruchtwasser war abgegangen. Es würde wohl nicht mehr lange dauern, bis der Kleine sich auf den Weg machen würde. Eigentlich hatte Frieda ihm noch zwei Wochen Zeit gegeben, aber der Geburtstermin war nicht so genau zu berechnen, wie Annemarie ihr erklärt hatte, und wie sie aus ihren Erfahrungen in der Tierwelt wusste.

Frieda zog ihr Laken ab und ging ihre Mutter wecken. Sie war selbst ganz ruhig, aber sie bemerkte bei ihrer Mutter eine Nervosität, die sie sonst nicht an ihr kannte. Gertrud versuchte, ihre Aufregung zu verbergen und sagte vermeintlich ganz sachlich, der Vater solle Annemarie Bescheid sagen. Frieda war dagegen, weil sie gar nichts mehr spürte, nicht mal mehr das Ziehen im Rücken, das sie am Nachmittag geplagt hatte.

Sie legten eine Gummimatte auf die Matratze und zogen ein neues Laken auf. Frieda legte sich wieder hin, und sie konnte tatsächlich noch einmal einschlafen.

Sie wachte erneut im Morgengrauen auf von einem heftigen Schmerz, der sie sehr an die Schmerzen vor Eintreten der Periode erinnerte, nur hundertfach stärker. Sie stand wieder auf, um ihrer Mutter Bescheid zu sagen. Gertrud war bereits in der Küche zu Gange und bot Frieda einen heißen Pfefferminztee an. Frieda hatte aber überhaupt keine Lust auf etwas zu essen oder zu trinken, denn der unangenehme Schmerz kam in immer kürzeren Abständen.

Ihr Vater kam nach einer Zeit, die Frieda endlos erschien, mit Annemarie zurück. Annemarie hatte ihr schwarzes Köfferchen dabei. Sie horchte Friedas Bauch ab und war mit den Herztönen sehr zufrieden. Sie meinte aber, es ginge ein bisschen schnell, und Frieda solle sich auf eine sogenannte Sturzgeburt vorbereiten.

Frieda versuchte sich an die Atmungstechnik zu halten, die Annemarie ihr gezeigt hatte, aber nach kurzer Zeit war es ihr nicht mehr möglich. Die Wehen kamen fast ohne Pause und gingen schnell in Presswehen über. Annemarie kniete auf dem Bettrand und drückte mit einem Knie auf den Bauch, um ein bisschen nachzuhelfen. Das Kind kam nach wenigen Presswehen herausgerutscht, und Frieda weinte ein paar Tränen der Erleichterung.

Gertrud hatte Tücher vorgewärmt und das Wasser für die kleine Zinkwanne vorbereitet. Frieda sah das Kind an, als Annemarie es an einem Fuß hochnahm und auf das Hinterteilchen klopfte, wie man es machte, um das kleine Menschlein zum Schreien zu animieren.

Es klappte wunderbar, und die voller Empörung krähende Stimme war nicht zu überhören. Frieda durfte ihr Kind einen Augenblick im Arm halten. Es war tatsächlich ein Bube, und sie hatte schnell registriert, dass wohl alles an ihm perfekt war. Es fehlten keine Finger oder Zehen, nur der Kopf war länglich verformt und hatte oben fast eine kleine Spitze. Annemarie lachte, als Frieda sorgenvoll nachfragte, was es damit auf sich hatte. „Das ist morgen schon weg," sagte Annemarie. „Der Kopf muss ja durchpassen, und deshalb haben die Kleinen die Fontanelle, um Platz für Form und Wachstum zu haben."

Annemarie legte den Kleinen in die Wanne. Er hörte sofort auf zu schreien und hatte einen richtig zufriedenen Gesichtsausdruck, sofern man sich so etwas einreden konnte. Nach dem Bad wurde das Baby von Annemarie angezogen. Sie wickelte es in zwei Schichten Windeln, zog ihm ein Hemdchen und ein Jäckchen an, das passenderweise hellblau war, denn es stammte noch von Friedas Bruder Walter, und zog eine naturfarbene Strampelhose darüber. Dann legte sie den Kleinen in die vorbereitete Bauernwiege, die seit mehreren Generationen in Familienbesitz war. Die Matratze war schon etwas schäbig, aber Ersatz gab es natürlich nicht.

Nachdem auch Frieda mit einem neuen Nachthemd und Binden versorgt war, kehrte nach all der Hektik Ruhe ein. Gertrud stand vor der Wiege und betrachtete liebevoll ihr Enkelkind.

„Hast du dir denn schon einen Namen ausgesucht?" fragte sie. Frieda nickte mit dem Kopf. „Natürlich," antwortete sie. „Du hast mich ja immer geplagt, dass ich etwas dazu sagen sollte, aber da bin ich abergläubisch. Es heißt ja, dass es Unglück bringt, wenn man den Namen vorher verrät. Also, mein Sohn ist Roman Breitenberg."

Gertrud erschrak. „Wer hat denn so einen Namen schon gehört? Du kannst doch unter so vielen Namen wählen, die es hier gibt. Findest du Bernhard nicht schön? Oder Wolfgang? Oder Christian?"

Frieda lächelte. „Die finde ich alle gut, aber ich wollte einen Namen, den es möglicherweise auch in Polen gibt, denn schließlich ist unser Sohn zur Hälfte Pole, und das möchte ich nicht verleugnen."

Annemarie schwieg dazu, aber man sah ihr an, dass sie überrascht war. „Ich dachte, wie alle anderen im Dorf, dass der Leutnant als Vater gelten solle. Was soll ich angeben, wenn ich den kleinen Roman anmelde beim Bürgermeister?"

„Gib ruhig Krystof Jasek an," sagte Frieda. „Mit dem gehässigen Gerede, das es geben wird, kann ich fertig werden. Es wird sich legen, und wenn die Besatzung weg ist, werden wir ein ganz normales Leben führen."

Annemarie vergewisserte sich noch einmal, dass mit Mutter und Kind alles in Ordnung war, verabschiedete sich und versprach, am nächsten Tag wieder zu kommen. Sie hatte nicht viel zu tun, denn 1945 wurden kaum Kinder geboren, weil die Väter fehlten, oder man es nicht wagte, Kinder in die kaputte Welt zu setzen. Der kleine Roman war das zweite Kind in Wahlberg im ganzen Jahr, und es gab auch keine schwangere Frau mehr im Ort.

Frieda war erschöpft und fing gerade an, einzunicken, als es zaghaft an die Tür klopfte. Frau Gerber streckte vorsichtig den Kopf herein und fragte, ob sie mit ihren Mädchen hereinkommen könnte, um den neuen Erdenbürger zu begrüßen. Die Mädchen drängten sich schon an ihr vorbei und liefen zur Wiege. „Ach, ist der süß," sagte Helene. „Aber warum liegst du im Bett, Frieda?"

Bevor Frieda etwas sagen konnte, antwortete Frau Gerber an ihrer Stelle. „Du weißt doch, dass der Klapperstorch die Kinder bringt. Er beißt der Mutter ins Bein, weil er all die Arbeit mit dem Kind gehabt hat, und dann muss die Mutter ein paar Tage im Bett bleiben."

„Zeigst du mir das Bein?" fragte Helene gespannt. Frieda schüttelte den Kopf. „Das zeigt man nicht," sagte sie. „Aber morgen kann ich bestimmt wieder aufstehen."

Frieda fragte sich, warum man den Kindern den Unsinn mit dem Storch erzählte. Auf dem Dorf war es normal, dass die Kinder – auf jeden Fall die Buben -schon früh mitbekamen, was ablief, und das nicht weiter bemerkenswert fanden. Walter hatte als kleiner Kerl natürlich ein paar dumme Bemerkungen gemacht und gekichert, als er zum ersten Mal dabei war, als eine Kuh gedeckt wurde. Warum fragten die Kinder nicht, wo der Storch die Babys aufbewahrte, und wie er sie den Eltern zuteilte? In Wahlberg gab es keine Störche, und auch das hätte Helene auffallen können. Sie war enttäuscht von Frau Gerbers Rückständigkeit und fühlte sich an ihre Großmutter erinnert. Die hätte den gleichen Unsinn erzählt, und schließlich hatten beide Frauen eins gemeinsam: Sie waren beide gläubig, und deshalb gehörte es sich nicht, offen mit den Kindern über die wahren Zusammenhänge zu sprechen.

Helene fragte höflich, ob sie den kleinen Roman mal anfassen dürfe, und nachdem sie ihm über die Backe gestrichelt hatte, ahmte Karin sie nach, und zwar so perfekt, dass Frau Gerber und Frieda lachen mussten.

Als Familie Gerber gegangen war, versuchte Frieda wiederum, einzuschlafen, aber sie war noch zu glücklich und aufgeregt. Sie wünschte sich Krystof an die Wiege und versuchte, durch konzentriertes Denken, ihm die frohe Botschaft zu übermitteln. Sie wusste natürlich, dass Gedankenübertragung nicht möglich war, und vor allem musste sie sich klarmachen, dass Krystof möglicherweise seine Heimreise gar nicht überlebt hatte in den Kriegswirren. Der Gedanke war äußerst schmerzlich, und sie fing zu weinen an.

In dem Augenblick steckte ihre Mutter den Kopf zur Tür herein. „Annemarie würde feststellen, dass du eine postnatale Depression hast oder wie das heißt," sagte sie. „Gibt es einen Grund?" Frieda lächelte schon wieder. „Ich bin müde. Schick doch Papa zu mir, er hat seinen Enkel noch gar nicht gesehen. Wenn er hier gewesen ist, werde ich ein bisschen schlafen."

Der Tag verlief sehr friedlich, aber am Abend meldete sich wohl der Hunger bei Roman. Er fing so kräftig zu schreien an, wie es sein Stimmchen zuließ, und Frieda legte ihn an. Es klappte nicht gleich, weil Roman so gierig nach der Nahrungsquelle suchte, dass er einige Male daneben schnappte und immer unwilliger wurde. Aber nach ein paar Sekunden hatte er gefunden, was er suchte, und es kehrte Ruhe ein.

Nachts musste Frieda mehrfach aufstehen und ihr Söhnlein füttern und wickeln. Sie nahm sich aber vor, sich künftig an die vorgegebenen Zeiten zu halten, um Roman daran zu gewöhnen, dass er nicht auf jeden Schrei hin hochgenommen und sein Hunger gestillt wurde.

Am nächsten Morgen stand Frieda auf und zog sich an. Gertrud war entsetzt, als sie vorsichtig in Friedas Zimmer kam, um zu sehen, wie es Mutter und Kind ging.

„Du kannst doch nicht schon herumlaufen, als sei nichts gewesen!" sagte sie. „Du solltest ein paar Tage liegen bleiben und dich ausruhen. Wer weiß, was kaputtgehen kann, wenn du dich nicht an die althergebrachten und bewährten Regeln hältst."

Frieda lachte. „Ich fühle mich gut, und schließlich ist Kindkriegen keine Krankheit. Der Kleine schläft, und ich möchte jetzt mit euch ordentlich frühstücken, denn ich habe richtigen Hunger."

Trotz Gertruds Protesten ging Frieda mit ihrer Mutter in die Küche, Walter kam gut gelaunt aus dem Stall hoch, und sie frühstückten zusammen. Von den Gerbers war noch nichts zu sehen, und Frieda war ganz froh, ohne das kindliche Geplapper der kleinen Mädchen ihren Haferbrei und den Ersatzkaffee genießen zu können.

35. Kapitel

Es war goldenes Oktoberwetter, und nach ein paar Tagen konnte Frieda mit dem kleinen Roman den ersten Spaziergang mit dem Kinderwagen machen. Sie ging das Gässchen zur Dorfstraße hinunter, die allerdings noch sehr aufgeweicht war von den letzten Regentagen, was das Schieben des Kinderwagens beschwerlich machte, um herauszufinden, ob sich irgendetwas verändert hatte. Was ihr zunächst auffiel, war die Abwesenheit der marokkanischen Soldaten. Sie konnte unbehelligt von Seiten der Besatzung ihren Spaziergang machen, aber nicht von Seiten der Nachbarn. Die eine oder andere Nachbarin kam heraus auf die Straße, um einen Blick in den Kinderwagen zu werfen.

Die Kommentare fielen unterschiedlich aus. Alle sagten zwar, dass der Kleine sehr niedlich sei, aber Frieda konnte heraushören, dass es zum Teil ehrlich gemeint war, zum Teil aber geheuchelt. Sie wurde immer wieder auf Leutnant Gerster angesprochen, aber sie fand noch nicht den Mut, sich dem Gerede auszusetzen, wenn sie den wahren Namen des Vaters nannte. Das negative Bild von den Kriegsgefangenen hatte sich erhalten, zumal die ehemaligen Gefangenen jetzt zu den Siegermächten gehörten. Auch die Vorstellungen von Moral hatten sich durch den Krieg und die Nachkriegszeit nicht verändert, und Frieda wurde greifbar klar, dass sie eine schwere Zeit vor sich hatte. Womöglich würde sie nie mehr in der dörflichen Gesellschaft Fuß fassen können, und das war bitter. Sie war ja auch vorher schon öfter angeeckt, weil sie sich nicht so einfügte, wie es sich gehörte, aber immerhin hatte sie doch einiges Ansehen genossen durch ihre Hilfsbereitschaft und Begabung, Kleidung zu schneidern.

Sie beschloss, in der nächsten Zeit die Dorfstraße zu meiden und sich bei ihren Spaziergängen lieber Annemie in Hochdorf aufzusuchen.

Ende des Monats wurden die Besatzungssoldaten weitgehend abgezogen, wie Annemie es vorausgesagt hatte. Es blieb die französische Verwaltung, die viele Vorschriften machte, aber sich auch mit der Zukunft des kaputten Deutschland auseinandersetzte. Es galt nach wie vor Versammlungsverbot, Lebensmittel mussten abgeliefert werden, und die Nutztiere auf den Bauernhöfen durften nicht geschlachtet werden, ohne Genehmigung und Kontrollen.

Die Kommandantur machte sich aber Gedanken über das Schulwesen in Deutschland. Man war zu der Erkenntnis gekommen, dass man mitten in Europa die Kinder nicht als Analphabeten aufwachsen lassen konnte, und so musste ein Weg gefunden werden, die Schulen wieder zu eröffnen. Das Hauptproblem war die Suche nach Lehrern. Die meisten Männer waren noch nicht aus den Gefangenen - oder Internierungslagern zurückgekehrt, und wenn sich ein seltener Kandidat meldete, musste zunächst die Gesinnung überprüft werden. Das nationalsozialistische Gedankengut musste ausgemerzt werden, damit eine neue Generation heranwuchs, die andere Ziele vor Augen hatte, als die Verbreitung des deutschen Wesens. Beim Unterricht musste man ansetzen, und das erwies sich als schwierig.

Anfang November zeigte sich eine provisorische Lösung. Frau Gerber, die in Rumänien eine Ausbildung als Lehrerin gemacht hatte, meldete sich für den Schuldienst an. Unglücklicherweise hatte sie alle ihre Papiere während der Flucht verloren, und so musste sie an Eidesstatt erklären, dass sie tatsächlich die Ausbildung gemacht hatte. Das war nicht die einzige Schwierigkeit, denn die Lehrerausbildung aus Siebenbürgen wurde sowieso nicht von den Franzosen anerkannt, aber in Ermangelung einer anderen Lösung wurde Frau Gerber eingestellt.

Sie würde die fünfjährige Helene zum Unterricht mitnehmen, aber Karin musste betreut werden. Gertrud erklärte sich bereit, die Kleine bei sich zu behalten, solange die Mama in der Schule war.

Für die Kinder in Wahlberg bedeutete es natürlich eine große Aufregung, dass die Schule wieder geöffnet werden sollte. Die meisten freuten sich über die Möglichkeit, aus dem Haus zu kommen und mit den anderen Kindern zusammen zu sein. Einige taten natürlich so, als bedeute der Unterricht das Ende der herrlichen Freiheit, die sie genossen hatten, wobei die Eltern nicht recht sehen konnten, worin die Herrlichkeit der ersten Nachkriegsmonate bestanden hatte.

Gertrud suchte auf der Bühne Friedas Schiefertafel samt Griffel heraus. Helene bekam auch die obligatorische Kordel mit Lappen und Schwämmchen, die seitlich aus dem Ranzen hing und beim Laufen lustig hin – und herpendelte. Der Ranzen stammte ebenfalls von Frieda, war schon sehr abgenutzt und vermutlich nicht mehr ganz regendicht. Gertrud war froh, dass solche Dinge nicht weggeworfen worden waren. Sie hätte natürlich nicht gedacht, dass man die Schulutensilien noch einmal brauchen würde, aber jetzt würden sie gute Dienste tun.

Helene setzte den Ranzen auf und lief voller Stolz in der Küche auf und ab. Sie probierte auch die Tafel aus und empfand es wie Zauberei, wenn sie das, was sie gemalt oder gekritzelt hatte, einfach wieder auswischen konnte.

Als Roman zwei Wochen alt war, machte sich Frieda auf den Weg nach Hochdorf, um Annemie ihren Sohn vorzustellen. Es war bereits ziemlich kalt, aber der Kleine war gut eingewickelt, hatte ein Wollmützchen auf und konnte gerade mal die Nase an die frische Luft stecken. Frieda dagegen fror an den Füßen, denn ihre Schuhe waren nicht mehr dicht. Sie hätte Gummistiefel mit dicken Socken anziehen sollen, aber in den Gummistiefeln lief es sich so unangenehm. Die Wahl war wie so häufig zwischen unbequem und kalt.

Annemie war nicht zu Hause, als Frieda ankam. Ihre Mutter sagte, sie sei zu einer Nachbarin gegangen, um ein Ei gegen Stopfgarn auszutauschen. Annemie war dabei, Strümpfe zu stopfen, und das Garn war ausgegangen. Frieda setzte sich in die Küche, um zu warten, und Annemies Mutter nahm derweil den Kleinen aus dem Kinderwagen, um ihn zu halten und genau zu begutachten.

„Ach, hat der ein goldiges Glätzchen," sagte sie. „Er wird bestimmt mal blond, wenn die Haare wachsen. Ich finde, er sieht aus wie du."

Frieda lachte. „Das kann ich überhaupt nicht sehen, aber alle behaupten das. Hauptsache er wird ein hübscher Kerle!"

Annemie kam kurz darauf zurück. Sie lief erstaunlich gut trotz des kalten Wetters. Sie nahm ihrer Mutter den kleinen Roman sofort weg, küsste ihn auf das sein kahles Köpfchen und redete wie ein Turteltäubchen auf ihn ein, als er zu brüllen anfing. Ganz erschrocken reichte sie ihn an seine Mutter weiter, und er hörte auch sofort zu schreien auf, als habe man ihn abgestellt.

„Ich will mich gar nicht zu ihm äußern," sagte sie „Jeder gibt bestimmt den gleichen Kommentar ab, ach, wie goldig, ach wie lieb, ach, ganz die Mama usw. Kurz gesagt, ich bin sehr einverstanden, und es ist schön, dass die Zeit für dich nicht mehr so schwer ist."

Frieda zog die Brauen hoch. „Das sagst du so. Ich kann keine Nacht mehr ordentlich schlafen, ich bin immer zeitlich festgelegt, und wenn ich etwas unternehmen will, muss ich ihn mitnehmen oder abgeben. Ich habe wieder mit Melken angefangen, denn ich passe ja wieder unter die Kuh, aber jeden Morgen habe ich den Konflikt, ob ich Roman in den Stall mitnehmen soll oder lieber oben in der Küche lassen. Wenn ich ihn mitnehme, ist er schön warm aufgehoben, aber nachher stinkt er wie eine Kuh. Wenn ich ihn oben lasse, ist er meist unzufrieden, weil er nicht schlafen kann und mich vermisst."

Annemie lachte über dieses Problem. Sie zeigte die Stopfwolle vor, die sie ergattert hatte. Die Wolle war grasgrün, die Socken aber naturfarben. „Jetzt muss ich mir ein Muster ausdenken, denn sonst sieht es wirklich scheußlich aus. Soll ich grüne Herzchen aufsticken?"

„Mach doch Bäume, die sind wenigstens grün. Aber im Grunde ist es doch egal, wie die Socken aussehen. Wir laufen allmählich ja alle in Flicken und Lumpen herum, und die Socken musst du ja nicht vorzeigen, sofern du Schuhe hast, die sie abdecken."

Pünktlich um vier Uhr stillte sie den Kleinen. Sie selber hätte große Lust auf ein Stück Kuchen gehabt, aber das hatten die Brückers leider nicht anzubieten. Sie tranken wieder den üblichen Pfefferminztee und unterhielten sich bestens.

Da es bereits ziemlich früh dunkel wurde, brach Frieda nach dem Stillen auf. Die Straßen waren unsicher, und es kam immer wieder vor, dass nächtliche Heimkehrer überfallen und ausgeraubt wurden. Natürlich ging es nicht um Geld, sondern um Kleidung und möglicherweise Lebensmittel. Am begehrtesten waren Zigaretten, die es fast nur auf dem Schwarzmarkt gab, zu horrenden Bedingungen. Frieda beeilte sich also, noch im Hellen nach Hause zu kommen, denn sie hatte keine Lust, ihren Wintermantel einzubüßen oder Romans warmes Deckchen.

In der Küche angekommen, wickelte sie Roman aus und legte ihn in seine Wiege. Weil es so kalt war, durfte er in der gut geheizten Küche bleiben.

Gertrud war gerade dabei, die Teller für das Abendessen auf den Tisch zu stellen, als sie hörten, wie die Haustür aufgerissen wurde und schwere Schritte durch den Gang stampften. Gertrud und Frieda versteiften sich, weil sie glaubten, dass jemand sie überfallen wollte, und Walter murmelte: „Ich hätte mein Gewehr nicht im Mist vergraben sollen."

Die Küchentür öffnete sich, und der junge Walter kam hereingestürmt. „Wo ist Ingeborg? Ich will meine Ingeborg."

Das betretene Schweigen sagte ihm sofort, dass irgend etwas nicht stimmte. „Sagt's mir gleich," brüllte er. „Ist ihr etwas passiert? Habt ihr nicht auf sie aufgepasst?"

Walter ergriff das Wort. „Du könntest erstmal deine Familie begrüßen und erklären, wo du so überraschend herkommst. Wir freuen uns, dass du wieder da bist, und zwar, wie man sieht, unverletzt."

Walter stand auf, um seinen Sohn zu umarmen, aber die herzliche Begrüßung misslang. Gertrud und Frieda blieben enttäuscht sitzen und warteten ab. So hatten sie sich Walters Heimkehr nicht vorgestellt. Er war äußerlich unverletzt, aber sein Blick hatte etwas Unstetes, fast Irres.

Um Walters Frage nach Ingeborg zu beantworten, sagte Gertrud ihm, dass sie nicht mehr da war. „Deine Verlobte ist ein Flittchen. Sie hat zunächst mit dem Sohn von den Pfundners angebandelt, als der auf Heimaturlaub war, und danach war sie so unausstehlich, dass wir sie abgeschoben haben nach Calmbach zu Albert Wir hatten zu Hause keine ruhige Minute mehr, sie war nicht willens, uns zu helfen, und so sahen wir keine andere Lösung. Wie uns Albert berichtet hat, ist sie mit einem marokkanischen Besatzungssoldaten mitgegangen, als die Besatzung abgezogen wurde."

Walter war sprachlos und wollte nicht glauben, was er gehört hatte. Seine Zukünftige sollte sich so unmöglich verhalten haben? Sein Kommentar signalisierte, dass es nicht nur die Liebe war, die er verloren hatte. Sein männlicher Stolz war zutiefst verletzt, und er schwor grässliche Rache, falls Ingeborg sich wieder blicken lassen sollte.

Gertrud stellte einen zusätzlichen Teller auf den Tisch, und der alte und der junge Walter setzten sich. Jetzt erst bemerkte Walter die Wiege, die vor dem Herd stand. „Was habt ihr da für ein Balg aufgelesen?", fragte er äußerst befremdet.

„Das ist dein Neffe Roman," sagte Frieda.

Walter sah sie gehässig an. „Noch ein Flittchen in der Familie! Oder bist du verheiratet? Wer hätte dich schon wollen?"

Friedas Vater schlug mit der Hand auf den Tisch. „Jetzt ist Schluss mit Angriffen. Setz dich her und iss mit uns."

Walter sah mit angeekelter Miene auf das schlechte Brot und den dürftigen Aufstrich: Margarine, Schmalz mit ausgelassenen Zwiebeln, dazu eine Kohlsuppe, in der ein paar Speckklümpchen schwammen.

„Da war aber das Essen bei den Amerikanern in Altenstadt etwas anderes. Es gab eigentlich alles, jeden Tag eine gute warme Mahlzeit, Brötchen mit Wurst und Käse, und vor allem Zigaretten. Auch einen Schluck Whiskey konnte man ergattern, wenn man sich mit den amerikanischen Wachsoldaten gut stellte."

„Wo ist Altenstadt?", fragte Frieda.

„Na, in Oberbayern! Du weißt aber auch gar nichts".

Walter schwärmte während der ganzen Mahlzeit von den Amerikanern, bis Gertrud ihn fragte, warum er denn überhaupt wieder nach Hause gekommen sei. Im Moment war er verblüfft, aber dann erklärte er, dass er wegen Ingeborg gekommen sei, und nun wäre sein Leben kaputt. Frieda schlug ganz frech vor, er solle nach Altenstadt zurückkehren, wenn es ihm dort so gut gefallen hätte. Sie wusste natürlich, dass er entlassen worden war und vermutlich auch entnazifiziert. Sie fragte ihn, wie er sich fühlte als gereinigter Mensch, aber er zuckte nur mit den Achseln.

„Die Entnazifizierung ist ein Witz. Man füllt ein paar Formulare aus und verspricht, den nationalsozialistischen Gedanken nicht mehr anzuhängen. Na ja, versprechen kann man viel."

Das Essen endete in einem handfesten Krach. Frau Gerber kam mit ihren Mädchen in die Küche, um den Ablauf des nächsten Vormittags zu klären, und blieb überrascht in der Tür stehen.

„Das ist unser heimgekehrter Sohn Walter," sagte Gertrud. Frau Gerber ging auf Walter zu und reichte ihm die Hand. „Willkommen zu Hause," sagte sie. „Wie schön, dass für Sie der Krieg nun endgültig vorbei ist."

Walter stand nicht mal auf, und die beiden Mädchen beachtete er überhaupt nicht. „Wer ist das?", fragte er.

Gertrud erklärte ihm die Zusammenhänge und fügte gleich hinzu, dass er nicht sein altes Zimmer beziehen konnte, sondern in der Kammer von Krystof schlafen müsse oder in der guten Stube, bis eine andere Lösung gefunden war.

„Das Bettelpack soll im Stall schlafen oder auf der Straße. Ich lasse mich nicht aus meinem Zimmer vertreiben!" schrie Walter zornesrot. Frieda stand auf und ging mit Familie Gerber in deren Zimmer. „Er wird sich schon beruhigen," sagte sie versöhnlich. „Mein Bruder ist schon immer ein Quertreiber gewesen, und ich glaube, jetzt hat er zusätzlich einen seelischen Schaden durch die

Kriegserlebnisse davongetragen. Ein bisschen kann man ihn verstehen. Seine Braut ist weg, das Essen miserabel, und die Verhältnisse bei uns haben sich sehr verändert."

Frau Gerber fing zu weinen an. „Ich werde mich nach einem anderen Zimmer umsehen," sagte sie. „Es ist mir unendlich peinlich, dem heimgekehrten Soldaten das Zimmer wegzunehmen."

Sie hörten, wie Vater und Sohn sich in der Küche anschrien. Der kleine Roman war natürlich durch den Lärm wach geworden und schrie ebenfalls. Frieda ging in die Küche und nahm ihn hoch, um ihn zu beruhigen. Ihr Vater und ihr Bruder standen sich kampfbereit gegenüber, nur durch den Tisch getrennt, und wirkten beide so aggressiv, dass man fürchten musste, sie würden gleich aufeinander losgehen.

Nach einigen Augenblicken der höchsten Spannung drehte Walter sich um und stürmte zur Tür hinaus. Mit einem lauten Knall flog die Haustür zu, und alle atmeten erleichtert auf.

„Ich werde Walter das Bett in der Stube richten," sagte Gertrud. „Vielleicht können wir ihn versöhnen, wenn wir den Kachelofen anmachen, so dass er es wenigstens gemütlich warm hat. Wo mag er wohl hingegangen sein?"

„Das ist mir gleich," antwortete Walter. „Er ist unerträglich, und seine Heimkehr ist gründlich verdorben. Was haben wir nur falsch gemacht! Eigentlich müsste man froh und dankbar sein, den Sohn wohlbehalten zurück bekommen zu haben, aber Walter macht es einem wirklich schwer."

„Ich glaube, er hat einen seelischen Schaden davongetragen, wird das aber niemals zugeben," sagte Frieda. „Eigentlich müssten alle jungen Männer, die im Krieg waren, eine Betreuung bekommen, um die schrecklichen Erlebnisse verarbeiten zu können. Ich denke, Walter wird im Lauf der Zeit zur Ruhe kommen. Es wird das Beste sein, ihn gleich zu den Arbeiten im Hof heranzuziehen, das wird ihn von düsteren Gedanken und seinem verletzten Stolz wegen Ingeborg ablenken. Wir sollten ihm auch in der Stube Kleidung zurechtlegen, denn so, wie er heute angekommen ist, kann er nicht länger herumlaufen. Die Uniformhose ist völlig verdreckt, und die Winterjacke, die er anhat, muss er irgendwo aufgelesen haben. Sie ist ihm viel zu groß und richtig hässlich geschnitten."

Gertrud lächelte. „Es tut gut, dass du auf dem Erdboden bleibst und gleich mit dem Schneiderinnenblick siehst, was zu tun ist. Ich werde erstmal die Angelegenheit mit Frau Gerber klären. Sie kann natürlich bleiben, bis etwas anderes gefunden wird. Ich hätte nicht gedacht, dass unser Haus mal zu klein wird. Wenn die Zeiten besser werden, sollten wir vielleicht noch zwei Zimmer auf der Bühne ausbauen."

„Du träumst," sagte Walter. „Wer weiß, ob man je wieder an Baumaterial kommt. Ganze Städte müssen ja wieder aufgebaut werden, und das geht bestimmt vor. Mehr, als wir für Krystof gemacht haben, ist nicht drin, und die Kammer ist kalt, hat nur ein winziges Fenster und keinen Strom. Wir werden uns behelfen müssen, so gut es geht. Uns macht es ja nichts aus, ein bisschen beengt zu leben, und Walter wird bald zu der Einsicht kommen, dass Wohnen in der Stube besser ist als jede Baracke oder jeder Schützengraben."

Walter kam weit nach Mitternacht nach Hause, knallte die Haustür zu und stampfte laut durch den Gang zur Küche. Gertrud kam aus dem Schlafzimmer und bat ihn, leise zu sein, um nicht alle im Haus zu wecken. Natürlich ohne Erfolg. „Du hast mir gar nichts zu sagen. Dies ist mein Haus, und ich bin so laut wie ich will. Das Pack in meinem Zimmer kann ruhig wach gemacht werden, und meine Schwester, die Hure, soll ihr Balg füttern, wenn es zu brüllen anfängt."

Gertrud stellte fest, dass Walter völlig betrunken war, und sie fragte sich, wo er sich aufgehalten hatte, und wer ihn mit Alkohol abgefüllt hatte. Wenn es auch kaum etwas zu essen gab, so war der Obstler in Hülle und Fülle vorhanden. Die Marokkaner hatten es nicht geschafft, allen Schnaps zu entdecken, und so waren auf den meisten Höfen einige Vorräte geblieben. Gertrud sagte lieber nichts, um herauszufinden, bei wem Walter gewesen war, aber als er Anstalten machte, sich zu übergeben, schob sie ihn energisch vor sich her zum Kloanbau.

Als Walter zurückgetorkelt kam, war er bleich, und. sein Vorhaben, in der Küche etwas zu essen zu ergattern, gab er auf. Inzwischen war auch Frieda aus ihrem Zimmer gekommen, und gemeinsam schleiften sie Walter in die Stube und legten ihn ins Bett. Sie zogen ihm mit Mühe die Stiefel und die Jacke aus. Das bemerkte er schon nicht mehr, denn er war eingeschlafen.

36. Kapitel

Frau Gerbers Arbeit in der Schule spielte sich ein. Karin weinte zu Anfang, wenn ihre Mutter und Helene aus dem Haus gingen, aber nach ein paar Tagen hatte sie sich daran gewöhnt, mit Gertrud und Frieda zu Hause zu bleiben.

Frau Gerber saß den ganzen Nachmittag über Plänen, um den Schulalltag zu organisieren. Es gab nur eine einzige Klasse, die Kinder von sechs bis vierzehn Jahren mussten zusammen unterrichtet werden. Frau Gerber kannte das nicht, und es machte ihr anfangs große Mühe, sich zu überlegen, wie man den Unterricht gestalten konnte für die verschiedenen Altersstufen. Während die Großen schreiben oder rechnen mussten, durften die Kleinen malen. Manchmal wurde gemeinsam gesungen, und das war für Frau Gerber eine erholsame Pause. Sie setzte auch die Großen ein, um den Kleinen beim Buchstabenschreiben zu helfen, und hin und wieder durfte eins der älteren Kinder etwas vorlesen. Da die Schulbücherei nicht gut bestückt war, fiel es schwer, etwas Passendes für die verschiedenen Altersgruppen zu finden.

Frau Gerber war richtig erschöpft, wenn sie nach fünf Stunden Unterricht nach Hause kam. Die Kleinen durften bereits nach drei Stunden gehen, und dann war es etwas einfacher, mit einer homogeneren Gruppe zu arbeiten.

Da die Schule lange ausgefallen war, zeigten sich die meisten Kinder interessiert und benahmen sich ordentlich. Frau Gerber war nicht so veranlagt, dass sie gern den Rohrstock benutzte, und in den ersten Wochen war das auch nicht nötig.

Für den Englischunterricht mit Frieda blieb keine Zeit. Frieda bedauerte das sehr, denn die englische Sprache zu lernen hatte ihr großen Spaß gemacht. Hin und wieder rief Frau Gerber ihr einen Satz auf englisch zu, aber dann schimpfte Karin, weil sie nichts verstand.

Frau Gerber hatte eine Suchanzeige beim Roten Kreuz aufgegeben, um vielleicht etwas über den Aufenthalt ihres Mannes herauszubekommen. Das Rote Kreuz recherchierte in den Gefangen – und Internierungslagern, aber von russischer Seite gab es keinerlei Angaben über Gefangene. Anders war es bei den übrigen Siegermächten, aber der Name ihres Mannes tauchte nicht auf.

Weihnachten kam mit einer großen Kältewelle. Die Breitenbergs besorgten aus ihrem Wald eine wunderschöne Fichte, die in der Stube aufgestellt wurde. Gertrud holte die Schachtel mit dem Baumschmuck von der Bühne. Das Lametta war schon so oft verwendet worden, dass es kräuselig herunterhing, und die Illusion des Fließens nicht mehr gegeben war. Aber die Kugeln waren hübsch, und der Engel auf der Spitze war immer noch sehr ansehnlich. Die überlieferten Schätze wie der Weihnachtsschmuck wurden von den Breitenbergs sehr liebevoll behandelt und jedes Jahr nach dem Gebrauch sorgfältig verpackt.

Frieda dachte an ihren Onkel Paul, der ohne seine Frau und die kleine Monika in einem kalten Zimmer saß und mit Sicherheit keinen Weihnachtsbaum hatte. In den kaputten Städten gab es keine Bäume zu kaufen, und da fast alle Häuser zerstört waren, ließ sich auch kein Baumschmuck auftreiben.

Frieda fand, dass sie auf dem Land immer noch vergleichsweise gut dran waren. Am ersten Weihnachtstag sollte es Kaninchenbraten geben. Die Breitenbergs trauten sich nicht, ihr letztes Schwein zu schlachten, denn sie würden fast alles abgeben müssen. Viele Bauern schlachteten schwarz, aber wenn sie erwischt wurden, gab es eine Gefängnisstrafe. Friedas Bruder lachte über die Vorsicht, aber da er keine eigenen Entscheidungen treffen konnte, blieb es beim Kaninchenbraten. Dazu gab es Wintergemüse aus dem Garten, aber es war äußerst mühsam, Kohl und Rosenkohl aus dem tiefen Schnee auszugraben. Die Breitenbergs hätten gern Spätzle gegessen, aber da die Eier fehlten und das richtige Mehl, verzichteten sie lieber.

Die Gerbers waren natürlich zum Fest eingeladen. Gertrud hatte ein paar Bauklötze auf der Bühne gefunden, die sie den kleinen Mädchen schenkte. Kerzen auf dem Baum gab es natürlich nicht, und das wäre eigentlich der schönste Eindruck vom

Weihnachtsfest gewesen. Es wurden ein paar Weihnachtslieder gesungen, was Walter lächerlich fand und deswegen immer mal dazwischen brummte, aber die Stimmung war ansonsten festlich und besinnlich.

Walter las die Weihnachtsgeschichte aus der Bibel von Gertruds Mutter vor. Frau Gerber machte sich am späten Nachmittag zum Weihnachtsgottesdienst auf, der von einem Laienprediger gehalten wurde, aber die Breitenbergs begleiteten sie nicht. Frieda wollte das Baby nicht allein lassen, und Gertrud fühlte sich etwas erkältet. Deshalb wollte auch sie es nicht riskieren, in der ungeheizten Kirche lange zu sitzen.

Als es Zeit zum Melken war, hatte sich der junge Walter wieder abgesetzt. Vom Schaffen hielt er nach wie vor nicht viel und war kaum zu bewegen, bei den nötigsten Arbeiten mit anzupacken.

Gertrud wusste nach wie vor nicht, wo er sich aufhielt, wenn er stundenlang verschwand. Meistens hatte er getrunken, wenn er nach Hause kam, aber Gertrud bekam die Zeiten seiner Rückkehr oft nicht mit, weil sie tief schlief.

Der kleine Roman hatte pünktlich mit sechs Wochen angefangen, seine Mutter anzulächeln, wenn sie sich über ihn beugte oder ihn aus der Wiege nahm, um ihn zu stillen und zu wickeln. Frieda machte auf der Wickelauflage mit ihm Gymnastik, wie Annemarie es ihr gezeigt hatte. Ärmchen hoch, Beinchen gespreizt, und der Kleine lachte vor Vergnügen. Alle waren sich einig, dass er ein sonniges Kind war, und Frieda hoffte aus ganzem Herzen, dass ihm ein schlimmes Regime und Kriegsjahre erspart bleiben würden.

Friedas Geburtstag wurde nur mit einem Muckefuck und einem Obstkuchen gefeiert. Die beiden kleinen Gerbermädchen hatten ihr ein Bild gemalt. Helene hatte das typische Bauernhaus der Gegend gemalt, und eine Frau mit Kinderwagen davor. Das Haus war gut zu erkennen durch die Zahl der Fenster und die drei in Sandstein gefassten Stalleingänge im Giebel. Frieda glaubte, eine gewisse Begabung zu erkennen. Leider hatten sich nur zwei Farbstifte gefunden, und Frieda beschloss, Helene Buntstifte zu kaufen, wenn es wieder etwas zu kaufen gab.

Das Bild von Karin war eher ein Gekritzel, aber Karin erklärte stolz, dass sie den Kuhstall gemalt hatte. Frieda freute sich jedenfalls und war gerührt.

Nach den Weihnachtsferien wurde von der französischen Kommandantur Frau Gerbers Plan genehmigt, in die leerstehende Lehrerwohnung zu ziehen. Einige Möbel waren noch vorhanden nach der Einberufung von Herrn Bechtele, aber es mangelte an Geschirr, Kochtöpfen, Bratpfannen und Bettdecken mit Bezügen und Laken. Die Wahlberger zeigten sich äußerst hilfsbereit, da sie froh waren, wieder eine Lehrerin zu haben, die zudem bei den Schülern beliebt war. Nach kurzer Zeit war Frau Gerber mit dem Nötigsten ausgestattet.

Walter bezog wieder sein früheres Kinderzimmer und war ein paar Tage lang richtig gut gelaunt. Da das Zimmer nicht heizbar war, hielt er sich allerdings meistens in der Küche auf und war sogar bereit, hin und wieder mit anzupacken.

Es war nach wie vor bitter kalt, und das erschwerte das tägliche Leben. Einige der Schulkinder hatten keine Schuhe mehr. Wenn Schuhe noch nicht ganz verschlissen waren, aber zu klein geworden, schnitt man vorne das Leder ab, so dass die Zehen wieder Platz hatten. Für den Sommer wäre das gegangen, aber bei Frost und Schnee hatten die Kinder sofort eiskalte und nasse Füße. Einige kamen weinend in der Schule an. Frau Gerber setzte sie vor den Kachelofen im Klassenzimmer, ließ sie die Schuhe ausziehen und die Füße gegen die warmen Kacheln halten.

Man behalf sich, so gut es ging. Frieda wunderte sich, wie viel Phantasie ihre Nachbarn entwickelten, wenn es darum ging, etwas zu ersetzen, das kaputt gegangen war. Stahlhelme wurden zu Küchensieben umfunktioniert, Fallschirmseide zu Kleidungsstücken verarbeitet, aus jeder Art von Wollresten entstanden Pullover und Strümpfe. Kein zerfetztes Küchentuch wurde weggeworfen, jeder durchgebrannte Topf gelötet, jedes Werkzeug bekam einen neuen Stiel oder wurde am Schleifstein angesetzt, bis es wieder scharf war. Müll gab es nicht.

Frieda sehnte sich nach Stoffen, um wieder mit dem Nähen anzufangen. Sie entwarf Kleidermodelle auf altem Packpapier und träumte davon, eine richtige Modewerkstatt aufzumachen, wenn es wieder Stoff, Nähgarn und Nadeln zu kaufen gab. Sie besaß nur noch eine Nadel für die Maschine und bangte bei jeder Naht, die sie machte, sie könnte abbrechen und so jede Art von Nähen und Flicken beenden.

Gertrud und Frieda saßen jeden Nachmittag über Strümpfen, Geschirrtüchern, Babywindeln und Kleidungsstücken, die zu auszubessern waren. Walter hatte bei seiner letzten Arbeit im Wald seine Arbeitshose zerrissen, als er an einem Ast hängen geblieben war. Frieda nähte den Riss mit einem dünnen Bindfaden zusammen, weil Nähgarn nicht aufzutreiben war. Es sah nicht schön aus, aber danach fragte niemand.

Frieda war im letzten Jahr noch ein wenig gewachsen, und ihre Röcke waren alle zu kurz. Sie ließ die Säume aus, häkelte eine Wollbordüre an das Rockende und fand sich eigentlich ganz passabel aussehend. Die Farben passten oft nicht richtig zusammen, weil allmählich die wenigen Kleidungsstücke vom Opa aufgebraucht waren, aber auch das störte niemanden.

Frieda bekam öfter Besuch von ihren ehemaligen Klassenkameradinnen. Es wurde über Mode gesprochen, denn alle Mädchen hofften auf Zeiten, in denen man sich wieder richtig chic machen konnte. Friedas Baby stand immer im Mittelpunkt. Frieda hatte schon ein wenig Angst, dass der Kleine verwöhnt würde, aber wenn sie die Wiege aus der Küche bringen wollte, gab es Proteste. Allerdings waren die Mädchen sehr neugierig. Sie versuchten mit allen möglichen Tricks, den Namen des Vaters herauszukriegen, aber Frieda lächelte und schwieg.

Thema waren natürlich auch die Soldaten, die vereinzelt nach Hause kamen. Die eine oder andere hatte von ihrem Bruder einen Brief bekommen: in kanadischer Gefangenschaft, in amerikanischer Gefangenschaft, im Internierungslager oder unterwegs

Richtung Heimat. Es war erstaunlich, wie gut die Post funktionierte. Die Karten und Briefe waren zwar lange unterwegs, aber häufig kamen sie letztendlich an. Die Besatzung unterschlug keine Post. Vermutlich wurden die Briefe geöffnet und gelesen, aber man sah es ihnen nicht an, weil sie sowieso zerknittert und verschmiert waren.

Frieda fand die Besuche unterhaltsam und hoffte immer, etwas von der Welt zu erfahren. Man hörte einiges gerüchteweise, aber Nachrichten oder eine Zeitung gab es nicht. Die Breitenbergs hatten noch ihren Volksempfänger, den sie im Stall versteckt hatten, als die Franzosen kamen, aber sie konnten nur einen französischen und einen englischen Sender empfangen. Da sie beide Sprachen nicht beherrschten, fingen sie mit den Nachrichten .nichts an.

Vom Hörensagen wusste man, dass die Tschechen begonnen hatten, die Sudetendeutschen zu vertreiben. „Heim ins Reich," hatte es unter Hitler geheißen, aber damit war nicht gemeint gewesen, die sogenannten Volksdeutschen heimzuholen, sondern die Länder, in denen sie lebten, an Deutschland anzuschließen oder zumindest den Deutschen autonome Gebiete zu gewähren.

Im Lauf des Jahres 1946 wurden über drei Millionen Sudetendeutsche gezwungen, ihre Heimat zu verlassen. Niemand wusste so recht, ob das stimmte, aber in Calw kamen Sudetendeutsche an, die von Massakern und Misshandlungen berichteten. Die Wohnungsnot wurde immer größer, und überall entstanden Baracken, um den Vertriebenen wenigstens ein notdürftiges Dach über dem Kopf zu gewähren. Auch die Dörfer des Calwer Waldes, die bis dahin im Wesentlichen nicht gezwungen gewesen waren, Flüchtlinge oder Vertriebene aufzunehmen, wurden nun angehalten, Wohnraum zur Verfügung zu stellen. Es gab viel Ärger, weil viele nicht einsehen konnten, dass sie sich mit dem Pack aus dem Osten arrangieren mussten. Die Breitenbergs blieben verschont, weil sie mit dem kleinen Roman eine Familie waren, die selber ihren Wohnraum beanspruchte.

Bei den Brückers sah es anders aus. Annemies Bruder war noch nicht heimgekehrt, die Schwester war vor längerer Zeit ausgezogen, und bis auf die Eltern und Annemie lebte niemand in dem großen Bauernhaus. Ihnen wurde eine junge Mutter mit einem Kind geschickt, die die Massaker durch die Tschechen überlebt hatte. Ihr Mann war in Aussig erschossen worden.

Die junge Frau war eine muntere Person, und belebte den Haushalt positiv. Es wurde wieder gelacht, und vor allem Annemie freute sich, angenehme Gesellschaft zu haben. Die junge Sudetendeutsche hatte eine schöne Stimme, und als Frieda das nächste Mal zu Besuch kam, wurden ihr im Duett Lieder vorgetragen.

Manchmal wurde Brückers Gast melancholisch und brütete über lange Zeit stumm vor sich hin. Annemie sprach sie auf die Ermordung ihres Mannes an, aber davon wollte sie nichts hören und nichts dazu sagen.

Annemie und Helga, wie sie fast von Anfang an von den Brückers genannt wurde, lachten viel über ihre sprachlichen Eigenheiten. Annemie sprach ihr schwäbische Wörter vor, deren Sinn Helga erraten sollte. Meist lag sie daneben. Sie fragte sie zum Beispiel was man unter einem Gselzbrot verstand, und Helga dachte an geselchtes Fleisch. Endaglemma, Dubbl, Bähmull oder Käpsele waren Wörter, mit denen Helga gar nichts verbinden konnte.

Im Gegenzug listete Helga sudetendeutsche Ausdrücke auf, deren Sinn wiederum Annemie entging. Sie sprach von Borschtewiesch und meinte einen Besen, oder sie vermisste ihre Pootschen, das hieß Hausschuhe, sie aß gerne Paradeiser, womit Tomaten gemeint waren, oder zu Mittag gab es Aaräppelmauke, nämlich Kartoffelbrei. Annemie kannte nur den Wortteil Mauke als Fesselbeugeentzündung bei Pferden. Helga konnte gar nicht aufhören zu lachen bei der Vorstellung, dass sie gern eine Entzündung aß.

Als endlich das Frühjahr kam und auch die letzten Schneereste am Waldrand im tiefen Schatten verschwunden waren, machten sich Gertrud und Frieda an die Gartenarbeit. Leider waren ihnen einige Samen über den Winter verschimmelt, es war zu lange kalt und schneereich gewesen. Das größere Feld, das sie zu Anfang des

Krieges angelegt hatten, wurde von Walter umgepflügt mit dem einzigen Pferd, das ihnen geblieben war.

Roman lag in seinem Kinderwagen unter einem Ahorn am Gartenzaun und schaute in die noch kahlen Äste. Die leichte Bewegung der Äste durch den Wind war ihm Unterhaltung genug. Die beiden Frauen säten Karotten, Lauch, Zwiebeln und Radieschen. Normalerweise gab es innen am Zaun entlang eine Blumenrabatte, aber wegen der Hungersnot brauchte man den ganzen Platz für Essbares, und der Sinn für so etwas Schönes wie Blumen war durch die Kriegsjahre abhanden gekommen. Es gab noch ein paar Rosenstöcke, die Walter zurückschnitt, und oben am Weg eine bescheidene Hecke mit Heckenrosen und Haselsträuchern, aber alle anderen Pflanzen waren für den Verzehr gedacht.

Als die Bäume zu blühen begannen, hofften alle auf eine frostfreie Zeit, denn es wäre eine Katastrophe gewesen, wenn die Blüten erfrieren würden und es kein Obst geben würde. Die Zeit zwischen dem Ende der Kartoffeln vom Vorjahr und der neuen Kartoffelernte war besonders hart, und das Getreide, das vor dem Krieg aus den Ostgebieten gekommen war, blieb aus. Die Amerikaner schickten Weizen, als die Welt bemerkte, dass die Deutschen am Verhungern waren, aber es war äußerst schwierig, das Korn zu transportieren, weil Straßen, Brücken und Bahngleise zerstört waren. Frieda hatte immer noch den Eindruck, dass sie auf dem Land besser standen als in der Stadt, aber auch bei ihnen wurde es immer schwieriger, sich zu versorgen.

Ihre wenigen, verbliebenen Hühner fingen mit der wärmeren Jahreszeit wieder zu legen an, und Gertrud ließ eines der Hühner brüten, um den Bestand wieder aufzubauen. Walter ging auch mit einer der Kühe zum Ortsfarren, den es immer noch gab, und ließ die Kuh decken. Das waren Hoffnungsschimmer.

Im Juni erhielt Frieda eine Vorladung vom Gericht in Calw. Sie sollte als Zeugin aussagen im Prozess gegen eine Maria Burgstadl. Zunächst sagte ihr der Name gar nichts, aber dann fiel ihr ein, dass es sich nur um Sigrun handeln konnte. Sie war zunächst von Panik ergriffen, denn sie wusste auf Anhieb nicht, wie sie sich verhalten sollte. Sie machte ihren täglichen Spaziergang mit Roman zu Annemie , um sich zu beraten.

Annemie hatte kein Problem damit, ihr zu raten, alles ehrlich zu beantworten. Sigrun hatte sich abscheulich verhalten, war linientreu gewesen bis zum bitteren Ende, und war es wahrscheinlich noch, und eine harte Strafe konnte nicht schaden. Frieda gab ihr recht, wusste aber nicht, ob sie es durchstehen würde, vor Gericht ihre ehemalige Vorgesetzte anzuschwärzen. Sie nahm sich jedenfalls vor, nichts zu beschönigen und sich nicht einschüchtern zu lassen von Sigruns Verteidiger.

Am Abend vor dem Termin kam Liese vorbei und berichtete, dass sie ebenfalls vorgeladen war. Sie beschlossen, zusammen nach Calw zu gehen. Walter bot an, einzuspannen, und beide waren froh, dass sie nicht laufen mussten. Liese fragte sich, wo Sigrun wohl abgeblieben war, nachdem das Gefangenenlager aufgelöst worden war. Vielleicht würde man das während des Prozesses erfahren.

Im Amtsgericht saßen einige Herren, die sie alle nicht kannten. Sigrun wurde mit Handschellen von zwei französischen Soldaten hereingeführt und musste an einem Tischchen vor dem Pult des Richters Platz nehmen. Der Richter eröffnete den Prozess, und zu Friedas Überraschung war er Franzose. Neben ihm saß ein Dolmetscher, der sofort die einleitende Worte übersetzte. Sigrun war wegen einer Reihe von Verfehlungen angeklagt, aber ihre schwerwiegendste Straftat war der Mord an einem Gefangenen.

Frieda dachte mit Grauen an den Tag, als Sigrun voller Hass in die Menge geschossen und einen Gefangenen tödlich verletzt hatte. Sigrun wurde vereidigt, und einer der Herren, die neben dem Richter saßen, stand auf und begann die Befragung. Frieda kannte sich nicht aus bei Prozessen, aber sie vermutete, dass es sich um den Staatsanwalt handelte. Auch er war Franzose, und der Dolmetscher übersetzte fast simultan. Seinem deutschen Akzent nach war er vermutlich Elsässer, also zweisprachig aufgewachsen. Sigruns beziehungsweise Marias Lebenslauf wurde kurz skizziert. Maria war in einem bayrischen Dorf aufgewachsen in einem streng katholischen Elternhaus. Als die Machtübernahme 1933 kam, trat sie sofort in die NSDAP ein und fühlte sich von den Zwängen der kleinlichen Traditionen befreit. Sie stieg schnell zur BDM-Führerin auf, konnte von zu Hause ausziehen und tat sich hervor als vorbildlich linientreu. Sie hatte eine kurze Affäre mit einem Lehrer, der allerdings 1938 dem Regime den Rücken kehrte und der verbotenen SPD beitrat. Er wurde aus dem Schuldienst entlassen und in ein KZ zur Umschulung geschickt. Maria hörte nie wieder von ihm. Sie verlor das Kind, das sie erwartet hatte, und von jenem glücklosen Zeitpunkt an wurde sie immer fanatischer und hatte schließlich als Küchenchefin in dem Gefangenenlager in Hochdorf ihre Bestimmung gefunden. Als Maria aufgefordert wurde, die Angaben zu ihrem Lebenslauf zu bestätigen, schwieg Maria. Der Richter schrie sie schließlich an, dass sie antworten müsse, aber Maria blieb unbeeindruckt.

Maria hatte sich offenbar nach Kriegsende auf der Schwäbischen Alb versteckt und als angeblicher Flüchtling unter falschem Namen bei einem Kleinbauern gelebt. Erst nach über einem Jahr nach Kriegsende flog ihre falsche Identität auf, weil jemand sie erkannte, und der Bauer, bei dem sie untergekrochen war, zeigte sie an.

Frieda war sehr aufgeregt, als sie in den Zeugenstand gerufen wurde. Man ermahnte sie, strikt die Wahrheit zu sagen und alle Fragen zu beantworten. Liese war hinausgeschickt worden, damit sie nicht von den Aussagen anderer Zeugen beeinflusst würde.

Frieda musste schildern, wie die Abläufe in der Küche gewesen waren, wie man die Gefangenen behandelt hatte, und vor allem, wie Maria sich als Vorgesetzte verhalten hatte.

„Stimmt es, dass Maria Ihnen wegen angeblicher Vergehen mehrfach mit Ravensbrück gedroht hat?"

Frieda nickte mit dem Kopf, aber es wurde ihr bedeutet, dass sie laut und vernehmlich antworten müsse, damit alles ordnungsgemäß ins Protokoll geschrieben werden konnte. Sie wurde sehr leise, als sie die Ereignisse des bedeutsamen Tages schilderte, an dem die Gefangenen den Aufstand probten. Von dem Schuss sagte sie nichts, aber auf Nachfrage bejahte sie, dass Maria geschossen hatte.

Nach ihren Aussagen wurde sie hinausgeschickt, und Liese wurde hereingerufen. Sie wartete vor der Tür auf einer Bank. Inzwischen war ihr Vater auch im Gericht eingetroffen, um sie abzuholen. Nach einigen Minuten kam ein Soldat heraus und bedeutete ihr, dass sie wieder im Saal Platz nehmen könne.

Erstaunlicherweise waren sie und Liese eingeladen, an der Urteilsverkündung teilzunehmen. Liese flüsterte ihr leise zu, dass Marias Verteidiger sich zu Wort melden wollte, aber Maria hatte verhindert, dass er etwas zu ihrer Verteidigung vortrug.

Die Herren verließen den Saal und kamen bereits nach einigen Minuten wieder. Alle mussten aufstehen, und der Richter verkündete, dass Maria zu fünf Jahren Gefängnis ohne Bewährung verurteilt wurde.

Auch nach der Verkündung des Urteils zeigte Maria keine Regung. Sie wurde hinausgeführt, aber in der Tür drehte sie sich kurz um und warf einen hasserfüllten Blick auf Frieda.

Als sie mit Walter auf dem Weg waren, das Pferd abzuholen und wieder einzuspannen, sagte Frieda zu ihrem Vater: „Sie ist eine Ewiggestrige. Sie wird sich nie ändern, und wenn sie draußen ist, wird sie versuchen, ihr Leben im Sinne des großen Führers fortzusetzen."

„Da wird sie wohl allein dastehen. Ich hoffe doch, dass wir aus der Geschichte gelernt haben, und dass sie sich nicht wiederholt."

„Seit wann lernt die Menschheit aus der Geschichte?", sagte Frieda herausfordernd.

Liese war immer noch sehr aufgeregt über den Prozess, und bei ihrem Geplapper kam heraus, dass sie sehr stolz auf sich war, eine wichtige Rolle gespielt zu haben. Vor allem hatte es sie beeindruckt, dass der Dolmetscher jedes Wort von ihr ins Französische übersetzt hatte. Sie war auch froh, dass ihre Neugier bezüglich des Lebens von Sigrun befriedigt worden war. Sie hatten recht gehabt mit ihren Mutmaßungen. Sigrun war tatsächlich an den falschen Mann geraten, und zudem hatte sie noch ein Kind verloren. Liese bemerkte hierzu, dass das vielleicht ein Glück gewesen sei, denn wer wollte Sigrun zur Mutter haben?

Als Liese abgestiegen war, stieß Frieda einen Seufzer der Erleichterung aus. „Ich bin gespannt, was sie im Dorf herumerzählen wird," sagte sie zu ihrem Vater. „Sie stellt sich jetzt als die große Heldin dar, die Sigrun ins Gefängnis gebracht hat. Ich meinerseits kann nicht sagen, dass Sigrun mir leidtut. Sie hat uns nur das Leben schwer gemacht, und es war ja schon ohne sie schwer genug."

Frieda war sehr froh, dass der Termin bei Gericht vorüber war, und sie schloss den kleinen Roman in die Arme, der über das ganze Gesicht strahlte, als er seine Mama wiederhatte.

37. Kapitel

Walter war erst einige Wochen zu Hause, als er eines Abends freudestrahlend in die Küche kam und verkündete, dass er eine neue Braut gefunden hatte. Er beteuerte, dass es diesmal die Richtige sei, und Ingeborg war vergessen.

Natürlich war die Familie neugierig, um was für eine junge Frau es sich diesmal handelte. Walter tat sehr geheimnisvoll und wollte nicht mal mit einer Andeutung verraten, ob es sich um ein Mädchen aus dem Dorf handelte, das man natürlich kannte, oder um eine Ortsfremde. Er würde sie mitbringen und vorstellen, wenn der richtige Zeitpunkt gekommen war.

Frieda genoss das warme Sommerwetter und hielt sich so viel wie möglich im Freien auf. Sie bat ihren Vater, einen Tisch und Stühle zu zimmern, die man vor das Haus stellen konnte. Aber ihr Vorschlag stieß vor allem bei Gertrud auf Ablehnung. Wie würde es aussehen, wenn Familie Breitenberg am helllichten Tag im Garten herumsitzen würde, statt zu arbeiten? Frieda durfte einen Küchenstuhl mit ins Freie nehmen, wenn sie Näharbeiten zu erledigen hatte, und Roman neben ihr auf einer Decke sich hin - und herdrehte und die ersten Versuche machte, in Krabbelstellung zu kommen. Das konnte man akzeptieren, das war keine Faulenzerei.

Der Sommer war warm und trocken. Die Blüten auf den Bäumen waren im Frühjahr nicht erfroren, und es würde auch Heidelbeeren geben. Frieda lief jeden Tag mit ihrer Gießkanne in den Garten und pflegte ihr Gemüse. Sie dachte sich jedes Mal, wenn sie die Pflanzen wässerte, wie dankbar sie sein müssten für die gute Behandlung. Frieda hatte irgendwo gehört, dass man mit Pflanzen reden sollte, denn schließlich waren sie Lebewesen. Also redete sie ihnen gut zu, den Sonnenschein zu genießen und ordentlich zu wachsen. Es gab fast jeden Tag frischen Salat ‚Radieschen oder Gurke. Gertrud legte auch einige kleine Gurken in Essig für den Winter ein.

Das Rapsöl würde noch eine Weile reichen. Die Städter dagegen waren ganz schlecht mit jeder Art von Fett versorgt, und sie verteilten sich in den Wäldern, um Bucheckern zu sammeln und gegen Öl einzutauschen. Bucheckern gab es im zweiten Nachkriegssommer in Mengen, aber nicht im Calwer Wald, mangels Buchen.

Im Herbst würden Gertrud und Frieda Birnen einwecken und Äpfel dörren. Im letzten Jahr hatte Frieda die Äpfel im Backofen getrocknet, die Schnitze auf Schnüre gezogen und auf der Bühne aufgehängt. Die Schnitze waren wohl nicht trocken genug gewesen, denn sie waren alle verschimmelt, und Friedas ganze Mühe war umsonst gewesen. Dieses Jahr würde sie es besser machen. Frieda dachte an ihre Großmutter, der so etwas nie passiert war, weil sie alle Arbeiten in der Küche mit großer Geduld und Sorgfalt ausgeführt hatte.

Während Frieda im Garten arbeitete, war Roman eingeschlafen. Sie ließ den Kinderwagen unter dem Ahorn stehen und ging zum Melken in den Stall. Sie und Gertrud sahen abwechselnd nach dem Kleinen, der lange und friedlich schlief.

Als Frieda ihn am frühen Abend ins Haus holte, kam ein Mann über den Hof und grüßte freundlich. Erst bei genauerem Hinsehen erkannte sie Leutnant Gerster. Er war bleich und abgemagert, und er war ihr in ziviler Kleidung gänzlich fremd. Sie bemerkte, dass sie vor Verlegenheit rot wurde, und das war ihr sehr peinlich.

Sie gaben sich die Hand, und Frieda bat ihn ins Haus. Sie legte Roman in sein Laufställchen in der Küche, und dann saßen sich Frieda und der Leutnant am Küchentisch gegenüber. Frieda hoffte, dass ihre Mutter oder ihr Vater hereinkommen würden, um mit dem Besuch nicht allein bleiben zu müssen, aber das geschah nicht.

Der Leutnant war der erste, der das Schweigen brach. „Ich habe ein paar Tage Urlaub vom Internierungslager, muss mich aber nach dem Wochenende zurückmelden. Wie ist es Ihnen ergangen?"

Frieda lächelte zu ihrem Sohn hinüber. „Wie Sie sehen, bin ich inzwischen Mutter geworden. Der kleine Roman wird bald ein Jahr und bereitet nur Freude. Er ist ein unkompliziertes und fröhliches Kind."

„Darf ich nach dem Vater fragen?" sagte der Leutnant, der sich seine Überraschung nicht anmerken lassen wollte, höflich.

Frieda schüttelte den Kopf. „Darüber möchte ich nicht sprechen. Aber ich werde Ihnen erzählen, wie es uns bisher ergangen ist. Das schrecklichste Ereignis war die Bombardierung von Pforzheim für uns. Meine Tante, die dort mit ihrer Familie wohnte, ist mit ihrer kleinen Tochter unter dem einstürzenden Haus umgekommen. Sie hatte sich leider geweigert, zu uns ins Dorf zu ziehen während der Bombardierungen der Städte. Erfreulich ist, dass mein älterer Bruder heil aus dem Krieg zurückgekommen ist."

Leutnant Gerster schwieg einen Augenblick, und dann bedankte er sich für Friedas schriftliche Fürsprache, die ihm bei seinem Strafmaß sehr geholfen hatte und gleichzeitig Hoffnung gemacht auf eine tiefe Zuneigung ihrerseits. Als Frieda nichts sagte, stand er auf und ging hinüber zu Romans Ställchen. Roman stand am Gitter und hielt sich fest. Der Leutnant hielt ihm die Hand hin, und Roman umklammerte erfreut seinen Zeigefinger und lachte.

„Er ist offenbar nicht schüchtern," sagte der Leutnant und lächelte. „Ich will es jetzt ganz gerade heraus sagen: Ich möchte Sie gern heiraten, und der Kleine wird mir eine zusätzliche Freude sein. Wenn ich aus dem Internierungslager in Hammelburg entlassen bin, werde ich mein Studium wieder aufnehmen und in absehbarer Zeit auf eigenen Füßen stehen. So, wie man es von den Amerikanern im Lager hört, wird man Deutschland nicht als reines Agrarland im Stich lassen. Das wäre mitten in Europa ein unmöglicher Zustand, der mit Sicherheit neue Konflikte auslösen würde. Wir werden also wieder eine Zukunft aufbauen. Wollen Sie mich dabei unterstützen?"

Frieda schwieg einen Augenblick, aber dann fasste sie sich ein Herz und sagte ihm, dass sie anderweitig vergeben sei, auch wenn ihre Zukunft äußerst ungewiss war. Sie könne sich nicht vorstellen, sich an einen Mann zu binden, den sie nicht aus tiefstem Herzen liebte. Sie beteuerte, dass sie den Leutnant schätzte, aber zu mehr reichte es nicht.

Leutnant Gerster gestand ihr sein tiefstes Bedauern. Um über die peinliche Situation hinwegzukommen, bot Frieda ihm einen Tee an. Aber er lehnte ab und stand auf. „Es ist besser, wenn ich jetzt gehe," sagte er. „Ich schreibe Ihnen meine Heimatadresse auf. Wenn sich je an Ihren Gefühlen etwas ändert, schicken Sie mir einen Brief. Ich lebe trotz allem immer noch von der Hoffnung."

Frieda senkte den Kopf und konnte ein paar Tränen nicht verhindern. Der Leutnant strich ihr mit dem Finger über die Wange, drehte sich nach einem letzten Blick auf Roman um und verließ die Küche.

Frieda nahm Roman auf den Arm und weinte noch ein bisschen. Dann legte sie den Zettel mit der Adresse in die Schublade vom Küchentisch und begann, das Abendessen vorzubereiten.

38. Kapitel

Der junge Walter ließ sich im elterlichen Haus kaum blicken, und es wurde immer deutlicher, dass er den Hof nicht übernehmen wollte und auch sonst nicht arbeiten. Gertrud und Walter machten sich große Sorgen, denn sie waren nicht gewillt, Walter ein Leben lang mit durchzufüttern und womöglich noch für seine Familie zu sorgen, sofern er wirklich heiraten sollte und Kinder haben.

Am Ende des Sommers brachte er endlich die junge Frau, die er zu heiraten gedachte, mit, um sie vorzustellen. Sie hieß Bertha, und war die Tochter des Küfers aus dem Nachbarweiler Fasanenhof. Sie war grob gebaut und wirkte etwas schlicht. Aber sie hatte ein freundliches Wesen und war willens, der Familie ihres Verlobten zu gefallen. Walters Zärtlichkeiten in Gegenwart seiner Eltern und seiner Schwester wehrte sie ab, offenbar hatte sie nicht das Bedürfnis wie Ingeborg, ihre Liebe zur Schau zu stellen. Sie wirkte auch nicht so, als würde sie mit dem Nächstbesten, der sich anbot, davonlaufen.

Bertha war auf jeden Fall die bessere Wahl. Über sie kam die Erklärung für Walters vieles Trinken. Berthas Vater hatte nämlich als Küfer und Getränkehändler viel mehr Alkoholvorräte als die Bauern. Seine Bestände hatte er wohl geschickt während der ersten Zeit der Besatzung verstecken können. Er trank selber gern ein Gläschen und hatte nichts gegen Gesellschaft dabei.

Walter wollte möglichst schnell heiraten, aber Gertrud und Walter wollten nichts davon wissen. „Die Zeiten sind so schlecht, dass man nicht mal eine richtige Hochzeit ausrichten kann. Und wo wollt ihr wohnen? Was wollt ihr arbeiten? Wartet doch die nächsten Jahre ab, Bertha ist ja noch sehr jung, und vielleicht ändern sich die Zeiten," sagte Gertrud.

Walter maulte. „ihr wollt uns bloß nicht im Haus haben. Aber bei Bertha ist Platz, und bei Berthas Vater kann ich auch arbeiten."

„Was, du willst Küfer lernen? Das wäre ja mal eine gute Nachricht," sagte Walter. „Nein," antwortete sein Sohn ärgerlich. „Ich werde mich um den Verkauf der Getränke kümmern. Wenn es wieder alles zu kaufen gibt, kann ich mit dem Pferdewagen Getränke ausfahren, das wird ein gutes Geschäft."

Vater Walter war skeptisch, denn bisher hatten die Bauern ihren eigenen Most getrunken und den Obstler im Ort brennen lassen aus eigener Ernte. Zu Festtagen wurde ausnahmsweise auch mal eine Flasche Wein aufgemacht, und die jüngeren Männer hatten als Soldaten das Biertrinken angefangen, aber Reichtümer würde man durch Getränkeverkauf nicht gewinnen können.

Bertha wollte sich gern den Hof ansehen, und Frieda führte sie herum. Sie musste dabei Roman, der ausnahmsweise quengelte, auf dem Arm tragen, und das wurde allmählich beschwerlich. Frieda hoffte, dass er bald laufen lernen würde.

Bertha gefielen vor allem die Tiere. Sie hatten zu Hause auch Hühner und ein paar Schafe, aber außer einem Hofplatz, durch den bedauerlicherweise ein Sträßchen führte, und einer kleinen Scheune mit Werkstatt für die Küferarbeiten besaßen sie kaum Flächen für eine größere Landwirtschaft. Berthas Vater konnte angefangene Arbeiten nicht im Hof stehen lassen, weil immer mal jemand die Straße benutzte. Wie Bertha erzählte, hatte er auch großen Ärger mit seinem Bruder, mit dem er den Hof teilen musste. Der Bruder stellte häufig Gerät so sperrig ab, dass zwar das Sträßchen noch benutzbar war, aber Berthas Vater sich mit seinen Arbeiten nicht mehr im Hof bewegen konnte. Die beiden Brüder waren ständig mit Auseinandersetzungen beschäftigt, und Berthas Vater unterstellte Absicht, weil sein Bruder sich das Anwesen aneignen wollte. Vom Großvater war das Erbe nicht ordentlich geteilt worden, weil er niemanden hatte benachteiligen wollen, und das war Anlass zu Neid und Gehässigkeiten.

Frieda konnte nicht recht erkennen, wie Walter mit einem Pferd – für das eigentlich kein Platz war - seinen Getränkehandel bewerkstelligen sollte. Sie war allerdings froh, dass ihr ein neuerliches Einziehen von Walter mit seiner Künftigen vermutlich erspart bliebe.

Mit einem Jahr lernte Roman laufen, indem er sich irgendwo festhielt. Frieda und Gertrud hatten eine Engelsgeduld, ihn zu locken, ein zwei Schritte zwischen ihnen zu wagen. Der kleine Kerl war mutig, und es klappte bald. Allerdings wurde er schnell übermütig und fiel häufig hin. Aber er weinte fast nie und stand meistens ohne fremde Hilfe wieder auf.

Der November 1946 brachte einen frühen Wintereinbruch. Der Winter 46/47 sollte einer der kältesten des zwanzigsten Jahrhunderts werden. Es war, als sollten die Deutschen von irgendeiner übergeordneten Macht gestraft werden für die Jahre des Hitlerregimes. In den zerbombten Städten erfroren und verhungerten die Deutschen zu Hunderttausenden. Im siegreichen Ausland war es nicht viel besser. Besonders schlecht ging es den Engländern, die nach dem strengen Winter durch das Tauwetter mit Überschwemmungen fertig werden mussten. Wie Frieda später erfuhr, als es wieder Nachrichten in Zeitungen und im Radio gab, hatte es Russland am schlimmsten getroffen. Dort gab es nicht Hunderttausende, sondern Millionen Tote.

Man gab Holzsammelscheine für die Bedürftigen aus, die nicht heizen konnten. Die Wälder waren leergefegt, alle Ästchen und Zweiglein, die am Boden lagen, wurden aufgesammelt zum Kochen und Heizen. Es war streng verboten, von Bäumen Äste abzusägen, aber das geschah in der Not trotzdem immer wieder. Im Herbst waren die wenigen abgeernteten Kornfelder zum Stoppeln frei gegeben worden, und auch hier gab es kein Hälmchen mit einem Körnchen daran mehr zu finden. Bucheckern gab es nach dem üppigen Vorjahr nicht wieder, und so wurde der Mangel an Öl immer gravierender.

Auf dem Land wurde gehamstert. Die Menschen – meist Männer – kamen mit Rucksäcken und versuchten, die wenigen Habseligkeiten, die ihnen geblieben waren, gegen Lebensmittel einzutauschen. Die beliebteste Währung waren Zigaretten. Für Zigaretten konnte man manches eintauschen, von dem man glaubte, dass es das gar nicht mehr gäbe. Frieda konnte ein paar Bezugsscheine für Zigaretten bei einem Calmbacher, der zum Hamstern gekommen war, gegen zwei Garnrollen und eine Nadel für die Nähmaschine eintauschen, und sie war selig.

Kurz vor Weihnachten flackerte bei den Breitenbergs die Glühbirne in der Küche, und das Licht ging an. Es gab von da an wieder stundenweise Strom. Das war auf den Wunsch der Franzosen zurückzuführen, die nicht gewillt waren, immer im Dunkeln zu sitzen. Sie hatten dafür gesorgt, dass das Wasserkraftwerk in Calw wieder in Betrieb genommen werden konnte. Es war für alle eine große Erleichterung, stundenweise das Licht anknipsen zu können oder ein Gerät zu benutzen, das elektrisch betrieben wurde.

Die Breitenbergs standen immer noch verhältnismäßig gut da. Walter ging wieder in den eigenen Wald, um Holz zu schlagen für die nächsten Jahre. Für den harten Winter 46/47 war noch genügend trockenes Holz vorhanden, und Walter brachte auch Frau Gerber eine Fuhre Heizmaterial. An den richtig eisigen Tagen fiel die Schule aus, da es nicht möglich war, das Klassenzimmer ordentlich zu heizen. Die einfach verglasten Fenster waren im Lauf der Jahre undicht geworden, die Türen schlossen nicht mehr richtig, und das Risiko, dass sich die Schulkinder eine Lungenentzündung holten, war zu groß. Die Schule war rund herum sanierungsbedürftig, aber in Anbetracht der Trümmerfelder in den Städten war natürlich gar nicht daran zu denken, auf einem Dorf die Schule zu renovieren.

Frau Gerber machte sich mehrfach auf den Weg nach Stuttgart in der Hoffnung, dass in einem der Züge, die Soldaten zurück in die Heimat brachten, ihr Mann zu finden sein könnte. Das Rote Kreuz hatte durch seine Recherchen bereits Tausende von Familien wieder zusammengeführt geführt, und Frieda konnte nicht genug staunen, wie das möglich war.

Im Frühjahr kam Paul aus Calmbach zu Besuch, nicht nur, um ein paar Lebensmittel zu ergattern, sondern auch um zu berichten, dass beide Söhne unversehrt aus dem Krieg zurückgekehrt waren. An Paul nagte immer noch der Kummer um seine Frau

Erika und die kleine Monika. Er war merklich gealtert und hatte bereits eisgraue Haare. Aber wenigstens hatte er eine Anstellung bei der Stadt gefunden. Er war bei den Aufräumarbeiten für eine Gruppe von Trümmerfrauen zuständig, deren Arbeit er einteilte, und die er beim Sortieren der Steine beriet. Da er als Maurer vom Fach war, konnte er entscheiden, welche Steine man wieder verwenden konnte beim Wiederaufbau der Häuser, und welche Steine endgültig ausgemustert werden mussten. Zunächst wurden die Straßen geräumt, um ein Durchkommen mit den Fuhrwerken, die mit Trümmern beladen waren, zu ermöglichen. Außerhalb des Zentrums hatte man Halden angelegt, die immer höher wuchsen, und die wie überall in Deutschland scherzhaft Monte Scherbelin genannt wurden.

Frieda konnte sich gar nicht vorstellen, wie man aus einer Trümmerwüste wieder eine bewohnbare Stadt machen wollte, aber Paul erklärte ihr, dass die ersten Ansätze schon gemacht waren. Allerdings gab es einige Scherereien um den Besitz der Grundstücke. Bei vielen Häusern gab es keine Überlebenden, und es musste erst geklärt werden, ob Erben gefunden werden konnten, oder ob das Grundstück in den Besitz der Stadt übergehen würde.

Die ersten Nachkriegshäuser würden auch nicht schön. Zusammengestoppelte Steine ohne Verputz, zweckmäßig Fenster und eine Haustür, Verzicht auf jeden Schnörkel und jede Art von Komfort. Es gab günstige Darlehen für Bauherren, die ein Haus mit zwei Wohnungen bauten, und eine Wohnung an Flüchtlinge vermieteten. Sie mussten sich verpflichten, während einiger Jahre die Mieter nicht zu kündigen. Man erhoffte sich von dieser Maßnahme, das Wohnungsproblem in den Griff zu bekommen. Bis die ersten Häuser bezugsfertig waren, mussten die Ausgebombten und die Flüchtlinge in Baracken ausharren, die entweder aus Holz oder aus Blech gebaut waren. Die Blechbaracken nannte man Nissenhütten, ein Ausdruck, der für die Bewohner sehr erniedrigend war.

Paul berichtete auch von den ersten Carepaketen, die aus Amerika kamen. Der Inhalt der Pakete rettete viele Menschenleben, denn die Amerikaner bemühten sich, lebenswichtige Nahrungsmittel zu versenden. So konnten Kleinkinder dank des Milchpulvers gefüttert werden, und viele Kinder aßen zum ersten Mal in ihrem Leben ein Stückchen Schokolade. Pauls Schwester, die mit ihren drei Kindern allein war, hatte ein Paket bekommen und erzählte mit strahlenden Augen, es sei wie Weihnachten vor dem Krieg gewesen.

In Wahlberg gab es niemanden, der ein Carepaket erhielt. Man vertraute auf die Bauern, deren Erzeugnisse für alle Dorfbewohner reichen mussten.

39. Kapitel

Gertrud und Walter wurden ohne Komplikationen entnazifiziert. Frieda blieb die Prozedur erspart, weil sie während des Dritten Reichs noch nicht volljährig gewesen war. Die kleine Helene war zu Besuch, als der Gang zur Kommandantur anstand, und da sie das Wort Entnazifizierung nicht verstand, fragte sie nach, ob es sich um eine Art Entlausung oder Befreiung von Flöhen handelte. Sie wollte wissen, um was für Ungeziefer es ging. Sie kannte Wanzen, Flöhe und Läuse, aber Nazis waren ihr noch in keinem Lager begegnet. Die Breitenbergs schmunzelten über die kindlichen Überlegungen.

Im Sommer 1947 waren bereits einige Bahnstrecken notdürftig repariert, und es gab zu unregelmäßigen Zeiten wieder Busse. Gertrud und Frieda begleiteten Frau Gerber nach Stuttgart, wo Frau Gerber wieder einmal Züge abwarten wollte in der Hoffnung, ihren Mann unter den Heimkehrern zu finden.

Gertrud und Frieda gingen durch die Stadt, die vor dem Krieg blühende Geschäfte aufzuweisen gehabt hatte. Nichts war geblieben, alles lag in Schutt und Asche. Ganz vereinzelt gab es so etwas wie einen kleinen Handelsplatz, manchmal in Bunkern oder Kellereingängen. Leider gab es nichts zu kaufen, was man gebrauchen konnte, nur tauschen war möglich. Frieda tauschte ihre Zigarettenbezugsscheine gegen ein Stück Brokat, das vermutlich vom Bezug eines vornehmen Sofas stammte. Gertrud tauschte zwei Eier gegen eine Fahrradpumpe und zwei Fahrradschläuche, die vielleicht den Schaden an Walters Fahrrad beheben würden.

Als sie sich gegen Abend wieder mit Frau Gerber trafen, waren sie alle drei desillusioniert. Frau Gerbers Mann war wieder nicht gekommen, und Stuttgart hatte entschieden jeden Reiz verloren. Gertrud und Frieda beschlossen, in Zukunft auf Besuche in der Großstadt zu verzichten.

Der Sommer wurde einer der heißesten des Jahrhunderts, aber zugleich herrschte eine große Dürre. Frieda konnte durch Gießen mit Brunnenwasser die Gemüsepflanzen im Garten weitgehend retten, aber das Feld mit Gemüse, das Walter umgepflügt und eingesät hatte, konnte nicht bewässert werden, und somit war die Ernte mehr als kläglich. Man sprach von einem Steppensommer.

Im Herbst 1947 gab es Gerüchte, dass die Amerikaner Mehl schicken würden, denn in Amerika hatte es eine Rekordkornernte gegeben. Im Winter kamen die Mehlladungen tatsächlich an und wurden unter der Bevölkerung verteilt. Die Besatzer in allen Teilen Deutschlands sorgten gleichzeitig dafür, dass es keine Schwarzschlachtungen mehr gab, dafür aber Zwangsschlachtungen. Die Viehbestände schrumpften, wodurch im Augenblick die größte Not gelindert wurde, sich aber in den nächsten Jahren wieder durch Fleischmangel verdoppelte.

Roman war im Winter öfter krank. Er bekam Masern, die sehr heftig ausfielen, und anschließend hatte er einen hartnäckigen Husten. Frieda hatte in ihrem Zimmer immer den Ofen an. Ihr selbst war es dann zum Schlafen zu warm, aber sie wagte nicht, Roman der eiskalten Winterluft auszusetzen. Hin und wieder wickelte sie Roman warm ein und ging mit dem Kinderwagen mit ihm ins Freie. Aber Roman hatte einen starken Bewegungsdrang und wollte nicht wohlverpackt im Wagen sitzen bleiben. Wenn sie ihn aus dem Wagen befreite, fing er sofort mit seinen kleinen Beinchen zu rennen an, und dann wurde der Husten schlimmer. Frieda machte sich große Sorgen und hoffte auf Besserung im Frühjahr.

Da einige Güterzüge wieder fahren konnten, gab es geringe Mengen Kohle in den Städten für die Bevölkerung. Da ein bis zwei Zentner Kohle für den strengen Winter nicht ausreichten, zogen die Stadtkinder los mit kleinen Säcken und sammelten aus den Waggons gefallene Kohlestücke auf. Das half ein bisschen und schadete keinem.

Nachts fielen Banden über die mit Kohle beladenen Waggons her und füllten sich Zentnersäcke ab, um die Kohle schwarz zu verkaufen. Das waren bittere Verluste, aber das Kohlestehlen konnte trotz abgestellter Wachen nicht eingedämmt werden.

Im Frühjahr 1948 bekam die Gemeinde Wahlberg einen Brief aus Hamburg Veddel. Bei Aufräumarbeiten war man auf die Glocke aus Wahlberg gestoßen, die zwar nicht eingeschmolzen, aber durch das Aufeinandertürmen der Glocken auf dem Glockenfriedhof stark beschädigt war. Die Glocke würde keinen reinen Ton mehr geben, und so bot man an, eine Ersatzglocke aus den ehemaligen Ostgebieten, die inzwischen an Polen oder Russland verloren gegangen waren, nach Wahlberg zu schicken, sofern die Gemeinde das wollte.

Natürlich wollte die Gemeinde eine neue Glocke haben, wenn auch einige es bedauerlich fanden, die eigene Glocke, die über lange Jahre den Takt im Dorf angegeben hatte, nicht wiederzuerhalten. Man schrieb nach Veddel, aber es sollte noch drei Jahre dauern, bis die Ersatzglocke, die ursprünglich aus Oberschlesien stammte, in Wahlberg ankam.

Frieda fragte sich, wie ihre Großmutter es gefunden hätte, sich an eine neue Glocke zu gewöhnen. Wäre sie dankbar gewesen, dass es überhaupt wieder eine Glocke gab, oder hätte sie ewig gehadert, weil ihr nur die Originalglocke wertvoll erschien? Frieda hatte jedenfalls als Kind gefunden, dass die Glocke keinen besonders schönen Klang hatte. Sie hätte sich eine volltönende, große Glocke gewünscht und nicht eine, die nur bimmelte. Jetzt hoffte sie, vielleicht mit der oberschlesischen Glocke zufriedener zu sein.

Im Juni kam endlich die lang erwartete Währungsreform. Die Reichsmark war überhaupt nichts mehr wert, und die 40 D-Mark, die jeder Erwachsene als Startgeld erhielt, waren knapp, aber höchst willkommen. Erstaunlicherweise stellte sich heraus, dass es sogenannte Hortungslager gegeben hatte während der ersten Nachkriegsjahre. Die Waren aus den Lagern waren nicht in den Handel gekommen, weil man mit Geld nichts anfing und abwartete, bis sich die Wirtschaftslage gebessert hatte, und der Handel sich wieder lohnte.

Da es in allen Haushalten Nachholbedarf gab, vor allem bei den Flüchtlingen, die bei null wieder anfangen mussten, waren die zurückgehaltenen Waren schnell erschöpft, und es begann eine neue Produktion, die aber mit der Nachfrage nicht Schritt halten konnte. So verteuerten sich die neuen Produkte schnell.

Nach der Währungsreform fuhr Frieda mit dem Fahrrad, das dank der Luftpumpe und den Schläuchen aus Stuttgart wieder funktionierte, nach Calw und sah sich nach Stoffen und Nähgarn um. Die Auswahl war nicht riesig, aber sie hatte doch einige Meter Stoff auf ihrem Gepäckträger, als sie nach Hause radelte. Vor allem hatte sie weißen Damast erwerben können, um für Bertha ein Hochzeitskleid zu nähen. Walter und Bertha würden im Hochsommer heiraten, und Bertha wollte wie eine unschuldige Prinzessin gekleidet sein. Frieda hatte sich bereit erklärt, ihr das Hochzeitskleid zu nähen. Sie fertigte viele Entwürfe an, mit denen Bertha aber nicht zufrieden war. Da sie bald Mutter werden würde, hatte sie stark zugenommen, und Frieda machte Zeichnungen, die die Figur geschickt kaschieren sollten. Bertha war leider in keinster Weise selbstkritisch und meinte, ein enges Kleid mit einer Schleppe haben zu müssen. Darüber gerieten sie fast in Streit, aber nach gutem Zureden auch von Gertrud und Berthas Mutter, gab Bertha sich mit einer Art Ballonkleid zufrieden mit einer großen Spitzenschleife im Rücken und einem halblangen Tüllschleier, der auch dazu beitrug, das Üppige, wie Frieda es nannte, an Berthas Figur sogar vorteilhaft wirken zu lassen.

Frieda hatte sich mit großer Begeisterung an die Maschine gesetzt. Aber nachdem sie bei ihrem Lehrmeister die Tretmaschine kennen gelernt hatte, kam ihr das Nähen mit der Handkurbel mühsam vor. Sie würde Geld zurücklegen und sich so bald wie möglich eine Pfaff kaufen, eine in Kaiserslautern hergestellt Nähmaschine, die wieder auf dem Markt erschienen war.

Aber um das Geld für eine neue Maschine zusammenzusparen, würde sie einige Kleidungsstücke anfertigen müssen. Durch ihr Eingespanntsein in Haushalt und Hof und die Betreuung von Roman, der gerade in einer Trotzphase war und viele ungewohnte Schwierigkeiten bei jedem kleinsten Vorgang machte, hatte sie nur wenig Zeit für ihren Beruf.

Roman nahm sie sehr in Anspruch, weil er seine Socken nicht anziehen wollte, die Haare nicht kämmen lassen, nicht laufen, wenn Frieda ihn irgendwohin mitnehmen wollte, und unbedingt auf ihrem Schoß sitzen, wenn sie an der Nähmaschine arbeitete. Er bekam solche Schreianfälle, dass ihm die Luft wegblieb, und Frieda ihn ein paarmal klopfte und schüttelte, um seine Atmung wieder anzuregen. Es war erstaunlich, wie viel Energie er auf seine Bockigkeit verwenden konnte, und Frieda musste sich sehr zusammenreißen, um nicht durch Nachgeben das Geschrei zu beenden.

40. Kapitel

Mitte August fand an einem strahlenden Sommertag die Hochzeit von Bertha und Walter in der Kapelle von Fasanenhof statt. Die Kapelle bot nicht genügend Platz für alle Gäste, und so standen viele vor den geöffneten Türen und versuchten, die Predigt und die Worte, die die Eheschließung besiegelten, zu verstehen. Eine Frau aus einem Nachbardorf spielte auf dem Harmonium, das immer mal ein bisschen quietschte, weil der Blasebalg angerissen war, und die neugierigen Kinder, die aus Sensationslust gekommen waren, kicherten jedes Mal, wenn der Ton abglitt.

Aber sonst war es eine schöne Zeremonie. Das Paar sah stattlich aus, obwohl Walter immer noch ein wenig zu dünn war. Nach der Kirche formte sich der Hochzeitszug: vorneweg das Brautpaar, dann die jeweiligen Eltern und Geschwister, und schließlich die Verwandten und Freunde, die zu der Feier eingeladen worden waren.

Vor dem Haus von Berthas Eltern stellten sich alle auf für ein Foto. Die Kinder saßen mit gekreuzten Beinen im Vordergrund, das Brautpaar stand in der Mitte, flankiert von den Eltern.

Nach dem Fototermin löste sich der Zug auf. Es gab im Hof schon mal einen Obstler, und dann drängten alle ins Haus, wo ein Imbiss wartete, der sehr viel üppiger ausfiel als während der Hungerjahre. Es gab Bier und Wein, und für die Kinder Limonade und ein Eis am Stiel, das jubelnd in Empfang genommen wurde.

Das Brautpaar bekam auch eine Menge Geschenke, die alle mit dem jungen Haushalt zu tun hatten: Sammeltassen, fast alle mit Goldrand, Bettzeug, Handtücher, Küchenutensilien und Blumenvasen. Man dachte praktisch, und das störte niemanden.

Frieda beschloss, das große Abendessen nicht mehr abzuwarten, sondern nach Kaffee und Kuchen nach Hause zu fahren, weil Roman durch die vielen Eindrücke und die wilden Spiele mit den anderen Kindern müde geworden war. Friedas Vater hatte auf die Stange des Herrenfahrrads, mit dem Frieda fuhr, einen kleinen

Sattel montiert und Fußstützen am Vorderrad angebracht, so dass Roman bequem mitgenommen werden konnte.

Als sie Wahlberg erreicht hatte und in den Hof einfuhr, hörte sie leises Mundharmonika spielen und sah jemanden auf der Eingangstreppe sitzen mit einem Rucksack neben sich. Sie erkannte Krystof und schrie auf. Fast hätte sie das Fahrrad mitsamt Roman fallen gelassen, aber Krystof war schon aufgesprungen und hielt das Fahrrad fest. Frieda setzte Roman ab, und dann flog sie in Krystofs Arme. Sie standen eng umschlungen und sagten nichts. Frieda weinte leise vor Freude, bis sie sich von Krystof lösen musste, weil Roman sich eifersüchtig zwischen sie drängte.

Sie sah Krystof in seine schönen, ungewöhnlich blauen Augen und sagte leise: „Das ist dein Sohn Roman."

Krystof war vor Überraschung nicht in der Lage, etwas zu sagen. Er starrte ungläubig den kleinen Roman an, sah dann Frieda an, die mit dem Kopf nickte, und fragte schließlich leise: „Wie alt ist er?"

„Er wird im Oktober drei," antwortete Frieda. „Du hast die ersten Jahre verpasst."

Krystof beugte sich zu Roman herunter und sagte vorsichtig: „Ich bin dein Papa." Roman sah ihn verwirrt an, dann sagte er entschieden: „Ich habe keinen Papa, und das wissen alle." Krystof lächelte. „Ich glaube, ich muss vorsichtig sein. Er muss mich ja erst kennenlernen, und ich ihn auch."

Frieda holte den Hausschlüssel, der auf einem Balken in der Scheune deponiert war, und schloss auf. „Willst du einen Kaffee?" fragte sie. „Wir haben für besondere Gelegenheiten wieder Bohnenkaffee."

Sie gingen in die Küche und setzten sich an den Tisch. Frieda sprang gleich wieder auf und setzte Wasser für den Kaffee auf. Roman hielt es auch nicht auf seinem Stuhl. Er kletterte wieder herunter und spielte auf dem Boden mit der Katze, die ihm allerdings mit der Pfote eine verpasste, weil er sie heftig am Ohr zog. Krystof sah fasziniert zu und lächelte. Roman erwiderte das

Lächeln nicht, er war plötzlich befangen, was ihm sonst mit Fremden selten passierte.

Als Frieda die Kaffeekanne auf den Tisch gestellt hatte und sich und Krystof eingeschenkt, sah sie ihn liebevoll an und legte ihre Hand auf seinen Arm. „Erzähle, wie es dir ergangen ist," forderte sie ihn auf. Krystof schüttelte den Kopf. „Zuerst muss ich die wichtigste Frage stellen. Willst du mich noch heiraten? Ich bin gekommen, um zu bleiben. Du bist ein schenes Mädchen." Frieda lachte bei der Erinnerung an die ersten Worte, die Krystof auf deutsch gesagt hatte, und die der Anfang ihrer Liebesgeschichte waren.

„Ja, ich will dich heiraten. Aber jetzt muss ich erst Roman ins Bett bringen, sonst fängt er noch zu heulen an vor Müdigkeit. Du würdest sicher gern mitkommen, aber das sollten wir verschieben."

„Ich lasse euch ungern gehen," sagte Krystof. „Kommst du gleich wieder?" Frieda bejahte und verließ mit Roman die Küche.

Sie war inzwischen wieder in ihr Mädchenzimmer gezogen, und Roman hatte sein Kinderzimmer im Raum dahinter. Um schnell fertig zu werden, verzichtete sie darauf, Roman gründlich zu waschen, und auch das Zähneputzen fiel aus, worüber Roman froh war. Als sie die Tür zu seinem Zimmer schloss, war er schon am Einschlafen.

Zurück in der Küche entdeckte sie auf dem Küchentisch als erstes den Kopf ihrer Puppe, der mit einer wunderschönen rotblonden Haarpracht geschmückt war. Bevor sie dazu etwas sagen konnte, war Krystof aufgesprungen, hatte sie in die Arme genommen, und sie küssten sich leidenschaftlich. Krystof flüsterte zärtliche polnische Wörter, während er ihr über den Rücken und die Haare strich. Frieda nahm sein Gesicht in beide Hände, sah ihm in die Augen und sagte ihm, wie sehr sie ihn liebte und wie glücklich sie sich fühlte, weil er wieder gekommen war.

Schließlich setzten sie sich wieder, behielten aber über den Tisch hinweg die Finger verschränkt. Krystof begann zu erzählen. Frieda fiel auf, dass sein Akzent härter geworden war, und sich kleine Unsicherheiten in die deutsche Sprache eingeschlichen hatten. Krystof erklärte ihr den Grund: Er hatte seit Kriegsende kein Deutsch mehr gesprochen. Die Deutschen aus seiner Heimatstadt hatten alle Polen verlassen, oder sie waren umgebracht worden, wenn sie nicht rechtzeitig hatten fliehen können. Von Willis Familie wusste niemand etwas, außer von Willi selbst, der natürlich eingezogen worden war und zuletzt in Wehrmachtsuniform herum gelaufen war. Krystof hatte vor, über den Suchdienst des Roten Kreuzes etwas über Willi und seine Familie zu erfahren. Er hätte sie gern wiedergesehen.

Als Krystof nach Wochen des Umherirrens in seiner Heimatstadt angekommen war, fand er seine Familie in einem Gartenhaus auf dem Grundstück des elterlichen Gasthofs vor. Das Gasthaus gab es nicht mehr, die deutschen Soldaten hatten es auf ihrem Rückzug aus dem Osten angesteckt. Sein Vater war erschossen worden, weil er mit einer Axt gegen die Brandstifter vorging. Bis auf ein paar Grundmauern war von der Gastwirtschaft nichts übrig geblieben. Zum Glück waren einige Lebensmittel, die im Keller aufbewahrt wurden, übrig geblieben und halfen der Familie, nicht zu verhungern.

Krystofs ältere Schwester hatte ihren Mann verloren im Kampf um die Stadt, aber Krystofs Mutter lebte und seine Geschwister auch. Krystofs jüngste Schwester ließ sich nach dem Krieg die Haare abschneiden, weil sie für die Frauen der Zwanziger Jahre schwärmte. Die Haare überließ sie Krystof, der sie der Puppe liebevoll einpflanzte.

Frieda war gerührt zu wissen, dass ihre Puppe nun ein Teil von Krystofs Familie war. Sie holte die kopflose Puppe von ihrem Regal in der Stube, und zusammen setzten sie den Kopf wieder ein. Frieda fand die Puppe noch schöner als sie ursprünglich gewesen war.

Krystof hatte auch tatsächlich Opas Jägerrucksack wieder mitgebracht. Der Rucksack hatte ihm gute Dienste geleistet, wenn auch mehrfach jemand unterwegs versucht hatte, ihn zu stehlen. Zweimal wurde Krystof, als er den Rucksack als Kopfkissen benutzte, davon wach, dass jemand versuchte, ihm den Rucksack unter dem Kopf wegzuziehen.

Krystof war auf dem Rückweg aus Polen ein Stück weit mit der Bahn gefahren. Er erzählte von den fürchterlichen Zuständen, die auf den Bahnsteigen und in den Zügen herrschten. Wenn ein Zug schon völlig überfüllt war, schob man noch Frauen und Kinder durch die Fenster nach. Krystof hatte beobachtet, wie einer Frau von hinten die Schuhe abgezogen wurden, als sie halb im Fenster steckte. In einem Abteil, in dem er eingeklemmt stand, hatte ein Herr einen ganz ordentlichen Koffer im Gepäcknetz untergebracht, auf dem jemand lag und schlief. Als der Kofferbesitzer aussteigen musste und unter viel Mühe den Schläfer geweckt hatte und ihn aus dem Gepäcknetz gezerrt, langte er nach seinem Koffer. Das Gepäckstück war merkwürdig leicht, und der Herr entdeckte sehr schnell, dass der Boden des Koffers vom Abteil dahinter aus aufgeschnitten worden war, und der gesamte Inhalt verschwunden. Der alte Herr warf das Koffergerippe auf den Bahnsteig und weinte.

Krystof erzählte nicht viel von seiner Heimkehr 1945. Auf dem Weg nach Polen gegen den Strom der Flüchtlinge war er vielen Gefahren ausgesetzt gewesen, und er war glücklich, als er in seiner Heimatstadt angekommen war. Er hatte nur eine kleine Narbe über der rechten Augenbraue davongetragen, weil ein anderer Herumirrender ihn mit einem Stock geschlagen hatte, um ihm seinen Schlafplatz in einer Scheune wegzunehmen.

Frieda machte Krystof noch den Eintopf warm, den es zu Mittag gegeben hatte. Sie holte aus der Schublade des Küchentisches ein Blöckchen, das sie inzwischen im Laden in Hochdorf, der wieder geöffnet war mit einem kleinen Angebot, hatte auftreiben können, Sie schrieb ihren Eltern in großen Buchstaben auf, dass Krystof gekommen war. Und legte den Zettel unübersehbar auf den Küchentisch. Sie glaubte, es sei der schönste Satz, den sie sie in ihrem Leben geschrieben hatte.

Bevor sie sich in Friedas Zimmer hinlegten, sah Frieda noch einmal nach Roman. Der Kleine schlief tief und fest.

Die Nacht war wunderschön. Sie schliefen erst gegen Morgen ein, wurden aber gleich wieder geweckt, als Roman neben ihrem Bett stand und an der Decke zog. „Ich habe Hunger," sagte er. „Mama, steh auf!" Frieda zog ihn lachend ins Bett und kitzelte ihn ein wenig, was Roman sehr genoss. Krystof hatte seinen Platz geräumt, denn für drei war das Bett wirklich zu eng.

Friedas Eltern waren nicht in der Küche, aber der Frühstückstisch war gedeckt. Für Roman gab es Kakao, den Gertrud gegen Zigaretten eingetauscht hatte, und Frieda und Krystof tranken wieder wie während des Krieges ihren Muckefuck. Roman beäugte Krystof immer noch misstrauisch, denn seine Mama wollte er eigentlich ganz für sich haben. Als Krystof anfing, Fingerspiele zu machen, musste Roman lachen. Er versuchte mit seinen kleinen Fingerchen, ein Häschen nachzumachen, wobei er seine Finger hoffnungslos durcheinander brachte. Aber das Eis war gebrochen.

Als Friedas Eltern aus dem Stall hochkamen in die Küche, umarmten sie Krystof herzlich und hießen ihn willkommen Sie wollten wissen, wie es ihm ergangen war, und er erzählte noch einmal von seiner Familie und von den Zuständen in seiner Heimatstadt. Frieda hörte wieder fasziniert zu, und sie genoss dabei den angenehmen Klang seiner Stimme.

Nach dem Frühstück machten sie einen Spaziergang nach Hochdorf, um Annemie die freudige Nachricht zu überbringen. Sie wurden unterwegs von einer Nachbarin gesehen, und die Neuigkeit von Krystofs Rückkehr verbreitete sich schnell im Dorf. Man fragte sich, warum Krystof zurückgekommen war, denn er konnte als ehemaliger Kriegsgefangener eigentlich keine guten Erinnerungen an Deutschland haben. Es gab nur eine Antwort: Krystof musste wegen Frieda zurückgekommen sein, und das wurde übel genommen. Sollte der kleine Roman etwa nicht das Kind von Leutnant Gerster sein, sondern von einem dahergelaufenen Polen? Man würde es herausfinden und sich entsprechend verhalten. Die Tatsache, dass Frieda ein uneheliches Kind hatte, war an sich schon moralisch verwerflich, aber doch teilweise entschuldbar durch die Zustände während des Krieges. Aber falls sich Frieda mit ihrem Zwangsarbeiter eingelassen hatte, war das unverzeihlich.

Annemie freute sich für Frieda und umarmte Krystof. Sie bewunderte ihn für seinen Mut, und sagte ihm das auch frei heraus. Annemie arbeitete inzwischen bei der französischen Kommandantur. Sie konnte zwar kein Französisch, aber der Dolmetscher legte ihr die deutschen Übersetzungen von Verfügungen und Regulierungen vor, und sie schrieb sie säuberlich auf der alten Schreibmaschine der Gemeindeverwaltung ab. Annemie war selig, dass sie eine Anstellung gefunden hatte, und sie wurde sogar bezahlt. Das Maschineschreiben ging ihr noch nicht so richtig flott von der Hand, aber es wurde jeden Tag besser.

Da schönes Wetter war, stellten sie Stühle in den Hof und tranken draußen einen Tee. Roman vergnügte sich derweilen mit der Hauskatze, die sich nicht hochnehmen lassen wollte, aber immerhin schnurrend um seine Beine strich.

Auf dem Heimweg bezog sich der Himmel mit Wolken, und sie beeilten sich, um nicht nass zu werden. Da Roman durch den Hinweg bereits ermüdet war, nahm Krystof ihn auf die Schultern, und Roman fühlte sich wie ein König auf seinem Thron. Frieda freute sich, dass es mit Vater und Sohn bereits nach einem Tag so gut klappte, und ihre Zukunft schien ihr im Sonnenschein zu liegen.

41. Kapitel

Krystof wollte der Familie Breitenberg nicht zur Last fallen und suchte sich deswegen eine Arbeit. Er hatte nie darüber gesprochen, was er vor dem Krieg gemacht hatte. Frieda ging immer davon aus, dass er irgendwie im Gaststättengewerbe tätig gewesen war. Sie täuschte sich. Krystof hatte ein Architekturstudium angefangen, war aber nach wenigen Semestern einberufen worden, und so war aus der Ausbildung nichts geworden. Frieda schlug vor, dass er sich an einer Universität bewerben sollte, aber das war für einen Polen hoffnungslos. Es gab Tausende von jungen Deutschen, die ihr Studium nicht beendet hatten, die Universitäten waren überfüllt, und es gab nicht genug Lehrpersonal.

Krystof wollte auf jeden Fall versuchen, auf dem Bau zu arbeiten. Die Chancen waren gut, denn man fing überall an, die zerstörten Häuser wieder aufzubauen, und Fachkräfte fehlten in jedem Bereich. Bei den Tieffliegerangriffen auf Bahngleise und Züge in Calw waren einige Wohnhäuser getroffen worden, und Krystof wurde als Handlanger für die Maurer eingestellt.

Als er eines Tages auf einem Packpapier den Plan für ein wieder aufzubauendes Haus zeichnete, sah ihm der Vorarbeiter über die Schulter und war tief beeindruckt. Krystof hatte eine zweckmäßige und zugleich ansprechende Einteilung der Räume skizziert mit wenig Platzverschwendung für das Treppenhaus, dabei aber vermieden, Räume entstehen zu lassen, die nicht vom Gang aus zugänglich waren, sondern nur von einem davor liegenden Zimmer. Er hatte immer stark empfunden, wie unpraktisch und einschränkend das sowohl für den Bewohner des vorderen Zimmers als auch des hinteren Zimmers war.

Der Vorarbeiter meldete dem Bauleiter, dass Krystof eine besondere Begabung für Entwürfe hatte, und Krystof wurde quasi als Architekt von einem Baugeschäft übernommen. Nach dem Krieg fragte man in vielen Fällen nicht nach Papieren, die eine

Ausbildung belegten. Für Krystof allerdings war die Arbeit auf dem Bau ein Glücksfall, weil er polnischer Staatsbürger war.

Das Thema Heirat wurde von Frieda und Krystof sehr bald angegangen. Zunächst musste geklärt werden, ob Frieda überhaupt einen Polen heiraten konnte. Es gab eine Menge Papierkrieg, aber schließlich half die französische Kommandantur, solidarisch mit dem ehemaligen Verbündeten gegen Deutschland.

Ein weiteres Problem war die Frage, in welcher Form man heiraten wollte. Die standesamtliche Trauung war verpflichtend, die kirchliche Zeremonie freiwillig, wenn die offizielle Trauung vollzogen war.

Als Pole war Krystof natürlich katholisch. Da er nicht sehr kirchlich eingestellt war, hätte ihm die zivile Trauung genügt. Aber Frieda war dagegen. Sie war doch so sehr in den Riten der Kirche verwurzelt, dass sie nicht auf den Segen Gottes verzichten wollte.

Sie diskutierten verschiedene Möglichkeiten. Krystof konnte konvertieren, aber das wollte er auf keinen Fall. Er meinte, damit verlöre er einen Teil seiner polnischen Identität. Für Frieda kam ein Übertritt zum Katholizismus auch nicht in Frage. Sie hatte keinerlei Beziehung zur katholischen Religion, hatte nur vage von der Marienverehrung gehört und vom Beten des Rosenkranzes, über das sie sich in der Schule immer lustig gemacht hatten. Natürlich wusste sie vom Papst, aber das war so ziemlich alles.

Eine evangelische Zeremonie kam nicht in Frage, weil Krystof dadurch exkommuniziert worden wäre. Blieb die katholische Version, zu der Frieda zunächst bereit war. Aber auch die hatte einen Haken: Krystof konnte nur in der Kirche bleiben, wenn seine Kinder katholisch würden. Das machte Frieda Kopfzerbrechen. Die Religion war ihr ganz fremd, obwohl Krystof ihr einiges erläutert hatte, es gab keine katholische Kirche in Wahlberg, Roman würde an keinem Religionsunterricht teilnehmen können.

Frieda musste einige Tage darüber nachdenken, und sie beriet sich mit ihrer Mutter und mit Annemie. Beide waren der Ansicht, anders sei die Heirat nicht möglich, und schließlich entschloss sich Frieda, auf die katholische Trauung mit den Bedingungen bezüglich der Kinder einzugehen. Roman war ja noch nicht getauft, weil sie auf den Vater gewartet hatte.

Die nächste Schwierigkeit ergab sich, als Frieda beim Kirchengemeinderat anfragte, ob er eine katholische Trauung in der Kirche von Wahlberg genehmigen würde. Eine solche Zumutung hatte es noch nie gegeben, und der Bescheid war einstimmig ablehnend.

Es blieb nur die Möglichkeit, bei der einzigen katholischen Familie in Wahlberg vorstellig zu werden und darum zu bitten, den Priester aus Calmbach, wo es eine kleine katholische Gemeinde gab, zu ihnen ins Haus kommen und die Trauung vollziehen zu lassen vor dem kleinen Altar mit einem Kruzifix und einem Madonnenbild. Das wurde gern zugesagt, und der Priester war einverstanden, am Freitag nach der Eheschließung auf dem Standesamt nach Wahlberg zu kommen.

Blieb schließlich noch die Frage nach dem Hochzeitskleid. Frieda würde nicht in weiß heiraten, da sie ja bereits Mutter war und ihre Unschuld verloren hatte. Krystof erzählte ihr, dass in Polen manche sehr frommen Frauen in schwarz heirateten, wenn sie bereits vor der Ehe gesündigt hatten, und Frieda fand es sehr peinlich, vor der gesamten Hochzeitsgemeinde zu gestehen, dass man nicht mehr Jungfrau war.

Frieda fuhr noch einmal nach Calw und erstand einen eierschalfarbenen, leichten Stoff, aus dem sie ein enges, geschlitztes Kleid nähte. Für das kirchliche Zeremoniell mussten die Arme bedeckt sein, also fertigte sie eine braune Jacke, die züchtig hochgeschlossen war, aber leider viel zu warm für den sommerlichen Herbsttag, an dem die Trauung stattfand.

Friedas Verwandte kamen alle, ebenso wie Familie Brücker und Annemarie. Von den übrigen Wahlbergern zeigte sich niemand, auch die Kinder, die sonst ganz aufgeregt bei Hochzeiten herumlungerten, ließen sich nicht blicken. Man hatte ihnen wohl verboten, die unmoralische Zeremonie zu beobachten.

Während der Trauung war Frieda vieles befremdlich: Der lateinische Gesang des Pfarrers, das Schwenken des Weihrauchgefäßes, das Umhertragen der Bibel von einer Seite des Altars zur anderen, das Klingeln des silbernen Glöckchens. Aber die Trauung war sehr feierlich, und das Eheversprechen, das sie abgaben, wich nicht von dem der Protestanten ab.

Sie gingen nach der Trauung zu den Breitenbergs. Der Priester begleitete sie, er hatte sich bereit erklärt, zum Essen zu bleiben. Frieda hatte ein merkwürdiges Gefühl. Sie war nun nicht mehr Fräulein Breitenberg, sondern Frau Jasek.

Die Trauung, bei der die Dorfbevölkerung Frieda und ihren Mann geschnitten hatte, sollte nur ein Vorgeschmack auf die nächsten Zeiten sein. Frieda machte im Kasten der Gemeinde einen Anschlag, dass sie jede Art von Näharbeiten übernehmen würde. Aber es kam niemand. Krystof brachte eine Frau aus Calw mit, der er Modellzeichnungen von Friedas Entwürfen gezeigt hatte, aber das reichte natürlich nicht für ein florierendes Geschäft.

Nach dem Winter beschloss Frieda, in Calmbach ein Atelier zu eröffnen. Ihr Onkel hatte einen Raum in einer Lagerhalle gefunden, der früher als Büro gedient hatte und deshalb mit Heizung und Strom ausgestattet war. Der Raum war sachlich und eher unschön, aber mit netten Gardinen und einem Flickenteppich wurde er ansehnlicher.

Es gab wieder eine Busverbindung nach Calmbach, wenn auch nur zweimal am Tag, aber Frieda würde ihre Geschäftszeiten so einrichten, dass sie den Bus benutzen konnte. Roman begleitete sie oft. Er konnte in der Lagerhalle spielen und auch hinaus in den Hof gehen. Autoverkehr gab es ja nicht, und außer einem gelegentlichen Fahrrad kam niemand auf der Straße vorbei.

Die Schneiderpuppe und die Nähmaschine transportierten sie mit dem Pferdewagen. Das Pferd war inzwischen alt und nicht mehr leistungsfähig. Es tat sich schwer, den Wagen wieder von Calmbach nach Wahlberg den Berg heraufzuziehen. Um ihm die Arbeit etwas zu erleichtern, stiegen sie aus und liefen neben dem

Wagen her. Krystof meinte, sie müssten sich nach einem anderen Pferd umsehen.

Gelegentlich gab es wieder Benzin, und Krystof benutzte das Motorrad von seinem Schwiegervater, wenn er zur Arbeit in einen Ort, der weiter abgelegen war, fahren musste. Er konnte nach einiger Zeit nicht mehr als Architekt arbeiten. Er machte nach wie vor die Pläne, aber die Verantwortung für den Bau musste er an einen Architekten oder Zimmermann abgeben, was ihn einen Teil des Geldes, das er für seine Planungen erhielt, kostete. Er war inzwischen sehr gefragt, denn seine Häuser waren praktisch und preiswert konzipiert. Er hätte sich gern an einem größeren Bau versucht wie an einer Schule oder einer Gemeindehalle, aber das war nicht möglich.

Auch Frau Gerber spürte auch die neuen, strikteren Bedingungen. Sie wurde aufgefordert, ihre Ausbildung als Lehrerin sowohl in Theorie als auch in Praxis an einer Pädagogischen Hochschule nachzuholen. Man gestand ihr eine Ausbildungsverkürzung zu, aber ihre Stellung in Wahlberg musste sie zum Ende des laufenden Schuljahrs aufgeben.

Frau Gerber war verzweifelt. Sie und die Kinder hatten sich gut eingewöhnt, ihre Wohnung war als Dienstwohnung mietfrei, und mit ihrem Gehalt war sie zurechtgekommen. Auch die Wahlberger waren nicht zufrieden mit ihrem zwangsweisen Weggang. An ihre Stelle kam ein nicht mehr ganz junger Lehrer, der einige Jahr in kanadischer Gefangenschaft verbracht hatte. Er konnte nicht so gut mit den Kindern umgehen wie Frau Gerber, aber dafür bot er an zwei Nachmittagen Englischkurse an, zu denen sich Frieda sofort anmeldete.

Frau Gerber zog in eine kleine Wohnung unter dem Dach eines neu erbauten Hauses in Ludwigsburg, um dort ihre Ausbildung nachzuholen. Sie hielt sich mit Privatstunden über Wasser, aber es waren zwei harte Jahre, bis sie ihren Abschluss gemacht und wieder eine Stelle an einer Volksschule gefunden hatte.

Die Breitenbergs hielten mit ihr Kontakt, und gelegentlich kam Frau Gerber mit den Kindern zu Besuch. Helene erinnerte sich an alles und trauerte um das Leben in Wahlberg. Sie vermisste schmerzlich den Umgang mit Tieren, die Ausflüge in den Wald und die großzügige Wohnung über dem Klassenraum. Karin wusste nicht mehr viel, aber auch sie kam gern. Frieda und Krystof beschlossen, die beiden Mädchen in den Sommerferien einzuladen. Das würde Frau Gerber Gelegenheit geben, sich von ihrem anstrengenden Alltag zu erholen, und die Mädchen würden begeistert sein.

Friedas Schneiderei lief auch in Calmbach etwas schleppend an, aber nach einigen Monaten wurde sie bekannt als hervorragende Schneiderin mit ungewöhnlichen Entwürfen, vor allem für Damenkleider. Sie musste ein Mädchen einstellen, das für sie die Änderungsarbeiten übernahm, denn von Änderungen wollte sie nach ihrer Lehre und den Kriegsjahren nichts mehr wissen.

Frieda und Krystof bewohnten nach wie vor die beiden ehemaligen Kinderzimmer, aber als Frieda wieder schwanger war, meinte Krystof, es wäre an der Zeit, im Dachgeschoss eine eigene Wohnung für die junge Familie auszubauen. Frieda war von der Idee begeistert, aber sie ließ sich nicht so schnell realisieren, weil nicht genügend Geld für den Kauf der notwendigen Baumaterialien vorhanden war.

In Wahlberg sprach es sich schließlich herum, dass Frieda in Calmbach eine begehrte Schneiderin war, und nach und nach kamen die Nachbarinnen, um sich neu einkleiden zu lassen. Frieda wurde wieder gegrüßt, man erkundigte sich nach der Arbeit von Krystof, fragte wohlwollend nach ihrem Ergehen. Ein neues Kind war immer willkommen, und Friedas ungehöriges Verhalten geriet allmählich in Vergessenheit.

Frieda und Krystof hatten selten Auseinandersetzungen, und Frieda konnte immer noch nach Jahren weiche Knie bekommen, wenn Krystof sie mit seinen strahlend blauen Augen liebevoll ansah.